# EL DIVÁN
## *de*
# BECCA

# Lena Valenti

# EL DIVÁN de BECCA

El diván de Becca 1

PLAZA JANÉS

Primera edición: junio, 2015

© 2015, Lena Valenti
© 2015, Penguin Random House Grupo Editorial, S. A. U.
Travessera de Gràcia, 47-49. 08021 Barcelona

Printed in Spain – Impreso en España

ISBN: 978-84-01-01558-8
Depósito legal: B-9.592-2015

Compuesto en Revertext, S. L.
Impreso en Unigraf
Móstoles (Madrid)

L 015588

Penguin
Random House
Grupo Editorial

*Esta historia va dedicada a todas esas personas
que me han enseñado que valiente no es quien no tiene miedo.
Valiente es el que teme y a pesar de eso sigue adelante.
También se la dedico a mis amigas «Supremas»,
a las que a algunas de ellas no veo tanto como quisiera
pero siguen estando en mi corazón siempre: a Noelia, Miriam,
Lorena, Dunia, Fina, Tere, Mireia, Cristina y Anabel.
Gracias por enseñarme cosas, por las risas, los desfases, las locuras,
los llantos, por enfadaros conmigo a veces,
y por quererme tanto como yo os quiero a vosotras.
Somos «Beccarias» de la vida, y espero que lo sigamos siendo siempre.
¡Os ailoviu mucho!*

# 1

Detrás del cristal del confesionario de *Gran Hermano*, el rostro histriónico de la mujer de Frankenstein me devuelve la mirada.

Debo aclarar que esa mujer en realidad es un hombre musculoso y parecido a Hugh Jackman y se llama Lolo. Pero se siente muy mujer, reconoce abiertamente su condición de gay y, aunque no lo reconociera, también se sabría: mi queridísimo Lolo tiene pluma suficiente como para rellenar mil almohadas. Como Lolo es un hombre muy dramático, sabía que iba a elegir ese personaje. Pero ha habido un error en el envío de la peluca: pedimos la cabellera de Elisabeth Lavenza (nombre que se le dio a la novia de Frankenstein de 1935), pero en vez de eso, nos adjuntaron la de Marge Simpson.

Es decir, competencia de la agencia de atrezzo: nivel cigoto.

Mi sobrino de cinco años sería más competente al respecto, y seguramente me debatiría el nivel valorándolo como un pokémon. Me diría con su vocecilla: «Tita, este es nivel Magikarp claramente». En su opinión, ser un Magikarp, al parecer, es para cortarse las venas. Y lo suele argumentar diciéndome que es inútil en combate y que solo sirve para salpicar.

Me llamo Becca Ferrer. Soy psicóloga, nacida en Barcelona. Y, como ya habréis adivinado, trabajo en la plantilla de terapeutas de este famoso reality, que ya va por su decimocuarta edición.

Estamos en Halloween, en pleno directo, y como tal, la prueba semanal se centra en este día. Pero algo ha salido realmente mal, hasta el punto de que me encuentro en la tesitura de calmar a uno de los concursantes de Guadalix de la Sierra, porque sé que, si no lo consigo, Lolo puede hacer algo por lo que sería expulsado. Y aunque no tengo la culpa de esta situación, me siento muy responsable de mis chicos.

Estas cosas siempre me despiertan la ansiedad.

En principio, la prueba iba a ser muy divertida. Queríamos invitar de nuevo al payaso enano para que les lanzara tartas a la cara, y, por otra parte, los Cazafantasmas iban a entrar a la casa para capturar uno a uno a todos los concursantes y avivar el nerviosismo de los Hermanos.

Todo iba sobre ruedas, la música del *Exorcista* no dejaba de reverberar en las paredes de la casa más famosa de la televisión. El equipo de psicólogos y cámaras del programa no dejábamos de reírnos ante las ocurrencias de los participantes. Habíamos visto de todo: gritos, carreras por los pasillos, resbalones, histeria colectiva, chistes malos producto del miedo…

Pero se la hemos jugado a Lolo. No hay otra explicación. Y eso lo ha decidido el Súper. Aunque estoy convencida de que ni siquiera él se imaginaba que el desenlace iba a ser este.

Para poneros en antecedentes, os voy a explicar un poco cómo es mi trabajo.

Formo parte de un gabinete de psicólogos que Zeppelin ha contratado para hacer la criba de los concursantes de *GH* (además de otros programas, aunque yo solo trabajo en este).

Después de hacer varias selecciones, empezamos a trabajar con las novecientas personas seleccionadas, aunque anteriormente eran diez mil. Diez mil espartanos en cola, algunos normales, otros muy frikis, y otros Legionarias y Yoyas en potencia. Entre ellos se encuentran siempre los perfiles que tanto nos gustan: la oveja negra, el pacificador, el alborotador, el pasota, el conflictivo, el espiritual, el estratega… A estos novecientos les realizamos una serie de cuestionarios. Descartamos a los que tienen determinadas patologías, y después les pasamos filtros de personalidad e inteligencia, hasta que nos quedamos con solo sesenta personas a las que les hacemos una entrevista clínica sobre inteligencia emocional muy completa. Eso reduce la selección a veinticuatro personas.

Con la criba considerablemente reducida, decidimos pasar un día, tanto el psicólogo como el redactor, con cada uno de estos veinticuatro aspirantes para observarlos de primera mano y ver otros rasgos de su personalidad así como posibles estrategias que puedan poner en práctica para afrontar otras situaciones como las que se encontrarán en la casa.

Veinticuatro informes después, nos quedamos solo con doce. Los definitivos afortunados para concursar en *Gran Hermano*.

Detrás de los cristales de la casa hay tres psicólogos clínicos que se hacen cargo cada uno de cuatro concursantes. Lolo es uno de los que yo tengo a mi cargo. Y me duele en el alma verlo ahí de esta manera, tan aterrorizado, con las pupilas dilatadas y la peluca lila torcida como la torre de Pisa.

Me la han jugado, y lo sé. Lo sé tanto como diría Julio Iglesias en su famosísimo meme.

Y ¿sabéis por qué? No, claro que no lo sabéis.

Porque, aunque yo no entrevisté a Lolo ni lo analicé, todos vimos las pruebas de cámara de los concursantes. Era un tipo divertido, graciosísimo y muy extrovertido, además de increíblemente inteligente. Pero Lolo tenía una pequeña tara, una fobia llamada «Ex». En la prueba de cámara, Lolo dijo claramente que lo único que no encajaba bien y lo desequilibraba era ver a su ex; por esta razón, después de su fallida relación, Lolo se había ido a vivir a otra comunidad, para no encontrarse furtivamente con él.

Pero el Súper había decidido invitar al ex al programa, disfrazado de Cazafantasmas. Maldito Súper. Federico es un morboso; ese es su nombre, por cierto. Suele hacer estas cosas, y nosotros siempre le decimos que es bajo su responsabilidad.

Para él, sin embargo, su responsabilidad es la audiencia, y el índice de *share*, y adora las situaciones límites que hacen que los indicadores se disparen.

Federico sabe que yo también las adoro. Una de las reglas de la selección de la criba es dar con personas estables mentalmente, extrovertidas y dinámicas pero que además sean muy emotivas para que, suceda lo que suceda en la casa, les afecte mucho, pero no hasta el punto de traumatizarlas.

Lolo está a un paso de rebasar esa línea. Y yo debo impedirlo. Federico acaba de lanzarme el guante, porque le gusta desafiarme. Debo demostrarle que puedo controlar a Lolo antes de que haga una locura, como abandonar el programa por propia voluntad. Lolo no puede afrontar la multa por abandonar. Ni él ni nadie medianamente normal. ¿Quién tiene doce mil euros en el banco para desprenderse de ellos así como así?

Me concentro y observo a mi concursante favorito.

La novia de Frankenstein me devuelve la mirada. Tiene el pelo lila manchado de nata y una cereza deslizándose por el lado izquierdo. También tiene nata en la mejilla y en la barbilla. El payaso enano le había dado de lleno. Pero cuando Lolo vio que entraban los Cazafantasmas y divisó a su ex entre ellos, se fue corriendo del salón en dirección al confesionario, al grito de «¡Me cago en mis muertos!», con tan mala suerte que se había resbalado y se había dado un leñazo en el pasillo. Leñazo que habían visto más de cinco millones de personas.

—Hola, Elisabeth Simpson —lo saludo queriendo sacarle una sonrisa, pero no lo consigo.

—No me toquéis los cojones —dice, tajante, mirando a todas partes, buscando un rostro en el que poder volcar toda su ira. Se le ha corrido parte del maquillaje. En otras circunstancias eso sería divertido y cómico. Ahora no—. ¿Qué mierda hace Rodrigo vestido de bombero? ¿Qué hace aquí?

—No va de bombero —le corrijo—. Va de Cazafantasmas.

—¿Cazafantasmas? ¡Ese hombre solo caza rabos y mariposones! ¡Es un perro infiel! —exclama moviendo enérgicamente las manos—. Yo… Yo no puedo estar aquí. —De repente, toda la seguridad que Lolo tiene se desdibuja en el puchero que asoma a sus labios y a su barbilla—. Sácame de aquí, te lo ruego… Esto es demasiado para mí. —Se cubre el rostro con las manos y adquiere una pose derrotada sobre el sillón rojo de las verdades.

Yo percibo su pena, y su pena me aflige. Una de las razones por las que entiendo muy bien a mis pacientes es porque tengo muy desarrollada la destreza básica de la comunicación interpersonal. Mi ser rebosa empatía. Por si no lo sabéis, «empatía» viene del griego *empatheia* y significa 'sentir adentro'.

Y es un arma de doble filo. Con el tiempo he aprendido a observar esas emociones como ajenas a mi persona, como si yo fuera una observadora, aunque las sienta muy adentro, tanto como la palabra indica. Y eso me ayuda a comprender a los que vienen a mí. Entiendo por lo que están pasando y siento lo que ellos sienten.

Igual que ahora siento claramente el dolor y el miedo de Lolo. Teme hacer el ridículo delante de Rodrigo, teme volver a mirarle, y amarle de nuevo aunque no lo merezca. Le da pavor darse cuenta de que no lo ha superado, aunque yo creo que sí. Y le aterroriza seguir viendo vacío en los ojos de su ex, como si lo que tuvieron no hubiera sido importante, y en lugar de todo el amor que él le profesó, solo encontrara nada.

—Lolo, ¿estás ahí? —le pregunto.

Lolo sigue con el rostro cubierto por sus manos, en silencio, negando con la cabeza.

—No.

—Sí estás ahí. —Hago una pausa—. Lolo, si no sales, tus compañeros y tú perderéis la prueba semanal. Los Cazafantasmas tienen diez minutos para coger a cada uno de tus compañeros y encerrarlos en el granero. Si lo consiguen en esos diez minutos, perderéis la prueba. No puedes huir.

—No voy a salir —continuó en modo de negación—. Me quiero ir. Me siento traicionado por el programa… Traerme a Rodrigo es lo peor que habéis podido hacer.

Y era verdad. Era una puñalada por la espalda que solo Federico podía atreverse a asestar. Mis compañeros me miran esperando que yo obre la magia y lo retenga. Todos creen en mí y saben que puedo hacerlo. Yo no estoy tan segura, pero me encanta la sensación de tener el poder para ayudar a Lolo y hacerle un clic en la cabeza.

—¿Por qué no me cuentas qué pasó?

—¿Cómo?

—Dime por qué odias a Rodrigo… y qué es lo que te da miedo de él. Si lo dices en voz alta, el miedo se achica.

—¿Qué quieres que te diga? —Se descubrió el rostro. Sus ojos negros lanzaban rayos y centellas—. ¿Que esa perra de ahí afuera se acostó con mi mejor amigo? ¿Que a día de hoy aún siguen juntos? ¿Que ambos se rieron de mí y me hicieron sentir como una mierda? En un zarpazo de gata me quedé sin amigo y sin novio. —Chasquea sus dedos—. Así, ¡plas! Verlo me supera. Me supera mucho…

—¿Por qué le das poder para estar todavía en tu vida y en tu cabeza? Él te dejó ir, te cambió por otro. Eres tú el que te aferras a él.

—No está en mi cabeza. Está aún en mi corazón —se excusa queriendo transmitirme su aflicción. Si el corazón está de por medio, todo es mucho más serio y sensible, ¿verdad? Pero a Lolo no le hacen falta las sensiblerías. Lolo necesita un bofetón.

—No, Lolo. Son los residuos de sus recuerdos los que están en tu cabeza. De tu corazón lo expulsaste cuando lo rompió. —Remarco esto último con contundencia porque lo creo a pie juntillas—. A ver, ¿qué te gustaría hacerle?

—Quiero retorcerle el pescuezo.

—Prueba otra vez —dije imprimiendo una risa en mi voz, como el famoso gag de la bofetada y las rimas sórdidas. Necesitaba que él viera que esa conversación no era agresiva. Que solo quería ayudarle.

—Lo que de verdad me gustaría es mirarle a la cara y no sentir nada. Ser capaz de sonreírle y verlo como el mierda que es, no como el hombre que me rompió el corazón. Me encantaría… —Su rostro adquiere un rictus ensoñador y decidido, como si él mismo se viera haciendo realidad lo que pensaba—. Joder, me encantaría sacarlo de mi vida como una manguera saca la mugre de los coches, o las hojas muertas del jardín.

—Bien. Y ¿qué te detiene?

—¿Qué?

—Que por qué no lo haces.

Veo la sorpresa de Lolo ante mi pregunta; más bien, la sorpresa de todos los demás que me miran como si estuviese loca.

—¿Cómo dices?

—Joder, Lolo, lo que oyes. —Sé que no debo hablar así en esta franja televisiva. La prueba semanal se emite en directo. Pero creo que Lolo me atiende mejor si le hablo sin tapujos. Hay personas que necesitan tacto, otras que no quieren que te involucres demasiado para no violar su intimidad. Pero Lolo y sus ojos negros me ruegan que lo ayude desesperadamente—. Este programa, mi bella Elisabeth, te da unas herramientas para poder solucionar y meditar sobre tus cuentas pendientes en el exterior, no es solo una cápsula en la que el tiempo y el espacio desaparecen sin más. Puedes aprovecharlo en tu beneficio. Si lo que quieres es eso, si lo que necesitas hacer para expiar los demonios que Rodrigo te ha dejado es sacarlo de tu vida a base de manguerazos, te digo que en el jardín dispones de una manguera kilométrica. ¿Por qué no la utilizas como terapia de choque?

—¿Quieres que… lo moje?

—No. Yo no quiero nada de eso. Pero es lo que quieres tú. Creo que puede ser un catalizador para ti. Puedes limpiarte tú mismo. Nuestra mierda es solo nuestra. O tomas la decisión ahora, Lolo, o en dos minutos se acaba el tiempo. Y tu ex y sus amigos están metiendo a todos los Grandes Hermanos en el granero. No te queda tiempo.

Lolo mira a todas partes, en todas las direcciones. Puedo escuchar la batalla que libra en su interior. Los soldados de «voy a hacerlo» luchan a muerte contra los soldados de «no puedo hacerlo».

—¡Lola! —le grito en femenino. Él se siente muy mujer, ¿no? Tal vez si espoleo esa parte, el resultado sea más inmediato. Ya sabéis…, por eso de que las mujeres somos mucho más vengativas que los hombres. Bien. Él fija la mirada en el cristal y por fin veo que lo tengo en mis manos—. No puedes permitir que ningún hombre te deje por otro. Nunca. Le diste toda tu vida a Rodrigo, y acabaste muy mal. Hoy ha llegado el momento de enterrar el sufrimiento, los miedos y la depresión. ¡Mueve tu culo, coge ahora mismo la manguera y rocíale con tanta fuerza que salga despedido de la casa! ¡Sácalo de tu vida!

—¿De verdad?

—Hazlo.

—Pero…

—Hazlo.

—¿Eso es legal? —Empieza a levantarse del sillón. Las ganas y la emoción le pueden.

Su mirada ha adquirido un brillo de decisión, y también apocalíptico. Empiezo a dudar de si es buena idea o no.

—Hazlo y demuéstrale quién tiene la manguera más larga y más potente. —Lo acabo de soltar y ya me estoy arrepintiendo.

Mis compañeros se ríen. Lolo frunce el ceño, pero una curva ascendente se dibuja en sus labios, como la de un pitbull. Está sonriendo. Y lo mejor: lo va a hacer.

Lo que graban las cámaras a continuación, cuando Elisabeth Lavenza con una sobredosis de hormonas y batidos, y unos brazos como piernas, sale corriendo al jardín en busca de la manguera, sé que va a hacer historia.

Hay personas que tienen un halo de celebridad a su alrededor. Lolo es una de esas personas. Sé que cuando salga de este programa, le lloverán las ofertas para trabajar en televisión. Y sé que lo que está haciendo va a ser trending topic en todas partes.

Paso a narraros lo que sucede a continuación. Lolo y su peluca lila de Marge aparecen detrás del payaso enano, que está preparado para lanzar una nueva tarta y acojonar a otra concursante, Patricia la pija, oculta detrás del sofá.

Lolo agarra al payaso por la cinturilla de los pantalones, al grito de «¡Ven aquí, Willow!», lo levanta y lo mete dentro del baúl del comedor, que hace las funciones de puf. ¡Lo ha encerrado ahí! No me lo puedo creer. El enano se llama Alfredo, y es claustrofóbico.

—Pero… ¡¿qué coño hace?! —me pregunta Rafael, el jefe de psicólogos clínicos.

Yo encojo los hombros con una sonrisa de oreja a oreja.

—Se está vengando —contesto, nerviosa.

En ese momento, mientras Lolo sale corriendo hasta el jardín a por la manguera, con su vestido blanco y algo siniestro ondeando al viento, los cuatro Cazafantasmas lo divisan y deciden ir a por él.

La cámara enfoca a Rodrigo. El tipo se lo está pasando de maravilla, y disfruta con la idea de saber que su presencia allí todavía afecta a su ex.

Es un vanidoso. ¿Por qué lo sé? Porque no hay que analizar a las personas para ver que a algunas el egocentrismo les sale por las orejas. Como a Rodrigo.

En ese momento me siento como una cheerleader. Mi hooligan interior está deletreando las iniciales de Lolo, dando saltitos y vitoreándolo. Pero mi fachada de psicóloga clínica no transmite nada de eso. Tengo que permanecer seria, como si analizase fríamente la situación. Me subo las gafas de ver Gucci de pasta negra (que, por cierto, no necesito, pero me gusta cómo me quedan) y carraspeo como si lo tuviera todo controlado.

No sé qué va a pasar. Rafael permanece de brazos cruzados, mirándome de reojo. Aunque en realidad nadie se atreve a apartar los ojos de la imagen hipnótica que nos devuelve el monitor.

Lolo ha puesto en marcha la manguera a la máxima potencia.

—¿Alguien me puede decir por qué tenemos una manguera de potencia antiincendios en el jardín? —susurra Rafael, estupefacto al ver cómo el chorro de agua impacta en los Cazafantasmas y los lanza, literalmente, por los suelos.

—Ni idea —contesto. Rafael tiene razón: esa manguera no es normal. Me entra la risa.

Lolo se ríe como un loco, sujetando con sus increíbles brazos musculados la manguera. Se ceba con Rodrigo. Lo hace a conciencia.

—¡Toma, guarra! ¡Fantasma! —le grita a Rodrigo—. ¡Gusanaaa!

«¿Gusana?», me vuelvo a reír.

—¡Yo tengo la manguera más larga! —exclama Lolo.

Corrección: Lolo no es Elisabeth Lavenza. Es Carrie, joder.

Su ex tiene el pelo rubio empapado y pegado a la cara. El chorro impacta con tanta fuerza en los cuerpos de los Cazafantasmas que los impulsa resbalando por el suelo hasta la puerta de salida, donde permanecen atontados por la potencia del agua. Y el jardín de *Gran Hermano*, por unos segundos interminables y de estrellato televisivo, se convierte en un campo de concentración.

Los demás concursantes que aún no han sido cazados, se colocan a espaldas de Lolo, partiéndose de la risa y señalando a los Cazafantasmas.

—¡Vete! ¡Olvida mis ojos, mi cara, mis labios! —Se equivoca con la letra—. ¡Y pega la vuelta! —Lolo canta eufórico. El chorro mueve a Rodrigo como un rodillo—. ¡Llevamos cuatro días a base de yogures! ¡Por mis ovarios que ganamos la prueba semanal! —añade.

La cámara enfoca el rostro triunfador de Lolo. Y sé, por la increíble sonrisa que lucen sus labios y por la seguridad de sus ojos negros, que el manguerazo le ha servido como terapia. Y que, al menos, le he ayudado para que dejara de sufrir y de huir de Rodrigo.

Y eso me emociona y me hace sentir bien. No hay nada más gratificante que ayudar a los demás.

También sé que ese vídeo, lo que ha sucedido esa noche, con

el payaso enano, al que llamarán Willow el resto de las ediciones *GH*, y los manguerazos vengativos de Elisabeth Simpson, pasará a la historia de la cadena, y de los índices de audiencia.

Y es maravilloso.


Lo de Lolo ha desencadenado algo.

No sé el qué. Solo sé que mi jefe, Federico, el Súper, ha pedido verse conmigo en la calle Guadiana, en Guadalix; allí resido en una casa de alquiler con mi compañera psicóloga de *GH*, Nerea. Cuando nuestro turno acaba, solo nos quedan fuerzas para desplazarnos hasta allí e hibernar, hasta el día siguiente. Observar a cuatro personas de perfiles distintos durante medio día, y estudiar sus conductas, puede ser agotador.

Esta no ha sido la única vez que he tratado con un concursante de este modo. Es decir, lo de Lolo no es un caso aislado. Sé que mis métodos son extraños, sé que no soy una psicóloga al uso. Pero la mayoría de los psicólogos no tienen empatía, se rigen por unos datos y unos test y con eso ayudan con mayor o menor éxito a sus pacientes. Pero yo no puedo ser así, porque siento y padezco como ellos, percibo lo que ellos y comprendo a la perfección cuáles son los mecanismos que sus mentes ajustan para sobrellevar determinadas situaciones. Esa es mi herramienta más fiable. Si sé cómo se sienten, si recibo sus ondas y me afectan por igual, sabré cómo puedo echarles una mano desde el exterior. Pero para ello tengo que romper con sus esquemas y chocar de frente contra sus miedos y preocupaciones.

La terapia con Lolo ha generado el hashtag #Loloylagusana, convertido ya en trending topic. Estoy conduciendo mi Mini amarillo, con techo negro, cristales tintados y dos franjas negras en el capó. Antes tenía el Mini antiguo, pero lo vendí a un coleccionista. No sabía que iban tan buscados y que la gente los compraba por tanto dinero. Me saqué una gran suma de dinero y a continuación compré el nuevo modelo, además de algunas virguerías propias de una mujer de mi edad. Y no. No son liposucciones ni tetas nuevas. Tengo veintiocho años, por Dios.

Por ahora, mi cuerpo me lo curro yo; esto quiere decir, cualquier menú que empiece por Mac o acabe por King al mediodía, y piña y pollo a la plancha por la noche, por eso de equilibrar, ya me entendéis. Mi amiga Nerea se ríe de mí y de mis dietas. Y yo digo que cada uno engorda y adelgaza como quiere. Mi cuerpo no es un yoyó, mido uno sesenta y cinco, y peso sesenta kilos desde hace unos cuantos años. Creo que me lo puedo permitir. Y si no pudiera, lo haría igual. Comer es un placer.

No soy un palo, estoy bien y me siento a gusto. Mis pechos siguen apuntando al norte en vez de al sur, y si me pongo un vestido no parezco un chorizo embutido. Eso ya es bueno.

Me miro en el retrovisor y, cuando lo hago, veo el Mercedes de Federico aparcar detrás de mí. Es demasiado puntual.

Me repaso las pestañas con kohl, y mis ojos azules me devuelven la mirada. Intento arreglarme el amasijo de rizos caoba como puedo. Mi cabeza es como una broma de mal gusto, ¿sabéis? Tengo el pelo como si fuera Medusa. Los rizos largos se me disparan por todas partes, son intratables. Cuando veo un anuncio de L'Oréal en la tele, con esas modelos riéndose orgullosas de sus melenas lacias (a fuerza de unas cuantas horas de peluquería, ¿a quién quieren engañar?) y dicen lo de «Porque yo lo valgo», me apetece arrancarles la cabellera en plan indio. Bueno, no tan drástico, pero sí que cogería una maquinilla de afeitar y...

El claxon del Mercedes me saca de mis divagaciones. Os lo advierto. Divago. Y mucho.

Es increíble cómo algo se puede convertir en viral. Han hecho un hashtag incluso de #loquelesaledelaollaalapsicologadeGH. Un hashtag sobre mí. Increíble.

No sé cómo sentirme al respecto, la verdad. Sé que mi manera de interactuar con los concursantes es diferente. Muchos de mis colegas me dirían: «No puedes hacer eso», «No puedes involucrarte tanto»...

Lo que pasa es que soy una persona que no hace caso de lo que dicen los demás y, seguramente, ese último hashtag es muy acertado, porque siempre hago lo que me sale de la olla; siempre con conciencia, claro.

Bueno. Veamos qué quiere Fede.

Salgo del coche y me humedezco los labios con cacao. Son rosados, ni gruesos ni finos, pero tienen una forma muy bonita. Reviso mi indumentaria. A los jefes hay que darles buena impresión. Siempre intento ir bien vestida al trabajo. Aunque los psicólogos no salgamos por pantalla, me gusta sentirme bien conmigo misma. Si la imagen que me devuelve el espejo me agrada, me siento más segura, capaz de poder mirar a los ojos a mi jefe y decirle: «Lolo tenía derecho a su venganza melodramática. No me juzgues».

Mi look es como el de Paula Echevarría, ni tan mona ni tan estupenda, aclaro, pero, al menos, sí bien vestida, con ese toque trend, chic, fashion, o lo que sea, que es lo mismo que decir: no sé vestirme, mi capacidad para combinar es igual que la de Agatha Ruiz de la Prada en un mal día, y como soy capaz de ir como un payaso, miro el blog de mi amiga Pau y siempre acierto. Y es que es verdad. Parafraseando al personaje de una serie histórica de televisión: «Qué mona va siempre esta chica». Por eso no me complico.

Hoy llevo unos tejanos Guess ajustados, una blusa roja medio metida por la cinturilla del pantalón y unas botas marrones con tacón. De acuerdo, mi pelo es de un rojo oscuro, y la blusa igual no queda demasiado bien. Pero a mí me gusta. Y chitón.

No me quito las gafas de ver, porque me hacen interesante y Paula también se las pone a veces. Aunque Federico sabe perfectamente que no las necesito.

Este hombre es un alto ejecutivo de Zeppelin y podría ser mi padre. Se parece un poco a Flavio Briatore. Toma todas las decisiones que un alto ejecutivo puede tomar, sean las que sean.

Su pelo canoso es rizado, pero lo lleva tan engominado que parece que un camello le haya dado un lametón en la cabeza. Su americana es cara, lo mismo que el maletín negro que sujeta con la mano derecha; pero ninguno de esos dos complementos son más caros que el sello de mafioso que luce en el dedo corazón y que asegura que es el anillo de boda. Porque conozco a su despampanante mujer, sino diría que se casó con M. A. Barracus.

—Buenas noches, Becca.

Deben de ser las once y media. Para que Federico quisiera verme, algo he tenido que hacer muy mal. Pero como ya os he dicho, lo de Lolo no ha sido un caso aislado. La he liado otras veces.

—Buenas noches, señor Federico.

Él me mira de arriba abajo y sonríe de un modo que me pone nerviosa. Pero no nerviosa mojabragas, no os confundáis, sino nerviosa me hago caquita.

—Te he dicho que me llames Fede, Becca.

—Por ahora no, gracias. Esperaré a ver qué me tiene que decir y después tal vez le tutee.

Él asiente con una risa sardónica y busca la entrada de la casa. Las farolas de la calle alumbran los pórticos de los adosados, y alguna mariposa nocturna revolotea alrededor de sus halos. Nerea y yo vivimos en uno de esos.

Nerea vino del País Vasco, y yo de Barcelona. Ambas coincidimos para vivir juntas la aventura de *Gran Hermano*. No sé si mi compañera estará durmiendo o no. Lo más probable es que esté enganchada al canal *GH*, controlando a sus chicos.

—Me hubiera gustado hablar contigo de esto en un lugar más apropiado —dice Fede, que me precede hasta la puerta blanca de la entrada.

Meto la mano en el bolso Marc Jacobs, una de las chucherías que me compré con la venta del Mini antiguo, y busco las llaves de la casa. ¿Me lo parece o me tiemblan los dedos? Si me despidiera sería una mierda, la verdad. A ver, no es que no tenga donde caerme muerta. En Barcelona tengo una consulta y un loft precioso —y pagado hasta el último céntimo— en el barrio de Sant Andreu. Pero *Gran Hermano* es una buena oportunidad para conseguir contactos. No quisiera desaprovecharla por mis atrevidos consejos a los concursantes, y la cara de Fede tiene toda la pinta de ejecutivo gruñón con la hoja de despido en el maletín.

Entro en la casa, enciendo la luz y está todo en silencio. Nerea me ha dejado una nota sobre la mesa de la entrada. «Me he ido a cenar con Pedro. Llegaré tarde. Un beso.»

Dejo la nota sobre la mesa y siento un aguijonazo de envidia. Nerea y Pedro se gustan mucho, y se han conocido tras los cristales del reality. Yo tengo a mi novio en Estados Unidos, y no puedo disfrutar de él.

Si, además, Fede me echa, seré una desgraciada total. Espero tener helado de nueces con macadamia en el congelador. Mientras dejo el bolso en el perchero y me recojo el pelo en un moño alto y mal hecho, le pregunto:

—¿Quiere tomar algo?

—Un café bien cargado.

Nos vamos hasta el isla de la cocina blanca y granate. Allí Fede se sienta en el taburete de diseño de color rojo y apoya los codos en la encimera impoluta que hay en el centro de la estancia.

No os voy a engañar: este chalet, en Barcelona, costaría un pastizal. Estamos hablando de una casa de unos doscientos metros cuadrados, con jardín, piscina y todos los lujos que la gente rica se puede permitir. Pero una casa de estas características perdida en el monte, pierde valor. Aun así, los contactos de Zeppelin (Fede) han conseguido que Nerea y yo vivamos aquí de gorra.

Mientras busco dos vasos estilizados para servir el café, y la Nespresso se pone en funcionamiento, escucho cómo Fede abre el maletín y saca un portátil Mac Air plateado. Lo abre, toquetea un poco su interface, hasta que da con lo que busca.

—Siéntate a mi lado, Becca —dice sin dobles intenciones—. Quiero mostrarte algo.

Yo me acerco hasta mi taburete con los dos vasos de café

recién servidos. Son de vainilla. Espero que al Súper no le moleste.

Tengo la garganta seca.

Fede abre el QuickTime y me enseña un vídeo perfectamente montado de mis intervenciones en lo que llevamos de programa. Y al lado, unos índices de audiencia con unos puntales hiperaltos.

—¿De qué va todo esto? —pregunto, confusa.

# 2

Él no me contesta ipso facto, claro. Es un superjefe y, como tal, le encanta la tensión y el misterio. Y a mí me están entrando ganas de ir al baño. Pero me mantengo impasible y estoica a su lado, mientras mis ojos contemplan todo el vídeo.

Lo que veo son varias anécdotas del confesionario, y mi voz de fondo. Me asombro de lo tranquila que sueno en televisión, cuando lo que en realidad me sucede en esos momentos es que estoy recibiendo la avalancha de sentimientos de los concursantes, y mi cabeza intenta racionalizar y entenderlos para poder servir de ayuda.

Sentado en el taburete, Federico se está descojonando, hasta tal punto que se le saltan las lágrimas. Me quito las gafas y las coloco en el canalillo de mi blusa roja. No entiendo qué le hace tanta gracia. Y no para, el tío.

Después de varios cortes en los que solo salen los Hermanos escuchando mi voz, llega una nueva secuencia. Carlos, el más joven de los participantes, con el pelo rubio desteñido y piercings en la cara, aparece en la pantalla, con el rostro pálido y temblores. Es punk.

Recuerdo ese momento a la perfección. Eran las seis de la tarde.

—Mira esto, Becca —dice Federico al tiempo que se limpia el rostro de lágrimas—. Es buenísimo.

Yo hago una mueca de incredulidad. Pienso que si su intención es reñirme o, en el peor de los casos, despedirme, no debería reírse de ese modo, o al final el momento perderá todo su suspense. Doy un sorbo largo a mi café y presto atención.

—¡Necesito un cigarro ya! —grita Carlos con las ojeras muy marcadas.

—No os queda nicotina, Carlos. No tenéis dinero para tabaco y vas a tener que aguantar toda la semana así.

—¿Que tengo que aguantar toda la semana, dices? —repite; parece estar a punto de abalanzarse contra el cristal—. Lo estoy pasando realmente mal. Me tiembla el cuerpo y tengo palpitaciones.

—Es ansiedad. La falta de nicotina te provoca ansiedad. Es como un mono.

—He intentado hacerme un puro de césped con el canuto del rollo de papel higiénico. Creo que es más que mono lo que tengo —aclara pasándose las manos por el pelo, tirando de él sin escatimar fuerzas.

—Carlos… —intento que me escuche. La abstinencia a cualquier droga es un suplicio físico.

—Quiero fumar.

—No hay tabaco…

—Quiero fumar…

—Tienes que prepararte una estrategia para pelear contra tu ansiedad. No es bueno estar así.

—¡No quiero estrategias! ¡Quiero un puto cigarro!

—¡Carlos! —grito de repente. Él se queda muy quieto, asombrado por el tono—. ¡Métete el dedo en la oreja!

A mi lado, Federico está doblado de la risa. Yo lo miro a él y a la pantalla del Mac alternativamente. ¿Por qué se ríe? Intenté ayudar a Carlos como mejor sabía.

—¿Que me meta el dedo en la oreja?

—¡Sí! ¡Corre! ¡Corre! ¡Hazlo!

El punk levanta una mano, con una cara totalmente cómica y poco crédula. Introduce el índice en el oído y se queda con la vista fija en el cristal. Arquea las cejas negras y se humedece los labios.

—¿Hola? —pregunta en esa posición.

—¡Dime cinco marcas de leche! ¡Deprisa!

Tres arrugas de estupefacción aparecen en el entrecejo de Carlos. Casi pega la cara al cristal como una mano loca.

—¿Cinco…?

—¡Carlos! ¡Haz lo que te digo!

—Asturiana, Celta, Pascual… —El tipo se queda pensando un rato—. Hacendado… ¿Hacendado es una marca?

—Sí. Venga, te falta una.

—Nestlé.

Carlos sonríe, orgulloso por haber contestado con diligencia.

Yo me quedo callada unos segundos y recuerdo por qué: le pregunté a Rafael si Nestlé era una marca de leche también. Después de comprobar que Carlos había acertado, continué con él.

—¿Me dais un paquete de tabaco por haberlo adivinado? —pregunta Carlos con voz de ángel y sonrisa picarona.

—No, Carlos. Mírate las manos.

Carlos pone cara de hastío y levanta la mano libre. Extiende sus dedos y arquea las cejas llenas de piercings.

—¿Lo notas? —Quiero que él vea el efecto que esa irrupción en sus pensamientos obsesivos ha provocado en su sistema nervioso.

—No tiemblan —dice él.

—Exacto. ¿Qué tal van las palpitaciones?

Se lleva esa misma mano al pecho y respira más tranquilo.

—Ya no las tengo.

—Bien. Carlos, tu ansiedad se dispara cuantos más pensamientos repetitivos tienes. Has entrado al confesionario a punto de tener una crisis porque no has dejado de pensar en tu falta de tabaco, retroalimentando tu histeria. El programa no os va a dar tabaco si antes no os lo ganáis en una prueba, y mucho menos lo hará porque no sepas controlar tus impulsos. Tus pataletas serán peores para ti. ¿Es eso lo que quieres?

—No, joder. Solo quiero que se me pase esto…

—Te puedo ayudar a cortar ese flujo de pensamientos negativos. Cuando esto te pase, tienes que hacer algo que rompa el círculo vicioso. Métete el dedo en la oreja y anima a tus compañeros a que te pregunten marcas de cualquier cosa. Te ayudará a focalizar en algo distinto.

—Pero es absurdo.

—Puede, pero funciona. Tienes que hacer terapia de choque a tu mente. Sorprenderla.

Carlos asiente, no muy convencido. Se da media vuelta, preparado para abandonar el sillón rojo.

—Carlos.

—¿Sí?

—Ya puedes quitarte el dedo de la oreja.

—No, no —contesta—. Me tranquiliza.

La puerta blanca del confesionario se cierra y, al mismo tiempo, Federico cierra la tapa del portátil.

—Y… Fin. —Con esas palabras acompaña su acción.

—¿Fin? Fin ¿de qué? ¿De contrato? —digo esperando lo peor.

—Sí. Exacto.

—¿En serio? —El alma se me cae a los pies. Pero ya me lo imaginaba. Visto por televisión, todo lo que hago parece extraño y demasiado loco—. Si es por mis métodos… Puedo hacerlo todo más convencional.

—Es precisamente por tus métodos. —Federico echa mano de su maletín de la muerte y el despido, y saca más gráficos—. ¿Ves estos picos? —dice señalando.

—Sí. —Están en azul y sobrepasan una franja media y roja—. ¿Son tus picos de hipertensión mientras me escuchabas?

—No digas estupideces. Son los índices de audiencia que registramos cada vez que emiten las sesiones del confesionario contigo.

—Y… —un rizo rebelde se me escapa del moño y cae lánguido sobre mi rostro. Lo retiro rápidamente—, ¿eso es muy malo?

Federico me mira como si hubiera nacido ayer.

—A ver, niña, despierta… ¿Desde cuándo es malo que seamos líderes de audiencia?

—Claro. Desde nunca.

—Me importa un bledo cómo lo seamos. Simplemente, queremos liderar la programación, ¿entiendes? Y tú nos ayudas con tus extrañas aportaciones un tanto lunáticas.

—Mmm, ya… No sé si me gusta cómo lo dices.

—Becca. —Fede toma su café con delicadeza y lo menea arriba abajo según habla—. Tal vez no seas consciente de lo que está pasando contigo, pero en las redes sociales solo hablan de ti. *El Gato* asegura que el mejor fichaje de *GH* en años has sido tú. Tus intervenciones salen continuamente en *Zona Zapping*. ¡La psicóloga de *GH* es trending topic en España! —exclama, emocionado, con una sonrisa.

—Son solo fenómenos pasajeros. —Intento rebajar su extraña euforia. Creo que está sacando las cosas de madre—. Es meramente anecdótico.

—No lo es —concluye Federico—. No seas tan humilde.

—No lo soy. Pero, sinceramente —me levanto del taburete, abrumada—, no creo que debas darle mayor importancia de la que tiene.

—Pero se la doy. —Federico se levanta conmigo—. Yo y todos los directivos de Zeppelin. Y también la productora de la competencia, que está interesada en ti…

—¿Que otra productora está interesada en mí? —Abro los ojos como platos—. ¿Cuál? ¿Desde cuándo se interesan en mí? ¡Yo no soy nadie!

—Trending topic en España desde hace dos semanas…

—¿Dos? —No sabía que habían sido tantos días. Nerea me obligó a crearme una cuenta de Twitter. De hecho, no sé muy bien cómo van las redes sociales. Pero mi colega me dijo que la creara para que estuviera al día de lo que decían de mí. El caso es que no me quita el sueño lo que digan o dejen de decir, y hasta hace un par de días no la creé. Pero, al parecer, han dicho muchas cosas. Por supuesto, también tengo detractores, compañeros de profesión que deploran mis métodos. Y es normal. Porque mis métodos rompen con los suyos. Y ¿sabéis qué? Funcionan. He hecho un mix y he creado mi propio método.

—Querida, sí eres alguien. Y se interesan en ti desde que tú sola revientas los índices, guapa. Y… —levanta el índice para silenciarme—, ni lo sueñes. No pienso decirte quién va detrás de ti sin que antes escuches nuestra propuesta. Quiero asegurarme de que te vas a quedar con nosotros y de que tengo la primera opción.

—Esto raya lo absurdo…

—De eso nada —asegura, muy seguro de sí mismo. Fede puede estarlo perfectamente; con ese anillo de mafioso, cualquiera…—. Eres doctorada en Psicología Clínica, especialista en fobias y coach de PNL.

Sí. Todo eso soy yo. Fede lo sabe muy bien. Me licencié en la Universidad de Barcelona y decidí especializarme en el tratamiento de fobias, esos miedos, desorbitados o no, que nos golpean y que pueden llegar a condicionar nuestra vida diaria. Puede que, debido a mi especie de don empático, sea capaz de comprender mejor a los pacientes y adivinar incluso aquello que no me cuentan. Leo perfectamente el lenguaje corporal.

En mi consulta, ubicada en una amplia oficina de la avenida Diagonal, es lo que trato con mis pacientes. Y he llegado a tener en cartera a gente famosa cuyos nombres, por privacidad y ética profesional, jamás revelaré.

—Eres un diamante por pulir, Becca. Y quiero hacer un programa a tu medida.

Un momento. Creo que no he escuchado bien. ¿Ha dicho un programa a mi medida? ¿Un programa de televisión?

—¿Cómo has dicho? —Me siento de nuevo en el taburete, que aún está caliente.

—Becca, tienes gancho. Tienes mucho sentido del humor. Y por alguna razón, la gente, sin conocerte, te adora y se ríe contigo. Si sales en televisión y te ven, acabarán enamorados de ti. —Mira mis rizos, y yo me imagino que en realidad solo visualiza cabezas de crías de vencejo saliendo de él—. Créeme, causarás sensación. Eres un gran producto.

—¿Quieres que me sienta como un tampón? No soy un producto. Soy una persona, Federico.

—Me encantas porque ni siquiera ves el potencial que tienes… ¿Tú te has visto? —Esta vez sí me repasa de arriba abajo, como haría un sexagenario con una veinteañera.

—Cada mañana, cuando me miro al espejo.

Me considero una chica del montón. Y cuando digo que me considero una chica del montón, lo digo de verdad. Es decir, que no creo que de mí se pueda conseguir más que una melena rizada y curiosa y unos grandes ojos azules. Tengo una boca grande que en ocasiones me parece un buzón. Los labios demasiado gruesos, y cuando me río me salen unos hoyuelos extraños en la comisura de los labios, tirando hacia el mentón. Federico dice que hago reír a la gente, y la verdad es que no lo hago a propósito. Pero los hoyuelos significan poder para hacer reír a los demás. Se supone que, si una situación es tensa, tengo la capacidad para destensarla con un comentario o un chiste malo. Y me viene de perlas para encargarme de la gente ansiosa por las fobias. Curioso, ¿no?

Pero continuemos con mi cuerpo. No soy explosiva. Al menos, no creo serlo. Tengo un cuerpo tirando a normal. No tengo demasiado pecho y creo que mis caderas son de vaquero, perfectas para unas cartucheras en potencia que tarde o temprano me saldrán. De hecho, si no fuera por el kickboxing, tendría el culo como Nanny McPhee. Lo mejor de mí son mis hombros, y mis piernas.

Pero no vivo obsesionada con mi cuerpo; quiero decir que me consiento mucho con la comida. Es más, cuando Fede se vaya, voy a engullir el Ben & Jerry's como la gorda de espíritu que me considero que soy.

—Becca —esta vez, Federico cambia el tono paternalista por el de magnate—, creo que una persona con toques de genio como tú debería tener su propio programa. No quiero que te me escapes, ni que te eches a perder detrás de unos cristales opacos que nadie ve. No puedes ser solo una voz. Por eso mi propuesta va a ser suculenta. Este es tu programa. —De golpe, despliega un cartel imaginario frente a mí y arquea las cejas—. *El diván de Becca*.

—¿*El diván de Becca*?

—Un reality sobre las fobias más inverosímiles y extremas. Tú serás como una especie de Encantador de perros o de Super Nanny, como quieras verlo. Tratarás a los pacientes afectados por esas fobias y los ayudarás a superar sus traumas valiéndote del coaching o de lo que decidas utilizar.

—¿Los grabarás en mi consulta de Barcelona? —pregunto, todavía sin comprender de qué va la cosa. ¿Se supone que van a venir a mi consulta y grabarán las sesiones en directo?

—No. Mejor aún. Viajarás y visitarás a tus pacientes. Te acompañarán un cámara y un especialista de sonido. Tú decidirás todo: las preguntas a hacer, tus planos, los de tus pacientes, lo que debes hacer para ayudarles. No importa si debes pasar una semana o un mes con cada uno de ellos. Sea lo que sea, Becca, no escatimaremos en gastos, te lo aseguro. Lo que nos pidas, te lo daremos.

Juro que nunca, jamás, he tenido un ataque de pánico, pero reconozco los síntomas a la perfección, y estoy convencida de que empiezo a tener uno.

—Tendrás un asistente de moda. —A continuación, saca un sobre del dichoso maletín y lo desliza por la encimera de la isla hasta dejarlo entre mis manos—. En cada programa podrás elegir, entre las marcas promotoras, lo que desees ponerte. Ropa, zapatos, peluquería… Lo que necesites para lucir esa melena de leona en todo su esplendor.

—¿En serio? —Eso sí que me parece fascinante—. ¿Has dicho «melena de leona»? —rectifico.

—No se me dan bien las comparaciones —se disculpa torpemente—. Mira, te quiero sí o sí. Esta es mi oferta económica.

—Golpea el sobre con el dedo corazón—. Piénsalo durante esta noche. Medítalo con la almohada o con quien tú quieras. Llama a David, cuéntaselo. —Fede, como buen Súper, comandante del programa y de Zeppelin, conoce todos los detalles de la vida personal y profesional de las personas que trabajan para él. Debe hacerlo, porque meter a alguien en la estructura de una cadena no es moco de pavo—. Si me dices que sí, nos reuniremos para ultimar todos los flecos.

—Federico, ¿haces esto por un trending topic? ¡Es de locos! —No sé cómo controlar el rumbo que puede adquirir mi vida a partir de esta noche y necesito comprender por qué ven tan claro algo que yo jamás me he planteado.

—¿Por un trending topic? —Fede niega con la cabeza y resopla, incrédulo—. Becca, si ya eres famosa sin que te vean, imagínate lo que pasará cuando lo hagan. Tú tienes encanto, y yo detecto un filón en cuanto lo veo.

—¿Encanto? Encanto tiene Blanca Suárez o Úrsula Corberó. No yo.

—Date esta oportunidad y verás. —Fede me guiña el ojo mientras abre la puerta de mi casa. Me ha lanzado una bomba y ahora se dispone a marcharse.

Miedo me da abrir ese sobre. Cuando lo haga, mi vida cambiará.

—¡Espera un momento! Si digo que sí, ¿cuándo empezaría?

—¡Lo antes posible! —grita desde la calle.

Escucho el portazo, con todas las palabras y propuestas de Fede flotando alrededor de mi cabeza como pajaritos.

Me doy cuenta de que estoy sola, como la isla de la cocina, ante una decisión que puede darme la oportunidad que buscaba. Lanzarme de cabeza, o bien otorgarme una popularidad que, a la larga, puede ser perjudicial para mi carrera.

Tomo el sobre entre mis dedos y lo abro.

Es un jodido cheque en blanco. Federico quiere que yo ponga la cifra. Madre mía… Un escalofrío nervioso recorre mi columna vertebral y me froto la nuca.

Necesito hacer una sola llamada para tranquilizarme y escuchar la única voz serena y cuerda que da sentido a mi mundo.

Si llamo a David, él me aclarará las ideas.

Voy a hacer un FaceTime con él, a sabiendas de que no son horas.

Pero David siempre está para mí. Me sonreirá comprensivo y me dirá: «¿Qué te pasa, mi cabecita loca?».

David es, sin lugar a dudas, el hombre de mi vida.

Llevamos juntos cinco años. Nos conocimos en la Ciudad Condal; él trabajaba como asesor financiero de una empresa americana con sede en la Diagonal, y a mí me contrataron para que hiciera coaching a los trabajadores y les enseñara a relajar tensiones y a sobrellevar la presión del agresivo mercado económico.

Cuando entré en la sala de reuniones, me encontré con una mesa repleta de tiburones trajeados que acarreaban con la responsabilidad de cuidar y ampliar grandes cuentas internacionales con tantos ceros que yo jamás vería en mi vida.

No superaban los treinta años. Yo entonces tenía veintitrés.

No me fijé en él nada más entrar; de hecho, no me di cuenta de que existía hasta que, después de hablar largo y tendido sobre técnicas de PNL (programación neurolingüística) para templar los nervios, levantó la mano para hacer un repaso global de todo lo que yo había explicado (que no era poco) y, a continuación, preguntarme por la ubicación de mi consulta privada en Barcelona.

En realidad, cuando David empezó a enumerarme todas las acciones de PNL que yo había referido, con esa voz suave y a la vez masculina, me quedé un poco colgada de él. Un hombre que escuchaba con tanta atención era una mina de oro para mí. Y a medida que hablaba, me fijé en su pelo rubio y liso, y en las ondas adorables que le hacía en el cogote. Sus ojos marrones me miraban con una picardía sutil, como si me desnudaran casi pidiéndome permiso. Y me gustó.

Me gustó el tacto y el respeto que los demás cerdos salidos

no me mostraban, y que se esmeraban más en ver de qué color llevaba las bragas que en prestar atención a mis indicaciones.

Con el tiempo, David y yo nos fuimos viendo. Vino a mi consulta, por supuesto. Estaba muy interesado en el coaching para empresarios. Y doy fe que las dos primeras sesiones conmigo atendía muy concentrado a lo que decía. Pero en la tercera no dejó de mirarme los labios. Y, claro, no os voy a mentir: pasó lo que tenía que pasar.

Nos enganchamos.

Aún recuerdo perfectamente aquel momento. El beso que nos dimos al despedirnos fue increíble. Pausado, muy meditado en nuestras fantasías. Fuego lento. Caliente y húmedo a la vez, pero no demasiado duro como para arrasar con las brasas, sino con el ritmo adecuado para mantener la llama.

Me gustan esos besos. Siento que me dejo llevar y que bailo con él, como si solo nosotros pudiésemos escuchar la melodía. Me devuelven a la tierra con suavidad, mecida por la seguridad de sus labios.

Me han besado de muchas maneras.

Tuve un ligue que me besaba en plan reggaeton, ya sabéis: «*Mamasita*, dame más gasolina…». En fin, muy deprimente. Luego, uno que lo hacía en plan Mojinos Escocíos, del tipo: «*Ojú*, que buena *tá*… Chiquilla tan *tienna*… Te voy a *comé tó* el *buyuyu*». ¿Perdón? «Estoy más *quemao* que el *senisero* de un bingo». Sin comentarios. Y después, una noche loca de cuya borrachera no quiero acordarme, tuve la desgracia de encontrarme con el Mojino Escocío con un cruce de Eros Ramazzotti. Esta especie se encuentra por Ibiza, os aviso. «Yo quiero una *madona*, que caliente *la mia* pizza y poco a poco se la coma… Por eso lloro en *la mia* cama, porque dicen que el que no llora no mama». ¿Hola? ¿Eres imbécil?

Pero no hablemos de mis bochornosos patinazos ligueros, porque, obviamente, no tuvieron futuro.

David, en cambio, me besó en silencio y de un modo apasionado. Él no me cantaba, gracias a Dios. Pero no le hizo falta: yo escuchaba las campanas de boda de fondo, y eso que no pienso casarme jamás.

Y la primera vez que hicimos el amor... Sonrío como una tonta.

Estábamos hechos el uno para el otro, sin ánimo de parecer pedante y demasiado romántica. Pero estar en su cama era como sentirse en casa, territorio seguro y protector. Me encantó cómo me tocó, con reverencia y, al mismo tiempo, sabiendo exactamente qué tenía que hacer y cómo hacerlo.

Recuerdo sus manos sobre mi piel, el modo en que me quitó la ropa, con lentitud, sin dejar de mirarme a los ojos. Su modo de acariciarme los pezones (que tengo ultrasensibles) y de besarlos. La manera que tuvo de colocarse entre mis piernas y después de prepararme concienzudamente, penetrarme, para no salir de allí hasta que no consiguiera que me corriese dos veces seguidas. Y no paró en toda la noche.

Y yo... Yo me enamoré sin más. Con la comodidad de saber que si me lanzaba al vacío, él siempre me cogería.

Y así ha hecho.

Cinco años después, sigo queriéndolo como el primer día. Y no llevo bien su ausencia. Nada bien. David trabaja ahora en Estados Unidos como agente de la empresa franquicia para la que trabajaba en Barcelona. Es una pieza clave en los negocios internacionales, y cada vez tiene más responsabilidades y menos tiempo.

Hace dos años que trabaja allí. Nosotros intentamos pasar temporadas juntos aquí y allí y procuramos hacer coincidir nuestras vacaciones. No nos vemos tanto como quisiéramos, y menos ahora que yo trabajo en *GH*, pero lo importante es que sigamos queriéndonos ver como al principio. Mantenemos una relación a distancia, pero tenemos plena confianza el uno en el otro. Además, yo soy incapaz de querer a otro que no sea él. Y a él le pasa lo mismo.

El ansia por llamarle y verle a través de la pantalla del portátil hace que se me acelere el corazón como una tonta. ¿Qué dirá cuando sepa que me han ofrecido un reality como protagonista? Se alegrará, seguro. Sus éxitos son los míos. Y los míos, los suyos.

En la pantalla de mi Mac aparece la ventana oscura del Face-Time. Tres señales de llamada y, si todo va bien y David está disponible, me contestará.

La pantalla se abre y me muestra su rostro, aseado e impoluto, como siempre, tan bien parecido que verlo hace que se me iluminen los ojos.

David también sonríe sinceramente a mi reflejo y me saluda como siempre he esperado que haga:

—¿Qué te pasa, cabecita loca?

—Hola, rubio. ¿Estás solo? —le contesto yo, coqueteando y bromeando a la vez.

David asiente y se frota los ojos. No hace mucho que se ha levantado. Se habrá dado su ducha matutina y ahora está preparado para desayunar y, después, ir al trabajo.

—Hola, pelirroja. ¿Cómo estás? ¿Qué te cuentas?

—Bien. —Toco la pantalla del ordenador con mis dedos y me abraza la melancolía—. Ains… Es verte y sonreír. Te echo mucho de menos.

David sonríe y me devuelve el gesto, aunque sus ojos no parecen verme del todo.

—Yo también a ti.

Intento no hacer caso a su reacción vacía y extraña. Debe de estar agotado por trabajar tanto. Pobrecillo, se desloma.

—David, tengo algo que contarte. Y es alucinante —le digo, emocionada.

Eso despierta su interés.

—¿Ah, sí? ¿Qué es? ¿Te vienes a Estados Unidos a vivir?

—No. Pero Zeppelin me ha ofrecido un reality para mí sola.

Él frunce el ceño.

—¿Qué?

—Los índices de audiencia cuando hablo con los concursantes en el confesionario se disparan, y Federico cree que tiene que apostar por mí. Se llamará *El diván de Becca* y viajaré por toda España haciendo de coach, tratando fobias extremas y adicciones, ayudando a la gente.

Sé que estoy sonriendo feliz como una perdiz una vez se lo he contado a él. Y al oírlo de mi boca en voz alta, me doy cuenta de que es una increíble realidad. No puedo estar más emocionada. Pero David no parece tan eufórico como yo. Eso me desinfla como un globo, y no gradualmente. Parece que David haya clavado un alfiler en mi burbuja de complacencia y la haya reventado de golpe. No sé por qué, pero está muy raro.

—¿No te parece tan alucinante como a mí, David?

—Es alucinante, Becca —resopla, algo confuso y agotado. Está muy agobiado. Parece que tenga ganas de decirme algo, pero mide demasiado las palabras, como siempre. Él es de los comedidos. No le gusta montar espectáculos, ni fuera de su casa ni tampoco en la intimidad. Tiene una estricta educación.

—¿Qué te pasa, cariño? Sabes que me lo puedes contar todo.

—Es que, Becca… —Levanta la mirada y la centra en el monitor. Y lo que me dicen sus ojos no me gusta nada—. Si ya es difícil que nos veamos desde que trabajas en *Gran Hermano*, si además te han ofrecido esto ahora… No vamos a poder vernos. Llevamos dos meses sin estar juntos. Si aceptas el programa, vas a ser muy popular, estarás muy ocupada…

—¿Cómo? Espera un momento —lo interrumpo, sorprendida—. Tomaré vuelos exprés, como siempre hago, para…

—Gastas demasiado, Becca.

—Es mi dinero y lo gasto como quiero, David, y…

—Empiezo a estar cansado de esto. Nuestra relación no debería ser así. No quiero que sea así. —Se frota los labios con los dedos.

Está tan preocupado que mi primer impulso es el de ir a consolarlo, aunque parezca que tenga intención de dejarme. No lo puedo soportar. Ya me empieza a doler, y aún no ha sido claro conmigo.

—¿Cansado? ¿De qué hablas? ¿De qué estás cansado, David?

—De esto. —Mueve las manos hacia el monitor—. De tener que vernos así. Quiero poder tocar a mi novia siempre que quiera. El otro día —prosigue, nervioso e incómodo—, me costó pensar en ti como en mi pareja.

—¿Qué dices, David?

—Becca —resopló, rendido—. Pareces más una amiga que tengo por internet que la mujer que está conmigo. Tenemos una relación más de colegueo que de otra cosa. Y yo... Yo ya no quiero esto. Pensé que, con el tiempo, tú te vendrías a Estados Unidos a vivir conmigo. Podrías trabajar aquí como terapeuta. En este país están todos tarados, y por cada bebé que nace adjudican a un psicólogo de por vida.

Tengo una imagen mental de lo que es mi felicidad con David. Es como un marco con una fotografía. Ahora, el cristal se está resquebrajando y desdibujando su cara junto a la mía.

—Mi carrera está aquí. Por ahora no me puedo ir —contesto, acongojada. Tengo la extraña manía de permitir que las emociones se reflejen siempre en mi voz—. Te respeté cuando dijiste que te ibas a trabajar fuera. Lo acepté. Yo también esperaba que regresaras a Barcelona como directivo con tu propia empresa bajo el brazo. Te lo ofrecieron y lo rechazaste. Y yo estuve a tu lado, apoyándote en tu decisión, aunque deseaba que volvieras. —Voy a echarme a llorar. Ya no veo por culpa de las lágrimas—. Pero, igualmente, yo puedo seguir con esto. —No quiero ser consciente de lo que David está tratando de decirme—. Soy yo la que coge aviones para vernos, no tú. —Nunca le había echado en cara esto—. Al principio sí que viajabas, pero con el tiempo te has acomodado. Y desde hace un año soy yo la que coge los vuelos.

—Becca... —susurra, algo afectado—. No quiero que cojas más vuelos para venir a verme. Es injusto para ti y para mí. Yo quiero tener una vida más normal. Y tú deberías desear tenerla.

—Pero mi vida me gusta como está. ¿Has conocido a otra?

—No. No hay otra persona —replica, ofendido.

Y es verdad. David jamás me mentiría al respecto. Pero eso

hace que me frustre más, porque me está dejando sin la necesidad de haber tenido un desliz de esos que te rompen los esquemas cuando menos te lo esperas.

—Te he sido fiel en estos cinco años. No he necesitado estar con nadie más.

—¿Y ahora sí? —le recrimino—. Por eso me dejas, ¿no es así? Porque quieres una novia de verdad.

Su silencio es tan elocuente que no me cabe la menor duda sobre sus necesidades. David se siente solo, y quiere tener una pareja real a su lado. Yo, en cambio, siempre he creído en mi relación con él como algo más místico y espiritual, irrompible y auténtico. No necesitamos estar pegados el uno al otro para demostrarnos lo mucho que nos queremos. Tarde o temprano íbamos a estar juntos. Solo hacía falta aguantar un poco más.

Pero si él, sorprendentemente, necesita otro tipo de relación… ¿Cómo lo puedo retener? Dios, me siento tan traicionada.

Él no lo sabe. O tal vez sí. La cuestión es que está rompiendo mi corazón en pedazos. Y me duele mucho.

—Tengo que irme a trabajar, Becca… —intenta disculparse—. ¿Quieres que hablemos de esto en otro momento?

Encima va a ponerme esa voz condescendiente de: «En realidad, soy un buen tipo».

—No. No hay nada más que hablar. —Me limpio las lágrimas de un manotazo—. Lo tienes muy claro.

—Me ha costado mucho decirte esto.

—Sí, ya veo. Tanto, que has esperado a que fuese yo quien contactara contigo. Porque desde hace unos días no sé nada de ti. Ahora ya sé por qué, cobarde. —Si fuera un dragón, echaría fuego por la boca.

—No tienes que insultarme. A mí me duele acabar con esto tanto como a ti.

—Lo dudo.

—No quiero perder el contacto contigo.

—Olvídate de eso. No soy tu amiga en ese sentido. Ni tampoco tu terapeuta.

—Pero yo te quiero mucho —se apresura a decirme, como si no quisiera que mi imagen se esfumara de la pantalla, que es justo lo que va a pasar—. No quiero que nos dejemos de hablar.

Sonrío sin ganas y niego con la cabeza.

—Por ahora eso es inviable para mí. Me has dejado y necesito tiempo para recuperarme. No me llames, no me escribas, más o menos como has venido haciendo este último mes. —Joder. ¿Por qué no me he dado cuenta de eso antes?—. Necesito espacio, y estar en la zona «amigos» me va a destrozar. Así que, por ahora, no. Un beso, David, cuídate. —Cierro la pantalla del FaceTime y, después, bajo la tapa del portátil.

Estoy en shock.

Un poco perdida, la verdad. Sé que me va a costar mucho asumir esta ruptura. De hecho, todavía no puedo creer lo que ha pasado.

Me quedo sentada en el taburete, con la mirada perdida y las mejillas húmedas de mis lágrimas.

Soy una mujer muy normal, en realidad. Demasiado emotiva y, en según qué situaciones, nada fuerte. Y esta es una de esas situaciones que me superan. Por eso, apoyo los codos en la mesa de la isla y cubro mi rostro con las manos.

Necesito llorar a gusto. Y es justo lo que hago, y lo que sé que haré durante días.

Pero tengo que preparar mi estrategia y solo tengo clara una cosa. Cuando esta noche tan oscura acabe, para que no me obsesione con mi desgracia y mi corazón hecho añicos, tengo que hacer algo que rompa con mi rutina cotidiana. Algo que ningún tipo de automatismo haga que me relaje y permita que me flagele con recuerdos melancólicos e hirientes de David y yo cuando éramos felices. Que ha sido siempre.

¿Veis? Necesito pensar en algo que ocupe mi mente al doscientos por cien. Porque está claro que cuando te dejan, solo recuerdas las cosas buenas, y eso hace imposible desengancharse de tu ex.

Sorbo por la nariz, tan hecha polvo que respirar me duele.

Tomo el sobre con el cheque en blanco entre mis dedos y acerco las páginas con los índices de audiencia de *Gran Hermano*. Federico ha adjuntado una hoja de proyecto de *El diván de Becca*, con la estructura del programa y las bases de su funcionamiento, además del target al que irá dirigido y posibles anuncios publicitarios que yo misma deberé realizar.

Tal vez *El diván de Becca*, un programa que aspira a ser de gran ayuda para mucha gente, sea también mi chaleco salvavidas.

Tal vez sea yo quien necesite ese diván, ahora más que nunca.

Y tal vez, cuando David me vea por cable, sea él quien lo necesite porque la culpa por haberme abandonado y el consiguiente arrepentimiento no le dejen dormir.

# 3

 @mariavidilla #alapsicologadeGHselevalaolla Decirle a mi novio que se meta el dedo en la oreja y me diga cinco marcas de tabaco para que olvide su fobia a las montañas rusas, y que me diga que me lo meta yo en el culo ;))))

Como os podéis imaginar, al día siguiente de mi ruptura, y bajo los efectos todavía de la valeriana, del Ben & Jerry's y de un par de enantyums para el dolor de cabeza, me dirijo con toda la caraja por la madrileña avenida de Manoteras para encontrarme con Federico. Ahí es donde está el edificio de la productora Zeppelin.

Cuando entro en su oficina, después de dejar atrás numerosas plantas y largos pasillos, abro la puerta, le hago un Casper a su secretaria (esto es, hacer como si no existiera) y le digo a Fede:

—Acepto el desafío. Quiero *El diván de Becca* para mí.

Fede, impecable como siempre, bajo miles de euros de tela y miles de kilos de poder, en vez de alegrarse, se levanta de su sillón de jefazo, cierra la puerta de su despacho y me agarra por los hombros para estudiarme con patente preocupación.

—Becca, tienes un aspecto de pena. ¿Estás drogada?

—¡No! Pero creo que el enantyum no me ha sentado bien del todo… He tenido una mala noche.

—¿Qué te ha pasado? ¿Qué haces así vestida? Es como si te hubieras inventado un look entre Lady Gaga y Courtney Love. O peor, entre Paz Padilla y Alaska. —Me mira de arriba abajo—. Eres como una cantante de grunge pasando por una etapa pop.

Lo sé. Tengo el pelo completamente encrespado y me sostengo los rizos delanteros con mis gafas de montura negra y de pasta, como si fuera una diadema. Voy vestida con tejanos negros y una levita larga y oscura que me llega por debajo de las nalgas. Debajo solo llevo una blusa blanca, y en los pies, unas botas con plataforma de color beige Celine, que combino con un bolso de la misma firma, de color rojo. Sí, hoy solo he visto medio look de Paula Echevarría, ¿vale? El otro medio lo he improvisado. Ya os he dicho que no sé combinar demasiado bien.

—Nada, Súper. Asuntos personales que, por otra parte, te vendrán de maravilla para que acepte el proyecto. Así que no hurgues en la herida.

—Pues, sea lo que sea, entonces me alegro.

—Insensible —le digo, hastiada. Me llevo la mano a la frente. La cabeza me va a estallar y noto la lengua pastosa y medio dormida. ¿Cuántos enantyums me tomé? He dicho dos como el que dice que cuando llueve te mojas, pero bien podrían haber sido cuatro.

—¿Has revisado el dossier que te facilité? —Fede sigue sin quitarme los ojos de encima. Receloso, toma asiento de nuevo, tras su escritorio y su inmenso ordenador Mac con el que se oculta de miradas ajenas y un tanto nubladas como la mía—. ¿Te parece bien el proyecto?

—Sí. Asegúrame que tendré todo el control sobre mis pacientes y que seré yo quien decida en todo momento qué hacer y cómo hacerlo.

—Así será. —Entrelaza los dedos y la comisura de sus labios se levanta soberbia—. Tú tienes mucha más creatividad que cualquiera de nosotros. Tus decisiones seguro que serán las correctas.

—Bien. Quiero agua.

Fede frunce el ceño.

—¿Agua? No comprendo. Tendrás lo que quieras y como quieras...

—No. No. Quiero agua ahora. —Parece que me haya comido un estropajo—. Por favor —añado.

Mientras Fede me sirve agua de su dispensador personal en un vaso de plástico, me pregunta:

—¿Qué tipo de crack dices que te has tomado?

—¡No me he tomado nada de eso! —Cojo el vaso como una mujer sedienta y desesperada—. Yo no tomo drogas, por el amor de Dios. Es solo que se me fue la mano con los ibuprofenos… No he dormido nada. Estoy agotada.

—¿Nervios por tu decisión?

—Digamos que ha sido un poco de todo. Mi novio me ha dejado por FaceTime. —¡Ale! ¡Ya está! ¡Ya lo he dicho! Apuro el vaso de agua de golpe—. Malditas tecnologías. ¿Hay algo más humillante que eso?

—Mi tercera esposa me pidió el divorcio por Whatsapp —reconoce sin ninguna vergüenza.

Parpadeo atónita. Vale, sí hay algo peor.

—Tú ganas. Olvida la pregunta.

—¿Te encuentras bien?

—¿Bien…? —Hago un mohín y muevo la cabeza de un lado al otro—. ¿En una escala del menos diez al menos cinco?

Federico carraspea.

—Bien, vas a tomarte dos semanas de vacaciones —dice, tajante—. Ibas a hacerlo de todas formas, porque es lo que exige una de las cláusulas. Te quiero fresca y a tope. Si me das el sí y firmas el contrato ahora mismo, en tres semanas empezaremos a grabar el programa. Mientras tanto, nosotros lo prepararemos todo. Las acciones de publicidad, el tipo de lanzamiento que queremos hacer y el llamamiento a todos tus futuros pacientes que quieran que tú los trates. Haremos un casting exprés y nos pondremos cuanto antes. Tu éxito hay que aprovecharlo ya. Cuando tengamos hecha la última criba, te encargarás de elegir a quién decides tratar. No será fácil.

—Lo sé. Pero estoy preparada. De hecho, necesito volcarme en las desgracias de los demás lo antes posible. Mi vida no es demasiado buena ahora mismo.

—Perfecto. Cuando hayas elegido a tus pacientes, tendrás que decidir quiénes serán los primeros en recibir tus atenciones. Iremos caso a caso, paso a paso. Solucionarás primero uno y después otro. *El diván de Becca* se emitirá los martes por la noche en prime time. Con tu paso en *GH* se ha creado un hashtag que es trending topic en España, el de #alapsicologadeGHselevalaolla. Con tu programa crearemos dos hashtags: #eldivande-Becca y #Beccarias.

—¿Beccarias? —Sonrío. Me gusta el juego de letras que han hecho con mi nombre.

—Sí. Ambos hashtags se utilizarán para hablar del programa. El de Beccarias será más selectivo. Solo lo utilizarán aquellas que se sientan identificadas contigo. Crearás tendencia. Pero esta vez no serás la psicóloga de *Gran Hermano* —explica, emocionado—. Serás Becca, a secas.

—¿No puedo seguir mientras tanto en *Gran Hermano*?

—No. Estás fuera de la plantilla en el momento en que aceptas el *diván*.

—Vaya. ¿Y mis concursantes? ¿Cómo me despediré de ellos? Notarán que no soy yo la que está al otro lado del cristal.

—Nosotros nos encargaremos de todo, no te preocupes. Estás dejando un proyecto para meterte en otro mucho más importante. Desconecta de *GH* y busca la esencia para el *diván*. ¿Estás nerviosa?

—Aún no. El enantyum es muy bueno —contesto sin pensármelo mucho.

—Genial. ¿Tienes alguna pastillita para mí?

Me echo a reír y eso hace que recuerde cómo me reía con David. Estoy hundida. Necesito trabajar ya.

—Disfruta tus días de descanso. Le comunicaremos la buena nueva a Rafael, el jefe de psicólogos, y ellos ya se organizarán. Siempre lo hacen. Aunque me da que no va a gustarle un pelo. —Sonríe divertido—. Tómate unas vacaciones, Becca; las tienes completamente pagadas.

Me iría a Estados Unidos y pasaría dos semanas con David, si no fuera porque hace unas horas que me ha dejado. ¡Zopenco! ¡Seré desgraciada!

—Creo que volveré a casa.

—Perfecto. Ve a tu tierra, a Barcelona. Relájate. Haz que te mimen y te cuiden, y cuando sea el momento, regresa con las pilas cargadas porque el ritmo de *El diván de Becca* va a ser endiablado.

Me hace gracia cómo los de Madrid llaman a Barcelona «mi tierra». Menos mal que los nacionalismos y demás zarandajas me interesan menos que un moco.

—Genial.

—Lo será. —Fede entrecierra los párpados—. Eh... ¿Y qué hay del sobre? ¿Tienes el cheque en blanco?

—Sí.

—¿Y bien?

—Ya no está en blanco.

—Me alegro.

—Esa cantidad es la que quiero mensualmente. Después habrá que negociar los porcentajes en derecho de imagen y publicidad...

Federico toma el sobre y lo abre con cautela.

—Has estado estudiando. Muy bien.

—O eso, o me cortaba las venas regodeándome en mi depresión.

—¿Cuánto me pides a cambio de cambiarte la vida? —dice en voz alta.

Entre nosotros, le he pedido mucho. Más que nada porque un nuevo proyecto es todo un riesgo, y en este en particular expongo no solo mi imagen, sino también mis tablas como profesional. Podría quedarme sin consulta y sin cartera de clientes. La popularidad es un arma de doble filo. Si me arriesgo, al menos me cubro las espaldas.

Lo mejor es que Fede arquea las cejas y asiente como si no le doliera la cantidad que he escrito en el talón.

Y me asusta la increíble confianza que parece tener en mí y en mi diván.

Espero devolvérsela con un pelotazo mediático.

—¡Cariño! ¡A mis brazos!

Al otro lado de la puerta está mi madre, Valentina, con la misma pose que el Cristo de Corcovado de Río de Janeiro. Me mira compasiva, y al mismo tiempo sé que sus mimos y sus atenciones me harán bien. Es justo lo que necesito. Que me digan lo guapa que soy, lo buena que soy y lo imbécil, descerebrado y *mitja merda* que ha sido David al dejarme así.

Voy a pasar esas semanas en su casa, y espero recargar las pilas por completo.

Mi madre tiene el pelo como yo, pero menos rizado. Luce algún que otro mechón blanco, a lo Cruella De Vil (sin matar dálmatas para hacerse abrigos a topos), pero se ha hecho muy amiga de los tintes. Sus ojos verdes son enormes y siempre lleva las gafas de ver colgando del cuello. Si se las pone, se le resbalan por el puente de la nariz, y es de las que mira de soslayo, por encima de la montura, en plan: «*Are you talking to me?*». Es muy graciosa.

A sus sesenta y dos años, todavía se siente joven, por eso sigue conservando su melena y no se la corta como si hubiera pasado por Auschwitz, como hacen todas las mujeres del mundo (menos las de Hollywood) a partir de los cincuenta.

¿Por qué hacen eso? Es como si dijeran: «Se acabó la feminidad. Bienvenida, vejez. Ya no hay sexo (porque, seamos sinceros, cuando ya se es abuela sexagenaria, una no folla. Las abuelas no follan, ¿vale?). El pelo de las piernas me lo dejo largo y el de la cabeza, corto, porque, total, mi marido no va a curiosear por abajo, y si cambio lo de arriba, ni se va a dar cuenta». Mi hermana y yo le hemos prohibido a mi madre que se corte el pelo. Ella dice que es un rollo arreglárselo, porque aunque se peine la melena, las arrugas en la cara y el pellejo del cuello van a seguir ahí.

Pero mi madre es tonta. No hay mujer más bonita que ella. Sus arrugas se explican por la cantidad de veces que ha reído, excepto la del entrecejo. La del entrecejo es por mi padre. Él ha sido su fuente de disgustos, y nosotras, su fuente de alegrías.

Ellos están divorciados. Mi padre, Jorgito, es un canalla simpático, de esos que envejecen a lo Don Johnson y que son incapaces de mantener el pajarito en la jaula. Se pierde por una mujer, sea como sea: con pelo corto, pelos en las piernas, más gordita o menos gordita. Si tienes tetas y vagina y eres mayor de edad, huye de Jorgito, porque donde pone el ojo pone el pito.

Mi madre se divorció de él por sus continuas infidelidades: tenía una doble vida, el hombre. Se fue a vivir con una carnicera, con todas las connotaciones semánticas que acarrea esa palabra. Porque la *carni* lo dejó en los huesos. Nosotras creíamos que lo estaba envenenando para quedarse con todo su dinero, y por eso le animamos a que la dejara, y al cabo de los años eso hizo. Después decidió no casarse con nadie más, porque el papeleo era un engorro.

Y a continuación de la carnicera, se juntó con una lunática que vivía en un pueblo de Girona, perdido en la montaña. El colegio del pueblo solo tenía cinco niños, con eso lo digo todo, y su hijo pequeño de siete años era Hitler hasta las cejas de crack; es decir, un soberano dictador al que conocí e intenté ahogar un día con una servilleta mientras mi padre y su novia, solo ocho años mayor que yo, se besuqueaban en la mesa y yo fingía no ver que la guarra le estaba tocando la tranca. El padre de esa mujer era sudamericano, doctor de no sé qué. Y mi padre le tenía que llamar «*Lisensiado*».

Sí. Como lo leéis. *Lisensiado*. Hemos hecho muchas bromas al respecto.

Pero lo de la lunática tampoco acabó bien.

Como mi padre era cada vez más mayor, tuvo un largo recorrido de novias bolivianas, venezolanas y colombianas. Al parecer, les gustan mucho los hombres mayores. Pero todo es de respetar, ¿no?

Y ahora… Ahora está con una peruana llamada María Sonsoles. Y hasta aquí puedo leer.

Yo solo sé que quiero que mi madre me dé un abrazo de oso, me acaricie el nido de pájaros que tengo por pelo y me diga lo de siempre: «Mi niña, ese tipo no te merece. Le partiremos las piernas. Todo saldrá bien».

Parezco un perro apaleado. Tengo los hombros gachos y la mirada cabizbaja. Soy como Casper en el castillo, pululando sin ninguna gracia.

El piso de mi madre es grande y luminoso. Tiene cuatro habitaciones y una terraza que parece un jardín. Me gusta estar allí, tumbada en la hamaca, con una manta por encima y una taza de té verde con menta en las manos. Oigo el sonido que origina la vida en la calle y me encanta sentarme allí por la tarde y oler el aroma de los gofres recién hechos de la churrería de abajo.

Tenemos una cacatúa amarilla y preciosa. Se llama Edurne y a veces entra en un bucle, como ahora, y repite hasta la saciedad: «Jorgito maricón». Está claro que se lo enseñó mi madre. En ocasiones lo combina con: «Sonsoles y Jorgito, que se vayan a la mierda un poquito». Eso también se lo enseñó ella. Mi madre tiene una gran habilidad para las rimas a lo Gloria Fuertes, que en paz descanse.

Van pasando los días (ya van tres desde que llegué a Barcelona) y poco a poco, muy poco a poco, empiezo a sentirme mejor. Aun así, no dejo de llorar por las noches. Ni tampoco durante el día. ¿A quién quiero engañar?

Maldita sea. Es tan duro que te dejen… Y lo peor de todo es que no soy de esas que se dan cuenta de que quieren a su pareja cuando la dejan. Yo ya sabía que estaba enamorada de David. Lo quería mucho. Pero el que me haya hecho esto me hace pensar en si algún día voy a dejar de sentir este vacío. Sí, soy ridícula. El cretino me ha dejado por FaceTime, y yo sigo aquí con mi segunda caja de kleenex, comiendo como un pajarito desde hace dos días.

Creo que voy a comprar una caja de diazepam.


Hogar, dulce hogar.

Mi habitación sigue como siempre, excepto por la tabla de planchar y la bicicleta estática. Mi madre ha decidido colocarlas aquí para ahorrar espacio. O, calla… Tal vez se trata de una indirecta; tal vez cree que debo adelgazar y tiene demasiada ropa por planchar y necesita que le echen una mano.

Los cojines y la colcha de Desigual huelen a jabón de Marsella. Sonrío; sigue usando el mismo suavizante de siempre.

Mi madre es fiel. Cuando elige algo, lo hace para siempre y ya no lo cambia. Puede que sea por este motivo por el que no se ha vuelto a casar, ni tampoco a tener novio.

Creo que yo soy igual. Elegí a David, y lo hice por muchas razones. Puede que porque me gustaba cómo me sonreía, por el modo que tenía de mirarme cuando hablaba. Era como si creara una burbuja atemporal en la que solo estábamos él y yo.

Joder, David ponía todos sus sentidos. Ponía todos sus sentidos en todo.

Aun así, el modo en que me ha dejado…, sin alma, sin cariño, me parece mentira. Hemos creado un mundo juntos. ¿Cómo puede darle carpetazo a eso? Vale. De acuerdo. Últimamente no nos veíamos demasiado. Pero hablábamos todas las semanas, y lo hacíamos más de lo que algunas parejas que sí están juntas lo hacen en un mes.

¿Habéis pensado en eso? Por alguna razón, llega un momento en que las parejas ya no tienen nada que decirse. Comen en silencio, cada uno ve sus series favoritas por separado, no hacen nada juntos y deciden, como si se les acabara la magia, que todo aquello que antes les unía, ahora ya no les une. Unos lo llaman monotonía. En mi opinión, lo que fuera que les unió, no era amor. Pero solo es mi opinión. Si ha llegado un punto en que aborreces a la persona que tienes al lado y nada de ella te llama la atención, es que se te ha caído la venda de los ojos y ahora te das cuenta de que elegiste muy mal. Unos toman la decisión de dejarlo. Otros siguen juntos toda la vida. Infelices, sí. Pero juntos.

Yo nunca me cansé de David.

Parece que él sí. Pero yo no. Para que veáis: soy coach y psicóloga. Sin embargo, eso no garantiza que comprenda las actitudes y los comportamientos de todo el mundo. Aunque sí creía que David era transparente para mí. Y sí confiaba en que él me querría toda la vida. Porque yo sí lo haré.

Supongo que hay muchos modos de querer. Muchas intensidades.

Y David no está en la mía.

—¿Eso me convierte en una perdedora, mamá? —le pregunto cuando entra con más ropa para planchar y la deja en el armario. ¿De dónde sacará tanta?

Mi madre me encuentra hecha un ovillo en la cama, abrazando a mi Popple. ¿Habéis tenido un Popple alguna vez? ¿Esos peluches que no sabías si era un Gremlin o un oso, y podías hacerlo bicho bola? Yo sí. Y es mi peluche favorito de todos los tiempos. Es lila, tiene la panza y las orejas rosas, el pelo blanco y los ojos muy azules.

—¿El qué, vida? —responde mirándome un poco triste por verme en ese estado.

—Que yo siga queriendo tanto a un hombre que me ha abandonado.

Mi madre se encoge de hombros y deja ir el aire lentamente por la nariz.

—Deja que el tiempo pase, Becca. Nunca vas a olvidar. Pero el tiempo pone arena de por medio y hace que todo sea más llevadero. Que no duela tanto.

—No me has contestado.

—Eso no te convierte en perdedora —dice, segura de sus palabras—. No nos convierte en perdedoras a ninguna que hayamos querido de verdad —añade, y con ello deja claro lo mucho que sigue queriendo al bandido de mi padre, a pesar de que le rompiera el corazón—. Eso nos convierte en humanas.

Lo dicho: la humanidad es una mierda.


Mi madre Valentina es especialista en sopa de pollo para el alma.

Mi hermana Carla hace una sangría de tequila que ya quisiera Nati Abascal.

Y mi sobrino Iván tiene el mejor don de todos: hacerme reír como una cosaca.

Pero la Vane, mi amiga «la Vane», es mi mejor antidepresivo.

Suena ordinario y choni, lo sé. Y no tengo nada de eso, que conste. Es más, nada me gusta menos que la ordinariez tipo *Gandía Shore*. Pero entre las mujeres importantes de mi vida tenemos apodos moranquistas, gracias a su serie *Omaíta*.

En este caso, la Vane no se llama Vanesa. Su nombre es Elisabet. Pero ella me llama Debo, como la Debo, y mi hermana Carla es la Jessi. Somos la Debo, la Vane y la Jessi. Y mi madre Valentina, tan fina ella, es Omaíta. Nuestras conversaciones antiestrés vienen a ser así:

—Omaíta, ¿qué hay *pa' comé*? —le pregunto siempre con un tono chonil perfecto.

—*Loj calloj* del Joshua —contesta mi madre en su papel—. Dile a la Vane que llame al Joshua *pa'rriba*.

«El Joshua» no existe, pero forma parte de una escenificación que seguimos al pie de la letra. No os diré en qué derivan nuestras conversaciones cuando estamos borrachas, en parte porque ni yo misma las recuerdo.

¿Por qué os hablo de la Vane? Porque mi Elisabet viene a verme esta misma noche. Es viernes, y vamos a salir. A la fiesta se ha añadido también mi hermana.

Carla es completamente distinta a mí. Es guapa a rabiar, tiene el pelo negro y liso como las plumas de un cuervo, un brillante en la nariz y los ojos superverdes como mi madre. Es dos años mayor que yo y está divorciada de Fran, su ex marido.

No nos sorprendió su divorcio. Es más, creo que mi madre y yo lo deseábamos con todas nuestras fuerzas. Porque ese Fran era un facineroso redomado, un gandul que soñaba con que las grandes webs de juegos de rol le pagaran una mensualidad de esas estratosféricas. Os juro que no os podéis imaginar cuánto llegan a pagar a los buenos jugadores, de cabeza cuadrada, obesos y con gafas de culo de vaso, la mayoría. Fran no era así. Era un guapetón lleno de tatuajes que prefería pasar el tiempo con el mando de la Play que compartir minutos con su hijo y su mujer. Nunca fue un número uno en los videojuegos, ni tampoco con su hijo.

Carla es la mami del niño más maravilloso de la Tierra: Iván, cinco años, especialista en Pokémon y filósofo a tiempo completo.

Hablar con mi sobrino es reducir las complicaciones de la vida a cero. Por eso me aterra y me fascina al mismo tiempo, porque hace que me sienta una friki gris sin chispa vital. Y eso lo digo yo, y no Optimus Prime.

—¿Tita, echas de menos al tito David?

Cuando él nació, yo empezaba a salir con David; por eso lo considera su tío. A Iván no le puedo mentir. De hecho, no lo suelo hacer. Lo tengo sentado sobre mis piernas. Estoy arreglada para cenar e irme de fiesta. Mientras tanto, él abre una baraja de Pokémon y va sacando una a una las cartas.

—Mucho —contesto en voz baja para que no me oigan mi hermana y mi madre desde la cocina. Están hartas de mi autocompasión.

—¿Por qué no se lo dices?

Para él, todo es así de fácil; de hecho, para un niño, todo lo es. Si te duele algo, lo dices; si quieres algo, lo dices; si echas de menos a alguien hasta la extenuación, se lo dices. Pero los adultos tenemos más reservas y prejuicios. No nos gusta ser rechazados.

—¿Le volveré a ver?

Iván no vio mucho a David. Pero cuando coincidían, parecía que eran amigos de toda la vida. Mi ex conectaba muy bien con él.

—No lo sé.

—Pues entonces, ¿puedo quedármelo?

—¿Cómo dices?

—¿Puedo quedarme a David? ¿Puedo dárselo a mamá y que él haga de mi padre?

—¿De verdad tienes cinco años? —le pregunto, estupefacta.

—Los tiene —dice mi hermana, recostada en el sofá. Ha aparecido por encima de mi hombro y tiene una copa de sangría de tequila en la mano, con varios trozos de melocotón y naranja; además, le ha añadido una rodajita de limón—. Lo siento, chavalote. David no es mi tipo. Mamá es más de Jason Momoa, no de Ken.

—¡Eh! ¡David no es un Ken!

—Oh, por favor, Becca. —Pone los ojos en blanco. Lo hace muy bien, de tal modo que parece hasta coqueto. Yo intento hacer eso y se me enganchan siempre los párpados, como si me estuviera dando una embolia—. David te preguntaba qué te ibas a poner para ir los dos conjuntados con los mismos colores —responde arqueando sus perfectas cejas negras—. Y se hacía la manicura, joder.

Mi hermana es una auténtica beldad. Un poco zorra, sí. Pero una auténtica beldad. Pero eso ya lo he dicho, ¿verdad? Se pinta los ojos de un modo que los hace aún más grandes de lo que en realidad los tiene. Y viste como una gótica pija: taconazos rojos, ropa negra, labios rosados, maquillaje perfecto y perfume muy, muy caro… Es abogada familiar.

Después de estar con el miserable de Fran, se endureció, y ahora es una auténtica devorahombres. No pierde el tiempo echando de menos a nadie. Aunque sí tiene un amor en su vida, su hijo, y no lo cambia por nada. De hecho, ella misma se representó a sí misma en su divorcio por la custodia de Iván. Y debo reconocer que, porque debíamos mantener las formas en el juzgado, que si no mi madre y yo le habríamos hecho la ola allí mismo.

—¿Quién es Ken? —pregunta Iván, entretenido con sus cartas.

—La novia de Barbie —contesta Carla.

—Ah, muy bien —dice Iván.

Doy gracias por su ignorancia.

—Y ¿adónde decís que me sacáis? —Quiero desviar el tema de mi relación fallida con David, y de todos sus supuestos defectos. Para mí era perfecto.

—No sé. Donde sea que hagan una buena farra guarra. Necesito alimentar a este. —¡Y va la tía y se señala el conejo delante de Iván! Claro que el niño ni se ha dado cuenta.

—¿Este? ¿Es un tío? —pregunto, horrorizada.

—No. —Niega con la cabeza y sonríe—. Es un predador.

Dios. Lo que hay que oír…

En ese momento llaman a la puerta. Yo me levanto del sofá y dejo a Iván entretenido con su madre y su vagina trituradora.

Sé todo lo que va a pasarme cuando vea el rostro que hay al otro lado. Un rostro níveo y terso, con unos ojos negros espectaculares y tan rubia que parece nórdica. Yo siempre creí que las rubias naturales de ojos negros no existían, hasta que conocí a Elisabet.

Cuando ella aparece tras la puerta, sonríe y me mira de arriba abajo. Luego empieza a dar saltos de canguro con sobrepeso, es decir: rápidos y no muy altos. Yo hago lo mismo, porque Eli siempre me contagia su alegría.

Después abre los brazos al grito de:

—¡Debo, tía!

—¡Vane!

En cuanto me ve la cara, inclina la cabeza a un lado y se muerde el labio inferior.

—Oh, Debo… No llores.

—No son lágrimas, es desintoxicación interna —le explico.

Me abrazo a ella con todas las ganas. Nuestros reencuentros siempre son escandalosos, como una fiesta de chicas entripadas. Pero esta vez dejo de dar saltos y el peso de mi alma apaleada hace que clave los talones en el rellano de mi casa.

Eli deja de decir chorradas, que en otro momento me provocarían un ataque de risa, y solo me sostiene.

Me sostiene y me calma. Y permite que siga llorando.

Ella me entiende. Es mi mejor amiga. Sabe cómo me siento.

Me abrazo a ella esperando que su energía me bañe, y deseando que esta sea la última vez que derrame lágrimas por David.

# 4

@marialavasectomia #alapsicologadeGHselevalaolla
La voz de esa mujer es como Simon Dice. Todos la
obedecen. Voy a pedirle que le diga a mi suegra que
se vaya de una puta vez de mi casa.
#satansereencarnoensuegra

Después de que saliéramos de casa de mi madre con cuatro vasos de sangría de tequila por cabeza y un principio de cogorza como un piano, no se nos ocurre otra cosa que ir a cenar a Barcelona. En taxi.

Al bajar del taxi se me ha salido un zapato, pero lo he recogido con clase, un amago de croqueta y un cabezazo contra la puerta. Bien, Becca, bien.

Vamos divinas. Eli me ha obligado a quitarme la falda escocesa y las botas militares y me ha vestido de arriba abajo. Ahora llevo unos pantalones de pitillo negros, unos zapatos Guess con taconazo que imita la piel de serpiente, una blusa con transparencias y una americana no muy larga, que me da un toque informal y seductor a la vez. Me han obligado a llevar el pelo suelto y me he pintado como una Bratz.

Pero si yo voy de esta guisa, las otras dos llaman mucho más la atención. Mi hermana lleva un vestido corto rojo, con un escotazo de infarto en el pechamen, zapatos negros de plataforma y una cazadora, también negra, no muy gruesa por encima. Va de mala malota.

Eli va parecido. Ambas tienen gustos similares en cuestión de ropa. Solo les varía el color y el corte del vestido, que el de Eli es de tono verde Rondel.

Tres mujeres que superan la tasa de alcoholemia permitida y que reservan en el Mamarosa Beach vaticinan una noche épica. Cocina italiana, vistas a la playa, ubicado bajo el hotel W, decorado con flores cálidas y colores pastel, iluminados con tonos fucsias e íntimos… O eso creo, porque el mareo que llevo es de escándalo.

Y ahí estamos, las tres Marías con el don de convertir el agua en vino, hablando de nuestras cosas. Cada una apechugando sus problemas con el alcohol.

A mí me dan ataques de risa, compaginados con lloreras de vértigo.

A mi hermana Carla el beber le da flojera; tanto, que se le abren las piernas solas.

Y a mi amiga Elisabet le da por la verborrea desenfrenada.

Por cierto, no os lo he dicho, pero Eli es psicóloga. Somos inseparables desde que hicimos la carrera juntas en la universidad. Eli se especializó en Psicología de Pareja.

Pues bien, cuando va borracha, le da por interrogar a todos los hombres y mujeres que se le acercan para que le cuenten sus problemas conyugales. Sus preguntas son: «¿Folláis bien? ¿Os tocáis a menudo? ¿Os decís las cosas a la cara? ¿Folláis bien?». Eli tiene una teoría, dice que el amor se muere en la cama. Cuando el deseo y el sexo se convierten en algo insustancial y dejamos de preocuparnos por satisfacer al otro, ahí empieza la decadencia.

Por eso solo hace preguntas sobre el fornicio.

—¿Follabais bien tú y David? —pregunta sin soltar la copa ni *jarta* de vino.

Ahí está. Es que no falla.

Carla se muere de la risa ante la pregunta y echa el cuello hacia atrás, en un gesto seductor, mirando de reojo. Yo lo advierto y me giro con la torpeza de la embriaguez, sin disimulo. Dos mesas más a la izquierda, un tipo muy atractivo la mira y sonríe.

¡Oh! ¡Será guaaarraaa! Ya está ligando, la tía. Pero ¡si no le ha dado tiempo ni a sentarse! Como la vara zahorí que busca agua, los ojos de Carla cazan hombres.

Por mi parte, hace rato que intento leer la carta, pero las letras no quieren estarse quietas. Mamonas.

—Mi sexo con David, bien, gracias —contesto. El movimiento de mirar de un lado al otro provoca que me maree más.

—¿Eso quiere decir que, si te ponías sexy, David iba hacia ti como el gorrino a la bellota? —Eli clava los codos en la mesa. El izquierdo se le resbala, pero se recupera rápido. Es toda una profesional.

—No hagas eso, Vane. No me psicoanalices. Nos prometimos que no lo haríamos.

—Está claro que mentisteis como bellacas —apunta Carla guiñándole un ojo al desconocido.

—¿Le hacían chiribitas los ojos cuando te miraba? —continúa Eli—. ¿Había pasión?

—Pasión. ¡Ja! —exclama Carla.

—Tú no tienes derecho a opinar —le suelto a mi hermana—. No todas tenemos al monstruo de las galletas entre las piernas.

—Eso quiere decir que el sexo…

—¡Nos iba bien, vale! Me encantaba cómo me hacía el amor. Teníamos una vida sexual sana. Como cualquier pareja…

—¿Y mi copa de vino? Se la quito a Carla. Tiene la manía de robarme mis copas porque le da pereza llenarse la suya de nuevo.

—¡Meeec! ¡Error! —interrumpe Eli, que levanta la mano para llamar al camarero—. Si dices «como cualquier pareja» es que estabais acabados. Te sorprendería lo poco que follan las parejas durante el noviazgo, y después de casados es ya como una película de terror. Hay mucha gente infeliz por ese motivo.

—No nos podíamos ver demasiado… —Me doy cuenta de que estoy excusando mi falta de cama. Pero creo que es la verdad. Mi motivo para ello era tener una relación a distancia.

—Y cuando os veíais, ¿no os pasabais más tiempo en la cama que fuera de ella? —vuelve a preguntarme—. ¿No recuperabais el tiempo perdido en plan: «Náufrago: he vuelto de la isla»?

—Sí recuperaban el tiempo —contesta Carla por mí—. Viendo series, yendo a comer o leyendo, ¿no, hermanita?

—¡No todo se limita al sexo! ¡Vosotras dos estáis más salidas que el pico de una plancha!

Nos miramos las tres a la vez, como si brindáramos, pero sin las copas. La tensión se palpa en el ambiente. La réplica no tardará en llegar.

—Que el palo de un churrero —dice Eli sonriendo de oreja a oreja, orgullosa de sí misma.

—Que una lesbiana ciega en una pescadería —añade Carla.

Eli y yo nos echamos a reír con una exclamación de asco.

—Vale, ¡la pole para Carla! —Eli acepta la derrota—. ¡Asquerosa, pero pole!

Entre las tres siempre hemos jugado a «a ver quién la dice más gorda». Mi hermana Carla siempre gana. Siempre gana en casi todo: en los juzgados, en las apuestas, en el póquer… Y en las borracheras. Bebe más que el fregadero de Villarriba.

—¡Una pareja no es solo folleteo, no es solo pasión! —insisto—. ¡Son más cosas! ¿Y la complicidad? ¿Y el poder hablar de todo? ¿Y el contar con el otro pase lo que pase? ¿Y el saber lo que el otro está pensando sin necesidad de hablar? Al principio hay amor y deseo, pero después queda siempre el cariño y se convierte en tu mejor amigo.

Eli agranda los ojos negros de bruja que tiene, y mi hermana Carla sonríe maliciosa.

—¿Ves? —le dice Carla a Eli—. Te lo dije. Estaba con el Padre David. Ese chico tenía libido cero. Hablar, hablar, hablar… Una relación no es el confesionario de *Gran Hermano*.

Eli me agarra la mano al tiempo que niega con la cabeza de un modo melodramático y que a mí me pone en el dilema de partirme de la risa o llorar como una Magdalena. ¿De verdad estoy tan mal? ¿De verdad lo mío no era normal?

—Becca, cari… —Su pelo rubio largo es liso y perfecto, se ha hecho reflejos más claros y se ha cortado el flequillo recto. Qué guapa es mi amiga—. La complicidad y todo lo que mencionas, también la tienes con tus amigas. Con nosotras. La pareja…, la pareja como tal —repite para dar más fuerza a su consejo— se mueve por otra inercia. La del instinto animal, la del deseo, la de macho-hembra… ¿Comprendes? Hay una jerarquía, unos pasos a seguir. Soy tu hombre, yo tu mujer…

—¿Eres mi hombre? —pregunto mientras se me escapa la risa.

—Ya sabes lo que te quiero decir. En tu fuero interno —me señala y me da un golpecito en la nariz— lo sabes. Ahora es muy doloroso. El recuerdo pesa demasiado y arde. Todo se vuelve cuesta arriba y parece que sin él no puedes vivir. Te quieres cortar las venas, hundir la cabeza en una bañera de hielo, bañarte con medusas mortales como haría Will Smith; o, en su defecto, zamparte todos los trankimazines del botiquín de tu madre, que aún conserva de su divorcio con Jorgito.

—Gracias por ser tan gráfica.

—De nada.

—¿Me vas a dar hora en tu consulta?

—No. Nunca.

—Menos mal.

—Pero, al menos, acepta la verdad: un hombre que no se deja llevar por sus instintos no es un hombre. Es Buda. Y Buda no folla. Buda y las abuelas están en la misma categoría. ¿Comprendes? David podía hacerte sentir bien y segura, en territorio conocido para ti. No tenías que tomar riesgos ni apostar tu corazón.

—No. Porque yo ya lo quería y me sentía bien queriéndolo. —Me defiendo a mí misma, y también a él. No me gusta que hablen mal de David.

—Sí, de una manera muy racional, Becca —objeta.

—El amor no tiene por qué ser descocado y una maldita montaña rusa. También puede ser un paseo plácido y contemplativo.

—El amor es una jodida locura —interviene Carla—. Enamorarse es como volar. No me vengas con paseos. Si no te has enamorado así, al menos una vez, entonces no has vivido.

—Tú te enamoras de cualquiera que te dice guapa y te invita a una copa —replico a mi hermana.

—Tu hermana y tú sois dos casos opuestos. Pero tiene razón, una pareja y el amor que resida en ella tampoco tiene que ser como hacer ganchillo —contesta Eli a mi réplica—. No comprendo cómo una mujer que lleva tan al límite a sus pacientes y que es tan desinhibida y tan genial con ellos, en su vida personal es tan… correcta y cómoda.

—Territorio Becca —añade Carla, que se acomoda en la silla tapizada de rosa con motivos blancos—. Sin riesgos. Un misterio por resolver.

—La cuestión —dice Eli jugueteando con el pie de su copa— es que tienes que superar lo de David, y tomarte tu nuevo proyecto como una manera de afrontar tu corazón roto. Además, estoy convencida de que, en cuanto él te vea por televisión, con tus ojazos, tu melenón y tus ocurrencias, se va a dar de cabezazos contra la pared por ser tan gilipollas y haberte dejado.

—¿Crees que volverá? —pregunto, paposa perdida. Mis babas y yo damos pena.

—Vive tu vida, Becca, sin pensar en si volverá o no —me suelta mi hermana con impaciencia—. El mundo está lleno de hombres. Llenito. ¿Cómo vas a dejarte hundir solo por uno? Tú lo que necesitas es un tío que te ponga a cuatro patas, te tire del pelo y al día siguiente te regale flores, te lleve a un restaurante y te haga masajes en los pies. Que te folle como a una guarra y te trate y te adore como a una reina.

—¿Christian Grey?

—Christian Grey… —Eli pone los ojos en blanco—. ¿Sabéis cuántos divorcios ha habido por culpa de ese hombre de ficción? Tengo en mi consulta a un montón de hombres venidos a menos porque sus mujeres solo les pidieron no sé qué de Charlie Tango…

—¿En serio? —digo, asombrada.

—La gente está loca, lo cual me va bien y sigo teniendo trabajo. —Mira su iPhone para comprobar si tiene algún correo de algún cliente. Después lo vuelve a dejar encima de la mesa.

—Joder, no. —Carla mira a su alrededor—. No tiene por qué ser millonario. No hablo de tíos imposibles. El mundo es una selva. —Abre los brazos como si pudiera abarcar con ellos toda Barcelona—. El hombre se divide, mayoritariamente, entre metrosexuales, yoguis, dandis, caballeros, canallas y folladores natos. De los metrosexuales quédate solo con el diez por ciento, porque el noventa restante son gais. Los yoguis no se acuestan con mujeres, solo lo hacen con Dios y con el aire, así que esos no te interesan, hermanita. Los dandis y los caballeros están muy bien para que te traten educadamente y siempre con consideración; por eso en la cama te preguntarán: «¿Podemos practicar el coito al estilo misionero?». A mí, personalmente —se lleva una mano al escote—, si me dicen eso, no me sale responder: «Prefiero que te deleites con el tacto de mi vulva», cuando lo que quiero de verdad es decirle una obscenidad propia de un camionero, en plan: «Cómeme la concha, *mijito*». Por eso, dandis y caballeros no me interesan tampoco. Y a ti, Becca, tampoco deberían interesarte. Después están los canallas y folladores. Esos, *mijitas* —debo aclararos que entre nosotras utilizamos muchos apodos: *lisensiadas, mijitas, letradas, la niña Eli, la niña Becca, la niña Carla...* Esas grandes telenovelas, ¡cuánto daño nos han hecho!—, son los que te cabrearán, te harán rabiar y te harán llorar, para después sacudirte en la cama y darte el mejor polvo, el más pervertido que hayas tenido de todos los tiempos. A la mañana siguiente, tendrás el corazón roto, de acuerdo, y una nota, un tanto *cani*, que te diga: «¡Hasta siempre, nena!». Eso es una gran putada. Y más tarde te darás cuenta de que el truhán se habrá llevado parte de tu dinero de la cartera. Menudo cabrón, ¿verdad? Pero ¿qué más da? Tú solo estarás preocupada para buscar loción calmante para el *buyuyu*, y una crema para los pezones, que parecerán ubres. Y eso, *mijitas*, es maravilloso.

No nos estábamos dando cuenta de lo alto que nos reíamos ante las ocurrencias de Carla, cuando alguien carraspea detrás de mí. Es el camarero que viene a tomar nota. Yo he sido incapaz de leer lo que ponía en la carta, pero gracias a Eli sé salir del paso. Ella pide por todas.

—Nos pondrá *burrata*...

—*Burraca* me pone un rato —dice Carla como la golfa letrada que es.

—*Burrata* y *chitarrucci all'astice* —continúa Eli.

—De acuerdo —asiente el camarero al tiempo que apunta en su lector—. Ensalada de tomate fresco y rúcula, y los espaguetis con bogavante y salsa de marisco y tomate. ¿Quieren más vino?

—¿Qué decís, *lisensiadas*? —Eli nos pregunta abiertamente—. ¿Cómo va nuestra cirrosis?

Sinceramente, creo que si sigo bebiendo, la noche acabará realmente mal y oleré como el edificio de Anís del Mono. Pero me da igual. Me lo estoy pasando bien.

—Sí, por favor. Más vino —añado.

Eli cierra la carta y me sonríe cómplice. Después recoge las nuestras y se las ofrece al camarero, mulato, vestido de blanco... Muy atractivo.

—¿Y usted? —le pregunta Eli.

—¿Yo, señorita?

—¿Folla bien?


Y, claro, después de la cena, nos hemos dado una vuelta por la Villa Olímpica a ver si se nos baja un poco el mareo. La noche es espléndida, no hay mucha marea, la brisa no es demasiado fría y la luna brilla como... Ah, no. Es una farola.

La cuestión es que el cielo está despejado, y se ven algunas estrellas enormes. Aunque bien podría ser mi estigmatismo agravado por el alcohol. Tengo el necesario como para ver los carteles de la autopista justo cuando los tengo encima (doy unos volantazos que ya quisiera Fernando Alonso), pero no el suficiente como para llevar gafas. Que no necesito.

Y sin saber cómo ni por qué, las tres hemos acabado en la Villa Olímpica.

Bueno, lo cierto es que hemos venido siguiendo a un grupo de tíos buenorros. Mi hermana Carla los ha estado acosando cual paleta salido. Si fuera al revés, estaríamos hablando de cerdos inmundos y machistas. Pues mi hermana y Eli, que no puede parar de reírse, son unas cerdas inmundas. Yo lo sería si pudiera hablar, pero me cuesta un poquito… Esto es una vergüenza.

Los seguimos hasta una discoteca que hay debajo del hotel Arts. Lo distingo por lo alto que es y por los cristales azules. No sé cómo se llama esa discoteca, solo sé que hay mucha gente haciendo cola, hombres y mujeres. Pero Eli parece conocer al de seguridad y, cuando se ven, se saludan efusivamente. El gorila nos deja entrar y los de la cola nos odian como lo haría la mismísima Angela Channing, con inquina.

Dicen que los hombres borrachos entran en una especie de espejismo en el que ven a todas las mujeres bellas. O sea, a todas. No importa que tengas bigote, que seas una gorda calva, que midas dos metros, que llegues a relinchar con tu cara de caballo o que estornudes con una nariz que ni Rossy de Palma. Eso explicaría algunos casos extremos de ligues veraniegos…

Estos armarios deben de estar peor que nosotras, porque solo les tiran los tejos a las que son así.

Me dejo llevar por la música y la gente se vuelve loca. Y entonces nos ponen una canción que nos convierte en cheerleaders. «Amar sin ser amada», de Thalia.

Carla y Eli me cogen de las manos y tiran de mí hasta que me suben al podio, donde hay gente que no está bailando, solo otean el horizonte. No lo entiendo: un podio no es una torre vigía, es una plataforma para bailar y desmelenarse.

Empujamos a tres tipos que estaban luciendo palmito.

Uno grita:

—¡Hijas de perra!

Pero no importa.

Thalia y yo nos hacemos íntimas amigas. Nos comprendemos.

Las tres nos movemos y nos desgarramos la garganta con la letra de la canción.

—¡Amar sin ser amada, es una puñalada! ¡No vuelvo a equivocarme más! ¡Nunca más! —Movemos brazos, piernas, caderas, desinhibidas por completo. Lo curioso es que nos vitorean—. ¡Amar sin ser amada, y quedar abandonada! ¡No pienso someterme más a otro amor! ¡Que no pueda devolver todo lo que yo le doy, todo lo que le confié! ¡Nunca más! ¡Volveré!

Amar sin ser amada… Pienso al ritmo en que me contoneo. Dejó mi alma quebrada, pero al fin podré aprender.

Entregué mi corazón sin condiciones y recibí una enorme desilusión.

Un tío se me pone detrás. Lleva una camiseta de rayas azules y blancas al estilo marinero, y está moreno de solárium. Me habla en griego, creo. Tiene una cara muy atractiva. Yo de griego solo sé *jroña que jroña*… Por eso prefiero sonreír y no abrir la boca. Me sigue el ritmo y se mueve muy bien. Cuando me coge de las caderas y pega su pelvis a mi trasero, sonrío. A este le gusto, ¿no?

Sin embargo, en un momento, nos echan del podio con unos culetazos. El griego me ha dado la espalda y me ha empujado con su trasero. ¡Oh! Le lanzo una mirada viperina. ¡Qué traidor! Él me sonríe y me lanza un beso.

Yo hago que lo cojo y lo suelto, como quien deja en libertad a una mosca.

—¡Bebamos! —grita Carla, y nos lleva a remolque hasta la barra.

Después de Thalia, una gran entendedora de corazones rotos, ponen más canciones que no recuerdo. Hasta que llega el turno de Chayanne y Yandel. Chayanne me encanta.

*Te quiero como no quise antes.*
*Te quiero porque eres natural.*
*Porque no hay que tocarte con guantes...*

Y es entonces cuando, por primera vez, abro bien los ojos dentro del globo que llevo y me doy cuenta de que ahí la gente baila raro. Se contonean demasiado, tanto hombres como mujeres.

Me mareo.

Alzo los brazos por encima de mi cabeza y me muevo como buenamente puedo. Creo que voy descoordinada, pero no importa.

A David le gustaba bailar salsa. De ahí no lo podías sacar, no se atrevía a bailar otra cosa, por miedo a hacer el ridículo. Yo aprendí con él y juntos éramos las estrellas de las bodas de sus amigos y de los bautizos de los hijos de estos.

Me está dando el bajón.

—... humanos a Marte... mira... pasar —tarareo. Necesito hacer algo para tragarme la congoja.

Eli y Carla bailan delante de mí e intentan que reaccione; me cogen de las manos y forman un corrillo ridículo como si sonara «el corro de la patata». Lo hacen para que no sucumba a la pena. Y de pronto las dos me abrazan y yo quedo hundida en sus cuerpos.

—¿Quién *nesesita* a los *houmbres*, cariño? —me pregunta Eli.

Yo. Yo, joder. Yo necesito a David.

—Sí, eso —dice Carla cerrando los ojos y apoyando su mejilla en mi cabeza. Entiendo que haga eso. Es como una jodida almohada—. Mi hermanita guapa... Cuánto te quiero.

—Y yo a vosotras, tías.

Eli está a punto de resbalar por el suelo, las rodillas ya no la aguantan.

Somos unas dementes.

—¿Nos podemos unir al abrazo? —nos preguntan dos chicas que salen de repente entre la multitud.

—¡*Clauro* que sí! —grita Carla, y abre su ala izquierda para acoger a esas dos chicas como si fueran poyuelos—. ¡Hermanación!

Cuando los hombres se emborrachan, ven a las mujeres feas muy hermosas. Eso está claro. Pero cuando las mujeres nos emborrachamos, a mí me pasa que veo a todo el mundo bueno, y creo que son mis mejores amigos.

Y así estamos las cinco. Abrazadas como un equipo de rugby, en medio de una sala a reventar de gente que se mueve como si fueran serpientes.

¿Es mi impresión o me están tocando un pecho? Frunzo el ceño. Me da gustillo, no lo voy a negar. Pero somos cinco mujeres, ¿quién cojones me está tocando las tetas? Tal vez solo ha sido mi imaginación… ¡Uy, no! ¡Me acaban de magrear el culo! Pero ¡¿qué está pasando?!

—No me toquéis, que estoy necesitada y me ponéis tonta —digo todavía con el moco colgando.

—Yo no soy —contesta mi hermana.

—Yo tampoco —dice Eli.

Blanco y en botella.

—¡Eh! —Me giro y miro a mis dos nuevas mejores amigas.

Las chicas se sonríen y una de ellas, que se parece a Justin Bieber pero en mujer, alza la comisura del labio y me da un repaso que deja los magreos y las miraditas de Sancho Gracia a Yvonne Reyes en un mero juego de niños.

—¿Me acompañas al baño? —me pregunta Justina la libidinosa—. Bailas muy bien.

—Gracias —respondo.

—No, no puede. No se mueve de aquí —contestan mi hermana y mi verdadera mejor amiga, saliendo al paso, muertas de la risa.

Justina se encoge de hombros y se va con su amiga a otra parte.

—¿Qué coño ha *shido* eso? —pregunto, estupefacta.

—Me *pariece* que estamos en una fiesta de gais y lesbianas. —Carla arquea las cejas con inocencia. Es un gesto que hace para que la disculpen.

—¿Qué *diecish*?

Miro a mi alrededor y entonces el mundo se abre ante mí como en otra dimensión. Y tengo una revelación. Sí, está claro. Hemos seguido a los tíos buenorros, que entran en la categoría de metrosexuales, y como bien decía mi *sis*, el noventa por ciento son gais. Estos lo son. Las calvas enanas y gordas son hombres hipermusculados, afeitados al cero. Las tachencas con cara de caballo son transformistas, y las que tienen el mentón más grande que Gastón de *La Bella y la Bestia* son recién operadas y se están hormonando.

Nosotras no les interesábamos. Pero sí a las L World, que se han reunido todas para hacer un brunch en esa discoteca.

—¿Me has *traídou* a una *fieshta* gay para *animaurme*? —pregunto en borracho.

—Me han perdido los músculos de Popeye de esos… —asegura Carla alzando las manos—. No lo *saubía*. Aquí todas *soumos inocenties* hasta que se *demuiestre* lo *controurio*… —Mi hermana debe de hablar un borracho rumano o algo así.

—Vale —asumo sin darle demasiada importancia—. *Teingo* que ir al baño.

—¡¿Con *eisa*?! —grita Eli al borde del shock.

—No, *peirra*. Tengo pis.

—Te acompañamos.

Carla me coge del brazo, pero yo necesito estar sola. Sentarme en la taza del váter y meditar todo lo que me permita mi cerebro embotado. La verdad es que quiero irme de aquí. Este no es mi sitio. Me encuentro mal y estoy fuera de lugar.

—No. —Clavo los talones e insto a mi hermana a que me obedezca—. Pide algo *paura bebé*. Pide agua —le ordeno con una mirada letal—. Mucha agua… *Teingo* que rebajar el nivel de vino y tequila en mi *saingre*.

Consigo zafarme de ellas y las dejo bailando como locas. Mi

hermana se ha puesto una servilleta blanca de la barra entre los pechotes y le está haciendo el «¿culo o codo?» a Eli.

Olé mi Carla. Ahí, dándolo todo.

Mientras tanto, yo me abro paso entre la comunidad gay a codazos y maldigo a los hombres por ser tan increíblemente guapos y bien parecidos, y que ni uno se fije en mí.

El mundo está muy mal repartido. Un tío vestido solo con una pajarita negra y un bóxer del mismo color, parecido a Cristiano Ronaldo, pasa por mi lado con una caja apoyada en el hombro llena de vasos vacíos. Incluso el recogevasos está buenísimo.

Quiero llorar. Llorar por todo.

Llego al baño de señoras y hay una cola interminable con una gran variedad de estilo de chicas, desde las guapas tipo modelo hasta las versiones más masculinas y camioneras. Algunas me están mirando.

Salgo de ahí porque en realidad no tengo pis, solo quería desconectar y estar sola. Pero no se puede estar sola en una discoteca abarrotada de gente.

Decido vagar sin rumbo. Ya no escucho la música.

He intentado hacerme la fuerte con las chicas, pero estoy a punto de derrumbarme.

Sé que para ellas David no era suficiente para mí, y apenas comprendían nuestra historia. No entendían que pudiera mantener una relación a distancia, sin vernos, sin tocarnos… Pero podía. Porque, para mí, David era el hombre que quería en mi vida. Era el que yo había elegido. Y ni en mis peores pesadillas creí que la distancia haría que lo nuestro se enfriara de ese modo y se cortara tan repentinamente.

Aún no me he hecho a la idea. No sé cuánto tiempo tardaré en sanar mi decepción, pero espero no tardar mucho, porque necesito afrontar *El diván de Becca* con toda mi energía y buen hacer. Con el alma magullada, no soy capaz.

Saco el móvil y mando al mundo a paseo. Voy a llamar a mi ex.

—Venga, pelirroja. —Un tío con el pelo como un gallo quírico, todo de punta y oxigenado, me coge de la muñeca y me pone una pulsera fosforescente—. Te toca entrar en la Caja del Amor.

—¿En dónde? —digo, perdida, limpiándome las lágrimas.

Suena una sirena discordante que provoca el éxtasis del público. El chico me arrastra y yo no tengo fuerzas para detenerlo. Me lleva hasta una especie de escenario en el que hay una caja rectangular de cristal opaco.

—A la Caja del Amor Libre —me dice.

—¿La Caja del Amor Libre? —Se me pasa un poco la caraja y reacciono como puedo—. A la única caja a la que voy a ir es a mi cama. *Suértame.*

—No puedes, mona. —Me guiña un ojo pintado con kohl y sonríe diabólicamente—. La Caja del Amor Libre es Dios, y Él te ha elegido.

—¿Que me ha elegido? ¿Tú *eires shu* mensajero?

—Uy, cómo vas... Sí.

—Y un huevo.

—Prefiero dos.

Subimos al escenario y junto a mí hay nueve personas más. Cinco hombres a los que no veo demasiado bien y cuatro mujeres que parecen hombres. Adivino que la única hetero soy yo. Entre los hombres hay uno que me mira como si detectara que a mí no me va ese rollo. Y sonríe, el muy canalla. A los demás ni los veo porque nos han puesto de espaldas estratégicamente para que nadie se identifique.

—¿Dónde van los gallos y las gallinas? —Mi raptor tiene un micro en la mano y está interactuando con el público.

—¡Al granero! —contestan todos.

—Quien se quite la venda de los ojos es expulsado del local, ¿entendido?

Y así, sin más, me cubren los ojos con una cinta negra y nos meten a mí y al resto de los rehenes en esa caja extraña y tan oscura que parece la nada, al ritmo de «Viva el amor» de Paola y Chiara.

Fantástico. Estoy en un maldito cuarto oscuro. ¿Algo más?

Intento encontrar una salida dentro de ese cajón negro. Palpo los cristales buscando el picaporte. Esto no me puede estar pasando. ¿Acaso Eli y Carla no han visto que me metían aquí con un montón de gente? ¡Tienen que sacarme!

—¡Dejad que *shalga*! —grito.

Las chicas me quieren tocar, yo no paro de dar bofetadas a manos y dedos demasiado largos. Los hombres también, pero en cuanto ven que soy una mujer, me dejan libre. Tengo que agenciarme una esquina, hacerme un ovillo o golpear tres veces los talones de mis zapatos, como haría Dorothy con sus escarpines rojos para que la llevaran de vuelta a casa. Pero mis tacones no son mágicos ni tampoco bermellones.

—¡Un poco de orden, por favor! —grita uno de los «chico busca chico»—. Somos cinco hombres y cinco mujeres y ya he tocado ocho tetas. ¿Dónde estáis, guapos?

Yo me río de su mala suerte, y en ese momento alguien me coge del pelo y lo acaricia con pericia, como si sus dedos fueran las púas de un peine.

El gesto me pone en alerta y el vello se me eriza.

El desconocido se pega a mi espalda y hace que retroceda con lentitud hasta una de las esquinas de aquel cuadrilátero de sexo. Sus manos se afianzan en mis caderas y siento cómo presiona sus dedos en mi carne. Parece tener fuerza. Los hombres que han entrado ahí están musculados y la mayoría son altísimos.

—Uh… Soy una *mujé*. No te *gushto*.

—Y yo un hombre.

—No *quieuro* estar aquí. Suéltame. No me van los *gaysh*, ni tampoco soy lesbiana —aclaro intentando liberarme.

—Ya somos dos. No te muevas.

Su voz es tan ronca y grave que tengo la sensación de estar hablando con un guerrero como los de las películas. Me quedo sin palabras.

—¿No *eires* gay?

—No.

—¿Y qué haces aquí?

—¿Y qué haces tú aquí? —replica él.

—Mis *amigash* y yo nos hemos equivocado de discoteca. No sabíamos que había una *fieshta* de ambiente. ¿Tú también te has *peirdido*?

—Yo no. Mi mejor amigo está de despedida de soltero. Y no he podido negarme a celebrarlo con él y sus amigos. Estaría mal.

¿Es alto? Por curiosidad, apoyo la cabeza hacia atrás, a ver si encuentro nariz, mentón o pecho. Y encuentro un pecho ancho. Sus manos me acercan más a él de tal modo que estamos totalmente acoplados. Desprende calor y huele a hierbabuena. Me encantan los perfumes de hombre mentolados y limpios.

—No te separes. Estos tienen un radar para los rabos y cuelan la mano por donde sea.

Sonrío.

—Yo estoy *expueishta*. —Me cubro los pechos con los brazos, abrazándome como si tuviera frío.

—Qué discotecas más liberales tenéis en Barcelona —murmura casi en mi oído. Me da la vuelta y hace que mis senos se aplasten contra su abdomen, y que me clave lo que sea que tiene entre las piernas en mi ombligo—. Si te doy la vuelta es para que solo puedan alcanzarte el culo —aclara.

—Qué *caballeeero* —digo, sarcástica—. Todo un detalle.

—Gracias.

—¿No *ereish* de aquí?

—No. ¿Tú eres catalana?

—Sí. Nací en Barcelona. Pero no vivo aquí. Ahora *eshtoy* trabajando en *Maidrid* y he venido a pasar un par de semanas con mi madre.

—Ajá.

Espero que él me explique de dónde es y en qué trabaja, pero no está mucho por la labor. Es preguntón, pero no habla de sí mismo.

—¿Cuánto dura *eishto*? —pregunto para cambiar de tema.

—Cuando acabe la canción nos podremos ir. Nos sacarán por la puerta de atrás y no sabremos con quién hemos estado. La Caja del Amor no permite que nos veamos las caras. Me lo ha explicado mi amigo.

Él habla sobre mi sien, dirigiendo su voz a mi oído. El desgarro de su voz hace que vibre mi sangre y despierta mis sentidos adormecidos. Nunca sabré con quién he estado. Nunca le veré el rostro a mi salvador en la Caja del Amor.

Eso hace que provoque más mi curiosidad.

—¿Cómo te llamas?

—*Rebiecca*. Pero me llaman Becca. ¿Y tú?

—Yo me llamo Gael.

Gael. Su nombre me gusta. Es bonito y a la vez masculino.

—Un placer, misteriosa Becca.

—Igualmente.

Nos quedamos en silencio el tiempo suficiente para que sea plenamente consciente de que, por primera vez, después de cinco años, estoy en brazos de otro hombre. Un perfecto desconocido. La realidad se abre ante mí de nuevo, como el telón que da paso a una obra de teatro. La letra de la música traspasa mi piel y me doy cuenta de que me gustaría bailar agarrada a ese misterioso galán. «Ven, acércate aquí conmigo. Jugaremos juntos el destino… Tócame y quiéreme. Y defiende nuestra realidad. ¡Viva el amor! *Per sempre la nostra speranza.* ¡Viva el amor! *Non voglio piu questa tristezza.*»

—¿Tu novio no se enfadará si sabe que has estado en un cuarto oscuro?

Pongo los ojos en blanco y me apoyo más en su pecho, cómoda y extrañamente relajada. Debe de ser la bebida.

—Si le *impoirta* o no, da igual. Me ha abandonado. Vive en Estados Unidos y me ha dejado por FaceTime. ¿No te parece in… increíble?

—Menuda rata. ¿Hace mucho?

—No hace ni una semana.

Un hombre con voz rasgada. Ancho y duro como el granito. Alto y que usa perfume con toques de hierbabuena. Recuérdalo, Becca.

—Vaya. Lo siento.

—Sí. Y yo. Su *eteirnidad* y sus promesas duraron *sholo* cinco años.

—Quéjate a Cupido, lo hace mucha gente.

—¿Cómo?

—A Cupido. Tal vez confundiera tu media naranja con medio limón.

—No sé…

Cierro y abro los dedos de las manos, apoyadas en su pecho. Quisiera poder tocarlo. Quisiera al menos poder recordar, con los lectores de mis yemas, cómo es ese salvador que me ha protegido del acoso del cuarto oscuro, y que ni siquiera da un paso para aprovecharse de mí. Eso lo hace más mágico y especial, porque aunque no se va a propasar, siento su erección contra mi estómago. Está muy empalmado y no se me echa encima. Tiene mucho autocontrol.

—¿*Eires* metrosexual?

—¿Cómo?

—*Permítieme* un *momeinto.*

Sin pedirle permiso y en uno de mis arranques inexplicables y demasiado impulsivos, alzo mis manos y tomo su rostro. Tiene las facciones varoniles y una estructura ósea firme. Tiene el pelo largo y liso, y parece que lo lleva recogido en una coleta. Paso los pulgares por sus cejas, bien alineadas y espesas. La izquierda tiene un surco profundo que la cruza horizontalmente. Es una cicatriz.

—¿Qué estás haciendo?

No puedo evitar fijarme en que su voz muestra pequeños dejes de inseguridad, como si le pusiera nervioso que le toque.

—¿Qué te pasó?

—¿Cuándo?

—En la ceja. La tienes partida.

Parecía tener los puntos todavía. No hacía mucho de su accidente, fuera cual fuese.

—Nada. Un resbalón.

No. No fue un resbalón.

Cuando una persona se siente nerviosa o amenazada, su voz experimenta una serie de cambios, las cuerdas vocales se tensan y alteran el tono de voz debido a la rigidez. Así me doy cuenta de que estoy invadiendo su intimidad y de que él no quiere hablar de eso, por eso me miente.

Lo dejo pasar y sigo con mi pequeña inspección. Paso los dedos por sus ojos, cubiertos por la venda. Parecen grandes, con pestañas largas y tupidas como las de una mujer.

—¿*Shegüiro* que eres un hombre?

—¿Tú qué crees, catalana?

—Ya no sé qué creer. Aquí hay de todo.

—Sí. Soy un hombre.

—Bien. —Sus pómulos son altos, su nariz recta y no demasiado grande. Las mejillas pinchan, señal de la barba de varios días que lleva y que no se ha afeitado. Efectivamente, es un hombre—. Y no *ereish* metrosexual.

—No sé qué es eso. Lo que sí sé es que te tomas demasiadas libertades.

—Solo *quieuro* ver cómo *ereish*.

—Ya es suficiente.

Me agarra de las muñecas, no demasiado fuerte, pero con decisión.

—Perdón. No te gusta que te *tioquen*, ¿*veeerrrdad*?

Él calla, y yo me quiero dar de cabezazos por ser tan entrometida y no poder dejar mi psicología a un lado. Está claro que no le gusta que le toquen. Es esquivo y serio. Me empieza a doler la cabeza y el estómago se me remueve.

—Oh, *Diosh*. —Apoyo la cabeza en su pecho y cierro los ojos—. Ay, Señor... Señor... No te muevas.

—No lo hago. Te encuentras mal. —Me pone la mano en la nuca. Ese tipo tiene tacto, aunque sea cortante y parco en palabras—. Hoy te has pasado de la raya bebiendo, ¿eh, rizos?

—No me lo recuerdes… —Se ha dado cuenta de cómo es mi melena.

—¿Vas a vomitar? No lo hagas.

—¿*Pour qué*? ¿Me vas a besar?

—No. Pero es la única camiseta que me he traído para esta noche. No quiero volver como un apestado.

—Uf, no te prometo nada. —Hago soberanos esfuerzos por tragarme el infierno que sube por mi esófago—. Oye, la canción ya va a acabar…

—Sí, y cuando acabe, nos iremos cada uno por nuestro lado. Nos sacarán por separado para que no veamos quiénes han compartido el cuarto con nosotros.

Y este momento se perderá en el tiempo, como si nunca hubiese existido. Una pena. Porque no me ha dado pie a nada. Le iba a pedir que se esperara a que diera con Eli y Carla, pero va a ser que no. Que el tipo solo me utiliza de escudo antitocamientos y que no quiere saber nada más de mí. Admito que no me hace ni puta gracia, y no entiendo de dónde sale este carácter, porque lo cierto es que estoy en fase de superación de mi corazón roto, enamorada de mi ex, y no sé qué quiero de alguien como Gael. Pero es así. Que él me quiera despachar así de deprisa, me toca un poco las *bowlings*.

¿Alguna vez habéis querido besar a un desconocido borde y alto, con los ojos cubiertos por una venda? Yo sí. Ahora mismo. ¿Y por qué? ¡¿A quién le importa?! ¡Estoy borracha!

¿Y si me lanzo? ¡Que yo me lanzo, eh! ¿Y si le cojo la cara y le planto un beso en todos los morros y le digo cosas guarras? Sí, no voy a engañar a nadie. Soy incapaz de hacerlo. No soy nada echada para adelante, Carla se llevó todo el código genético golfil, y yo, en cambio, me quedé con el código genético inseguro respecto a los hombres. Porque, a ver, si yo me lanzo y no encuentro su boca, y no porque esté a oscuras sino porque él me hace la cobra, ¿qué? Tú te ríes y yo me muero de la vergüenza. Tierra trágame. Aunque en mi estado de supina embriaguez, ¿acaso me importará?

A la mierda. Lo voy a intentar.

Sin embargo, debo de ser la mujer más inoportuna del planeta, porque cuando voy a hacerlo, él me vuelve a coger de las muñecas para detenerme.

—He dicho que no hagas eso —me recuerda con un tono de voz duro.

Y entonces suena la sirena. La canción ha acabado, y el tiempo en el cuarto oscuro también.

Nos van sacando como si aullara una alarma de incendio, a toda leche. Arrancan a Gael de mis brazos y yo me sostengo en el cristal opaco, caliente aún por el contacto de su espalda. Me siento como si estuviera en un campo de concentración, esperando a recibir un mangerazo de agua, o mi momento para ser ejecutada. Extrañamente sola. Sin él.

Llega mi turno.

—¿Qué tal ha ido, pelirroja? —me pregunta mi secuestrador.

—Mal. Muy mal.

—Venga, guapa. Ya estás fuera. Libre como una polluela.

Me quita la venda de los ojos y a mí todo me parece igual de oscuro. El gallo quirico me dice no sé qué de buscar en la web las imágenes del cuarto oscuro no sé cuándo… Yo le ignoro. Hasta que entre la multitud localizo a Carla y Eli, que están buscándome como desesperadas. Corremos las tres al encuentro. Yo creo que corro, pero no es así, es que todo se mueve a mi alrededor muy deprisa. Ellas vienen hacia mí preocupadas, pero me importa un carajo cómo estén, porque me encuentro verdaderamente mal.

—¿Becca? ¡¿Te han hecho algo?! ¡¿Lo has hecho tú?! —Eli me sostiene para que no me caiga.

—No… Apartaos.

Y entonces lo echo todo, hasta lo que comí en mi comunión.

Y no me detuve.

No me detuve ni siquiera cuando llegué a casa y mi hermana me dejó en la cama, con un cubo azul de plástico al lado.

No hizo falta que me dijera nada más. Lo íbamos a compartir como un par de gorrinas.

# 5

 @elumbraldePaco #alapsicologadeGHselevalaolla #eldivandeBecca Ya vemos los anuncios del programa hecho a medida para la voz en off más famosa de la televisión. Por fin veremos a la psicóloga del pueblo. ¿Orco o elfa? #seabrelaporra

Hay muchos modos de sobrevivir a una resaca.

La mía ha sido un auténtico despropósito, hasta el punto de creer que tenía hepatitis Z, o la que sea que es la peor de todas las que hay.

Hoy domingo, después de veinticuatro horas y varios gelocatiles, ya puedo hablar como una persona normal, no solo con: «Ajá… Mmm… No. Déjame». Ese es el vocabulario posborrachera más usado por todos. Sin olvidarnos de «¡Apaga la luz, me cago en Dios!».

Por supuesto, estuve todo el sábado en la cama, incapaz de hacer otra cosa que no fuera estar tirada en el sofá con mi madre, mi hermana y mi sobrino, viendo las tres partes de *Transformers*. Obviamente, no pude ver ni la primera.

He pasado por todas las fases resacosas, y después de ducharme por la mañana y desayunar churros con chocolate que ha traído mi adorable madre, ya me siento en disposición de analizar lo que pasó la noche de la borrachera.

Estoy ligeramente confundida y tengo lagunas. No sé qué pasó en el cuarto oscuro. ¿Hubo realmente un cuarto oscuro? Solo recuerdo a un tío que cuidaba de mí y que tenía el pelo largo y una cicatriz en la ceja… Aunque pude haberlo soñado.

—No lo soñaste. Hubo un cuarto oscuro —me repite mi

hermana, que lleva esas zapatillas de castor que hacen que me cuestione si realmente alguna vez ha sido una niña inocente y no la golfa que hoy es.

Solo sé que un hombre me ocultó de las manos de los demás, y que olía muy bien.

¿Cómo se llamaba? ¿Gargamel? ¿Gabriel? Eso me frustra. Me da rabia no acordarme de él. No voy a beber nunca más. Seguro que habré quemado más neuronas de lo que está legalmente permitido.

Y no me lo puedo permitir.

—Ni Eli ni yo vimos cómo te subían al cuarto oscuro. Ni tampoco cómo te secuestraban —se defiende Carla, que está mojando un churro en el chocolate. Eso es lo que a ella le va. Mojar churros—. No vimos nada, hasta que saliste en la pantalla de plasma.

—¿Qué? —Levanto la mirada de mi taza—. ¿De qué pantalla hablas?

—Sí, mujer. Había una pantalla enorme en la pared. Ahí salía la imagen de la gente que estaba en el cuarto oscuro. Solo lo ponían unos segundos al entrar y después unos segundos al salir.

—¿Qué es un cuarto oscuro, mamá? —pregunta mi avispado sobrino.

—Un cuarto sin luz, cielo —responde Carla para salir del paso.

—¿Me lo dices en serio? —¿Había cámaras grabando?—. ¿Eso está permitido?

—Solo vimos el final. Eli y yo alzamos la vista y te vimos allí, con las manos pegadas al cristal y una venda en los ojos, como si rezaras a todas las divinidades a la vez. —Sonríe y niega con la cabeza—. Era como ver las secuencias nocturnas de las habitaciones de *Gran Hermano*, cuando hacen *enredoning*.

—*Edredoning*.

—Eso. Estabas muy graciosa.

—¿Y no viste al tipo que estaba conmigo?

—No. ¿Al misterioso hetero?

—A ese. —Eso también lo recuerdo. Era hetero.

—Ya te digo que llegamos justo a tiempo de localizarte antes de que empezaras a salpicar a todo ser vivo como la niña del *Exorcista*. —Inclina la cabeza a un lado y sus ojos verdes se tornan lascivos—. Pero ojalá lo hubiera visto, porque parece que es un buen remedio para que olvides a David. Ya sabes lo de que un clavo…

—Ya sé. —Miro de reojo a mi sobri, inmerso en su mundo Pokémon.

—La tita evolucionó a Hack —suelta el niño—. El pokémon que vomita líquido verde.

Yo lo di por bueno. Aunque en realidad vomité rojo, por la sangría y el vino…

La amnesia es buena para eso. Es buena para olvidar y para no caer en el error de sentir vergüenza de ti misma. No hay recuerdos; no hay vergüenza.

Tengo la noche casi en blanco desde nuestra entrada en la discoteca hasta que llegué a casa. Solo conservo en mi disco duro retazos de una voz grave, y del tacto de una barba de pocos días. Nada más.

—No voy a olvidar a David —anuncio—. No sé hacerlo. No quiero hacerlo. He llegado a la conclusión de que volverá. Algún día me llamará o me escribirá…

—Si hace eso, le corto las pelotas. Si David quiere volver contigo y quiere pedirte perdón, lo más normal y educado es que se rasque el bolsillo y coja un avión cagando leches hasta donde sea que tú te encuentres para arrastrarse de rodillas. ¿Me has oído? —Y me señala con el dedo índice—. No aceptes menos. Un poco de dignidad no te vendría mal…

—Solo digo que no voy a olvidar a una persona que ha compartido mi vida durante cinco maravillosos años. No puedo olvidar cuando todavía quiero. Es emocionalmente imposible.

—Aprenderás o, de lo contrario, no podrás avanzar —me asegura Carla mientras se levanta de la mesa para aclarar la taza de chocolate en el fregadero y dejar su plato del desayuno—. Ahora, quiero que muevas el culo y te levantes de tu miseria personal.

Odio cuando se pone en plan terapeuta. Es buena, la condenada.

—¿Por qué?

—Me tomo libre esta semana para estar contigo. Eli ha pedido unos días también. —Se limpia las manos con el trapo de cocina de cuadros rojos y blancos que cuelga de la puerta del horno, y apoya su culazo sexy en el mármol de la cocina—. Vamos a aprovechar estos días que te quedan en Barcelona para ayudarte a cargar pilas y hacer que dejes de pensar en tu ex. —Me mira de arriba abajo, y yo oculto debajo de la silla mis zapatillas lilas de pelo de oso mojado—. Vas a ser la estrella de un programa de televisión; hay que hablar de estilismo, practicar sonrisas, miradas, frases hechas… Todas esas cosas tan superficiales que a ti tanto te aburren y a mí tanto me encantan.

A veces, mientras doy gracias a la vida por tener la familia que tengo, me pregunto por qué mi hermana, en vez de Derecho, no estudió Marketing y Publicidad.

Sé que sacaría oro de debajo de las piedras.


Me encanta ir de compras, pero me gusta mucho más comprar para los demás.

Y esta semana de desfase y descontrol, es justo lo que he hecho.

Mi hermana sabe perfectamente que saqué una pasta por el Mini antiguo, y ha decidido hacerme ojitos en todas partes: en la Illa Diagonal, en el centro comercial de Pedralbes, en Passeig de Gràcia, en las Ramblas, en la Maquinista… En todos los lados. Y, claro, en todos le ha caído algo, porque soy débil y la quiero, y si me llora, pues la malcrío, como si fuera su madre.

Eli es una compradora compulsiva. No hay nadie que compre más que ella, y es una picona. ¿Que tú te compras un par de zapatos monísimos? Ella se compra dos. Uno de esos días, decidimos no comprar nada porque siempre acabábamos llevando las bolsas de Eli a lo Julia Roberts (cuando se reforma y deja de ser una pilingui) por Rodeo Drive.

Y eso cansa.

En fin, vernos por Barcelona en plena acción es un espectáculo.

Después de las sesiones consumistas, nos parábamos para tomar un *green smoothie*. A mí no me preguntéis, porque no sé nada ni de moda ni de tendencias, eso lo sabe solo mi Pau y mis amigas, pero, por lo visto, ahora todas las que quieren tener el look fashion a lo *Sexo en Nueva York* se toman un batido verde que parece potado de clorofila. Ya no llevan cafés Starbucks; ahora llevan sopas frías de verdura en la mano.

¿Qué es el *green smoothie*? Pues es un batido verde lleno de vitaminas y muy rico que dicen que ayuda a la regeneración celular y es superantioxidante. Lo han puesto de moda las actrices de Hollywood, cómo no. Las mismas que prefieren el bisturí al lápiz, que por las noches se pegan una juerga de padre y muy señor mío, que beben más que los famosos peces del villancico y que esnifan todo tipo de polvo, incluso el de las hadas. Eso sí, a la mañana siguiente se beben el zumo de moco, y oiga, aquí no ha pasado nada.

Dice Eli que es fácil de hacer: un pepino, una pera, un limón, unas cuantas hojas de hierbabuena y un tercio de las espinacas que te vienen en un paquete de la nevera de cualquier supermercado. Lo metes todo en la batidora, le añades un cazo de agua, y ¡ale! Todo para dentro y, al parecer, te conviertes en un ser luminoso, sano y casi inmortal.

Yo digo que no es solo fácil de hacer, sino que te sale mucho más barato que comprártelo en cualquier otro sitio. Tal vez me anime y los haga. O tal vez… Tal vez decida seguir con mis *frapuccinos* de vainilla o de mango. Que sí, que también son muy caros. Pero es que… están tan ricos.

Un día fuimos al cine las tres juntas.

No nos preguntéis por qué, pero al final nos decidimos por *Los Mercenarios 3*; no quería ver ninguna peli pastelosa ni lacrimógena.

Y nos moríamos de la risa. No por la trama de la película y sus toques de humor, sino porque nos dimos cuenta de que los hombres tampoco saben envejecer.

Ocultas tras una montaña de palomitas de medio kilo y unos maltesers, no prestamos demasiada atención al argumento, pero sí a la boca cada vez más torcida de Silvester, que a la que se descuide, el labio le roza la rodilla.

A Silvester le acompaña todo un equipo de octogenarios (la mayoría) con miedo a las canas y a las arrugas, y ganas de lanzar petardos y dar hostias. Y todos están operados. El cirujano de Mel Gibson ha sido el Joker, me juego lo que queráis. Aparece Antonio Banderas por ahí, que parece un niño somalí entre tanto hombre hormonado, pero que es el mejor actor de todos y hace locuazmente su papel de asesino.

Y es la primera película de acción en la que Jet Li, un maestro de las artes marciales, se limita a estar sentado en una silla disparando con una metralleta. Que Jet Li haga eso... No se lo perdonaré jamás.

Lo mejor de la película: Dolph Lundgren. Sigue siendo atractivo. Muy mal actor, pero aún se conserva bien.

Otro día hicimos una pijamada en casa. Y alquilamos otra película que se titulaba *Magic Mike*. Allí estábamos todas, incluida mi madre, que le gusta más un critiqueo filmográfico que un lápiz a un tonto. Claro que yo tengo que decir que se suponía que íbamos a disfrutar de una buena película, no solo de esos cuerpos de hombres haciendo desnudos semiintegrales. Sin embargo descubrimos una peli sin ritmo, con diálogos escalofriantemente malos, en la que se permitieron incluir al hermano feo de los Calatrava como *stripboy*.

Aún recuerdo la cara de mi madre, cuando lo ve aparecer tan grande y fuerte, con el pelo largo y greñoso, con los conocimientos justos de baile moderno del pastor del pueblo.

—¡Anda! —exclamó—. ¿Y el trol también baila? —resopló mientras bebía del gin-tonic que nos habíamos preparado—. Yo voy a un local de striptease masculino y se me aparece eso, y busco cruces y agua bendita por donde sea.

Y tenía razón, la mujer. ¿Quién se iba a creer que contrataban a un hombre así para un show de chicas?

Por lo demás, Channing Tatum baila de maravilla. Y Matt Bomer tiene unos planos que parece una princesita, pero no por eso me deja de gustar.

Después de la película, divagamos sobre las cosas importantes de la vida (chicos) mientras nos hacíamos la manicura y la pedicura, a las dos de la madrugada.

No recuerdo cuándo nos dormimos, pero dejamos la tele encendida, y fue mi pequeño superhéroe, Iván, quien tuvo que levantarse de su camita para apagarla.


Estos días con ellas me están sentando de maravilla.

Cada vez pienso menos en David, pero sueño todos los días con él. Sé que es muy normal, porque aunque pretenda estar fuerte, mi cabeza no puede borrar su recuerdo, y sigo soñando con él como si estuviéramos todavía juntos. Es doloroso despertarse y darse cuenta de que lo que un día fue, hoy ya no es.

Algunas veces sueño que él se pone a llorar y me pide que volvamos, y yo lloro con él y nos abrazamos. Pero cuando amanezco, el sueño es efímero y lacerante como un cuchillo, porque sé que ya no estamos juntos.

Sufro por él cinco minutos cada mañana. Me pregunto cómo está, si me echa de menos, si piensa en llamarme, si se acuerda de las promesas que ha dejado por el camino, de cuando hacíamos el amor y de toda nuestra complicidad... Son cinco minutos eternos en los que lo paso realmente mal. Pero luego tengo que reaccionar. Me pellizco las mejillas con fuerza y salto de la cama, esperando que cada día lo eche en falta menos que el anterior.

Me he parado a pensar en la opinión que tienen Carla y Eli de mi historia con David. Tal vez tengan razón. Puede que me haya relajado con él y que en el último año haya aceptado una relación así porque es cómoda. Y eso ¿en qué lugar me deja?

Meditaré sobre ello más adelante. Ahora no. Todo es muy reciente. Por otra parte, Carla y Eli han criticado mi relación con mi ex, y en cambio ellas no son ningún ejemplo de estabilidad ni coherencia.

Mi hermana se casó con un mongo que prefería toquetear los botones del mando de la Play que los botones de mi hermana. Y no tiene novio conocido, pero sí romances a mansalva. Carla es como una mantis: cuando ya tiene al hombre enamorado y extasiado después de la cópula, le arranca la cabeza.

Y Eli no está centrada y no sabe lo que quiere. Un mes dice que le gusta uno, y al mes siguiente le gusta otro. Hace con los chicos igual que con los accesorios: busca, compara y si encuentra algo mejor, compra. Pero lo hace siempre. No tiene freno. Así que, cada poco compra a alguien nuevo.

Conclusión: que ellas critiquen a David y a nuestra relación me calma. Al fin y al cabo, ninguna se libra de su propio historial.


Y llegó el día.

Dos semanas después, me encuentro en Barcelona Sants, en el Ave dirección Madrid, para empezar con mi nueva aventura profesional. *El diván de Becca* me espera. Como siempre, en el andén me despido de mi madre entre lágrimas. Me dice que me quiere y yo le digo que también.

—Sé fuerte —me susurra al oído—. Si necesitas hablar porque te entra la ansiedad o la melancolía, llámame. Pero no le llames a él.

—Sí, mamá.

No la puedo soltar. Sus abrazos me llenan de una energía que no puedo explicar.

Miro hacia abajo porque Iván no deja de tirarme del pantalón. Mi sobrino me da un pokémon, y teniendo en cuenta lo importantes que son para él, es todo un detalle y una prueba de amor.

—Es la Amor Ball, la pelota del amor —me dice mi morenísimo sobrino—. Sirve para capturar pokémons hombres. Se la puedes dar a David cuando lo veas. Solo tengo una —me asegura con los ojitos negros más bondadosos que haya visto en mi vida.

Le acaricio el pelo y le doy un abrazo, intentando no comérmelo. Es tan amoroso… Tan especial.

Me guardo la pelota del amor en el bolsillo de los tejanos. Es como una canica gigante. Blanca y rosa, y tiene un corazón en medio. He decidido que se va a convertir en mi tesoro más preciado.

—Te quiero, enano.

—Y yo a ti, tita.

Después, en cuanto me levanto, Carla y Eli me hunden entre sus brazos.

—Escúchame bien, hermanita —me dice Carla—. Vas a ser famosa. Yo voy a ser famosa también. Deja el podio Ferrer bien alto.

Me echo a reír. Carla sería una celebrity única y excepcional. Podría dar mucho juego. Pero sé que lo último que desea ella es ser el centro de atención de nadie, aunque su fuerza y su energía provoquen que se formen corrillos a su alrededor solo para contemplarla.

—Lo haré —contesto.

—Becca —me dice Eli—. Eres la mejor y no hay nadie como tú. No olvides eso jamás.

Yo niego con la cabeza, emocionada por ser tan afortunada de tener a personas que me quieran y me valoren tanto.

Subo al Ave rápidamente para que no me vean llorar. Cojo mi maleta de mano LV y mi cartera a conjunto, y me coloco las gafas de sol. En realidad, no me gusta que nadie me vea llorar, sea conocido o desconocido.

Regreso a Madrid para afrontar mi nueva etapa, soltera, sin compromiso y preparada para demostrar todo mi potencial y los métodos que tengo para ayudar a la gente.

Aunque a mi corazón roto nadie lo haya podido ayudar de verdad. Solo el tiempo.

# 6

 @Johnnymelavo #eldivandeBecca Esperemos que sea un programa serio y que dure más de lo que duró Dreamland. Por ahora me parece atractiva la publicidad.

Tengo mucho que agradecerle a Fede. Él también dice que tiene mucho que agradecerme a mí.

Os contaré un poco para que comprendáis la relación que nos une.

Fede vino a mi consulta dos años atrás guiado por las referencias de mis pacientes. Uno de ellos era íntimo amigo de Fede, y le recomendó que me visitara para que le tratara el miedo que tenía a hablar en público. Antes, Federico hacía sus reuniones online, desde su despacho colindante a la sala de conferencias, nunca a niveles presenciales.

Vino a mí porque estaba cansado de no poder exponer sus *briefings* frente a sus colegas y trabajadores. Decía que su miedo le paralizaba, hacía que sudara, le daban taquicardias… Lo típico: la ansiedad le desbordaba.

Después de un año, logramos encauzar sus nervios y ayudarle a controlar su ansiedad y su pánico escénico. Como agradecimiento, o tal vez porque me consideraba válida, Fede me propuso como miembro del equipo de psicólogos de *Gran Hermano*. Bueno, no fue así exactamente, solo esperó a que yo dijera que sí para que Antonio me incluyera en sus planes, sin entrevista ni nada. Fue puro enchufe. Favor por favor. Aunque yo nunca se lo pedí, él fue quien pensó en mí para el proyecto.

Y supongo que ahora nadie puede decirle que estaba equivocado.

Por eso Fede y yo tenemos una relación distinta, mucho más cordial y menos fría que la que tiene con cualquier otro trabajador de la productora. Estoy convencida de que algunos dirán que me pongo de rodillas y se la chupo para conseguir esos tratos de favor. Y no puedo hacer nada por evitar esos comentarios, porque gente mala y envidiosa hay en todas partes. Pero si lo dicen o no, tampoco lo sé, porque no soy de compartir birras con los compañeros y solo oigo lo que se dice tras los cristales de *GH*. Me centro en mi trabajo y en mi equipo, y ya está.

La cuestión es que, favores aparte, me alegra muchísimo comprobar que mis métodos le ayudaron y le han dado tan buenos resultados, como hoy demuestra, hablando con todo el equipo de *El diván* y usando mis técnicas con tanta precisión.

Estamos en Madrid, en la sede central de Zeppelin.

Conmigo se encuentra Ingrid, una chica monísima, de largo pelo castaño y ojos color miel, que posee un cuerpo fino y elegante y un cutis que da rabia. Ella va a ser mi maquilladora y estilista; a su lado, Bruno, el segundo cámara, un moreno guapísimo con un corte de pelo militar en la parte de abajo y estilo capa en la de arriba. Y falta un tercero, el primer cámara, el que se encargará de mis planos y el de mis pacientes. Todavía no ha llegado.

Fede no me lo ha dicho, y creo que no hace ni falta que me lo diga, pero no van a invertir mucho presupuesto en *El diván de Becca*.

—Se trata de las personas, de sus miedos y de todo lo que deben superar —aclara Fede—. No tiene sentido montar escenarios ni nada por el estilo, porque no va a hacer falta. La vida será el mejor escenario de todos. Nos ahorraremos director de iluminación, diseñador de set… Seréis un equipo de cuatro personas. Becca, te dejo total libertad para que tú elijas cómo tratar a tus chicos, qué estrategias desempeñar. —Se encoge de hombros—. Tú mandas, serás como la directora técnica. Eres como una especie de *Conexión Samantha*. Partes el bacalao, ¿correcto? Decides dónde grabas las charlas, qué métodos utilizar y qué explicaciones dar. Fluirás como el agua. Estoy convencido.

—Ya —respondo, y soy consciente de que no sabré partir el bacalao así como así, y de que haré partícipe de mis dudas a mis tres compañeros. Yo solo trabajo sola en mis terapias; en todo lo demás, me gusta trabajar en equipo y saber la opinión de cada uno de sus miembros. Por eso utilizaré a mis tres compañeros como asistentes de dirección. Esa fe ciega que tiene Federico en mí me pone la piel de gallina—. Pero yo no soy directora de nada, Fede.

—Tienes un sexto sentido para esas cosas. Y quiero que seas tú la que lo decida todo.

—De las localizaciones, los planos y el sonido nos encargaremos el primer cámara y yo —dice Bruno, que me deslumbra con su sonrisa igual que en el anuncio de Licor del Polo.

—Solo encárgate de preparar el programa que hay que seguir con cada paciente —argumenta Fede mientras me ofrece un dossier de tapas parecidas a las de un cómic y un diván que sobresale en la parte central—. Tu equipo te ayudará en todo.

—¿Qué es esto?

—Las fichas de los seleccionados en la criba final. Aquí tienes a tus futuros pacientes. Estúdialas y haz lo que tengas que hacer y que solo tú sabes hacer… Dales un orden e id a visitarles. Tienes que elegir a cuatro. Tú y el primer cámara viajaréis siempre en avión. Bruno e Ingrid llevarán la caravana de *El diván*, con todo el equipo técnico necesario para realizar un programa óptimo. No os faltará de nada. Como diría Nadal: es un pepino.

Sí. Iremos acompañados de una caravana enorme con todo el material técnico, atrezzo y lo que sea que necesitemos. Qué bien.

—Pero si dices que el reality empezará a emitirse en dos semanas —hay cosas que no entiendo o que escapan a mi comprensión—, yo ya debo de haber tratado y solucionado como mínimo una fobia en menos de una semana. Es muy poco tiempo…

—En realidad, disponéis de diez días con todas sus horas para tratar a los cuatro pacientes de esta primera temporada —dice sin titubear.

—¿Diez días para todo? Pe-pero… es muy poco tiempo. Serán sesiones muy intensivas, tal vez no tenga éxito. Mis pacientes deben asimilar muchas cosas…

Fede adopta un gesto mortalmente serio. No se le mueve ni un músculo de la cara.

—Lo conseguirás. Esfuérzate, Becca. Sé que puedes hacerlo. Tienes un equipo preparado a tu alrededor para sacar el trabajo adelante.

—Y después habrá que montar los vídeos, editarlos… —señalo con nerviosismo. Lo veo todo demasiado justo.

—Axel lo hará. Necesito un programa montado y editado cada dos o tres días como mucho. Por eso lleváis la caravana con todo el material informático que él necesita —contesta Fede sabiendo que, a partir de ahora, lo que él diga va a misa—. También es editor. Montará los vídeos sobre la marcha.

—¿Cómo que montará los vídeos sobre la marcha? ¿Así de fácil?

Fede sonrió, y eso me tranquilizó. Si él no estaba tenso, ¿por qué yo sí?

—Tu terapia será exprés y de choque y harás lo que creas necesario para ayudar a tus pacientes, no importa el qué, lo pondremos todo a tu disposición. Dispondrás de pocos días para tratarles, y en ellos deberás descubrirlo todo. Te acompañan los mejores profesionales, Becca. Como tú. Tú eres la mejor en lo tuyo…

—Bueno, a ver…

—A callar. Eres la mejor y punto.

—Vale. Pero no quiero a gente comprada que venga solo a dar el espectáculo. No quiero amaños ni jugarretas, Fede —le advierto. Estoy cansada de que muchos realities estén sobreactuados.

—Va a estar todo bien y como tú quieres —admite con calma—. Que cada uno haga lo suyo y no habrá problemas. Tú encárgate de parecer chiflada y encantadora como eres. Ingrid dará vida a ese pelo del demonio que tienes y conseguirá que ofrezcáis vuestra mejor cara. Bruno dará con las mejores localizaciones y perspectivas, y Axel…

—Axel ¿qué?

Ante mí se deslizan por la mesa blanca unas Ray Ban de cristal reflectante modelo aviador.

Me doy la vuelta al escuchar una voz masculina profunda y aterciopelada, como una caricia de hielo deshecha, capaz de congelar y quemar al mismo tiempo. La piel se me eriza y el vello se me pone de punta, como un gato a punto de dar un zarpazo. La sensación que me recorre nada tiene que ver con lo que siento cuando mis ojos dan con una sudadera blanca Yves Saint Laurent con capucha. Los dos picos de la Y se desintegran como si estuvieran hechos por un aquelarre de murciélagos, y estos se desplazan hasta sus hombros, que forman una espalda ancha, digna de un quarterback. Su torso hace forma de V y dibujan unas caderas estrechas allí donde acaba la sudadera.

Mis ojos ascienden por un cuello de piel morena y tersa, que da paso a una barbilla contundente. Pero cuando contemplo su cara al completo, me pierdo.

Me pierdo como nunca antes.

Ese hombre es muy moreno de piel, tiene unas cejas perfectas, unos labios rosados que parecen sonreír perpetuamente, aunque su mirada no lo haga. Sus cejas gruesas enmarcan los ojos más verdes y claros que haya visto jamás. Y su rostro es… apolíneo. Bello, hermoso… Esos son adjetivos insustanciales para describir a esta especie de Dios.

No lo sé describir de otro modo. Su pelo de corte militar al uno es tan negro como sus cejas. Pienso que me encantaría acariciarle la cabeza y notar cómo las hebras me hacen cosquillas en los dedos. Y después… Después le diría: «No. No hagas nada. Ya me las quito yo». Y a continuación, le daría mis bragas sin más dilación.

—Hombre, Axel… —lo saluda Fede sin darle demasiada importancia—. Llegas un poco tarde, ¿no te parece?

Axel me mira e inclina la cabeza a un lado, como si le pareciera imposible que tuviera esta melena que Dios me ha dado. Yo frunzo el ceño y me entran unas ganas irreprimibles de tocarme el pelo. Pero no lo hago.

—Había mucho tráfico —dice mientras ocupa la silla vacía que hay a mi lado.

Ingrid está como yo, preguntándose cómo es posible que haya entrado un hombre en esa oficina que esté tan bueno.

Axel ha mentido.

No había caravana, y menos a estas horas del mediodía. Es lunes, son las once de la mañana, y la caravana en Madrid se forma a primera hora o a última de la tarde, igual que en Barcelona. Axel ha llegado tarde por otro motivo, y puede que el perfume barato de mujer que le acompaña sea la verdadera razón. Habrá estado retozando con una de las groupies que seguro tiene como legión de admiradoras.

Inmediatamente, me alejo de esos pensamientos. Analizo a las personas con rapidez, pero es una manía que debo dejar de hacer.

—Bien. Becca, este es Axel, el primer cámara y también editor del programa.

—Hola, encantada —le saludo, y le ofrezco la mano con profesionalidad.

Él la acepta, pero no me la aprieta fuerte ni con convicción. De hecho, la suelta como si no le importara demasiado.

—Hola, chicos —saluda a los demás con un gesto militar.

Desde aquí oigo como a Ingrid el *buyuyu* le da palmas. El mío, gracias al Señor, está en modo avión.

Bruno sonríe y se inclina hacia delante para decirle algo con total admiración.

—Para mí es un orgullo trabajar contigo.

Axel asiente pero no contesta. Será que Axel es muy bueno en lo suyo, digo yo, aunque ni Fede ni él nos hablan al respecto.

—Estaba comentando al equipo que esta misma semana tenéis que salir hacia el primer destino. Cuando Becca revise los historiales, decidirá hacia dónde os debéis movilizar. Becca.

—¿Sí?

—Tú avisarás a Ingrid y ella se encargará de reservar los hoteles y los billetes de avión.

Ingrid sigue sin decir una palabra. Solo mira a Axel, sin parpadear.

A mí me entran ganas de reír.

Bruno se echa el pelo hacia atrás y mira hacia otro lado.

Es más que evidente que estamos rodeadas. Rodeadas por dos tíos buenorros.

—¿Ingrid? —repite Fede.

—Sí, Súper. Yo me encargo de los desplazamientos y las reservas. —La chica me mira y sé, no me cabe duda, que me está enviando un mensaje mental hiperfemenino: «Esto debe de ser una broma».

Pero no es ninguna broma. Son guapos a rabiar. No hay más.

—Bien, partiréis en dos días. Esta semana entrante tenéis que empezar a grabar *El diván*. Cuando Becca tome la primera decisión, todos iréis en la misma dirección. Axel, de ti espero que seas rápido y eficiente en tu trabajo y nos mandes el primer programa montado a mediados de la semana que viene, con sus gags publicitarios para empezar a emitirlos en masa y en horario prime time.

—Lo tendrás, Federico.

—Becca, mañana te pasarás por el estudio para grabar un tráiler de presentación. Lo haremos en interiores y sobre fondo verde.

—De acuerdo.

Axel me quita el dossier de pacientes de las manos y le echa un vistazo rápido y en diagonal. Sus ojos verdes se ríen de los casos que hay en las hojas y chasquea con la lengua como si lo que viera fuera ridículo.

Y eso me da mucha rabia.

No soporto los prejuicios, y el guaperas no es que se los ahorre precisamente. Hay que ser muy valiente para reconocer que se tiene un problema y pedir ayuda. Y los pacientes de *El diván* están tan desesperados que no les importa que los traten y los expongan en el escaparate más cruel de todos, la televisión. Si, a cambio de la vergüenza que van a pasar, les ayudan a superarse. Mi labor será darles respetabilidad y hacer entender a los televidentes que problemas y fobias tenemos todos, y que no debemos avergonzarnos de nuestras debilidades.

—Vaya panda de frikis —murmura en voz baja.

Sus palabras despectivas me aguijonean. Resulta que el señor bajabragas es un gilipollas.

—¿Cómo has dicho? —le pregunto mirándolo de reojo.

—He dicho: vaya panda de frikis —repite colocando sus dedos entrelazados sobre su estómago plano y la tableta que tiene por abdomen. Lo de la tableta me lo he imaginado yo. Pero estoy convencida. Es pura fibra. Pura fibra imbécil.

—Estos frikis, como les llamas, son personas que merecen tu respeto. —Me he hartado de dar estos discursos cuando alguien se metía con los Hermanos. ¿Por qué, por el mero hecho de salir en un programa de la caja tonta, se creen con el derecho de insultarles y reírse de ellos?

—¿Mi respeto, dices? Yo vengo aquí a hacer mi trabajo, no a respetar a este atajo de locos. Mira esto. —Abre el dossier y señala el caso de Francisco Moreno—. Este hombre dice que tiene fobia a su chihuahua. A su chihuahua... Y es un tipo que mide casi dos metros. Lo pone en su ficha técnica. Ergo, es un friki.

—Tú no sabes lo que hay detrás de su fobia. No puedes juzgar tan a la ligera —lo acuso, enervada por su actitud.

Pocas veces me enervo, pero cuando la furia me arrasa, me

arrasa sin más dilación. Es un fuego lleno de ira, como el que me recorre en este momento. Me visualizo como un dragón echando llamas por la boca y chamuscando al Apolo que tengo a mi lado.

Me sorprendo, y sé que mi cara es el fiel reflejo de la ira que siento. No me gusta que a mi alrededor haya alguien que no tiene respeto por lo que hago. No tiene sentido tener en mi equipo a un individuo que no cree en el trabajo que voy a desempeñar.

—Fede, ¿se puede saber por qué has escogido a este señor como primer cámara? —pregunto de frente. Prefiero que Axel sepa de buenas a primeras que no me gusta su actitud—. Lo digo porque aún no hemos empezado y ya se está choteando de *El diván*. Y si es el editor, espero que no monte las imágenes con grillos, pajaritos ni músicas ridículas cuando mis pacientes se estén sincerando. No quiero que nadie se ría de ellos. Y aunque me encantó, esto no es *Un príncipe para Corina.* —Soy fan de ese programa. Pocas veces me he reído tanto, y su éxito ha sido en parte por el montaje de los vídeos.

Axel sonríe y alza una ceja demoníaca. Este tío tiene de buenorro lo que tiene de Satán. Muchísimo. Sin medias tintas. Y a mí se me ponen los pezones de punta.

—¿Te gustó el programa? —me pregunta Axel sin darle mucha importancia.

Mierda. Él era el editor de *Un príncipe para Corina*, ¿no?

—Axel es el mejor —dice Fede—. En su haber tiene…

—No importa —dice Axel levantando la mano.

—Haréis un buen equipo —confirma Fede—. Tú también eres la mejor en lo tuyo, Becca…

—No imagino a lo que se refiere —murmura Axel, pero no lo suficientemente bajo para que yo no lo oiga.

Lo fulmino con la mirada; no me ha gustado un pelo la intención de ese comentario.

Fede se levanta con una sonrisa de oreja a oreja. Recoge su portátil y su maleta y se dispone a abandonar la sala de reuniones.

—Un momento —le digo, sorprendida, a Fede—. ¿Adónde vas?

—Como veo que vais a llevaros a las mil maravillas, os dejo; tengo una reunión.

—Pero todavía hay mucho de que hablar. —¿No vas a echar a este que tengo al lado? ¿Que nos vamos a llevar a las mil maravillas? Se ha vuelto loco. Lo conozco desde hace cinco minutos y, aparte de follármelo, quisiera aplastarlo con una apisonadora.

—No hay nada de que hablar, ya se ha dicho todo. —El Súper abre la puerta de la sala—. En dos días partís para iniciar la grabación. Becca, llámame y ponme al corriente de todo. Ahora vendrá mi ayudante y os pasará los contratos para que los firméis.

Y coge y se va, el tío.

Y nos deja a mí y a mi equipo solos en la sala de reuniones, con un conflicto abierto entre el primer cámara y yo.

—Bueno —dice Ingrid mientras coge su iPhone. Aquí todos tenemos el mismo móvil—. Quiero los teléfonos de los tres, para que estemos localizables.

Yo le lanzo una mirada de hiena. No es tonta, la nena. Quiere los teléfonos para grabarlos en su agenda y poner «tío bueno 1» y «tío bueno 2».

Yo tampoco pierdo la oportunidad. Cojo mi teléfono y los grabo también.

Bruno y Satán.

—¿Y tienes idea de a quién hay que visitar primero? —me pregunta Bruno.

—Sí, estaría bien que me lo fueras diciendo ya —dice Ingrid abriendo su iPad para ponerse a trabajar—, así ya reservo vuestros vuelos y los hoteles… Nos tenemos que poner en marcha. —Se frota las manos emocionada.

Axel está entretenido con el techo de la sala, completamente ajeno a lo que se está diciendo, como si no fuera con él, como si le diera igual. Joder, qué rabia me da. Quiero a gente involucrada, no a personas como él, aunque me alegren la vista.

Con parte de mi malicia arañando mi sentido común, reacciono y sonrío en plan Maléfica. De los cuatro que superaron la criba, por supuesto sé quién va a ser el primero. No he tenido tiempo de estudiar los perfiles de mis pacientes, no sé qué acciones deberé emprender, pero solo por joder, ya sé qué es lo primero que voy a hacer.

—Creo que aquí el «ejecutor de frikis» se muere de ganas por conocer a Francisco —afirmo mirándome las uñas—. Iremos a por el Chihuahua.

—Entonces, llama a César Millán —contesta Axel, y se levanta de la silla para observar una fotografía en blanco y negro que hay en la pared—. Él es especialista en educar a las personas con perro.

Bruno se ríe por su ocurrencia. A mí no me hace ni puta gracia.

—A ti no te educaron ni con perro ni sin él, ¿verdad, Axel?

—Esto va a ser un desastre. Empezamos muy mal. No es agradable, ni se esfuerza por agradar ni por caer bien. No lo entiendo.

Axel sonríe, pero el gesto no le llega a sus ojazos, de repente fríos y duros. Es una pose. Es imposible que sea así de borde. Creo que le caigo mal, y no me conoce, el cretino.

—¿Me educarás tú, pelirroja? —me pregunta mirándome por encima del hombro—. No me cabe duda de que estás capacitada para hacerlo. Fede dice que eres la mejor.

Es el tono, es la pose, es todo. Ese tío es solo un mojabragas de tres al cuarto, y siento que le odio. Y esa mirada… Esa mirada es realmente magnética.

No tengo la situación bajo control, no conozco a mis compañeros. Tal vez, todos sean bombas de relojería. Necesito rodearme de una plantilla equilibrada para que todo marche sobre ruedas.

—El paciente es de Asturias —dice Ingrid en un intento por calmar el ambiente—. Vive en Cangas de Onís.

—Perfecto —contesto.

Ingrid me gusta. Creo que es buena chica, y además es muy dulce. Vendrá bien como pacificadora. Sin embargo, la actitud de Axel me deja destemplada. Tengo que ponerme manos a la obra cuanto antes. Estudiaré el caso de Francisco, pondré en práctica mi estrategia y prepararé la maleta.

No, no. Ni hablar. Los cuatro vamos a trabajar juntos. Tenemos que conocernos un poco. Romper el hielo.

Axel es imprevisible, muy buen profesional, pero no creo que sea mal tío. Tenemos que interactuar para que yo pueda comprender cuál es su verdadera personalidad.

Mejor organizo una cena de equipo.

Ingrid es la primera en llegar.

Trae vino y postre. Lleva el pelo castaño recogido, se ha pintado los ojos negros con kohl y además le brillan los labios de cacao rosa. Es una monada de chica. Le resplandece la mirada y parece que está tan ilusionada como yo por nuestra nueva aventura profesional.

Seremos grandes amigas. No tengo ninguna duda.

Ella sonríe cuando me ve y yo la dejo entrar en casa. Viste con unos pantalones de pitillo negros, una blusa blanca y unas manoletinas negras.

—Bienvenida —la saludo y cojo de sus manos lo que trae para la cena—. Tempranillo madrileño… Mmm, me encanta.

—Como vino, es una buena elección.

—Sí, y a mí. ¿Esta es tu casa?

—Es la de alquiler —le aclaro mientras meto la botella en la cubitera para que el vino se mantenga fresco—. Vivo aquí con otra psicóloga de *GH*. Se llama Nerea, pero ahora no está.

—Nerea había cogido la costumbre de dormir siempre con Pedro. Lo de ellos iba muy en serio—. Tenemos la casa para nosotros solos.

—Qué bien.

Queda mal decirlo, pero he hecho una cena espectacular.

Desde primera hora de la tarde lo he dispuesto todo, he cocinado, he decorado, y el resultado es impactante. He rebuscado por internet y he adecuado una cena para dos en una para cuatro, incluyendo caipiroskas de fresa, ensalada de tomate con vinagreta, rúcula y mozzarella, alcachofas con huevo de codorniz y raviolis rellenos de carne con pesto de Trapani.

—Huele de maravilla. ¡Qué mesa más bien servida! —me felicita Ingrid.

—San Google. No tengo ni idea de estas cosas —reconozco abiertamente.

Mientras cuido de que los raviolis no se me quemen y sigan calientes, me aseguro de que todos los platos le gusten.

Ingrid, que está admirando el comedor amueblado (venía así de alquiler), se vuelve de repente y se pone una mano en el pecho.

—Sé que a lo mejor no debo decirlo, pero, si no lo hago, reviento, Becca.

—¿El qué?

—¿Es normal que estén tan buenos?

—No —contesto con sinceridad.

Las dos nos echamos a reír a mandíbula batiente. Entre chicas podemos hablar con más libertad, supongo.

—Pero eso no nos va a afectar de ninguna de las maneras —le aseguro mientras sirvo un par de copas de vino—. Somos profesionales.

—No, por supuesto que no. Al menos, a mí no me va a perseguir ninguno de los dos… A ti te van a grabar todo el santo día.

—¿Qué quieres decir con eso?

—Yo me pondría histérica —se sincera—. Una cámara de televisión grabándome, un hombre como Axel contemplándome… No. Definitivamente, sería superior a mis fuerzas —añade poniendo una expresión melodramática.

Lo que dice me hace pensar. Ayer hice pruebas de cámara y creo que el objetivo y yo nos llevamos bien. No medito mucho sobre el hecho de que me graben, no creo que sea nada que deba intimidarme.

Pero, claro, entonces no estaba Axel ni sus ojos diabólicos al otro lado del objetivo. No tendría por qué afectarme. Es más, no pienso que vaya a afectarme en nada. Cuando trato con un paciente, el mundo desaparece. Por muy bueno que esté el mundo.

Ingrid me cuenta que tiene dos hermanas, que ella es la mediana. Tiene veinticuatro años, cuatro menos que yo. Acabó la carrera de maquillaje de efectos especiales, pero, por ahora, se tiene que conformar con maquillarme a mí. Hace un año que vive en Madrid y trabaja en Zeppelin desde entonces.

—¿Tienes novio? —le pregunto.

—Uff, no. —Se sienta en el sofá y cruza una pierna sobre la otra—. Todos los tíos con los que he salido son auténticos gilipollas. Por ahora, no quiero más. —Mira la pantalla de su teléfono, un gesto que no ha dejado de hacer desde que ha llegado.

Con veinticuatro años, Ingrid ha salido con la cantidad exacta de hombres que caben en un autobús de pie. Yo solo con los que caben en un coche, y sobraría una plaza.

David ha sido mi novio, mi única pareja. Los demás que vinieron antes que él solo fueron meros ligues que se quedaron en proyecto a medio hacer.

¿Qué he hecho con mi vida, entonces? ¿He perdido el tiempo? Si bien es cierto que mi manera de pensar sobre las relaciones es muy romántica e idealista. Soy muy exigente, mucho. No me lío con un hombre por liarme. Ni me acuesto con él porque no he encontrado nada mejor. Tengo que estar muy segura de que mi corazón va de la mano con mis acciones. A las Ferrer nos han educado así, por eso a veces pienso que mi hermana Carla es adoptada.

Cuando elijo, creo que es para siempre, y creo que es así porque elijo lo mejor para mí, al chico adecuado.

Pero David me ha dado un revés increíble. La vida nos alecciona a cada minuto.

Nada es para siempre, y eso aflige mi todavía inocente corazón.

Con veintiocho añazos, aún creo en las hadas y en las auténticas historias de amor. No tengo remedio. Ni quiero que me remedien, por mucho que pueda llegar a sufrir.

—¿Por qué miras tanto el móvil? ¿Tienes un ligue?

—No —contesta ella con una media sonrisa—. Es Bruno. Me ha pedido que le mande una localización. Está al llegar.

—Bruno, otro pobre desgraciado que más buenorro y no nace. —Doy un sorbo a la copa de vino. ¿Me lo parece o cuando ha dicho «Bruno» ha cambiado el tono a uno más suave y lánguido?

Cuando el segundo cámara llega, nos saluda a las dos y nos hace reír con su ocurrencia.

—Me he imaginado que todos íbamos a traer comida, por eso yo traigo las drogas y el rock and roll. —Y nos enseña un plástico con cogollos de maría.

—No fumo. Me sienta fatal —le digo.

—Bueno, Becca, no te preocupes; le daremos tu parte a Axel, a ver si así se relaja —dice Ingrid.

—Y si no —apunta Bruno—, siempre puedes decirle que se meta el dedo en la oreja y cuente hasta cien antes de hablar. —Me echo a reír, igual que Ingrid—. De todos modos, Axel puede ser muy seco, pero si Fede lo ha pedido es porque es el mejor.

Bruno es un macarra guapetón. Sabe que lo es y le encanta coquetear. Ingrid lo adora, aunque apenas se conocen. Y lo peor para un hombre como Bruno es saber que tiene la adoración de alguien, porque se convierte en su mejor juguetito.

Si Ingrid no anda con cuidado, la destrozará.

A David le habrían caído muy bien ellos dos.

Con ese pensamiento, nos sentamos a la mesa para adelantarnos con las caipiroskas mientras esperamos al Anticristo.

Y esperamos toda la noche, sentados.

# 7

 @rogelioflores #eldivandeBecca Mi hijo tiene fobia a trabajar. ¿Puedes ayudarle, Becca? Lo que yo creo es que tiene unos cojones de toro que no puede con ellos...

*Dos días después*

La cena que organicé, y en la que tanto nos reímos Bruno, Ingrid y yo, dejó varias cosas claras: que ellos son amigables y distienden muy bien el ambiente. Que a Ingrid le gusta Bruno y a Bruno le gusta gustar. Y que Axel es un auténtico asno.

No vino. No tuvo ninguna intención de venir, el cretino. Nos dio plantón.

Ni una llamada, ni un mensaje. Nada.

Ahora estoy en el aeropuerto; son las seis de la mañana y lo estoy esperando. Es nuestro primer viaje juntos, a Asturias. Hoy lunes empieza el tour de *El diván*, y Cangas de Onís es el primer destino.

Ingrid y Bruno nos esperan con todo dispuesto en el hotel El Molino. Un taxi nos pasa a recoger y nos lleva hasta la localidad, donde nos reuniremos con nuestros compañeros. Una vez lo tengamos todo listo, empezaremos a grabar por la tarde.

Encontrarme con Axel y viajar juntos no me hace ninguna gracia. Es una de esas personas que me incomodan y que sé que harán todo lo posible por que no me relaje. Pero no se lo voy a permitir.

Ya lo veo llegar. Estoy parada en la cola de nuestra compañía, lista para el *check-in*. Soy de las primeras. Hago que no lo veo y me concentro en mi iPhone, releyendo mensajes para centrarme en otra cosa. Pero algo me impele a alzar la vista. Sí, es su maldito magnetismo.

Madre de Dios. Cuando ese hombre camina así, con su bolsa de viaje de hombre Louis Vuitton, sus gafas de sol y un estilo entre macarra y caballero, el mundo se detiene. Los hombres lo miran y piensan que quieren ser como él, excepto los que creen que es gay. Las mujeres quieren regalarle las babas y hacerse una selfie para mostrarla como trofeo, aunque no sea famoso.

Tengo que reconocerlo. Axel es material del bueno, de sueños húmedos y fantasías con todo tipo de finales felices; finales felices en el sofá, en el capó del coche, en la cama, en el suelo…

Y de repente me lo imagino bailando. Tengo una fantasía absurda de los dos bailando salsa. Si baila bien, me corro. Me ocurre que muchas veces tengo una imaginación muy vívida y puedo visualizarme con facilidad haciendo otras cosas. También me gusta decir tacos en italiano, y cuando escucho una canción, me imagino al cantante actuando para mí, formando parte de la escena.

Salgo de mi ensoñación cuando se detiene justo delante. Tengo ganas de sonreír a todas las perversas que se lo comen con los ojos, y gritarles: «¡Me lo follo solo por diversión!». Pero sería una soberana mentira. Además, sé que a través de sus gafas reflectantes esos ojos de Dios me miran sin demasiado interés, y la fantasía se desvanece rápidamente.

—No has llegado demasiado pronto. ¿Se te han pegado las sábanas, Rebecca?

Yo tardo lo mío en reaccionar. ¡Será *figlio di puttana*! ¿Qué me está diciendo? ¡Si soy la quinta de una cola de casi cien personas! Llevo ahí más de tres cuartos de hora, y el que ha llegado tarde es él. Me apetece rodearle el cuello con las piernas y estrangularlo cual anaconda.

—Buenos días, Axel. ¿Has dormido bien? Dos horas más que yo, seguro que sí. —Le guiño un ojo, pero se me enganchan las pestañas y parezco un poco lerda. Me recupero rápidamente y me doy media vuelta para mirar al frente. La azafata acaba de abrir la ventanilla para que empecemos con el *check-in*.

Llegar antes me permite elegir asiento. Siempre elijo puerta.

Soy yo la responsable y yo la que tiene los billetes, por supuesto. Puedo no darle el suyo, ¿verdad? Puedo masticar la fotocopia y hacer como que no la he traído…

—¿Y el del señor? —me pregunta la chica, y lo mira como si se estuviera haciendo un dedillo debajo de la mesa.

—Me lo comí por error —contesto, y me quedo tan ancha.

Espero a ver la reacción de Axel. Me mira fijamente, pero la azafata sonríe divertida. Sé que las llamas se avivan en el fondo de sus iris perversos, y sé que le apetece darme una paliza, casi tanto como me apetece a mí escupirle.

¿De dónde nace ese antagonismo? Ah, sí. Del hecho de que no me respeta profesionalmente.

Se quita las gafas de sol y pone los ojos en blanco.

—Dáselo ya, Rebecca. ¿Hoy no te has tomado la medicación? Te dejé las pastillas en la mesilla de noche, junto a las que te cortan la diarrea.

—No las vi. Seguro que tu madre se las ha vuelto a comer todas para desayunar.

—Mi madre está muerta.

Lo miro estupefacta. ¡Menudo corte!

He cometido un error de cálculo garrafal. Si no conozco a las personas, no puedo hacer bromas de este estilo. Me siento miserable y mezquina. Agacho la cabeza, y la chica de la ventanilla no sabe dónde meterse.

—Lo siento mucho. —Derrotada, le doy la hoja de Axel a la chica para que chequee—. No lo sabía…

—Yo tampoco. Me acabo de enterar —contesta él guiñando un ojo a la joven.

La chica se sonroja y se echa a reír. Yo me sonrojo, pero de la rabia. Su broma no me ha hecho gracia. ¿Cómo me va a hacer gracia? ¡Acaba de jugar con la vida de su madre!

—Eres un sinvergüenza —le contesto, cada uno cargando con su respectiva bolsa de mano—. ¿Matas a tu madre así como así? ¿No le has perdonado que te pusiera ese nombre por fantasear con el cantante de Guns N' Roses? —Niego con la cabeza—. Eso no se hace.

—No juegues, y no tendré que dejarte en evidencia.

—Te queda mucho para dejarme en evidencia. Todavía tienes que madurar.

Me adelanto; sinceramente, no me apetece andar a su lado. Todos nos miran porque él llama demasiado la atención.

No sé cuánto durará el tour, pero me temo que se me va a hacer muy cuesta arriba. Tengo que cogerle el tranquillo a Axel o perderé la concentración por su culpa.

Una vez en el avión, nos sentamos en el lado de la puerta para tener más espacio y poder estirar las piernas. Axel, con todo lo alto que es, obviamente no me da las gracias por ello.

No nos dirigimos la palabra. Yo saco mi iPad con el teclado especial que me compré, que se abre como un libro y parece un microportátil, y despliego en la pantalla las fichas de mis pacientes. Tengo que repasarlas y acordarme de cada uno de sus casos y sus fobias. Algunos de ellos no presentan un cuadro de fobias, pero sí de adicciones. También las puedo tratar. Al fin y al cabo, para unas cosas y otras se necesita una nueva educación conductual, y también adiestramiento cognoscitivo. Todo se puede aprender. Lo bueno del cerebro es que es sinestésico y sinérgico, se puede modelar, es un músculo que puede cambiar según los pensamientos. Parece de ciencia ficción, pero es verdad.

Entonces siento cómo Axel tira de mi cinturón de seguridad, que ya he abrochado, y lo ajusta hasta casi hacerme una liposucción.

Lo miro furibunda. El gesto me ha impresionado.

—¿Qué haces? —le pregunto lanzándole mi mirada asesina.

—Ajustarte el cinturón, pelirroja.

—Ya estaba abrochado.

—Suelto no sirve de una mierda. Ahora sí estás sujeta.

Estudio su actitud. Axel se pone sus iBeats negros, tan grandes como los que llevan los futbolistas en el aeropuerto o cuando se bajan de sus autocares. Apoya la cabeza en el respaldo y cierra los ojos, aislándose del mundo y de mí.

No es que él se haya preocupado por mí. No, no se trata de eso.

Axel es un hombre controlador. Muy controlador. Creo que incluso raya lo obsesivo. Pero por el modo en que ha dejado la bolsa de mano, recta y simétrica en el compartimento superior, la manera en que se ha acomodado, erguido y en posición fija, y el procedimiento que ha utilizado para recoger el cable de sus cascos, está claro que es un obseso del orden. Un tipo, además, celoso de su espacio y de su intimidad. Tal y como ha colocado los brazos en el reposabrazos, sin violar ni un milímetro del mío, está dejando claro que no quiere que cruce la línea en ningún momento.

Yo en mi sitio y él en el suyo. Observo con apreciación artística su perfil, cincelado y de una hermosura que duele a los ojos.

Pues, ¿sabéis qué? La voy a cruzar, porque me muero de ganas de preguntarle algo que me arde. Atrevida como solo yo puedo serlo (mi madre me llama inconsciente y Carla dice que tengo pocas luces), levanto uno de sus auriculares. Este gesto hace que Axel centre toda su atención en mí y que me asesine con aquellos ojos de ensueño.

—¿Tienes alguna buena excusa para que no nos avisaras de que no ibas a venir a la cena que organicé? Fue de muy mala educación.

Él se fija en mis ojos azules. Tengo motitas amarillas en su interior, como pecas. Las está observando con curiosidad.

—Que yo sepa, no dije que iba a ir —contesta, y santas pascuas.

—Bueno, estar presente y asentir desinteresadamente puede dar a entender que sí vas a venir a una cena de equipo. Somos cuatro, pero solo estábamos tres. Por lo visto, no te importa conocer a tus compañeros. ¿Es eso?

—Tenía cosas que hacer.

—¿Ah, sí?

—Sí.

—Cuéntamelas. ¿Haces más cosas además de atropellar a abuelas, comerte a cachorros de perros y cocinar a niños pequeños? —Quiero darle a entender que lo considero poco más que un ogro. Un ogro sexy hasta el infinito y más allá. Pero estoy dispuesta a escucharlo.

—Rebecca, ¿sabes lo que es de mala educación?

—Ilumíname.

Apoyo las manos en la barbilla como si bebiera los vientos por él y le dedico una caída de ojos que ni Betty Boo. Él, por su parte, no oscila las pestañas, y aquella mirada penetrante me deja paralizada en el asiento. Sea lo que sea lo que va a decir, sé que me va a molestar, aunque él no me importe nada.

—Es de mala educación molestar a alguien que no quiere ser molestado.

Me visualizo como una almorrana, igual de incómoda y dolorosa, y me entran ganas de llorar.

—No quiero ser tu amigo —continúa con su tono borde—. No quiero interactuar. Lo único que quiero es centrarme en este jodido trabajo y hacerlo lo mejor que sé. Voy a ignorar lo ridículo que en realidad es, voy a sacarle todo el partido que pueda y voy a evitar pensar en que alguien como tú se cree la solución de los problemas de otra persona. Vengo a hacer mi trabajo y a cobrar por ello. Nada más. Haz tú lo mismo.

¡Ouch! ¡Qué dolor!

Sigo con mi sonrisa en la cara, no porque la sienta, sino porque me están dando ganas de hacer un puchero y dejarme llevar por las emociones. Siempre he sido demasiado emocional, y lo siento todo mucho. No sé qué es lo que más me ha ofendido de todos los piropos que me ha dirigido, pero ahora tampoco lo voy a analizar.

Reclino un poco mi asiento y me acomodo. Clavo los ojos, que me pican y se humedecen a la velocidad de la luz, en la pantalla de mi tableta reconvertida en ordenador, y decido que no viajo con nadie, que estoy sola en el avión.

Le voy a hacer un Wally, voy a desaparecer ante sus ojos.

Mejor sola que acompañada por Satanás.


En una hora llegamos a Asturias.

No puedo mirar por la ventana, porque, para colmo, mi compañero de asiento ha bajado la cortina. Adoro ver las nubes bajo mis pies.

Para más inri, mi vejiga va a explotar. El borde sigue con los ojos cerrados, escuchando algo que yo desde mi sitio no puedo oír. Ni siquiera me planteo qué música le gusta, me da igual. No lo quiero saber. Seguro que escucha a Siniestro Total o al tío ese que salía en *Aquellos maravillosos años* como el amigo bonachón del protagonista con enanismo, y que después se hizo cantante, se sacó un par de costillas porque decía que así se la podía chupar mejor y se puso un ojo de cada color. Creo que se llama Marilyn Manson.

¡Bah! ¡Da igual! Por mí como si escucha el villancico de Navidad de Raphael y la prole. Si quiere morir joven, que se muera.

Me levanto de mi asiento para ir al baño. La azafata me sonríe cuando paso por su lado, y yo rezo por que el servicio no esté ocupado, pues me estoy meando salvajemente. Por suerte, está libre.

Al entrar, me miro en el espejo. Bien, parece que mis rizos están en su sitio. Me recoloco la blusa tejana oscura y empiezo a bajarme la falda. ¡Uy, se me olvidaba!

Me doy la vuelta para echar el pestillo y, entonces, ¡zas! La puerta se abre de par en par y entra en el pequeño habitáculo el hijo de las tinieblas, con los iBeats al cuello y sus ojos verdes taladrándome.

Yo abro los míos como platos (a ver, no sé qué otra cosa hacer).

—¡¿Qué coño haces aquí?! ¡Sal ahora mismo! —le grito en voz baja para que no nos oigan ni los pasajeros ni las azafatas.

Axel niega con la cabeza. Tiene la mandíbula apretada, como si me odiara mucho o como si también se estuviera meando encima. No hace falta que sea tan teatral, sé que no me puede tragar. No pasa nada, él también ha conseguido que yo le odie un poco.

—Que te largues. No quiero montar un espectáculo —le repito empujándolo—. ¿Qué quieres?

Sigue sin contestarme. Me da un leve empujón y hace que impacte contra el diminuto lavabo metálico. Entonces se me echa encima tan grande como es, hasta el punto que no veo más que ojos verdes y piel morena. Y, de repente, me besa.

O sea, no me besa suave ni con educación. No tantea, no. No se trata de un cortejo. Me come la boca como un hambriento. Me introduce la lengua hasta empujar la mía y obligarme a abrir la mandíbula todo lo que buenamente sé.

No me lo puedo creer.

Intento quitármelo de encima, pero es muy fuerte y no puedo. Aparto mis labios de los suyos y le digo:

—¿Qué es esto? ¿Te has vuelto loco? Déjame salir.

—No.

—¿Tú eres tonto? ¿Me odias y ahora decides que te gusto?

—No me gustas, Becca. Solo quiero follarte. No aguanto más.

Nunca en mi vida me habían hablado así. Nunca. No sé por qué razón siempre creí ofensivo que un hombre le dijera eso a una mujer. Carla dice que soy retrasada. Y yo empiezo a creer que es cierto.

De repente, mi sexo se despierta. Entre mis piernas noto un hormigueo burbujeante y tengo la sensación de que de un momento a otro se abrirán como si hubiese un muelle entre ellas.

Pero no hace falta que yo las abra. Axel me coge de la cintura sin dejar de besarme (¿cuándo nos hemos vuelto a enganchar?) y me sienta sobre el lavabo que, gracias a Dios, está limpio. Soy un poco maniática con la higiene.

Su excitación despierta la mía. Me invaden unas ganas increíbles de que se saque la verga y me la clave hasta lo más hondo, que me llene como nadie.

Axel se aparta y sonríe como el ente diabólico que es. Se pasa la lengua por el labio superior, y ese gesto hace que me dé cuenta de su increíble boca y de la cicatriz de su barbilla. Tiene los dientes tan blancos y rectos que dan ganas de ponerse en biquini justo delante y tomar el sol.

También me doy cuenta de que en su ceja izquierda luce una cicatriz reciente. No sé qué demonios me está pasando con los hombres con las cejas partidas, pero es un detalle que me llama la atención y que hace que me parezcan irresistibles. Supongo que les da un aire peligroso que me intriga.

Axel continúa con su inspección. Me abre la camisa sin mucho miramiento y fija sus ojos en mis pechos. Yo me aseguro de llevar un conjunto apropiado, pero no acierto. Llevo el sujetador negro y las bragas ridículas amarillas de Mafalda. Y lo sé porque él se ha encargado de subirme la falda hasta las axilas y bajarme las braguitas para dejármelas colgando de un tobillo.

Miro mis zapatos de tacón de color negro y me doy cuenta de que no voy muy elegante que digamos. ¿Camisa tejana, falda y taconazos? ¿He salido de *Gandía Shore*?

Pero todo lo que estoy pensando da absolutamente lo mismo cuando él se saca el cimbrel. Sí, no es nada poético, pero francamente, queridas, me importa un comino. Es grande y gordo. No es que me obsesione el tamaño, he estado con hombres que la tenían normal. Pero es cuando veo la suya que comprendo que los preservativos XXL no son una leyenda urbana. Que sí, que sí, que todos los protas de las novelas que tanto le encantan a Carla la tienen enorme, y parece un arquetipo. Pero creedme, no exagero. Es muy grande. Tiene la piel morena y el prepucio le asoma rosado. Un vello negro, poblado y rizado sirve de marco perfecto a su increíble vara venosa. Es tan viril que solo contemplarlo ya hace que empiece a darme gusto.

—¿Has follado alguna vez entre las nubes? —me pregunta mordiéndome el lóbulo de la oreja.

Se me ponen los pezones de punta y recuerdo que no me los ha magreado. Me da igual que no me haya tocado los pechos, lo único que quiero es que haga algo con la insatisfacción que tengo entre los muslos.

—No, no lo he hecho nunca —le contesto.

—Pues ahora verás —gruñe, me separa las piernas y se hace sitio entre ellas.

Ni siquiera me va a preparar. No me va a acariciar para ponerme más caliente. No importa. Estoy tan cachonda que apenas puedo controlarme.

Axel me toca entre las piernas con la cabeza de su miembro, y después de dos caricias arriba y abajo para comprobar que estoy mojada, decide metérmela de lleno.

Y empieza a hacérmelo con rapidez, como si fuera una carrera para ver quién acaba primero.

Creo que tengo los ojos del revés. Es tan grande y la siento tanto que seguro que se me han abierto las caderas.

El resultado es fulgurante. Empiezo a correrme con las potentes embestidas. No quiero gritar ni gemir, por eso le muerdo el hombro, y él se ríe…

Se está corriendo. Y lo sé porque siento el líquido que me baña por dentro, y cómo eso facilita la fricción. Dios, suelta tanto que se desliza entre mis piernas como un río. No me lo puedo creer. No se puede detener. ¡Lo vamos a dejar todo perdido! Y lo que es peor, ¿lo ha hecho sin condón? ¡¿Soy imbécil?! ¿Y si está enfermo por toda la mala leche que le corre por las venas? ¿En qué se supone que estoy pensando?

Y entonces alguien pica a la puerta. ¿Hemos hecho mucho ruido? Dios, qué vergüenza.

¡Mierda! No ha puesto el pestillo. La puerta se abre de golpe y me quedo en blanco cuando veo quién es.

David, mi guapo David, sin cicatrices. Tan rubio, tan bien vestido y tan poco dado a los dramas. Nos mira como si viera llover. Alza la mano por encima de nuestras cabezas y coge un rollo de papel del váter de un minidispensador.

—Perdón, en el otro baño no hay —me dice.

¿Qué coño es esto? ¿A David solo le importa limpiarse su culo fino?

Se disculpa por habernos interrumpido y sale de allí como si nada.

No puede ser. No puede ser.

Me echo a llorar sobre el hombro de Axel, con su enorme polla todavía dentro de mí.

La durísima realidad es que no le importo nada a mi ex. Le soy completamente indiferente. Me acaba de pillar in fraganti en el lavabo de un avión, dedicándome al fornicio con otro, y ni se inmuta.

—Pero ¡¿tú de qué estás hecho, desgraciado?! —le grito, todavía sentada sobre el lavabo, empapada del semen de Axel. No quiero ni pensar en que su semilla del mal está campando por mis trompas en este momento. Se está riendo de mí de verdad, señalándome con mala educación.

—Menuda rata, ese David.

Genial. No valgo nada para ninguno de los dos. ¿Es eso?

—No pasa nada, rizos. —Me hace una carantoña que me molesta más que un bofetón—. ¿Puedo darte por detrás?

¡Lo que me faltaba! ¡Que le den por el culo a él! ¡Que les den por el culo a todos! Cojo un extintor de la pared, que ya me explicaréis qué hace en el baño de un avión, y le atizo en toda su hermosa cara… El sonido es seco, y me encanta.

Sigue vivo, maldito gusano, por eso lo voy a rematar, con las braguitas amarillas colgando de un tobillo y la falda de bufanda.

—Despierta, rizos —me dice desde el suelo, con el pómulo en lo alto de la frente.

Cuando abro los ojos y miro hacia delante, mi iPad está recogido y cerrado. A mi izquierda se encuentra Axel, hijo de Forniquetor, mirándome fijamente con ojos inquisitivos.

¿Era un sueño? ¿He estado soñando? Doy gracias a Dios. ¡Qué mal! Qué sueño tan humillante y, a la vez, tan revelador. Me encanta analizar vivencias oníricas, es una de mis herramientas de trabajo. Pero esta, tan explícita, prefiero no desglosarla, porque a la única conclusión clara que llegaría sería a lo mucho que odio a Axel y lo mucho que me pone. Y a lo mucho que añoro a David, y lo poco que él me quiere.

Se mire como se mire, soy yo la que pierdo. Tengo que cambiar mi corriente de pensamiento.

Axel me mira como si quisiera decirme algo. Es él el que me ha despertado. ¿Habré hecho ruiditos libidinosos? Se asegura de que el delirio se me ha pasado, y aunque parece que tiene ganas de preguntarme qué estaba soñando, se muerde la lengua y se lo reserva.

Tampoco se lo iba a decir.

Mejor. Lo último que quiero hacer es hablar con él y recriminarle que no haya usado condón. ¿Cómo se ha atrevido? En cambio, disimuladamente, deslizo la mirada a su paquete, a ver cómo va servido. Seguro que la tiene enana, el truhán. Aunque, la tenga como la tenga, seguirá siendo un estúpido antipático con el que ya me ha quedado claro que no debo tener nada que ver. Aunque quiera darme un revolcón.

Todavía siento gustillo detrás del ombligo. Ha sido un orgasmo interno. Increíble.

Intento relajarme de nuevo y miro mis ropas para comprobar que no soy una choni hortera y que llevo mi conjunto interior de Calvin Klein todo negro. No hay rastro de la falda ni de la camisa tejana. Visto con una camiseta blanca, unos tejanos ajustados negros y desgastados y unas sneakers oscuras de Isabel Marant. Llevo un fular azul al cuello y mi bolsa de mano sigue bajo mis pies.

Bien. Todo continúa en orden.

Hasta que la razón por la que he empezado a soñar aquel despropósito me atiza de nuevo. Sigo orinándome. Levanto la cabeza para ver si hay cola o no, y descarto la idea al instante.

Antes muerta que caminar por ese pasillo y llegar al baño.

No vuelvo a entrar en un lavabo de avión.

# 8

 @agatascristi #eldivandeBecca Mi niño pequeño de cuatro años tiene fobia a la duquesa de Alba. Cada vez que la ve por la tele se tapa la cara y me acusa de mentirle. Me dice: ¡mami, los trols sí existen!

*Asturias*
*Cangas de Onís*

A pesar de que soy una chica de ciudad, valoro mucho la naturaleza, y me encantan los parajes verdes y montañosos como los del norte de España. Son bucólicos, evocadores, encantadores… Y hace un frío del copón. Que se lo digan a mis pezones, que están en guardia desde que bajamos del avión, y no solo porque me haya puesto burraca con el polvo astral con Axel.

Estamos a principios de noviembre. No es que en Guadalix no hiciera frío. Imaginaos en la Sierra de Madrid, perdidos en el monte… Pero el tiempo en Asturias es distinto. Más imprevisible y un pelín más helado. Menos mal que Ingrid también ha traído ropa de abrigo para mí. Tengo ganas de ver qué chucherías tiene para la nena.

Nada más llegar, el chófer nos trajo desde el aeropuerto de Ranón hasta Cangas. El paseo fue largo, pues hay una distancia de casi ciento quince kilómetros. El hombre era agradable, y puesto que yo no había estado ahí nunca, se ofreció a explicarme todo tipo de detalles de su tierra. Me habló de los descensos del Sella, de la ruta del románico, de lo precioso que es Llanes y Ribadesella, la localidad donde él vive, entre otras muchas cosas…

Al menos Agustín, así se llama el chófer, cubrió el tenso silencio entre Axel y yo. Difícilmente recuerdo una situación tan incómoda para mí. Suelo tener don de gentes y no caigo mal, pero lo de este personaje y yo tengo que estudiarlo. Me recuerda a Estefanía, la niña mala del colegio que me tenía envidia solo porque sacaba mejor nota en educación física, y me hizo bullying unos cuantos meses. Hasta que un día insultó a mi madre y yo no tuve más remedio que meterla de los pelos en el baño del colegio, darle unas cuantas bofetadas con la mano abierta y lavarle la boca con la escobilla del váter. Y era la misma escobilla desde hacía años. Fin del conflicto. Después, Estefanía fue pura seda conmigo.

A mí se me subió a la cabeza mi episodio *Club de la Lucha* y me convertí en una especie de líder chunga tipo Mara MS13. Pero eso forma parte de mi oscuro pasado y ahora no viene al caso… A Axel me apetece darle una paliza, nada comparado con la lección que le di a la tonta de Estefi. Unos cuantos palillos entre las uñas y calambres en los pezones. Y después…, después mandanga. Solo para dejarlo con ganas de más.

Pero negaré que he dicho eso una y mil veces.

Hay algo del sueño que he tenido que me inquieta. Todavía no sé qué es. Tanto la actitud de Axel como la mía hacia él son extrañas y, al mismo tiempo, algo familiares, y no lo comprendo, porque no he visto un tío bueno como él en mi vida. En fin…

Nos hemos hospedado en el hotel El Molino, en Soto de Cangas, una de esas encantadoras, típicas y románticas aldeas asturianas situada en la ribera del río Covadonga. Es un precioso complejo repartido en cuatro niveles y edificado sobre una antigua hidráulica que recogía agua del susodicho río.

Si miro el horizonte a través de la ventana, veo, igual que en un lienzo, un paisaje verde moteado por antiguas y pintorescas casas de piedra, con techos de ladrillos naranjas y rojizos, y con depósitos, silos y graneros, a los que suelen llamarles paneras.

El cielo está nublado, aunque el sol pugna por hacerse un

hueco entre las espesas nubes, y de vez en cuando alumbra algún cerro con uno de sus rayos. Es una estampa hermosa.

Mi habitación es abuhardillada y, al ser individual, es un poco pequeña, pero eso no le resta ni una pizca de su hechizo. Las paredes están pintadas mitad en amarillo ocre y mitad en salmón, los armarios son de color caoba y no hay demasiados, lo justo para que no se vea recargado dadas las dimensiones de la estancia. La colcha de la cama tiene estampados a conjunto y el suelo es de parqué.

Me estiro en la cama para relajarme antes de que venga Ingrid a maquillarme, y así intento visualizar cómo va a ser el primer encuentro con mi paciente, Francisco, un gigante que le teme a su chihuahua.

Axel estará con la cámara preparada, siguiendo cada uno de mis pasos. Será un modo nuevo de trabajar para mí, muy alejado de la intimidad que proporciona mi consulta. Tendré que acostumbrarme y tragarme la bilis que me provoca tener a ese hombre de ojos verdes enfrente, porque Francisco merece toda mi atención y mis respetos. No debe de ser fácil para él reconocer ante toda España su problema, pero si ha pedido ayuda, él o uno de sus familiares, es porque la necesita de verdad. Y yo soluciono ese tipo de problemas, si los pacientes ponen de verdad la voluntad para solventarlos.

La canción de Queen «Mamma» me aparta de mis pensamientos; descuelgo mi iPhone sin mirar porque sé que es mi madre la que me llama por teléfono.

—Hola, mamá.

—Hola, cariño. ¿Cómo estás?

—Bien —contesto con la mirada puesta en las vigas del techo—. Ya he llegado a Asturias y estoy en el hotel.

—¿Es bonito?

—Sí, mucho. Es muy cuco.

—¿Hace frío?

—Sí.

—¿Vas abrigada?

—No, voy en bragas.

—¿Qué hay de David? —Mi madre, que me ha parido, sabe cómo ignorar mi sarcasmo y ponerme en guardia de golpe.

Siempre que mi madre dice su nombre, lo hace con tanta familiaridad que parece que estemos juntos todavía. Y me duele, hace que active el botón de mi melancolía y que se me empañen los ojos. Hace ya tres semanas que me dejó, y sé que es muy poco tiempo para siquiera empezar a superarlo. No sé si voy por buen camino.

Intento no pensar demasiado en él, pero, para seros sincera, no tengo demasiado éxito. Coger un avión me recuerda a él, a cuando viajábamos juntos. Llegar a un hotel también, porque nos encantaba inspeccionarlo y disfrutar de todos sus complementos. ¿Que queríamos cenar en la habitación? Pedíamos el servicio. ¿Qué queríamos spa? Utilizábamos el spa. ¿Qué queríamos hacer el amor en la ducha? Pues al lío. Escuchar música también me recuerda a él. A David y a mí nos encanta la música. Cada puto movimiento que hago me recuerda a él, incluso cuando abro el portátil, porque este último año lo he abierto casi todas las noches para conectarme en FaceTime y verle. Por eso me he pasado al iPad, para que los automatismos sean distintos.

Echo de menos verle y hablar con él. Echo de menos sus bromas y su buen humor, y lo mucho que me hacía reír. No solo me ha dejado mi novio, también mi mejor amigo, y es duro darse cuenta de ello.

Seguro que los demás pensarán que no debo sentirme sola, pues este último un año apenas nos hemos visto, menos cuando viajé a Estados Unidos a hacerle una visita. Teníamos agendas complicadas y vivíamos en diferentes continentes, pero siempre creí que si el amor era de verdad, la distancia no suponía un escollo insalvable. Siempre he creído en ese vínculo auténtico aunque invisible que une a las personas, y pensé que el nuestro era fuerte e irrompible.

Pero me equivoqué.

—¿A ti te ha llamado? —le contesto.

—No.

—Pues a mí tampoco.

—Ay, cariño… Te noto triste.

—Bueno, ya se me pasará… El tiempo lo cura todo, ¿no dicen eso?

Mientras hablo con ella, juego con una de las puntas del cojín mullido que sostengo entre mis brazos.

—Sé que tu hermana y Eli te habrán dado muchos consejos, pero ya sabes que yo tengo otra manera de pensar.

—Lo sé. Debes de tenerla para seguir queriendo a papá después de todo.

—Nadie manda sobre el corazón —sentencia con voz sabia—. Yo lo intenté, pero al final decidí que si quería y sentía de ese modo, ya no podía ponerle remedio. Aunque le odie tanto como le quiero.

—Lo tuyo es suicida…

—Bueno, el mundo está lleno de locos. —Calla un momento y después prosigue—: Tal vez David recapacite.

—No lo creo.

—Hacíais tan buena pareja… Pensé que acabarías viviendo en Estados Unidos con él. Era lo que querías, ¿no? Te lo pidió, ¿verdad?

Gracias, madre. Eso es justo lo que ahora necesito.

—Sí. Pero tengo un futuro profesional, mamá. Uno que tenía que labrarme aquí. No iba a irme a vivir con David a Chicago y pasarme el día mirando tiendas. —Que sí, que es golosa la idea, pero yo no soy de esas. Al final, querría hacer algo más con mi vida—. Además, él también priorizó y decidió anteponer su futuro profesional a mí. Y yo no habría querido otra cosa. —En realidad, miento un poco. Algún día, me gustaría ser la única prioridad de otra persona y que me anteponga a todo lo demás. Sip, soy así de egoísta. Todas lo somos, ¿o no?—. Él no habría sido feliz de otra manera.

—¿Y si le ha pasado algo? ¿Y si tiene algún problema?

Mi madre es muy melodramática. Muy observadora, sí. Pero

también muy melodramática. Las series de sobremesa, que dice que no ve, la han afectado.

—No es nada de eso. Simplemente, se hartó de la situación.

—¿Y si se ha vuelto gay?

—No. —Pongo los ojos en blanco—. Vamos, no lo creo. Lo hubiera notado, ¿no?

—Yo también pensaba que sabría cuándo tu padre se tiraba a una fulana, y estuve en la inopia durante años.

—Ya, bueno. David es muy hetero y le gustan mucho las mujeres.

—¿Y si es bisexual?

—Pues mira, mama, si lo fuera, me daría igual siempre y cuando decidiera que mis tetas le gustan más que los rabos que cuelgan, ¿entiendes?

Mi madre se echa a reír, y yo sonrío cuando la escucho. Me encanta oírla, tiene una risa cantarina, como las madrinas buenas de Disney.

—Qué tonta eres —me dice.

Suspiro.

—Es que me preguntas cada cosa, madre...

—¿Hoy empiezas a grabar?

—Sí. Acabo de acomodarme en la habitación del hotel. Pero en cuanto venga Ingrid, mi maquilladora, y me haga los arreglos pertinentes, empezaremos con la entrevista personal a mi paciente.

—Envíame una foto cuando te pongan guapa. Quiero presumir.

—Sí, mamá.

El sonido de unos nudillos golpeando la puerta hace que me despida rápido de ella. Esa es Ingrid, con su caja de magia y potingues.

—Te dejo, que ya vienen a buscarme.

—Un beso, Becca. Te quiero.

—Y yo a ti.

—Cuídate.

—Sí, tú también. Adiós.

—Adiós.

Me levanto y me apresuro a abrir la puerta con una sonrisa. Pero para desgracia de mis nervios, no es Ingrid la persona que me espera al otro lado. Es él. El borde. Mi sonrisa se evapora y mis labios se tensan en una fina línea de abierto desdén.

—Ah, eres tú —murmuro levantando la cabeza, con toda la desilusión que emana de mis poros.

Disimuladamente, me doy cuenta de que sí, tiene una fina cicatriz en la barbilla, y la he advertido en mi sueño antes que en la realidad. La verdad es que como este chico no tenga cuidado, su cara de infarto se convertirá en un mapa.

—¿Estabas durmiendo? —pregunta mirándome el pelo.

—¿Yo? —Me llevo la mano a la cabeza para ordenarme los rizos—. No.

Axel frunce el ceño y coge aire como si tuviera que armarse de paciencia.

—Vámonos.

Parece ser que el señor está acostumbrado a mandar y a que lo obedezcan. Tiene una vena autoritaria muy marcada. No me gusta nada.

—¿Adónde?

—A la caravana. Ingrid te maquillará allí. Bruno y yo necesitamos tiempo para conseguir localizaciones y estudiar la luz, vamos muy justos y tenemos que irnos ya.

Inclino la cabeza a un lado. Se supone que la persona importante del programa soy yo. No me gusta el rumbo que están tomando las cosas, y menos si las dirige él.

—Bruno y tú podéis marcharos. Ingrid y yo tomaremos un taxi e iremos para allá. No me gustan las prisas. —Oh, qué gusto, por Dios. Cuando me dispongo a darme la vuelta en plan Ava Gardner y a cerrarle la puerta en las narices, él pone la punta de sus Panama Jack para que no se cierre.

—No. Esto no va así. Nos vamos todos —me suelta mientras alarga el brazo y me coge de la muñeca.

Yo me quedo un poco desubicada, como un perro que ha perdido su hueso, y fijo mis ojos en la mano morena que me está agarrando.

—¿Es tu mano eso que hay encima de mi antebrazo? —pregunto arqueando mis dos cejas color caoba.

—Venga, Rebecca. Vamos, no tengo tiempo para tonterías.

Yo me zafo de golpe y convierto las dos cejas en una.

—Pero a ver, macarra, ¿tú eres idiota o qué te pasa? A ver si te queda clara una cosa. —Avanzo un paso y dejo que Becca, la Reina de las Maras, tome las riendas de la situación.

—¿Me has llamado macarra? —pregunta, visiblemente sorprendido.

—Tú eres el cámara, el que tiene que grabarme a mí, ¿es o no es?

Axel permanece en silencio, y sé, por la mirada que me está echando, que si fuera por él, me arrancaría la piel a tiras y me colgaría del techo como a un cerdo.

—¿Es o no es? —le repito.

—Claro, rizos.

—¿Cómo se llama el programa? —Tuerzo la cabeza para poner el oído.

—*El diván de Becca.*

—Premio para el caballero. Eso me convierte en la dueña del diván. Tanto en el trabajo como en el trato personal, no soy una persona complicada, Axel —le dejo claro—. Tú careces de habilidades sociales, y no te esfuerzas en disimularlo. Eres un tío oscuro, chulo y sin corazón. Y me parece bien, porque cada uno afronta sus traumas como quiere. —Él entorna los ojos y un músculo palpita y se hincha en su mandíbula—. Nunca tengo problemas con nadie, soy accesible y comprensiva, pero tú estás provocando que saque a la nazi que llevo dentro. Y si no bajas los humos...

—Ingrid solo te puede maquillar en la caravana —me corta de golpe.

—¿Eh?

—Como nunca has hecho nada en televisión, no tienes ni idea —añade, soberbio—, pero para eso estamos los demás, para instruirte. —Sonríe con prepotencia—. El set profesional de la maquilladora está empotrado en el vehículo. Ingrid te está esperando allí desde hace un rato. De hecho, vamos retrasados por tu culpa.

Me visualizo a mí misma como el emoticono de Whatsapp del moco colgando.

—¿Qué dices? Ingrid me ha dicho que en nada estaría lista para maquillarme.

—Sí. Y lo está, pero en la caravana, donde deberías estar desde hace rato —espeta; a continuación, abre la puerta de la habitación y se apoya en ella, esperando a que yo circule y lo preceda—. Vamos.

Parpadeo dos veces y mis labios se mueven como los de un pez, ni una palabra inteligente sale de ellos.

Por Dios. Tierra trágame. Este tío tiene que pensar que soy mongolita. Lo he entendido todo mal. Él tiene razón, no sé muy bien cómo va esto. Solo sé que me quieren para grabar un programa de televisión sobre fobias, y todo lo demás lo aprenderé sobre la marcha. O espero aprenderlo, al menos.

—Si hablaras y fueras más amable, podrías haberme explicado cómo funciona un poco todo —susurro con rabia mientras recojo el teléfono de encima de la colcha, que está cubierto por una funda tipo cartera en la que llevo mis tarjetas y mi dinero en efectivo.

—Ya. Mis traumas me lo impiden… —dice en un tono que pretende sonar desinteresado. Pero a mí no me puede engañar. Eso le ha molestado—. ¿Lo tienes todo?

—Sí.

Cruzo por delante, acelero el paso y escucho cómo cierra la puerta.

Estoy deseando ver a Ingrid y a Bruno, y hablar con alguien que me demuestre algún tipo de simpatía, porque estar con Axel es como vivir en una nevera. Te quedas frío y tieso.

En realidad, ni Ingrid ni Bruno estaban preocupados por mi supuesta tardanza. Ha sido más una estrategia de Axel para increparme y tenerlo todo bajo control que un verdadero problema de tiempo. De hecho, no le dieron ninguna importancia.

La caravana está tuneada con dibujos de cómic de hombres y mujeres hablando en plan: «Pues yo le tengo miedo a los juanetes, ¿y tú? Pues yo a la vida». Estampado en letras muy grandes está escrito EL DIVÁN DE BECCA, y en medio del nombre del programa, un diván precioso. El interior del vehículo dispone de monitores y ordenadores de edición para que Bruno y, sobre todo, Axel puedan obrar su magia una vez hayan grabado los planos.

*El diván* parece ser un programa ideado para que marche sobre ruedas, nada hecho en un estudio. Tendrá un toque indie que me inquieta y, a la vez, me gusta. Como un programa independiente y de bajo presupuesto, pero con un fondo muy cool y de culto. O eso quiero creer. Espero que no acabe siendo una boñiga.

En la caravana se adivina un armario con ropa de todo tipo para mí, y en la parte final, como bien había dicho el cámara huraño, un tocador superprofesional bastante bien surtido, empotrado en la pared, para hacer las delicias de Ingrid, y las mías.

Hace frío, por eso, como diría Paula, hay que tirar de prendas de abrigo. Me quieren dar un toque entre informal, elegante y fashion, todo a la vez. Ingrid deja mi pelo perfecto, pero la humedad asturiana va a conseguir que en nada mis tirabuzones empiecen a hacer la ola.

Escojo del armario lo que más me gusta. Ingrid me mira raro, y entonces decido que ella me indique qué ponerme. Al parecer, mi otra combinación estaba mal, cosa que no es de extrañar, porque yo, sin Pau, no soy nadie.

En fin, el caso es que me ponen unos jeans azul oscuro, un

abrigo de color negro con unos botones dorados que Ingrid dice que son de almirante, y debajo, un jersey crudo, trenzado y grueso. De calzado llevo unas botas de piel de color negro, de caña alta, que se ajustan a mi pierna como un guante y que me llegan casi por encima de las rodillas. Menos mal que son de tacones gruesos, porque andar por montaña con tacones finos sería como hacer los agujeros de un campo de golf.

Me está dejando el pelo suelto (craso error, amiga) y me ha maquillado con tonos tierra, excepto el kohl, que es verde oscuro, y la sombra de ojos, que es de color negro velvet. Otra cosa que no sé hacer bien es maquillarme, y seguro que con Ingrid aprenderé mucho.

—Tienes una cara preciosa, Becca, y tu pelo es espectacular… Quedarás muy bien en cámara —me asegura mientras me echa unos polvos… Los de las mejillas—. Tu imagen es distinta a la de todas las presentadoras que hacen este tipo de programas. Engancharás mucho.

—Tú sí tendrías que presentar tu propio programa. Eres guapísima.

—No.

—Sí, por supuesto.

—No lo soy —admite guiñándome un ojo—, pero sé cómo sacarme partido. Tengo la barbilla pequeña y en punta, y la nariz un poco a lo Peggy, pero se soluciona con un poco de maquillaje aquí y allá. Para lo demás solo hay que explotar todas las virtudes. Tus ojos, por ejemplo.

—¿Qué les pasa a mis ojos?

—Son enormes y parece que estén riendo siempre. —Cuando lo dice, se coloca detrás de mí. Estoy sentada en una silla que pone mi nombre en el respaldo, como si fuera una estrella de cine. Ingrid coloca su rostro a la altura del mío, y ambas miramos con atención el reflejo que nos devuelve el espejo, alumbradas por la luz de las bombillas que lo rodean—. Tienen una forma preciosa, como si se estiraran hacia arriba. Solo hay que pronunciar más la forma, pero sin ser demasiado obvio. Tus labios son grandes y tienes una sonrisa que contagia, le damos el color adecuado, y listo.

Me miro en el espejo un tanto insegura.

—Mi pelo va a ser un despropósito en nada, Ingrid. Tendré que entrar a que me lo retoques…

—Tú relájate. Tu pelo va a estar bien, le he aplicado una cera especial para que no se crespe. Es tu programa, y nadie mejor que tú sabe qué tienes que hacer y cómo debes actuar para ayudar a los demás. Céntrate en eso. —Me aprieta los hombros, como un minimasaje—. Piensa que tu consulta es ahora este lugar precioso, lleno de montañas y un sinfín de posibilidades.

Me imagino la estampa y reconozco lo que me quiere decir. Me la creo. Es tan fácil llevarse bien con esta chica. Me encanta.

—¿Has pensado alguna vez en hacerte coach?

Ingrid suelta una risita.

—No. Me afecta mucho todo. No podría ayudar a los demás. Acabaría enferma. Además, hay que estudiar mucho para eso, y yo no tengo paciencia.

La entiendo. Yo soy incapaz de hacerme bien la línea del ojo, pero prometo esforzarme en hacerlo cada vez mejor.


Cuando salgo de la caravana, Axel y Bruno me están esperando, cada uno con su cámara al hombro. Están hablando no sé qué de presentación del protagonista con la 7D y algo del timelapse con 500D. Sé que Bruno lleva una Sony Z1, porque lo pone. Y Axel otra Sony EX1. No sabría deciros cuál es mejor, pero la de Axel me parece más bonita.

Mis conocimientos sobre cámaras y trabajo en televisión es el mismo que tendría Hitler sobre la tolerancia; es decir, cero. Pero yo no tengo que saber de eso. Mi trabajo es la psicología clínica y el tratamiento de fobias, TOC, TAG, adicciones… Mientras eso lo sepa hacer bien no tendré que preocuparme por el formato o el modo en que vayan a grabarme, eso se lo dejo a los profesionales.

Y parece ser que son muy buenos en su trabajo.

Francisco Moreno nos espera en una preciosa casa que tiene unas vistas increíbles al Puente Romano, que deja que el río pase entre sus arcos, tres de ellos apuntados. Del arco central cuelga una réplica de la Cruz de la Victoria.

El cielo se ha despejado y poco a poco luce un azul que no he visto ni en Madrid ni en Barcelona. El marco donde me encuentro me estimula, raya lo poético y eglógico. Es inspirador.

Axel va a empezar a grabar desde que llamo al timbre de la casona típicamente asturiana, ubicada en una parcela verde de mil metros cuadrados. El chalet tiene doscientos metros cuadrados.

Entro en el porche descubierto. La enorme puerta de roble se abre y aparece Francisco Moreno tras ella. Yo me olvido de las cámaras y de que Axel sonríe cínicamente, y me centro en ese hombre que me ha pedido ayuda.

Es increíble. Verdaderamente, mide dos metros. Es moreno, como indica su apellido, con cara de gigante bueno y un roal en la cabeza que denota una calvicie galopante. Viste con un cárdigan gris sobre una camisa azul a rayas blancas. Lleva unos pantalones caquis y unos zapatos de media bota de color marrón.

De fondo ya escucho los ladridos del chihuahua.

Francisco sonríe con bondad.

—Hola, Francisco. Soy Becca —le saludo.

Él asiente con timidez y mira a la cámara con desconfianza.

—Hola, señorita Becca. ¿Ya estamos grabando? —Su voz es insegura y denota martirio.

Yo miro por encima del hombro a Axel, y este me hace negaciones con la cabeza.

—No mires a cámara —me dice, muy seco.

Aprieto los labios y vuelvo la cara hacia delante.

—Sí, ya empezamos a grabar —le explico a mi paciente.

—Bien, entonces. Adelante.

Francisco se hace a un lado y, muy educado, nos franquea el paso a su casa.

Axel ya ha informado a Francisco de cómo vamos a proceder; espero que el hombre no se sienta demasiado invadido y pida que corte los planos que le hagan, o detenga la grabación. Pero si sucediese, debo tener la capacidad de ayudar a que se relaje y coja confianza. Axel no va a detener la grabación y después, viendo el alma oscura que le rodea, puede editar el vídeo como quiera.

El chihuahua no deja de ladrar, y está llegando a un punto que resulta molesto.

Francisco nos conduce hasta la salita de estar, revisada previamente por Axel y Bruno para escoger las mejores tomas, y me invita a sentarme en un sillón orejero tapizado de piel beige; él se sienta en el otro que tengo al lado.

El hombre parece derrotado y realmente preocupado por su situación.

Francisco Moreno tiene cincuenta y cinco años y es de oficio carpintero, aunque ahora está retirado. Sé cuál es su historia, la he releído muchas veces, pero Axel necesita grabarla de su boca, por eso le hago las preguntas adecuadas para que él la relate.

—Cuénteme, Francisco, en qué puedo ayudarle.

Francisco se retuerce los dedos de las manos y agacha la cabeza. Tiene ojeras, señal de que no duerme.

—Mi difunta mujer compró un perro hace cuatro años, un chihuahua.

—¿Cómo se llama?

—Se llama Aquiles.

—¿Aquiles? ¿Se llama así porque es muy peleón?

Francisco parpadea avergonzado.

—No, se llama Aquiles porque cuando me ve, y lo hace desde siempre —aclara—, lo único que hace es morderme los tendones de Aquiles de mis pies. Carmina, mi mujer, le puso ese nombre porque le hacía mucha gracia.

Sé que a Axel también le hace gracia, pero a Francisco no le hace ninguna.

—Continúe —le pido.

—Para Carmina, Aquiles era como su hijo. Nunca tuvimos bebés; no podíamos. Mi mujer llevaba el perro a todas partes y lo trataba como a uno más de nuestra familia de dos. Éramos una pareja de tres.

—¿Y cómo reaccionaba usted ante esta situación?

—Yo bien, no tenía ningún problema. Ella se encargaba de Aquiles y yo les acompañaba a todas partes.

—¿Se hizo usted cargo del perro en algún momento?

—Un par de veces, pero no acabó bien. Aquiles tenía el impulso de morderme siempre que me veía y de perseguirme como si fuera un perro de caza. Sé que parece ridículo, pero…

—Aquí nadie le está juzgando —intento tranquilizarlo.

—Es un perro muy pequeño, es como una pulga, pero tiene muy mal carácter…

—Ajá.

—La cuestión es que no nos llevábamos demasiado bien. —Traga saliva, ligeramente acongojado—. Pero entonces mi esposa murió. Murió hace dos años.

—Lo siento.

—Y yo. Su último deseo fue que cuidara de Aquiles tal y como cuidé de ella hasta que se fue, con amor y dedicación. Pero no sé hacerlo. No puedo enfrentarme a él. Él me odia y yo no puedo ni verle…

Miro alrededor en busca del chihuahua; aunque con sus imperiosos ladridos parece que esté en el sofá con nosotros, no es así.

—¿Dónde se encuentra Aquiles ahora?

—En la otra parte de la casa. La tiene toda para él.

—Entiendo. —Es tan fuerte su miedo, que le ha cedido parte de la casa al perro para no tener que encontrárselo—. ¿Y usted entra en ella?

—No, no lo hago. He contratado a personas para que le cuiden y le den de comer, porque solo verle me provoca ataques de ansiedad y el perro también se pone nervioso, y es muy desagradable. Pero también es agresivo con los desconocidos. Les muerde los dedos y los talones, y nunca me duran demasiado en plantilla. Estoy desesperado y me encuentro muy mal. Estoy faltando a la promesa de mi difunta esposa, y odio fallarle así a Carmina. Me avergüenzo de mí mismo.

La culpa es un círculo vicioso y a nadie le gusta experimentarla. La emoción es a veces tan intensa que puede llegar a confundirse con la vergüenza, y la culpa y la vergüenza se alimentan la una de la otra. Se le considera un sentimiento negativo que nace de la sensación de haber perjudicado a alguien, y al hacerlo, se pone en duda nuestro código ético personal y también social.

Puedo percibir el malestar de Francisco. Siente que está haciendo daño al recuerdo de Carmina, y también que está traicionándose a sí mismo al ser incapaz de tratar con Aquiles. Su culpabilidad es tan abierta que me golpea con dureza. Su imposibilidad de hacer frente a su fobia lo está consumiendo.

Cuando descubrí que era empática y entendí cómo tenía que actuar ante estas situaciones, una de las cosas que más trabajé fue la necesidad de no absorber esos sentimientos y hacerlos míos. Los observo, los analizo y los dejo ir. Como voy a hacer con Francisco.

—Francisco, me gustaría ver a Aquiles.

Él aprieta los dientes y sus manos, que ahora las tiene sobre sus rodillas, se contraen. Está nervioso. No quiere hacerlo, pero sabe que lo están grabando. Además, el miedo que le tiene a Aquiles le supera.

Observo toda su sintomatología. Su frente se perla de gotas de sudor y su rostro se torna pálido. No deja de mover el pie izquierdo con tics nerviosos y su respiración se agita. No debo darle importancia a lo que le sucede, pues es el curso natural de su miedo, aunque no voy a señalarlo; estoy aquí para ayudarle, no para tenerle compasión. Seguro que mucha gente ya se la tiene, y Francisco sin duda está cansado de esa reacción, por eso fue él mismo quien acudió a la llamada del programa.

—Por favor, sígame —me pide con voz temblorosa.

Francisco se acerca a la puerta que divide los dos ambientes en los que forzosamente ha separado lo que una vez fue un hogar de tres, para convertirlo en un hogar de dos.

Alarga la mano para coger el pomo y Aquiles aumenta sus ladridos, como si sintiera que está al otro lado. Lo huele y lo percibe. Percibe su miedo, y un animal territorial como él juega con eso.

Necesito ver cómo interactúan uno y otro y comprobar cuál de los dos es el más temeroso.

Cuando un Francisco renqueante abre la puerta con lentitud, una minúscula bala peluda sale disparada desde el otro lado, directa a por él. Francisco abre los ojos despavorido, y yo me aparto. Axel sigue grabando; se está riendo abiertamente. La cámara lo ve todo, sin prejuicios. De pronto, Aquiles da un salto impresionante pero impropio de un chihuahua, y en esta ocasión pasa olímpicamente de los tendones, porque se abalanza a la entrepierna de su amo.

El pobre hombre empieza a gritar como un descosido y llega a unas octavas superiores que ya le gustaría a Iggy Pop. El perro se sostiene con el mordisco y queda colgando como un gusano a un anzuelo.

Yo todavía no sé lo que ha pasado hasta que veo un felpudo en la ingle de mi paciente, que no deja de dar vueltas con el perro enganchado, como si fuera una noria con columpio.

Yo sé que debo hacer algo, porque Axel no piensa moverse, el muy cretino. Se lo está pasando pipa grabando la desastrosa primera toma de contacto.

—Aquiles, bonito… Perro guapo… Perro guapo… —intento llamar la atención del chucho.

Me acerco a Aquiles y alargo la mano para intentar desencajarlo del delicado lugar que ha decidido morder.

—Suelta a Francisco… Él te quiere.

—¡Los cojones! —gruñe mi paciente.

—Chisss… —Soy patética como encantadora de perros—.

Aquiles, guapo… *Sit, sit…* —Solo a mí se me ocurre decirle «sit» a un chihuahua que tiene un pene entre los dientes.

Pero entonces, cuando Aquiles me huele y sabe que lo voy a apartar, suelta la salchicha y se va a por mi mano cual piraña. Por fin liberado, Francisco se desploma en el suelo y se queda en posición fetal, con las manos entre las piernas.

Por un momento me quedo en shock. Nunca me habían mordido. Levanto el brazo y veo que el chihuahua es como una versión mini de Chewbacca, el Big Foot amigo de Hans Solo. Aquiles gruñe y me mira, con sus diminutos dientes perforando mi carne.

—Oh, joder… —murmuro. Y entonces no se me ocurre nada mejor: grito como una cantante de metal y sacudo mi mano para que el bicho se suelte—. ¡Jodeeerrr!

Corro de punta a punta de la casa. Paso por el jardín trasero, por el porche, por la piscina; veo la cocina y la barbacoa. Vuelvo al jardín. Mientras estoy luchando con aquella fiera que pende de mi pulgar, Axel va detrás de mí carcajeándose que no puede con su alma.

Duele como un demonio. Me detengo para intentar abrirle la mandíbula, pero parece que la tenga de hierro. ¡Pero si es un moco de perro! ¡¿Cómo puede tener tanta fuerza?!

—Aquiles, bonito… ¡Suelta el dedo! ¡¿Tienes que estar grabando esto y partiéndote de risa?! —le grito a Axel. Tengo todo el pelo en la cara y seguro que parezco una loca.

—Desde luego —me contesta, esta vez aguantándose la risa, pero le delata el temblor de sus hombros.

Y que el perro no me suelta, oiga. Que no me suelta.

Debo pensar rápido, y no sé qué hacer… No sé cuál es la mejor opción.

Supongo que situaciones desesperadas requieren medidas desesperadas. Con la otra mano libre, le busco los huevillos al chihuahua, que para el tamaño del bicho los tiene como canicas de dos euros. Sí, tiene los cojones como un toro, el pequeñín.

—Escúchame bien, pelo rata —susurro al perro mientras le

aprieto los testículos; intento disimular ante la cámara, porque seguro que Axel va a ser lo primero que va a poner en el avance publicitario del programa. Adopto mi versión de Dr. Jekyll y Mr. Hyde—. Perro bonito… Bonito, te gusta jugar, ¿eh? —Pongo voz aviesa de villana maquiavélica. El perro me mira de reojo—. Vas a soltarme ahora mismo o hago una tortilla con tus bolitas… ¿Eh, precioso? —Sonrío a la cámara como si fuera actriz—. Suéltame. ¡Suél-ta-me! —Le aprieto los cojoncillos, Aquiles gime y libera mi dedo.

Una vez en el suelo del jardín, el perro se sienta, levanta la pata trasera como un contorsionista y agacha la cabeza para lamerse sus partes.

—Señorita Becca. —Francisco me llama desde el porche, a través de la puerta con visillo, aterrado y dolorido—. ¿Está usted bien?

—¡Todo controlado! ¡Estoy bien!

Sí. Lo estaré cuando me ponga betadine en el dedo y consiga borrar de la cámara de Axel todo lo que ha grabado.

# 9

 @tukulitosakayama #eldivandeBecca ¡Jajaja!
Ese chihuahua no tiene los santos cojones de colgarse
así de la salchicha de Nacho Vidal.
#eshumanamenteimposible

Se mueren de la risa.

Mis compañeros se mueren de la risa mientras ven la repetición del vídeo. Estamos en una casona sidrería llamada El Corchu. Nos hemos sentado los cuatro en dos mesas negras, sobre unos bancos del mismo color. La sidrería es muy tradicional, las paredes están revestidas de piedra y ladrillo y hacen un contraste especial. Detrás de nosotros están sirviendo una fabada casera cuyo aroma quita el sentido. Espero que no duerman juntos o, de lo contrario, sus flatulencias nocturnas tendrán el mismo efecto que un escape de gas.

Yo he pedido una ensalada Corchu, con manzana, cebollita, queso, lechuga, remolacha y salsa rosa. Ingrid también ha pedido lo mismo. Pero Bruno y Axel se han decantado por un revuelto de setas y patatas al cabrales.

En las ventanas han colocado cestas de mimbre repletas de hongos y robellones, y sobre algunos de los salientes reposan jarrones y platos decorados típicos de la tierra.

No dejan de ver la grabación que Axel, con gran profesionalidad, ya ha pasado íntegra a su Mac, después de una intensiva tarde de rodaje en la que solo hemos podido grabar el encuentro entre Francisco y Aquiles y la introducción del paciente que he tenido que preparar después del mordisco, procurando ocultar el dedo vendado.

Con Francisco no he podido hablar mucho más porque estaba como loco buscando sus trankimazines, demasiado nervioso para salir en cámara. Y lo necesitamos manso para grabar.

Axel ha congelado la pantalla en el momento en el que estoy hablando a Aquiles entre dientes para que deje de comerse mi dedo. La imagen es demencial. Tengo un ojo medio cerrado, el otro abierto y colérico y sonrío como si me estuvieran haciendo una lavativa. Nadie se va a creer que Aquiles me ha soltado por voluntad propia. Sí, le he apretado los huevillos. No he podido hacer otra cosa. Me demandarán por maltrato de animales, aunque no ha sido esa mi intención. A mí me encantan, pero no cuando intentan alimentarse con mi cuerpo.

—Becca, Dios mío —Ingrid coge aire y se seca las lágrimas de tanto reírse—, esto es buenísimo.

—No es buenísimo. No lo podemos emitir —niego en redondo.

—Es justamente lo que vamos a emitir —sentencia Axel; está bebiendo su cerveza directamente de la botella y me mira fijamente con los ojos de alguien que ha tomado por costumbre reírse de mí.

—Claro que debe emitirse —afirma Ingrid—. Es genial como gancho. Es cómico y muy espontáneo.

—El gancho no puede ser que un chihuahua siembre el pánico. —¿Es que no lo entienden?—. El gancho debe ser la fobia de Francisco y cómo puedo solucionarla.

—¿Y ya tienes idea de cómo hacerlo? Ese hombre parece intratable. Es casi ridículo que alguien tan grande le tema a algo tan pequeño.

—Hay elefantes que sienten pavor por las arañas —respondo en su defensa.

—¿Cómo le vas a ayudar? —me pregunta Bruno apoyando el brazo en la silla de Ingrid y dejando en contacto su musculoso y velludo antebrazo con el de ella.

Sé muy bien que la maquilladora está haciéndose castillitos con corazones en el aire. Le gusta Bruno. He visto el tonteo durante la cena y cómo se le caen las bragas cada vez que él está cerca y le sonríe como ahora, como un niño bueno. Pero Bruno no tiene nada de bueno, este hombre se come vírgenes para cenar.

Siguiendo el hilo de la pregunta de Fornicator, asiento. Sí, sé por dónde tengo que tirar. Afrontar una fobia no es fácil, pero con las herramientas y las pistas idóneas, puedo hacer que Francisco y Aquiles entiendan qué les pasa y comprendan de dónde nace la desconfianza y el miedo que se profesan mutuamente. Cuando se conciencien, el miedo empezará a remitir.

—Creo que sí —afirmo—. Mañana acabaré de perfilar la terapia, pero para mí está claro cuál es el problema de ambos. Solo tengo que encontrar un vínculo de unión entre ellos, y ya he dado con él.

—Es admirable que puedas ayudar así a los demás —dice Ingrid con cara de admiración—, me fascina que leas así a las personas. Quedas genial en cámara y las tomas de hoy son realmente muy divertidas. ¿No crees, Axel?

Sonrío agradecida por el cumplido y contemplo a Axel de soslayo, que no me quita la vista de encima. No sé si me está prendiendo fuego en su imaginación o si, por el contrario, empieza a darse cuenta en su agónico y tenebroso interior que soy una buena profesional.

—Becca lee muy bien a las personas —añade Axel con segundas.

Pongo los ojos en blanco.

—No, por Dios —con una mano, hago el gesto de detenerlo—, tanta amabilidad está a punto de hacer que me sonroje.

—Tú y yo sabemos que no tienes ninguna vergüenza —sentencia como si hubiera dicho una verdad universal.

—¿En serio? ¿Y cómo lo sabes, si apenas me conoces?

Axel se encoge de hombros y sonríe a Ingrid como jamás me sonreiría a mí.

—¿Sabes qué veo en ese vídeo, Ingrid?

—No —decimos ella y yo a la vez.

—Veo el vídeo y me hago la misma pregunta —contesta con aquella voz castigadora.

Repasa con los ojos a la camarera que viene a traernos los primeros platos, y ella hace como todas las humanas del planeta Tierra ante semejante hombre: tocar las palmas sin manos.

—¿Tú tienes preguntas? —digo yo retándolo. Apoyo los codos en la mesa, aunque sé que es de mala educación, y me inclino hacia delante—. Será un placer contestártelas.

Axel deja la cerveza sobre la mesa y no esboza un milímetro de sonrisa. Está centrando toda su atención en mí; me observa con la frialdad de quien ve una obra de arte abstracta y no entiende su significado. Todos esperan escuchar la pregunta, incluso la camarera, que disimuladamente ralentiza sus movimientos.

—Pues verás, Rebecca. ¿Puedo serte sincero?

—Como si no lo hubieras sido desde que nos conocemos —comento, sarcástica.

—Siento curiosidad por saber qué mueve a un tío como Fede, tan inteligente, tan poderoso, tan listo…, a ofrecerle un programa en prime time a una completa desconocida que no tiene ni idea de lo que es el plano uno y el plano dos. —Ahora sí sonríe, y con malicia—. Es un verdadero misterio. Hay mujeres muy profesionales buscando la oportunidad que te han dado, y seguramente se la merezcan más que tú. ¿Por qué a ti?

Espero a que las palabras acaben de clavarse en mi orgullo. Me quedo sin argumentos ya que no imaginaba tanta beligerancia en sus insinuaciones, pero no me deja contestar, aún no ha acabado.

—Sé que no tienes respuesta para ello. Con nosotros no hace falta que finjas, Rebecca. —Me guiña el ojo como haría un amigo tipo Judas—. No somos tontos. No vamos a juzgarte por las artimañas que utilices para ascender. Como tú hay muchas.

—¿A qué mierda te refieres, Axel? —le pregunto temblando de rabia por dentro. Sé a lo que se refiere, pero espero que al menos tenga los huevos suficientes como para decírmelo a la cara. Y si me lo dice, juro por Dios que no sé cómo reaccionaré.

—A que has tenido que comprarte unas rodilleras muy caras para conseguir un programa así, hecho a medida. Seguro que esa boca que tienes vale un programa como este.

Tres. Dos. Uno. ¡Zas!

¡Hijo de zorra! Ya está. He perdido el control por completo y acabo de lanzarle la sidra a la cara, con vaso incluido, que le ha dado en toda la nariz. Lo hecho, hecho está.

—¡¿Te crees que me han ofrecido *El diván* porque me he acostado con Fede?! —grito, muy ofendida. En noviembre, a estas horas, no hay mucha gente en el restaurante, y todos son vecinos de la localidad. Disfruto de la cara de cabreo de Axel, salpicada no solo de sidra, sino también de confusión y sorpresa. Tal vez, el niño guapo y macarra se pensaba que no era capaz de actuar así. O que una facilona y mosquita muerta como yo no entendería su insinuación. O incluso que lo admitiría sin la vergüenza que él cree que no tengo—. ¡Explícamelo! ¡¿Por qué crees eso?! —Le doy un empujón en el hombro, que él no nota pero que hace que su silla se recline hacia atrás—. ¿Te crees que todas las que son como yo consiguen su respeto profesional a base de felaciones? Pues para que te enteres, ¡gilipollas! —Me da tanta rabia que haya creído eso de mí desde que me vio. Por eso no le caía bien. Por eso me miraba como si valiese menos que una mierda. Observo a Ingrid y a Bruno. Ella está ofendida como si hubiera sido la diana del insulto, y Bruno dirige su cara de pocos amigos a Axel. ¿Pensaban ellos lo mismo?—. ¡Tengo una consulta de psicología clínica en Barcelona desde hace seis años! ¡Seis! —No debería dar explicaciones, pero las doy, porque no es justo—. ¡He tratado con perfiles de todo tipo! ¡Con paletos que apenas podían pagar mis sesiones y con hombres como Fede que la pagaban con un estornudo! Jamás me relaciono con mis pacientes. ¡Nunca! ¡Pero los trato a todos por igual, sean pobres o ricos, tengan una productora o no puedan pagar ni la luz! ¡Lo que tú acabas de insinuar es una vergüenza digna solo de un misógino de libro como tú! ¡Lo que tengo, me lo he currado tanto como tú te has trabajado tu imagen de atormentado resabiado que está de vuelta de todo y que cree que las mujeres solo sirven para abrirse de piernas! Fede pensó en mí porque las audiencias se disparaban cuando intervenía en los confesionarios… ¡Y ni siquiera sé por qué! —exclamo con voz acongojada. ¿Me voy a echar a llorar aquí? No, Becca. No lo hagas. Aguanta—. Por lo que a mí respecta, no tengo ni idea de cómo funciona un programa como el que tenemos entre manos. Es mi primera vez. Y no cuento contigo para que me ayudes, cretino, puesto que crees que soy una puta más que Fede se ha llevado a la cama, y puesto que no eres más que otro paleto devoramujeres que cree que con su aspecto de rebelde y su cara guapa no le hace falta nada más, ni ser amable, ni ser considerado ni, Dios te libre, ser buena persona —aclaro haciendo pucheros—. Pero solo espero que vosotros dos me ayudéis —miro a Ingrid y a Bruno— y no hayáis pensado lo mismo que este de aquí… —Me seco las lágrimas de un manotazo y trago compungida porque me duele la congoja—. ¿Lo pensáis?

Ingrid niega con la cabeza y Bruno hace lo mismo.

—No, Becca —asegura la maquilladora—. Nunca me lo he planteado. Axel ha estado muy desacertado. —Sé que será una de mis mejores amigas en el mismo momento en que se enfrenta a él.

—Yo tampoco —afirma Bruno, muy serio.

Menos mal. La reacción de ambos hace que me sienta un poco mejor, aunque nunca le voy a perdonar a Axel el mal trago que acabo de pasar. La poca gente que hay en la sidrería está entretenida con mi espectáculo, pero a mí no me gusta.

Toda la libido que siento hacia él se ha convertido en ira y desprecio. No quiero ni verlo. Suele pasar que los hombres guapísimos con pinta de malos, ojos verdes increíbles y de tez morena son tan hijos de puta y chulos como aparentan.

Axel pasa a encabezar mi lista de malos, por encima de Satán y Lucifer. Axel es, o bien uno de sus hijos, o bien un hermano lejano, pero está en la misma categoría. Será bueno que lo recuerde. Y, por supuesto, ya no quiero tener nada que ver con él ni en sueños.

Malhumorada, agarro mi bolso y salgo de la sidrería cagando leches.

No pienso en nada más. Solo en huir y cobijarme en la seguridad de la buhardilla. Donde nadie podrá juzgarme y donde me dispongo a preparar con todo detalle la siguiente sesión con Francisco y solventar su fobia lo antes posible, no solo para alejarme de la humillación que Axel me ha hecho sentir, sino también para demostrarle lo buena que soy en lo mío.

Nadie tiene derecho a criticarme si antes no ha visto lo que soy capaz de hacer.

El restaurante no anda muy lejos del hotel, por eso he hecho el camino andando y he pasado la dosis de frío que solo por hoy estoy dispuesta a soportar.

Ahora, en mi habitación, solo necesito sentirme un poco resguardada de las acusaciones de Axel y de sus prejuicios. Y recuperarme poco a poco del disgusto. ¿En eso pensaba cada vez que me miraba displicente y pagado de sí mismo? ¿Pensaba en que era una más para Fede y que me había ganado mi oportunidad poniéndome de rodillas?

¿Yo acostarme con Fede? Por Dios, si lo pienso me estremezco.

Supongo que así piensa Axel sobre cualquier mujer que tiene en frente. ¿O solo lo ha pensado sobre mí?

Tengo el iPad encima de mis rodillas y suena la canción «Pedacitos de ti» de Antonio Orozco. Estoy en modo melodramático nivel autodestrucción, lo sé. Estoy sentada sobre la cama, con la calefacción casi a tope, unos calcetines blancos y gruesos en mis pies y una enorme sudadera de los Indiana Peacers que me llega por encima de las rodillas y que fue un regalo de David cuando visitamos las tiendas de ESPN en Nueva York. Me encanta el logo del indio y los colores, y él lo sabía. De hecho sabía todo lo que me gustaba porque yo no dejaba de decírselo cuando pasábamos por algún escaparate. Él lo llamaba «publicidad abusiva». Pero, aun así, siempre me regalaba aquello que yo pedía. Por eso eligió esa sudadera para mí.

Ahora necesito hablar con David encarecidamente. Él sí tenía fe en mí y en mi trabajo, siempre se interesó por lo que hacía… Si mi profesión era importante, también lo era para él. Muchas veces, cuando vivíamos juntos en Barcelona, lo primero que hacíamos después de llegar del trabajo era contarnos cómo nos había ido el día. Yo le hablaba de algunos de mis pacientes y él me hablaba de sus clientes, de los que le llegaban a estresar o de cuentas que estaba a punto de cerrar. Nos aconsejábamos como mejor podíamos, a pesar de tener profesiones muy dispares.

Eso es lo que hacen las parejas, ¿verdad? Hablar de sus inquietudes, preocuparse por el otro, asegurarse de que está bien… ¿Cuándo empezó a cambiar todo? Me da tantísima impotencia no haberme dado cuenta de cómo se sentía él y de no haberlo siquiera intuido. Se supone que estudio a las personas. ¿En qué momento dejé de estudiarlo a él?

Siempre pensé que cuando decidiera vivir con alguien y mi corazón escogiera, la elección sería para siempre. ¿Cómo iba a fallar?

A pesar de todo, de que él me haya dejado por FaceTime, de que me esté haciendo un cuerpo a tierra, ocultándose de mí, y de que lleve casi cuatro semanas sin hablar conmigo ni escribirme ni preguntarme cómo estoy, me encuentro frente a la tablet dispuesta a hablar con él y a hacerle una llamada de FaceTime para vernos las caras. Porque lo necesito. Necesito su comprensión y sus ojos cariñosos. Necesito a David para sentir que nada ha cambiado y que él sabe que lo que tengo me lo he merecido con mi esfuerzo y mi dedicación.

Estoy a punto de hacer la llamada. Me atuso el pelo y sonrío, dispuesta a darle una buena imagen, una que no le haga sentirse culpable y que haga que acceda a hablar conmigo, que me vea positiva y de buen humor. Voy a hacer de tripas corazón. Resulta más atractivo hablar con alguien con actitud positiva que con el rencor aún latente por haber sido abandonado.

Tal vez soy una perdedora por hacer esto, pero lo necesito de verdad… To…

Toc, toc, toc.

Acaban de llamar a la puerta. Me sobresalto y frunzo el ceño, porque no espero a nadie. Son las doce de la noche y no me imagino quién puede ser a estas horas. Cuando abro la puerta no encuentro a nadie en el rellano, pero advierto un sobre blanco bajo mis pies. Lo estoy pisando. Me agacho a cogerlo y entro en la habitación. Cierro la puerta con el talón y enciendo la lámpara de encima de la mesita de noche.

Hay una nota impresa a ordenador.

```
Me gustaría poder hablar contigo. Te veo en
media hora en el patio interior del hotel
```

Es una nota totalmente impersonal. Y no tiene ni pizca de gracia. Ni una carita, ni un emoticono, ni una firma. Nada.

Si Axel se cree que puede enviarme notitas para quedar conmigo y pedirme disculpas, es que es más necio de lo que imaginaba. No estamos en el puto colegio. Me ha insultado gravemente y no se lo voy a perdonar así como así.

Por mí, que espere sentado toda la santa noche.

Arrugo la nota hasta hacer una pelota y la dejo encima de la mesita de noche. Me ha puesto tan nerviosa y tan de mala leche que ya no me apetece ni hablar con David.

Me meto en la cama y me tapo hasta la cabeza.

Los hombres son una mierda.

El despertador ha sonado a las siete de la mañana.

Cuando he abierto el ojo, lo primero que he visto ha sido la boñiga de papel con la citación de Axel, así que para no ponerme de mal humor y no pensar demasiado en ello, me he metido en la ducha. Un poco de antiojeras, rímel y cacao, acompañado de un kilo de cera fijadora para el pelo, y ya estoy lista para enfrentarme a todo aquel que crea que me he tirado al jefe para obtener un trato de favor.

Hace un frío que parecen dos. Por eso me abrigo bien y me pongo un gorro de lana bien gordito de color lila. Me lo hizo mi madre después de sufrir la fiebre de los *patchs* y hacerse la colección por fascículos en los quioscos. He estado a punto de ponerme unas botas de montaña de esas peludas, típicas del yeti. Mi hermana Carla dice que las llevan las chonis de tobillo grueso y yo le doy un poco la razón. Pero, en su lugar, he elegido unas Timberland marrones de mujer, preciosas, muy calentitas, con la parte superior reversible de una tonalidad diferente que la del calzado, y con diminutas tachuelitas en el tacón. Tengo los pies tan fríos que parece que viva eternamente en un anuncio de congeladores.

Bajo las escaleras frotándome la nariz, que la tengo igual de helada, y eso que el hotel dispone de calefacción centralizada. Pero siempre he sido muy friolera, no es nada nuevo para mí. En noviembre hace frío en Barcelona, y llevo gorro igual. En Asturias tienes la misma sensación térmica para mí que en Siberia.

Me dirijo hacia el comedor para tomar el desayuno bufet y me encuentro con Axel de espaldas a mí, hablando airadamente con alguien por teléfono.

—¿Un favor? Venga ya, tienes a quien quieras… ¿Y qué? Sé buscarme la vida, lo hago desde siempre… Otro podría hacer el trabajo…

Dios, es tan desafiante y tan brusco hablando que todo él intimida. En mi cabeza me hago mi paja mental y me imagino que Axel está metido en algo turbio y destructor. ¿Y si es un traficante? ¿Y si hace algo parecido al de *Transporter*? Sea quien sea el que está al otro lado de la línea, se nota que tienen sus diferencias. Seguro que le debe dinero…

Paso por su lado quitándome una bola inexistente de la manga de mi jersey. Lo ignoro, no lo saludo.

Todo mi cuerpo siente sus fríos ojos de jade clavados en mi cogote, maldiciéndome por haberlo dejado toda la noche esperándome en el patio interior. Todavía estoy tan enfadada con él que no me tomo la pequeña victoria de sonreír por haberle hecho la trece catorce.

Estoy convencida de que su venganza será terrible.

Cuando llego a la mesa en la que está Ingrid riéndose de algo que le ha dicho Bruno, ambos desayunando, los saludo y voy a por mi bufet: un zumo de naranja natural, un café con leche, un plátano y varias tostadas; después me siento junto a ellos y contesto las preguntas de rigor.

Sí, he dormido bien. Sí, estoy mejor y no voy a tener en cuenta al lerdo de Axel ni sus misóginos comentarios. Y no, no he visto con quién se fue después de…

—¿Con quién se fue? —pregunto con el zumo a medio camino de mis labios.

—Con la camarera —contesta Ingrid con cara de conspiradora—. Estuvo tonteando con ella toda la noche.

—No fue él, fue ella —asegura Bruno—. No le quitaba el ojo y vi cómo le dio su teléfono con disimulo.

—¿Que la camarera le dio su teléfono? —pregunto, asombrada.

—Sí —afirma Ingrid mirando a Bruno de reojo—. De hecho, la camarera quería hacer un *ménage à trois* con estos dos.

Otra tonta. No, si aquí ¡quien no corre vuela!

—¿Ella dijo eso? —Dios, pero cuánta golfa suelta hay.

—No. Son solo imaginaciones de Ingrid —interviene Bruno.

—¿Imaginaciones? Imaginación la de la camarera. —La morena mira hacia otro lado.

Uy, los celos. La pelicastaña de Ingrid debe tener mucho cuidado de no mostrar sus sentimientos tan abiertamente o Bruno sabrá cómo tenerla siempre en la palma de su mano.

Pero aquí lo importante es algo que no entiendo.

—¿Visteis cómo se fue con ella?

—Eran las doce y media cuando nos fuimos —contesta—. Los dejamos a los dos hablando. Ya no quedaba nadie en el restaurante, y ella se había sentado a su lado para tomarse un café con él.

—¿Las doce y media?

No me cuadra. Este cretino se aburriría de ella y después querría darme la nota... Pero no le habría dado tiempo a dejármela... Del hotel al restaurante hay un cuarto de hora andando.

Todavía sigo pensando en ello cuando Axel se sienta a nuestra mesa y saluda a dos de los tres que estamos en ella. A mí me omite, claro está. Pero no deja de mirarme, silencioso, como un ave de rapiña. Yo hago como si escuchara llover y fijo mi mirada en la increíble vista que hay desde la cafetería al río Covadonga y en la espectacular montaña que enmarca su horizonte.

Es absurdo que finjamos que yo no recibí una nota y que él no la escribió. Pero tampoco vamos a hablarlo delante de ellos.

—¿Qué tal te fue ayer, Axel? —pregunta Bruno con una sonrisita cómplice.

—Bien —contesta él a secas—. Patricia es una buena chica. —Me mira con atención y después se interesa por lo que sea que estoy vigilando por la ventana.

Claro, seguro que es muy buena y se lo diría mientras le metía la lengua hasta la campanilla. Bah, es que ya me lo imagino. Ella babeando encima de él, hipnotizada por esos ojos y esa sonrisa y esas cicatrices... Y el otro diciéndole: «Yo no hago el amor. Yo follo», al más puro estilo Grey, todo un icono de la sexualidad en pleno siglo XXI. Y la otra contestando: «Pues muy bien. Fóllame». Pero sería un polvo exprés, porque no entiendo cómo le dio tiempo a dejarme la maldita nota.

Pongo los ojos en blanco, aburrida de mis suposiciones.

A mí no me tiene que importar nada de lo que haga este individuo. Axel es de los que hablan por voluntad propia cuando tienen algo ácido o hiriente que decir. Es como si no estuviera, pero cuando abre la boca, deja claro que está.

En fin, hoy no voy a pensar en él ni en nada que no sea Francisco. Tengo mucho por hacer y muchas horas por delante. Mis sesiones en Barcelona son de una hora u hora y cuarto. Con Francisco tengo el día de hoy y medio día de mañana. Casi catorce horas por delante para que entienda lo que le sucede. Serán como diez o doce sesiones. Y doce sesiones para una fobia pueden suponer muchas o pocas, dependiendo de lo complicado del terror.

Pero soy muy optimista. Y sé que voy a sacar a Francisco y a Aquiles adelante, siempre que nadie me moleste.

Ya tengo ganas de verlo y ponerme a trabajar.


No es fácil hurgar en las heridas. Las fobias nacen por algo que no ha sido superado, por algo que tu mente relaciona constantemente con el dolor, con el miedo, con la inseguridad… Para un ser humano, tener una fobia es saberse débil ante algo, y es una sensación desagradable, sobre todo en una sociedad que te obliga a ser duro y resistente para superarlo todo. Pero nadie está hecho de piedra. Y eso es lo que trato de hacer entender a mis pacientes, que no somos peores por dejarnos llevar por el miedo, que no es ninguna vergüenza. Esa reacción solo indica que somos humanos, porque, al fin y al cabo, no es valiente el que carece de miedos; valiente es el que afronta los miedos y día a día se levanta para hacerles frente.

Ayer le dije a Francisco que se rociara con el perfume que utilizaba su mujer y que cogiera una de sus zapatillas, si aún las conservaba. Y vaya si las conserva. Francisco conserva todo lo de Carmina en perfecto estado.

Axel grababa todos los movimientos que hacíamos. Cuando Francisco nos llevó a la habitación que ambos compartían cuando ella todavía estaba viva, sentí una empatía instantánea con él y con el amor incondicional que le profesaba. Francisco siempre manda limpiar su habitación y exige que lo dejen todo igual que estaba cuando vivía Carmina. La habitación huele a ella.

Salimos de allí y creo que lo mejor es que ambos demos un paseo por los alrededores, para que se destense y no se sienta demasiado agobiado.

—¿De qué murió tu esposa, Francisco? —le pregunto con el foco de Axel dándome en toda la frente.

—Cáncer —contesta el grandullón, todavía afectado y emocionado.

Me alegro de haber elegido las botas que llevo. El terreno no es llano como quisiera, sino más bien escarpado.

—Debió de ser muy duro.

—Lo fue —me confirma mirando al frente, caminando con pasos lentos y pausados. A ese hombre le pesan el alma y el corazón.

En Cangas estoy viendo las montañas más verdes que jamás haya contemplado. Me encanta el olor a fresco y a naturaleza, y el sonido del río que te acompaña allá donde estés. El tiempo luce y hace un sol de justicia.

—Se la llevó en tres meses, desde que se lo diagnosticaron.

Entiendo la mella que deja una enfermedad así en la psique de los allegados, y más si son directos como él. No es fácil comprender que una persona que ha sido tan querida, enferme y se vaya en tan poco tiempo.

—Cuando Carmina enfermó, ¿cómo actuaba Aquiles?

—Fue complicado —explica Francisco—. Yo quise cuidarla en casa porque ella no quería hacerlo de otra forma. Decía que quería morir en su hogar, donde fue más feliz… Ella nunca tuvo esperanzas de curarse —recuerda, todavía sumido en el dolor—, y estaba convencida de que se le acababa el tiempo. Aquiles siempre quería subirse a la cama, estar a sus pies. Era como su guardián y velaba por ella, como yo. Pero cuando entraba para darle la medicina o para servirle la cena, el perro se enfurruñaba y se ponía agresivo conmigo.

—¿Y cómo actuabas tú?

—Me harté de sus mordiscos y de su actitud, y decidí con Carmina que el perro no estuviera con ella, porque llegó un punto en que Aquiles la tomaba siempre conmigo y me mordía muy fuerte. —Mira de reojo mi pulgar vendado y algo inflamado—. Bueno, ya has visto cómo se las gasta.

—Sí —reconozco quitándole importancia—. ¿Y entonces?

—Nos turnábamos. Cuando Aquiles estaba con ella, yo no podía entrar. Después, yo entraba, lo cogía, me marcaba las manos con sus mordiscos y lo dejaba en el ala opuesta de la casa, donde él no dejaba de ladrar y lloriquear. —Observa la zapatilla de estar por casa rosada que había pertenecido a su esposa—. Pero Carmina murió y yo me quedé con Aquiles, y tengo la necesidad de hacer que ese perro sea feliz, porque se lo prometí a mi mujer —anuncia con voz muy sentida y rota—. Y… Y la verdad es que no soy capaz porque soy un cagón. Me da miedo. Y si mi Carmina me ve desde el cielo, se sentirá tan decepcionada…

Yo le pongo una mano en la espalda y le hago una friega para que reciba calor y comprensión. Su historia me emociona porque siento su dolor y su aflicción, y mientras andamos por las colinas asturianas, ambos lloramos, pero yo me doy prisa en limpiarme las lágrimas. Es triste ver a un hombre derrotado.

—Creo que Carmina nos sabía llevar a los dos. Dos machos en una misma casa es demasiado para una mujer —admite sonriendo.

Este hombre es todo bondad. Es un gigante perdido, con el corazón roto por la pérdida de su compañera.

—No eres un cagón, Francisco. En realidad, tú no le tienes miedo a Aquiles, tu miedo irracional viene por otra cosa, y voy a intentar ayudarte para que lo comprendas.

—¿Tú crees, Becca? ¿Crees que me puedes ayudar?

—Para empezar, quiero que entiendas que el cariño de Aquiles por Carmina ha sido tan grande como el tuyo por tu esposa. Aquiles también la ha perdido, y siente tanto como tú que ella ya no esté. Os une un vínculo irrompible.

—No veo cuál.

—El amor que sentisteis por esa mujer.

Francisco asiente y se frota los ojos llorosos con el antebrazo, mojando su chaqueta con las lágrimas.

—Te sientes culpable y avergonzado porque no te ves capaz de hacer frente a Aquiles. Pero el perro es la puerta para que puedas reconciliarte con todo, con la vida de Carmina y también con su muerte. A él lo privaste de la compañía de su dueña, y ahora se siente celoso de su territorio, y siempre que te ve pensará que eres una amenaza. Tienes que cederle terreno al perro y tiene que ver en ti a una figura familiar. Nuestro cerebro se rige por las sensaciones que nos da lo que nos rodea: un color, un sonido o un olor nos puede llevar a un recuerdo y nos puede inducir a un estado mental satisfactorio. Te he pedido que te rocíes con el perfume de Carmina porque quiero que cuando Aquiles te vea, tu olor sea el que lo deje descolocado. Y quiero que le ofrezcas la zapatilla de estar por casa de tu esposa. Que se la des.

—Pero la va a estropear —dice un poco atribulado, acariciando con mimo el pelo rosa que la recubre.

A Francisco le cuesta ceder tanto como al chihuahua. Ninguno de los dos quiere perder nada más. Lo que no se imaginan es que ambos ganarán si se reconcilian. Ya nunca volverán a estar solos.

—No importa. Aquiles lo agradecerá; este ejercicio tendrá un efecto placebo, para él y para ti. Tú te sentirás mucho mejor porque caerás en la cuenta de que empiezas a dar los pasos adecuados para cumplir la promesa que hiciste. Es un modo de afrontar tu miedo y de hacer que remitan la culpa y la vergüenza que sientes.

—¿Y con eso ya está?

—No. Es un camino largo. Pero será el primer paso para

daros cuenta de que os unen más cosas de las que os separan, y crearéis un lazo inmediato. Un gesto de paz, un gesto de buena intención, rompe un círculo vicioso e inicia una cadena de favores. —Ingrid me ha dejado el gorro porque dice que me queda bien, pero los rizos me golpean la cara por el viento que se ha levantado en lo alto de la colina. Me los retiro y me quito un tirabuzón de la boca—. Tendrás que empezar a pasear con Aquiles y a hacer cosas con él, y tendrás que abrirle la otra parte de la casa. No podéis seguir viviendo separados. Estáis viviendo a medio gas.

—Sí. Lo sé.

—Bien. —Le doy un golpecito en la espalda para animarle e insuflarle fuerzas—. ¿Estás preparado para volver a la casa y hacer las paces con Aquiles y contigo mismo? ¿Estás preparado para reconciliarte con tu malestar y empezar a sentirte mejor?

—¿Es así de fácil?

Él me mira con sinceridad. Yo niego con la cabeza. Jamás mentiré a mis pacientes. Si las fobias fueran tan sencillas de solventar, yo no tendría trabajo, y ni psicólogos ni psiquiatras tendríamos razón de ser.

—Para nada, Francisco. La mente es complicada, y los miedos irracionales hacen que nos sintamos inseguros y absurdos, como si estuviéramos mal de la cabeza. Pero nada más lejos de la realidad. Solo tenemos una percepción diferente y las corrientes de los pensamientos se pueden modificar. Solo hay que educarlos a pensar de otra manera. Vamos a dar el primer paso contigo. ¿Estás dispuesto?

Él me dirige una sonrisa cariñosa y sincera que me hace sentir valorada y respetada, y juntos descendemos la colina, con Axel muy serio, grabando detrás de mí.

# 10

 @marifelacion #eldivandeBecca Creo que yo siento el mismo amor hacia mi ex marido que Francisco por su mujer. Cuando Lolo se fue, rocié su ropa con gasolina y todo lo que le pertenecía de la mitad de la casa. Ya sabéis, por eso de quemar etapas #hayvidadespuesdelmamondetuexmarido

Siete horas de grabación después, tengo la seguridad de que he conseguido un vídeo muy bueno, y que el caso de Aquiles y Francisco va por buen camino. Estoy a punto de cerrar el día con un primer plano de la mascota y su amo de fondo, como nunca antes han estado.

En el momento en que Francisco abrió la puerta de la otra ala y caminó con tranquilidad hasta el jardín, le dije que se sentara sobre el césped, sin prisas. Que no mirara directamente a Aquiles.

El hombretón destilaba un perfume de mujer mayor en diez kilómetros a la redonda. Se pasó un poco. Le dije unas gotas, no todo el bote. Pero bueno, la cuestión es que funcionó como esperaba.

Axel lo grababa todo desde el porche. Yo no podía estar cerca porque era Francisco quien tenía que enfrentarse al diminuto perro. Eran ellos dos los que tenían que verse las caras. Sin nadie más alrededor.

Pasó lo que ya sabía que pasaría. Francisco se moría de ganas de estar con Aquiles, porque estar cerca de él era estar más cerca de Carmina.

Se cruzó de piernas como un indio y dejó en medio la zapatilla rosa. El chihuahua apareció ladrándole, como era de esperar, y corriendo como una bala hacia él. Pero, poco a poco, los ladridos remitieron y el perro se detuvo a dos metros de su amo. Es un perro muy bonito y muy gracioso, y echa de menos a Carmina tanto como Francisco. Cuando el perro olió en el ambiente el aroma de su dueña, un sonido lastimero salió de su interior. Con pasos lentos e inseguros, se acercó a Francisco, extrañado por que él oliera así. Inmediatamente, las sinapsis de Aquiles (que aunque sea perro, también tiene conciencia y sinapsis, aunque algunos digan que no) empezaron a activar su engranaje. Entonces no se sintió amenazado, y al ver que Francisco no le temía, dejó de desconfiar de él y se sentó, copiando así el gesto de su dueño.

Recuerdo que Axel en aquel instante dijo algo como: «No me lo puedo creer». Pero yo le ignoré, como vengo haciendo todo el día. Ni siquiera nos hemos sentado juntos para comer, así que no he cruzado ni una palabra con él más que las estrictamente profesionales.

A continuación, Francisco tragó saliva, impresionado y emocionado por poder contemplar a Aquiles sin tener que protegerse de sus mordiscos. Y sé que se enterneció de su estampa, porque sentí cómo lo hacía, y porque yo me regodeé en esa ternura y en esa compasión.

La compasión es sanadora, es el mejor sentimiento que hay, porque esconde grandes dosis de amor tras él.

Aquiles vio cómo Francisco se abrazaba a la zapatilla de Carmina, y cómo, para satisfacción de los amantes de los grandes realities sensacionalistas, rompía a llorar con todo el sentimiento que albergaba en su enorme cuerpo.

Aquiles inclinó la cabeza a un lado y por un momento juraría que sus ojos negros comprendieron todo lo que pasaba.

—Hoy es un día duro para mí. —Francisco le hablaba al perro y yo me emocionaba al sentir lo mismo que él estaba sintiendo—. Hoy es el día de la raza asturiana en Corao, y a Carmina y a mí nos encantaba ir a ver las cabezas de ganado. Nos lo pasábamos muy bien. A ti te llevó dos veces. —Francisco miraba al perro con compasión—. Ya no te pudo llevar más porque ella enfermó y… Y bueno, ya sabes lo que pasó.

Podía ver cómo le costaba tragar saliva y cómo sus nervios afloraban, pero no de pánico, sino de revelación. Su mente se estaba liberando de un lastre que había pesado mucho entre los dos. Abrirse es una tarea harto difícil.

—Sé que la echas de menos —prosiguió el gigante asturiano, totalmente expuesto—. Pero yo también. —Su voz temblaba al ritmo de sus hipidos—. Siento no haberte comprendido, Aquiles. Siento haberte tenido miedo y haberte dejado aislado.

El perro se relamió el hocico, y entonces, con sus pasitos saltarines, se acercó a Francisco y olió primero una rodilla y luego la otra. Y, a continuación, saltó entre sus piernas y se acomodó entre ellas, esperando a que su amo tuviera el gesto final con él.

Y el grandullón lo hizo. Le ofreció la zapatilla, una prenda que Aquiles recibió gustoso, entre ladridos de alegría y gemidos de emoción. El perro no cabía en sí de gozo. Francisco le acarició la cabeza, inspirando entrecortadamente por su propia emoción, y sonriendo, rendido a su victoria y a esa tregua que habían fraguado.

Yo me limpié las lágrimas y esperé a que Axel consiguiera una buena toma para el primer plano.

Como ahora. En este instante, el cámara levanta tres dedos y cierra uno tras otro gradualmente para marcarme la cuenta atrás.

Yo miro al frente, al objetivo, y me fijo en la barbilla con la cicatriz que aparece tras la estructura de la cámara. Parece que Axel sonríe, pero eso es como decir que Papa Noel existe.

—El miedo tiene muchas caras —digo sin titubear—. Se puede disfrazar de orgullo, de ira, de desconfianza, de frialdad, de desdén… El miedo de Francisco a Aquiles se ha acentuado por la vergüenza que sentía por incumplir la promesa a su mujer, y al dejar pasar el tiempo, ese miedo se ha convertido en pánico. Pero voluntad es lo único que hace falta para ver lo que realmente esconde el pánico. Francisco se ha retroalimentado estos meses de su aflicción por no poder tratar a Aquiles como Carmina quería, pero también de la sensación de pérdida que le ha provocado la muerte de su mujer. Al ver que la actitud de Aquiles lo superaba, su miedo y su pavor se han retroalimentado de su vergüenza. Sin embargo, la actitud de Aquiles y Francisco enmascaraba otro sentimiento más fuerte. Verse las caras el uno al otro, solos, implica reconocer por fin que Carmina ya no está. Les obliga a afrontar su adiós, un adiós que ninguno de ellos ha querido dar aún. Y hasta que no se dieran cuenta de que están solos y de que los dos querían lo mismo y que querían a la misma persona, no podían tener el primer acercamiento. En ocasiones, coger al chihuahua por los cuernos, y mostrar que no se es todo lo fuerte que uno cree, además de derrumbar muros, también destruye otras barreras. —Miro hacia atrás y contemplo cómo ambos están en silencio, y cómo Aquiles de vez en cuando lame la zapatilla de Carmina y la mano de Francisco—. Al final, solo existe un miedo: el miedo a enfrentar la partida de Carmina, el miedo a enfrentar el adiós a alguien que se lleva una parte de nuestro corazón. Aprendiendo a gestionar la rabia y la ira por esa desgracia, podemos llegar a la raíz del pánico de uno y otro, que para ambos es el mismo. Y juntos —sonrío y asiento señalándoles con el pulgar vendado— lo conseguirán mejor que separados —concluyo como final de la toma.

—Corten.

Axel cierra la toma y deja de grabar, aunque sigue mirándome a través del visor.

Yo dejo de sonreír y frunzo el ceño.

—¿Has dejado de grabar?

—Sí.

—¿Seguro? —Le dirijo una mirada de desconfianza.

—Sí.

—¿Y por qué no bajas la cámara?

Axel tarda unos segundos en hacerme caso. Cuando retira la cámara de su rostro, hay algo en su mirada que me mantiene alerta. Mueve los labios como si pensara en algo, como si meditara sobre alguna idea.

—¿Qué miras? —le pregunto, nerviosa.

Axel se encoge de hombros y niega con la cabeza.

—Aún no lo sé —me contesta con tono enigmático.

Oh, encima va de interesante. Pensaba que me increparía por haberle dado plantón la pasada noche. Pero se ve que le dio igual, o tal vez su orgullo aún no lo ha encajado.

Sea como fuere, quiero que me dé igual, aunque mi deseo profundo sea verlo arrastrarse como los gusanos pidiéndome perdón. Pero como esto no va a pasar, elijo irme y apartarme de él y de sus ojos verdes. Ya es suficientemente duro que su cámara y sus prejuicios me estén grabando todo el día. Aunque, al fin y al cabo, la cámara solo puede grabar la realidad, y esa solo es una: que no soy una furcia como él cree y, en cambio, sí soy muy profesional y me involucro con todo.


Después de un largo día de rodaje y de terapia con Aquiles y Francisco, acabamos de llegar al hotel El Molino. Mañana será el último día con ellos y no os voy a engañar, me da pena dejar al gigante y a su diminuto perro. Me enternecen mucho.

Por otra parte, estoy enamorada de Asturias. Este lugar me encanta. Su olor, su naturaleza, su esencia románica… Es como si viviera en una dimensión paralela donde solo cupiera la paz, la buena comida y la meditación.

Para seros sincera, no podría vivir aquí porque soy muy cosmopolita, muy de ciudad, pero sí accedería a pasar unas largas temporadas de desconexión, para hacerme un reset y regresar a mi rutina diaria con las pilas cargadas. Además, los de Cangas son muy buena gente, y me gustan.

Me he dado una buena ducha y a continuación he repasado lo conseguido con Francisco y lo he anotado en los archivos de mi iPad. De vez en cuando miro de refilón la bola de papel de encima de la mesita de noche y me imagino que es el ego de Axel hecho pedazos por mi culpa. Aunque soy consciente de que para aplastar su ego se necesita como mínimo un tanque.

Alguien toca mi puerta con suavidad.

—¿Becca? ¿Estás ahí?

—Sí. Voy.

Es Ingrid. Cierro el iPad, me levanto del escritorio y voy a abrirle. Ingrid está arreglada, tanto como pueda arreglarse una en mitad de la montaña. También se ha dado una ducha y me mira expectante.

—Vámonos —me ordena. Sus ojos marrones parecen enormes con el kohl, y lleva un gorro de lana blanco y unos guantes.

—¿Ya vamos a cenar?

—No. Axel y Bruno han dicho de ir a lo de las cabezas de ganado en Corao. Está cerca y los del pueblo preparan una cena. —Me sonríe con dulzura y yo me siento incapaz de negarle nada—. Puede ser divertido. —Da unas palmaditas igual que una niña pequeña.

—¿Cabezas de ganado? ¿En serio?

Creo que en Corao la media de edad es de ciento veinte años, más o menos. Lo de la raza asturiana de montaña no solo se refería al ganado equino, bovino y ovino, sino también a los hombres de allí. De pura raza, no sé si me entendéis...

De pequeña tenía entrecejo. Mi madre me lo depilaba con cera y eso ha provocado que me hiciera la depilación láser de por vida. Si tengo que sufrir, lo haré, pero con un poco ya es suficiente. Podéis haceros cargo de mi trauma con la cera.

Aquí la cera no se estila. Yo creo que la uniceja castiza del sector centenario de Corao es muy delatadora. Son gente fuerte, como Sansón, y el pelo del entrecejo dice mucho de ellos, de lo sanos que son.

Sé que los creadores de «rubia de bote, chocho morenote» dirían algo así como «si hay pelo en el entrecejo, imagina en el conejo». Puede que aquí el dicho sea verdad.

La mayoría van con bastón, que también hace de extensión del dedo índice para guiarnos a través de las angostas carreteras hasta el municipio; además, llevan botas de agua y unos pañuelos al cuello. Algunos incluso van tocados con boinas, como las que tenía mi abuelo, que en paz descanse. Son amabilísimos con los extranjeros y encantadores y sonrientes con las chicas. Claro, no han visto unas como nosotras en mucho tiempo; puede que para ellos la juventud sea una leyenda urbana.

Las mujeres, esposas de estos buenos hombres, son robustas, la mayoría de pelo blanco; los hombres solo tienen tres o cuatro en la cabeza.

No hay ni un solo niño.

Después del festival de vacas, caballos y cabras, y a las nueve de la noche, los hombres beben vino y comen carne, cada cual feliz con la compraventa de las reses. Suena música, pero ni siquiera sé de dónde sale, y tampoco me lo voy a preguntar más. Hay cosas que, sencillamente, no tienen explicación.

Ingrid tira de mí y juntas llegamos a una larga barra, montada con mesas de madera y cubierta con un mantel blanco, que ya está manchado por el vino y las grasas de la comida.

—Yo por unas potras *cumo* ellas doy cuatrocientas mil pesetas —dice un hombre, sentado en corrillo, sonriente y con los dientes justos como para pelar una pipa.

Yo me río por lo surrealista de la situación.

Sí. Allí los ganaderos hablan en pesetas. Está claro que es por la media de edad tan longeva. El cambio a euros no ha sido fácil para ellos. Y, al fin y al cabo, el universo Corao vive muy al margen de la civilización, ¿qué más da cómo cuenten? ¡Me encanta este pueblo!

Se oyen las canciones de Abba, y algunos de ellos las siguen con el pie.

—No sois de por aquí, ¿verdad? —nos pregunta un señor

muy abrigado del mismo estilo que los demás: mucha ceja, poco pelo y una sonrisa mellada de oreja a oreja.

—No.

—¿Y de dónde sois, mozas?

—Somos de Ganímedes —contesto, divertida, aceptando el vaso de vino que nos ofrece.

—Ah. ¡De Gemenediz! ¡Mi prima es de allá! ¡Mira, Paco! —llama a su amigo—. ¡Son de Gemenediz!

—¡Mi tía es de allá! —dice el tal Paco.

Estos señores son todos empresarios y se dedican a la ganadería, por supuesto. Se han montado un festín increíble que consta de embutidos, quesos y carnes que dan sus ganados. Todo se lo hacen ellos.

Axel y Bruno nos preceden y se colocan detrás de nosotras. Axel ha estado haciendo fotos a los corrillos de ancianos y a las reses que aún pululan por las zonas de pasto. Le gusta la fotografía, porque casi siempre lleva su cámara colgando al cuello, incluso cuando trabaja en *El diván*.

Sonrío, porque la Reina de las Maras que hay en mí sabe que Axel no puede ligar con nadie de aquí, a no ser que le gusten las ubres o las momias.

—Menudo ambientazo. —Bruno silba mientras toma un salchichón del plato—. Que venga la poli y detenga el botellón.

Los hombres sonríen y siguen hablando de su exitoso día.

—¿Le ha salido bien el negocio hoy? —pregunta Axel al tal Paco.

—Claro. He vendido una parda alpina a un comprador de Galicia por trescientas mil pesetas —contesta el ganadero—. Soy tratante desde hace años —explica llevándose un tajo de queso cuyo olor llega hasta Pernambuco—. Las vacas, vender, vendiéronse. Asturianas como son de la montaña y limusinas.

—¿Limusinas? ¿Aquí tienen limusinas? —pregunta Ingrid.

—Este hombre no ha visto una limusina en su vida —le susurra Bruno a Axel.

—Son reses de una raza especial —nos suelta Axel—. No son coches, joder.

Yo lo miro con interés. ¿Cómo sabe él eso?

—Ah, ya decía yo. —Bruno se encoge de hombros y se agencia más pan y embutido. Después, con la sonrisa de quemasujetadores que tiene, tira de Ingrid y juntos empiezan a rondar por la montaña, con vino y comida, como dos pastores ignorantes y felices.

Y nos dejan al Anticristo y a mí juntos con el consejo de ancianos de Corao.

Qué situación tan agradable. Encima están poniendo el «Ave María» de Bisbal. Esto no puede estar pasando.

—¿Has traído a esta potranca para venderla, mozo?

Yo arqueo las cejas hasta que me llegan por debajo del gorro.

—¿Cómo? —pregunto, sorprendida.

—Te *diera* yo unas cien mil pesetas —dice el hombre, orgulloso de su apuesta.

—Ha pagado dos mil cien euros por una vaca, señor —le acuso yo—. ¿Va a pagar menos por una mujer?

—Yo no he pagado eso. He pagado trescientas cincuenta mil.

—Es lo mismo. Debería ofrecer más.

—Depende, moza. —Sonríe, sátiro—. ¿Me vas a dar leche?

¡Dios, qué asco! ¿Estamos hablando de lo mismo?

A Axel se le escapa la risa y yo tengo ganas de liarme a tiros con todos.

—Por menos se la doy —suelta el hijo del diablo.

Los hombres se dan codazos entre sí y se ríen de la respuesta de Axel. ¿No creerán que va en serio?

—Vaya… Problemas en el lecho —dice Paco, y da un sorbo de vino—. Todos tenemos de eso. Mi parienta dice que huelo a cerdo y me obliga a dormir en el sofá.

Yo también le diría que durmiese en el sofá, pero en el de su tía la de Madrid.

—Él no es mi novio —contesto—. No somos nada.

—Ah… ¿Sois solo amigos? —pregunta el que ha dicho que somos de Gemenediz—. Nosotros, de jóvenes, también teníamos a una sola amiga.

—Sí, y era la misma para todos… ¡La Pepa! ¡Qué fea era!

—Habló el top model —murmuro, disgustada.

—Pero ya se sabe el dicho…

O sea, no lo quiero ni oír, que aquí son todos unos brutos.

—Nadie es fea por donde mea —señala Paco alzando su vaso.

Sus amigos se ríen y recuerdan durante unos minutos hilarantes las tetas de la Pepa y no sé qué de su felpudo… Y por un momento creo de verdad que estoy en Ganímedes, adonde he llegado succionada por un agujero de gusano.

—Entonces, ¿qué? ¿Vienes a vender o a comprar? —vuelve a preguntarle Paco a Axel.

Este aprieta los labios y me dirige una mirada interrogante. Yo siento que me quedo un poco noqueada con ese color verdoso y con sus increíbles pestañas. Dependiendo de lo que vaya a decir, le haré una cosa u otra, y ya debe de saber que soy proclive a lanzar objetos. De hecho, tiene una marquita rojiza en la nariz, que creo que se la hizo él mismo al golpear con su tabique el vaso volador. Si es que esas cosas no se hacen…

—Ni a una cosa ni a otra. No la puedo vender porque tiene muy mala leche —responde con seguridad.

Los hombres vuelven a carcajearse, y yo no tengo ni energía para mosquearme, porque incluso su respuesta me ha parecido ocurrente.

Axel llena un plato de plástico de pan, quesos y embutidos, y Paco le ofrece una botella entera de vino casero para nosotros.

—Id a dar una vuelta por Corao, mozos, que vosotros podéis. —Sonríe y nos invita a disfrutar del paisaje de pastos y tierra removida que ha dejado el desfile de ganado.

Y así es como Axel y yo hemos acabado caminando en un extraño silencio por el pueblo, situado en la vega del río Güeña, repleto, por una parte, de casonas asturianas de corredores de maderas y hórreos, y, por otra, de casonas más labriegas de campo, con sus cuadras y habitáculos para los aperos de labranza.

De vez en cuando el viento me trae el olor de Axel, a menta o a hierbabuena, no sé definirlo exactamente. La noche es fría y estrellada, el día ha sido muy intenso, y ya empiezo a notarlo en el cuerpo, que se deja llevar por el cansancio, o puede que sea el vino que Axel me va ofreciendo por sistema de la botella para poder tragar esa masa de pan casero y sus deliciosos y consistentes embutidos.

Seguimos andando, el uno al lado del otro, sin tenernos nada que decir, y sé que hay mucho de qué hablar. Sigo esperando una disculpa, y si no se da, al menos quiero que me diga qué pretendía conseguir con la nota de la noche anterior.

—¿Por qué querías…?

—¿Por qué no has llamado a Fede para quejarte de mi actitud? —me pregunta de golpe, mirándome, casi recriminándome que no lo haya hecho.

Parpadeo algo desorientada, y miro al frente.

—Porque no soy una niña que vaya a llorarle al jefe solo porque otro niño me molesta. Pero todavía estoy a tiempo de hacerlo… —Le hago una caída de ojos desafiante.

Él se mantiene en silencio y camina con largas y tranquilas zancadas. Vamos al mismo paso.

—Hoy he hablado con él y no sabía nada. Y no lo entiendo. Tenéis la suficiente confianza como para que se lo digas, Rebecca. —Bebe de la botella de vino—. Llámale. Dile que no me quieres en tu equipo, y se acabó. Tú eres la jefa, ¿no?

Yo le quito la botella de golpe y me detengo en medio del oscuro camino, solo alumbrado por las estrellas y una solitaria farola en la entrada de una casona.

—¿Estás insinuando lo que creo que estás insinuando… otra vez?

—No. —Axel niega con la cabeza—. Solo digo que visto la relación que te une a Fede…

—¿Y qué relación es esa, según tú? ¿Que ocupo su cama además de una de sus nóminas? —Doy un trago de la botella, y con lo torpe que soy, una gota me cae justo en un ojo y me escuece horrores. ¡Maldita sea! Pero ¿qué le ponen al vino, por Dios? ¿Matarratas?

—¿Vas a llorar? —Parece preocupado.

—No, mierda. Una gota de vino me ha caído en el ojo, y me escuece…

—Ya.

—Oh, por favor… ¡No voy a llorar! —Cierro el ojo y me lo froto con los dedos enguantados.

—Si le hiciste terapia a Fede, seguro que os tenéis mucha confianza. Podrías haberle dicho que me echara del equipo. Que soy un tío insoportable, que no hace que te sientas a gusto, que te he insultado y que he puesto en duda tu profesionalidad.

Inclino la cabeza a un lado y aprieto el ojo con fuerza. Me pica y quiero arrancármelo, pero lo que ahora más me importa es esa actitud tan seria de Axel. ¿Eso quiere él? ¿Quiere que lo despidan?

—Sigues creyendo que me acuesto con él, ¿verdad? —le pregunto, algo desanimada—. Y si así fuera, ¿a ti qué te importa?

—A mí nada —me aclara sin hacer inflexiones, sin mirarme a los ojos.

—¿Entonces? ¿Quieres que Fede te despida? ¿No quieres formar parte de *El diván*?

—No es eso…

—Si no crees en este programa, Axel, deberías renunciar y no comportarte como un mezquino para conseguir un despido.

—No me comporto como un mezquino —dice él sonriendo de nuevo como si hubiera vendido su alma—. Conozco a Fede, sé lo difícil que le resulta mantener la polla dentro de los pantalones, y también conozco a sus cuatro ex esposas y a algunas presentadoras y azafatas que están donde están solo por hacerle unos favorcitos...

Yo sé todo eso porque sé detalles de su vida personal. Pero ¿y él? ¿Cómo sabe él tanto?

—¿Y cómo lo conoces tan bien?

—Todo el mundo en la productora sabe de sus problemas de faldas...

—Pues no soy una de esas faldas, cretino —le digo entre dientes.

—Eso parece —admite mirándome de arriba abajo, para después seguir caminando—. No me habría cuadrado demasiado.

—¿Qué quieres decir con eso?

Sigo sus pasos. Vamos por un camino que nos dirige hasta la iglesia románica de Abamia, y a nuestro lado queda un hermoso castañar, que todavía está cercado por el evento de las fiestas ganaderas.

—Hay dos tipos de mujeres inteligentes; las de acero y las de hielo —insinúa deteniéndose a contemplarlo—. Tú eres de las de hielo.

—¿Y eso es bueno o malo?

—Es bueno —contesta dirigiéndome por primera vez una mirada de disculpa. Y es tan sincera que hace que me estremezca. Pero del mismo modo que la siento tanto, sé que no va a salir una palabra de perdón de sus labios. Axel no es de ese tipo de hombres—. Las mujeres de hielo se deshacen con el calor. Como tú te has deshecho varias veces hoy con Francisco. Las de acero son inflexibles y duras, y pasan por encima de quienquiera que se les cruce en el camino.

—Entonces, ¿ya no crees que sea una furcia interesada? —Me apoyo en la barrera de madera donde, seguramente horas atrás, había descansado la cabeza un caballo o una vaca.

Axel se encoge de hombros.

—Si lo fueras, tampoco me lo dirías. Por eso lo que yo crea no es importante.

—No me gusta tu respuesta.

—Lo sé. En cambio, creo que tienes talento para tratar con las personas, Rebecca. Hoy lo he visto a través del objetivo de mi cámara. Sea por lo que sea, Fede ha elegido bien. Y eso es lo importante. Solo por eso creo que valdrá la pena el programa.

Ni claro ni oscuro. Sus contestaciones son ambiguas y su modo de hablarme es bastante impersonal. No creo que podamos ser amigos, pero prefiero este trato que el anterior. Al menos sí creo que puede llegar a respetarme y a involucrarse con *El diván*. Eso es mejor que nada.

—¿Era esto lo que me querías decir ayer noche?

Me arrebata la botella de tinto de la mano y bebe para ayudarse a tragar el bocado de queso manchego y pan que acaba de engullir.

—¿Ayer noche? ¿Cuándo? ¿Cuando me tiraste el vaso a la cara?

—No. No fue en ese momento. Pero te lo mereciste.

—Puede ser... Entonces, ¿cuándo?

—Pues eso digo yo. —Miro al cielo—. ¿Cuándo? Porque no entiendo cómo te diste tanta prisa en dejarme una notita y, al mismo tiempo, tirarte a la tal Patricia de la sidrería. Eres muy rápido, ¿eh?

Axel aparta la vista del espectacular castañar, que rige el tiempo y los siglos en ese lugar, y vuelca todos sus sentidos en mí, de un modo tan intenso, que hace que me ponga todo de punta y en guardia.

—¿Te dejaron una nota ayer noche?

Yo sonrío y resoplo, un poco afectada por el vino, y también porque me parece divertido que finja tan bien. No ha negado lo del fornicio con la chica de la sidra.

—Claro que me la dejaste. Me citabas en el patio interior del hotel porque decías que querías hablar conmigo... Y yo simplemente no fui. Te dejé tirado. —Sonrío como una campeona—. Olé yo.

Él se gira, con toda su altura, y frunce las cejas hasta convertirlas en una. No hay ni rastro de buen humor.

—Ayer no te dejé ninguna nota, Rebecca. Ese no es mi estilo.

Lo apunto con el dedo y me echo a reír. A mí este no me va a tomar el pelo.

—No me engañes. Fuiste tú. Porque estabas avergonzado de lo que me dijiste y querías pedirme perdón.

—Yo no hice nada de eso. Ni tampoco iba a dejarte una nota. Es absurdo. Serían Ingrid y Bruno, que querrían gastarte una broma.

—¿Ellos? —Empiezo a dudar de si fue él o no—. Ayer no estaba de humor para bromas. Ellos serían incapaces de hacerme eso. Les caigo bien.

—Sí, tienes razón —admite, y se queda pensativo, más preocupado de lo que me imaginaba que podría estar por mí—. ¿Quién te la dejó?

—No lo sé. A lo mejor tengo un admirador secreto... —Me encojo de hombros y le guiño un ojo. Es una desilusión que él no haya sido. Lo que me lleva a otra pregunta: ¿quién fue?

—¿Tienes la nota?

—Sí.

—¿Está escrita a mano?

—No. —Le robo la botella y bebo para tragar el pedazo de salchichón XXL del plato—. *Jta cha a oiurnador.*

—¿Está hecha a ordenador?

Oh. Vaya. Entiende el idioma «papillo»: dícese de hablar con la boca llena.

—Quiero verla. ¿La tienes todavía? —Me coge del brazo y me arrastra para que demos media vuelta.

—¿Qué haces? ¿Por qué tanta urgencia? Será de alguien que se aburre y...

—Becca, todo Cangas de Onís está revolucionado con la furgoneta de *El diván*. Tu Twitter es un hervidero de mensajes y tu imagen sale veinte veces al día por televisión anunciando tu propio programa. Eres un personaje público.

—No es para tanto.

—Sí lo es.

—Pero si nadie me conoce.

—Ahora sí, Becca.

—¿Becca? ¿Ya somos amigos chupi guays?

—Me tienes harto. Date cuenta de que cualquier notita privada pasa a ser un tema relevante de seguridad.

—¿Y tú te vas a encargar de mi seguridad? —le pregunto aleteando mis pestañas—. He pasado de ser Julia Roberts a Whitney Houston en un periquete.

—Corta el rollo, joder. Esto es serio.

Y tanto que lo es. Axel es un histérico, un borde y un controlador de pies a cabeza. Se nota en su forma de estudiar cada posición y en cómo antes de grabar merodea por los alrededores asegurándose de que nada ni nadie nos va a molestar.

Debería haberme imaginado que, si él no es quien me ha escrito la nota, querría encontrar al bromista que sí lo había hecho.

# 11

 @nometoqueslaspalmasquemeconozco
#eldivandeBecca Juraría que he visto la caravana
de El diván de Becca en mi pueblo. O es eso
o los antidepresivos empiezan a irme fatal.
#¿Queesmejorvaliumoorfilam?

Realmente, no creo que haya nada de lo que preocuparse. Pero después de encontrar a Bruno y a Ingrid saliendo de los aledaños de la famosa abadía, Axel nos ha obligado a volver al hotel. Y nosotros le hemos obedecido porque, lo quiera o no, me guste o no, Axel tiene halo de líder y de ser autoritario. Vamos, que cualquiera que tenga ojos ve a la distancia que es él quien está al mando, se ponga o no en segundo plano.

Incluso Bruno, que es cámara como Axel y especialista en sonido, no hace nada sin su previa supervisión.

Puede que ese sea el motivo por el que no he objetado a su petición de acompañarme a mi habitación para echarle una ojeada a la misteriosa nota.

No negaré que mi parte perversa y femenina, ante la presencia de este espécimen, no deje volar la imaginación. Pero él no me tocaría ni con un palo, y no tiene sentido que yo le toque si estoy enamorada de otro, ¿verdad? Así que voy a mantener esos instintos bien a raya.

—Es esa nota de encima de la mesita, la que está hecha una boñiga —le digo nada más entrar en mi habitación y encender la luz.

Él ni siquiera se pregunta por qué está arrugada. No parece ser muy reflexivo. Se limita a alisarla y a leerla una y otra y otra vez… ¿Qué quiere encontrar? Ahí no hay más que una cita furtiva.

—¿No viste a nadie cuando encontraste el sobre?

—No.

—¿Notaste si cuando picaron a tu habitación lo hizo la mano de un hombre o una mujer?

—¿Cómo? —Me echo a reír y lo miro como si estuviera loco—. No. Ni siquiera me lo planteé. Solo me levanté a abrir. Axel, ¿no estás siendo un poco exagerado? Esa nota es solo una broma. Nada más.

Él me mira fijamente, no está en absoluto de acuerdo con mi razonamiento. Tiene los ojos de quien no se fía de nadie y que sospecha de todo, incluso de su sombra.

—Avísame de inmediato si recibes otra nota.

Pongo los ojos en blanco, sin tenerlo muy en cuenta.

—Becca…

Me señala amenazadoramente y me imagino que si no le obedezco me hará pam pam en el culo. Tiene esa pose de tío protector y, al mismo tiempo, castigador que hace que me ponga nerviosa… y también que fantasee con dormirme entre sus brazos.

Joder. Sacudo la cabeza. ¿De dónde vienen esos pensamientos?

—Lo digo muy en serio —insiste—. No me gustan estas cosas y estoy a cargo de todo el equipo. Debes hacerme caso.

—¿Quién te ha votado para ese puesto? Porque yo no he sido. Llamaré a Fede para informarle sobre tu subyugante necesidad de control. —Es una amenaza, pero le importa menos que la carne a las plantas.

—Soy el jefe por decreto. Punto y final.

—¡Ale! ¡Venga! Pues si eso te hace más feliz, de acuerdo. —Me cruzo de brazos y hago un gesto como si no me importara. Si él quiere fantasear con *El guardaespaldas*, que fantasee—. Si esto vuelve a pasar, te avisaré sin… —Me quedo callada y observo un sobre en blanco que hemos pasado por alto nada más entrar.

Axel se da la vuelta con la agilidad de un depredador y encuentra lo mismo que yo. Se agacha y lo recoge del suelo.

Después de limpiar la marca de la suela que se ha quedado impresa en el papel, abre el sobre y lee el mensaje, que creo que hay, para sí mismo.

—¿Es otra notita?

—Sí.

—¿Qué pone? —le pregunto mientras me siento en la cama, agotada por la pesadez de los embutidos y el vino—. ¿Me invita a desayunar? —Quiero quitarle hierro al asunto. Es absurdo pensar en algo negativo.

Axel niega con la cabeza. Que él no me lo quiera decir me da mala espina. Por eso me levanto, voy hacia él y le exijo que me la entregue levantando la mano con la palma hacia arriba.

—Déjame ver.

—No es necesario.

—Me la han escrito a ti, no a mí.

—¿Y lo dices como si fuera algo bueno?

—Axel, venga ya…

Cansada, me lanzo a por el sobre que él intenta guardarse en el bolsillo trasero del pantalón. Eso provoca que me tropiece y me dé un cabezazo contra su esternón, cual toro embistiendo. Soy muy torpe, qué le voy a hacer, y él está tan duro como una piedra.

Axel me coge por los brazos y me aparta.

—Estate quieta —me ordena sujetándome de los brazos para apartarme con suavidad.

Vaya. Tal vez ha visto tantas veces como yo *Dirty Dancing* y se le ha quedado grabado lo de «Mi espacio. Tu espacio». ¿Será eso? ¿Por eso no le gusta demasiado la cercanía y el contacto? ¿O solo es conmigo? Da igual. Lo único que quiero es que me diga qué pone en la nota.

—Dime qué pone, por favor.

—No le ha gustado que ayer lo dejaras plantado.

—¿Y dice algo más?

—No, solo eso.

—Bah, chorradas. —Doy media vuelta, pero él me coge por el antebrazo y me detiene de golpe.

—No son chorradas. Hace casi dos días que la gente comparte por Twitter que *El diván* está en Asturias. Ahora eres famosa y no puedes controlar a los millones de personas que te ven. No todos son buena gente, muchos estarán tarados y no van a tu consulta a decírtelo. No tienes ni idea de la mierda que se les puede pasar por la cabeza.

—Axel, en serio, creo que tienes un problema de cierta paranoia. No es para tanto. Es solo una maldita nota. Tú lo has dicho, ya me conocen, ¿verdad? Seguro que habrá sido alguien que quiere gastarme una broma o divertirse con los amigos a mi costa. No tengo problemas con nadie. Tranquilízate, ¿vale?

Veo que no escucha nada de lo que le digo. Sigue creyendo en su teoría del acoso y se nota que le desagrada que le lleve la contraria. Axel tendría que haberse dedicado a la seguridad y no al campo audiovisual.

—Como quieras, Rebecca. Solo te pido que tengas cuidado y que me avises siempre que veas algo raro. ¿De acuerdo?

—Sí. —Un tío como él necesita irse de mi habitación con una pequeña victoria; si no, seguro que no será capaz de conciliar el sueño—. Te aviso si veo o me pasa algo más.

—Mañana paso a buscarte para desayunar. No abras a nadie.

—Por favor… —Me dejo caer en la cama como un peso muerto—. Vete ya.

Axel asiente y se pasa la mano por la nuca. Mira alrededor, controlando que las ventanas estén cerradas, al igual que el armario.

—Axel.

—¿Qué? —Asoma la cabeza de nuevo.

—¿Quieres mirar debajo de la cama por si hay monstruos?

Pero no se ríe con mi intento de tomarle el pelo. Da media vuelta y me desea las buenas noches, antes de cerrar la puerta y echar un vistazo por última vez.

Me muerdo la lengua para no pedirle si se puede quedar hasta que me duerma.

Cuando él se va, la habitación queda en silencio y con un vacío extraño y diferente que hasta ahora no había notado. Será por las historias para no dormir de Axel, pero me siento más sola que nunca.


## Miércoles

No es que haya dormido demasiado bien.

He vuelto a soñar con David, con que vuelve a buscarme y se arrodilla y llora pidiéndome perdón, anhelando volver conmigo. Cuando pasa esto, siempre me acongojo y lloro en el sueño igual que él, y cuando me despierto, todavía siento el quebranto en el cuerpo, en el centro del pecho.

Además, hoy todo se me ha mezclado un poco. He soñado con un sobre que, al abrirlo, tenía un vale de Media Market, y después venía Axel, me lo quitaba y se lo gastaba comprando un fusil. Sí, en el Media Market no venden armas, ya lo sé. En mi defensa diré que cada uno sueña lo que le da la gana, ¿vale?

Bueno, la cuestión es que Axel ha pasado a buscarme como me prometió. No me ha dicho nada más. Ha esperado a que saliera de la habitación y hemos bajado juntos a desayunar. Por el camino yo misma me he montado un diálogo, a dos voces, entre dos personas adultas y educadas, ya que él parece olvidarse de las dos cosas.

—Buenos días, Becca. ¿Qué tal has dormido? Pues muy bien, gracias. ¿Ha venido alguien a acosarte? Pues la verdad es que no. Todo ha sido muy tranquilo. Me alegro. ¿Tienes hambre? Pues muy amable por preguntar. La verdad es que sí…

Axel me mira por encima del hombro y las primeras palabras que me dirige son:

—¿Te has olvidado de tomarte las pastillas para la bipolaridad?

—Es tan bonito hablar con Axel. Lo odio.

—Ya veo que no.

Al llegar a la cafetería, ni Ingrid ni Bruno están desayunando.

Yo me huelo lo peor. Y lo peor es el archiconocido *edredoning*, porque entre los miembros de un equipo no hay peor fatalidad que liarse los unos con los otros, porque luego hay que seguir trabajando, y no se pueden mezclar los negocios con el placer.

Tengo que hablar con Ingrid y guiarla un poco, porque, desde luego, la chica está cayendo en el abismo del amor, y ni a Bruno ni a nadie le amarga un dulce, y ella lo es. Pero eso no quiere decir que Bruno se lo tome en serio.

—Oye, Kevin Costner de Jesús —le digo a Axel mientras pululamos por el bufet, llenando la bandeja de suculentos alimentos. Tengo un hambre que me la toco.

—No me toques los cojones, rizos.

—Mmm… Qué cosas más bonitas dices.

—¿Qué quieres?

Es huraño y serio a más no poder. Creo que Axel es de esos tipos que nacieron de culo y desde entonces están a malas con el mundo en general.

—¿No te preocupa que Ingrid y Bruno se hayan liado?

Axel sonríe con suficiencia y se llena el vaso de café. Hay gente que toma un café con leche en la Plaza Mayor, y hay otros como él que se toman un vaso de café con leche sin leche. Tanta cafeína no puede ser buena.

—Lo que ellos dos hagan no es asunto mío. Son adultos, no niños.

—Pero ¿y si influye en el equipo? —Me preocupa que las únicas dos personas que siempre sonríen y se esfuerzan en crear buen ambiente dejen de hacerlo por problemas personales.

—Ellos no influyen para nada en mi trabajo. Yo solo me encargo de observar, grabar y editar. Vamos, que no los necesito.

—Ah, es verdad, olvidaba que a ti las personas te sobran.

Cojo un par de cruasanes y mi zumo de naranja y me dirijo a la mesa.

Creo que nunca he conocido a nadie como Axel. Me hace sentir un poco impotente. Sabía de la existencia de personas estúpidas y con mal carácter, pero lo de este hombre es para darle de comer aparte. Es borde, nunca se ríe, y si lo hace, la sonrisa nunca le llega a los ojos, que es lo mismo que fingir. Creo que es antisocial, no se esfuerza en agradar, que, por otra parte, es loable, porque, oye, él es como es, a pesar de todos. Aunque a veces resulta incómodo tenerlo al lado, sobre todo cuando ha dejado ir los prejuicios sobre mí en la conversación de la sidrería.

Ahora es como si estuviéramos en una frágil tregua. Él confía en mi criterio profesional y creo que ya no piensa en mí como en una guarrona, pero tampoco le intereso nada. No habla conmigo, no me pregunta qué me gusta y qué no, no quiere saber absolutamente nada de mí excepto qué voy a grabar hoy y qué plano prefiero.

Y es que, como ya le he dicho, a Axel los demás le sobran.

Lo curioso es que irradia una energía muy especial que hace que todos se aglutinen a su alrededor. Tiene una fuerza interior que lo convierte en una especie de guía acaudillador. Es su magnetismo, su presencia, su infinita mirada verde… Inspira respeto, pero no la confianza que inspiraría tu mejor amigo. Él no da pie a que le hagan bromas, no da pie a que sientas que puedes tratarlo con familiaridad, aunque yo me paso eso por el forro y, puesto que carezco de filtro, le suelto todo lo que se me pasa por la cabeza. Lo he hecho antes de que se erigiera como mi guardaespaldas, y lo hago ahora. Él no va con paños calientes con nadie, pues se merece el mismo trato, y estoy convencida de que lo agradece, a pesar de que no exista ese concepto en su vocabulario y de que cada vez que mira al cielo una estrella se suicide.

Ya veo a Ingrid y a Bruno, que no dejan de reír como si fueran adolescentes. Que me corten la cabeza ahora mismo si esos dos no han tenido mandanga esta noche. Se les ve en la cara y en el brillo de sus ojos pardos. Los dos tienen un color muy parecido, son morenos de piel y de pelo oscuro. Hacen una pareja espectacular.

Axel se sienta frente a mí y los ignora por completo, pero entonces, cuando acaba de darle dos largos sorbos al café, deja el vaso sobre el plato y dice:

—Ingrid no tiene ninguna posibilidad con Bruno.

Yo achico los ojos, impresionada por que viera lo mismo que yo.

—Entonces, sí te fijas —digo, animada—. Piensas lo mismo que yo. Que Bruno es un ligón y folla con todas. —Apoyo la barbilla sobre las manos—. Al final será que estamos hechos el uno para el otro, Axel.

—No. Bruno tiene el futuro pactado y una esposa a la carta. Sus padres son muy poderosos y él viene de una familia de bien. Puede gustarle Ingrid, porque es una chica guapa y encantadora, pero él sabe que no se la puede quedar. Su futuro no le pertenece, ni sus elecciones tampoco.

Cuando mi cerebro procesa la información que Axel me acaba de dar, me sorprendo al ver que sabe más de Bruno que yo, y eso que organicé una cena en la que hablamos de un montón de cosas. El chico pasó por alto ese detalle sobre su familia rica y sobre su futuro. ¿Lo sabrá Ingrid? ¿Se lo habrá contado?

—¿En serio?

—Sí.

—¿Y qué hace aquí encargándose del sonido y como segundo cámara?

—Es su última pataleta, su último intento por demostrar que puede ser independiente y hacer lo que él quiera. Esto le gusta… Pero en las familias como la suya todo está firmado y pactado. *El diván* no es más que una aventura para él.

—¿Cómo sabes tú todo eso, Axel? ¿Te lo ha dicho Bruno? —pregunto abriendo los ojos azules, estupefacta—. Quiero decir… Parece que estés al margen de todo y resulta que sabes latín.

Él mira al frente y parpadea como si no fuera a contestarme. Y es justo lo que va a hacer. Deja la pregunta en el aire y a mí con una cara de descompuesta que ni Chanquete en el *Titanic*.

Ingrid y Bruno se sientan a nuestra mesa, con el pelo todavía húmedo de la ducha y emanando el mismo olor empalagoso a champú.

—Buenos días, chicos —dice Ingrid, sonriente, como si fuera la mejor amiga de Campanilla. Me pellizca la barbilla—. ¡Ains, qué guapa eres! ¿Has dormido bien?

Venga ya… Esta ha chuscado.


Es el último día con Francisco y Aquiles.

Ingrid y yo estamos solas en la caravana, eligiendo la ropa que me voy a poner. Sigue haciendo frío, así que debo ir bien abrigada. Llevo una chaqueta larga drapeada Forest de Y.A.S., unos pantalones negros ajustados que simulan piel y un jersey blanco de pico. En los pies calzo las mismas botas que el día anterior, y me encantan porque son muy calentitas. Yo siempre cojo frío por los pies, supongo que como todo el mundo.

Ahora, sentada delante del enorme tocador, contemplo mi reflejo en el espejo y me quedo pensando en el curso que está tomando mi vida. La gente ve mi rostro en televisión, me conocerán, unos para bien y otros para mal. No les doy ninguna importancia a las notas, porque para mí no son más que personajes con ganas de pasarlo bien y gastar bromas. Pero me pregunto qué sucedería si la cosa fuera a más. No tengo nada por lo que deba llamar la atención, así que estoy a salvo de que nadie se obsesione conmigo.

Eso debería bastarme para tranquilizarme.

—¿Quieres lápiz de labios o solo brillo? —me pregunta Ingrid abriendo la caja de los pintalabios.

—Ingrid, ¿te estás acostando con Bruno? —Así, sin anestesia, es mejor, más directo, y sabré por su reacción si lo está haciendo o no. No me puede engañar.

La chica abre los ojos y la boca, pero no se ha tomado la pregunta a mal. Es una mujer muy transparente y sencilla, y me gusta que no vaya con subterfugios de ningún tipo.

—¡No! —exclama, sonriente—. Aún no. Solo… Solo estamos juntos.

—¿Solo estáis juntos? ¿Eso qué es?

—Pues… Somos muy amigos. Me encanta hablar con él y él es muy bueno conmigo. —Pone ojos de cordero degollado, que es lo que precede al drama—. Me… me gusta.

—¿Te estás enamorando de él?

—Es pronto para decirlo, pero disfruto mucho de su compañía. —Abre un pintalabios y pasa la barra por la parte superior de su mano para comprobar el color sobre la piel—. Este te irá bien.

—¿Habéis dormido juntos?

—Sí —asiente y se sonroja.

Es tan tierna e inocente que no sé si tengo ganas de arroparla y contarle cuentos o de repartirle galletas a mansalva para que despierte.

—Hablamos y nos reímos de todo. Me trata muy bien y está pendiente de mí en todo momento… Creo que a él también le gusto.

—Ingrid, ¿me estás diciendo que habéis dormido juntos y no os habéis acostado?

—Sí. —Parece maravillada—. Es curioso, ¿verdad?

—Tanto que parece imposible.

—Pues lo es. Estoy acostumbrada a que los tíos me usen como a un kleenex y no vean más allá de mi cara o de mis tetas. Solo quieren magrearme y hacérmelo y, después, si te he visto no me acuerdo.

Y es muy normal porque es un superbellezón que pondría burraco a cualquiera, aunque para su desgracia, es noble e inteligente.

—Pero Bruno es tan distinto al resto… Me escucha, me cuenta todo lo que se le pasa por la cabeza… Es cariñoso. No es como los demás… ¿Hago mal en ilusionarme?

Hombre, contarte todo, todo, va a ser que no. ¿Y quién soy yo para advertirle? No puedo romperle el corazón. De eso ya se encargará Bruno. Pero Ingrid me cae muy bien… Maldito Axel, ¿por qué habrá tenido que decirme nada?

—Eres libre de ilusionarte, Ingrid. Pásatelo bien, pero mantén a buen recaudo a este que tienes aquí —le digo tocándome el corazón—. No lo des a manos llenas.

Ingrid asiente y se muerde el labio inferior con cara de soñadora. Para colmo, mientras me aplica el brillo de labios, se pone a tararear la canción de «Si tú eres mi hombre y yo tu mujer…».

Ninguna de las dos lo vamos a mencionar, pero queda visto para sentencia que Ingrid ya se ha ilusionado mucho y está dispuesta a entregarle el corazón a Bruno a ciegas.


Después de que Axel se asegure de que todo está correcto y de que Bruno controla el sonido de los micros y la posición de las cámaras, entramos en casa de Francisco. La postal que me encuentro era tan imposible de imaginar tres días atrás, que incluso a Axel se le queda cara de pasmo detrás del objetivo.

Francisco le está dando de comer a Aquiles, que está sentado sobre la zapatilla de estar por casa de Carmina. Cuando me ve entrar, el hombre me saluda y me sonríe. Él ya sabía que íbamos a entrar, por supuesto. No es una escena por sorpresa. Es igual que esos anuncios de detergentes de lavadora en que llaman a las casas y les abre el ama de casa y enseguida, de manera natural, los meten en la cocina para probar el producto. Con el programa es lo mismo. Solo es espontáneo el discurso del paciente, pero no nuestro modo de preparar la escena y de proceder.

—Hola, Becca —me saluda Francisco con una sonrisa de oreja a oreja.

—Vaya, qué bien os veo.

—Es increíble, ¿verdad? —Le da otro regalito comestible—. No me puedo creer que ya no le tenga miedo.

—A veces el miedo se alimenta del miedo. Pero para romper ese ciclo alguien tiene que dar el primer paso, y ese has sido tú.

—Y Aquiles —reconoce. El chihuahua ladra como si supiera que estamos hablando de él—. Él tampoco me teme ya.

—Ven, vamos a dar una vuelta.

Salimos de la casa. Vamos a grabar el trozo en el que Francisco anuncia que ha tirado todas las pertenencias de Carmina, excepto sus zapatillas. Le dije que sería bueno limpiar la casa de recuerdos. La presencia de Carmina era todavía muy fuerte y eso le impedía avanzar y retomar su vida junto a su mascota.

Bruno y Axel nos rodean mientras el gigante asturiano, con el perro en brazos la mar de relajado, relata cómo ha sido todo.

—Me he pasado la noche empacando cosas. Y he pedido a un servicio de transportes que lo vinieran a recoger todo. A primera hora de la mañana se han llevado todas las cajas.

—¿Cómo te sientes?

—No... no lo sé, aún.

—Es normal. Han sido muchas emociones en pocos días. Muchos cambios.

—Sí. Creo que me siento liberado, porque tenía el recuerdo de mi esposa muy presente y me sentía mal por meterla entremedias de mi relación con el perro. Carmina merece descanso y un recuerdo más amable. Ella nos quería a los dos, nos amaba a los dos —explica con el tono lleno de amor hacia el recuerdo de la mujer de su vida—. Nosotros debemos aprender a querernos como ella querría que lo hiciéramos.

—Sí. Eso es. Y veo que lo estáis haciendo muy bien...

—No puedo creerlo. —Acaricia el cogote de Aquiles, que disfruta de sus atenciones mientras mordisquea la zapatilla. Este perro nunca se va a desenganchar de ella, es como su juguete más preciado. Y estará eternamente en deuda con Francisco por habérselo regalado—. No puedo entender por qué temía tanto a esta cosa... —murmura, contrariado.

—Muchas fobias son irracionales, Francisco. La tuya, además, venía acentuada por el cargo de conciencia que te provocaba incumplir la promesa que le diste a tu esposa. Los sentimientos y los pensamientos pueden ser muy destructivos. Pero tú pediste ayuda, e hiciste el primer movimiento para cambiar los hábitos entre los dos. Me siento muy orgullosa de ti.

—No imaginaba que fuera tan fácil. He pasado años aterrorizado por este animal, sufriendo sus mordiscos y sus desplantes, hasta el punto de que he llegado a atrincherarme en mi propia casa.

—Nunca lo es —aclaro rotundamente—. Y no ha sido fácil para ti. Has tenido que darte cuenta de dónde venía tu pavor, y ceder, y ser flexible para enfrentarte a tu miedo. Eso es lo que te convierte en una persona valiente, tener miedo y hacerle frente.

Sé que queda poco tiempo de grabación y que mis momentos con Francisco llegan a su punto y final. Él me mira con cara de tristeza, pero con una gratitud tan intensa que hace que me emocione. Me da un abrazo muy sentido y yo se lo devuelvo.

En ese instante, por el mismo camino por el que estamos grabando, nos encontramos a un par de chicos con pintas de skinheads (botas militares, tejanos apretados y algo cortos, cabezas rapadas, y bombers negras) dirigirse hacia nosotros.

Los acompaña un inmenso rottweiler al que llevan suelto, cosa que es ilegal. Aquiles se pone en alerta y empieza a ladrar, removiéndose entre los brazos de Francisco. El dueño le dice algo al rottweiler, este se adelanta y echa a correr hacia nosotros. Aquiles salta de los brazos de Francisco y se lanza a defender a su amo como el animal fiel e inconsciente que es. ¿No se da cuenta de que el otro le saca cincuenta cuerpos?

Lo que pasa a continuación es demasiado rápido para que mi mente asustada lo registre. Solo sé que Aquiles da un salto increíble y clava sus fauces en el cuello del animal, pero eso no es suficiente para detenerlo. El perro es una máquina de matar. Se remueve y se zafa de Aquiles, que es lanzado por los aires.

Francisco corre a socorrer a su valiente chihuahua, y entonces me quedo yo sola, inmóvil, asustada, como el único objetivo humano que tiene ante sí el rottweiler, que toma impulso en sus potentes patas traseras y vuela a por mí. Veo mi vida pasar a una secuencia por nanosegundo. No me puedo creer que me vaya a pasar esto. El perro va directo a por mi cara.

Pienso en mi madre, en mi hermana, en mi sobrino, en mi padre, en mi mejor amiga… Pienso en David.

Pero cuando creo que no tengo posibilidad de escapar, noto cómo alguien se pone delante y me cubre del ataque, no sin antes empujarme hacia atrás y tirarme al suelo.

Es Axel.


El perro le está clavando las fauces en el antebrazo, que es lo primero que Axel ha puesto por delante; lo utiliza como un mordedor para detenerlo y alejarlo de las zonas más sensibles de su cuerpo, como el cuello.

Axel grita de dolor, pero entonces hace un extraño movimiento que no identifico, o no relaciono con alguien como él, y con la otra mano toca al perro en algún lugar que lo deja dócil y calmo. No. Lo deja inconsciente.

Se coloca frente a mí y mueve la cabeza como un salvaje, algo chepado, respirando agitadamente, con los brazos y las piernas abiertos y en tensión. Clava su mirada medio animal y algo ida en los dos skinheads y, sin mediar palabra, corre a por ellos.

Ni siquiera sé si a los otros les ha dado tiempo a verlo venir; solo sé que Axel se está liando a puñetazos con uno de ellos, y el otro huye despavorido.

Mientras tanto, el rottweiler sigue dormido en el suelo. Francisco tiene a Aquiles en brazos, que no deja de temblar y está tan impactado como yo, y Bruno es incapaz de dejar de grabar, creo que ni siquiera es consciente de que lo está haciendo.

No puede estar pasando esto… Sea lo que sea lo que vaya a suceder, si Axel sigue golpeando a ese tipo, va a acabar mal. Me levanto renqueante y me dirijo a detener a Axel. Lo va a matar. Francisco hace lo mismo que yo.

—Axel, déjalo… —digo con voz ronca. La experiencia me ha dejado fría y sin fuerzas—. Axel, por Dios… ¡Suél-suéltalo!

Pero Axel no me escucha, ni a mí ni a nadie.

Francisco se coloca a mi lado y me entrega a Aquiles.

—Sostenlo, Becca.

Tan grande como es, con sus más de ciento cincuenta kilos de peso, se agacha e intenta apartar a Axel, cuyo puño castigador no deja ni una parte de la cara del skin sin golpear. Tiene los nudillos ensangrentados, de su sangre y de la del otro.

Después de varios intentos, Francisco consigue bloquearlo. El dueño del perro no se mueve, está tirado en el suelo, en una postura un tanto extraña. Está tan inconsciente como el rottweiler.

Aquiles me está lamiendo la mano. No se ha hecho daño a pesar de salir despedido por los aires al intentar defendernos. Es todo un valiente, como indica su nombre.

Yo sigo sin creerme lo que ha pasado. Axel lucha por coger aire. Tiene las pupilas dilatadas y los ojos oscurecidos; es un síntoma de agresividad y de estar en alerta. Eso también sucede en los ataques de pánico, que el cuerpo se prepara para huir del miedo y por eso despliega todos sus sentidos.

—Cálmate, Axel… Ya está. Estamos bien —dice Francisco, que lo tiene agarrado por la espalda como haría un oso enorme—. Si no lo dejas, lo matarás… Vamos, chaval, coge aire…

Entonces Axel me mira, aunque todavía sin verme, y empieza a inspirar aire por la nariz para serenarse. Es como un salvaje, como un animal que se deja llevar por sus instintos, como si estuviera acostumbrado a ello.

Ingrid acaba de llegar con la caravana. Ha visto todo lo que ha pasado porque las imágenes de la cámara van directas a los monitores y Bruno, paralizado, no ha dejado de grabarlas.

—Madre mía —dice asomándose por la ventana del copiloto cuando ve a Axel, al dueño del animal con la cara ensangrentada y al animal dormido… O espero que esté dormido, y que no lo haya matado.

—Bruno, deja la maldita cámara. Hay que llevar a Axel al hospital —murmura Ingrid—. Tiene un mordisco muy feo en el brazo. —Y tira del cámara para que reaccione; el chico se descuelga el equipo del hombro, con la cara tan estupefacta como la de todos.

Sí, sí. Hay que moverse. Necesito moverme. Necesito entrar en calor.

—Antes llama a la policía —dice Axel con voz seca y ronca por el estrés y el esfuerzo—. Hay que denunciar a este desgraciado por llevar a un perro de estas características suelto, y más todavía por intento de agresión. —Axel mira a Francisco y, sin necesidad de decir nada, el gigante lo suelta.

—¿Intento de agresión? —pregunto yo, anonadada. Un perro mal educado es imprevisible, su dueño no ha podido detenerlo.

—¿Es que no te has dado cuenta? —Axel me mira iracundo.

—¿De qué?

—En cuanto os ha visto, ha sido él quien le ha ordenado al perro que atacara. El animal solo lo ha obedecido.

Venga ya. No me jodas.

# 12

@alguienvolosobrelnidodelacuqui #eldivandeBecca
Dice mi hijo que desde que voy al psiquiatra
y me tomo sus caramelos, cada vez estoy mejor.
Y el dragón también me lo ha dicho.
#yameencuentromejordelomio

En el hospital han tenido que ponerle puntos a Axel. Los colmillos le han desgarrado el brazo, pero no le impedirá seguir haciendo su trabajo. La policía está tomándonos declaración y ahora están hablando a solas con él.

Sé que lo que hizo fue para defendernos, pero me sorprende tanta visceralidad y tanta fuerza. ¿Dónde ha aprendido a dar esos golpes? ¿Cómo ha dejado dormido al perro?

Por cierto, se llama Machete, y ahora está bien y consciente. Tiene señales de malos tratos por todo su cuerpo y nos han dicho que es porque lo utilizan como perro de peleas clandestinas. Hay gente descerebrada y violenta que convierte a su animal de compañía en una máquina de matar, y a Machete lo han convertido en eso.

Pero hay algo más grave. El dueño sigue inconsciente, tiene fracturas en la mandíbula y traumatismos craneoencefálicos severos. Lo que me sorprende es que siga vivo, después de cómo se ha ensañado Axel con él. El otro tipo que acompañaba al dueño del perro se escapó y la policía lo está buscando.

Francisco dice que no eran de Cangas, que allí él conoce a casi todo el mundo y que por su localidad no hay tipos con esas pintas. Así que, hasta que no despierte el dueño de Machete, no sabremos qué le movió a hacer eso ni tampoco qué hacía merodeando por su caserío.

Ingrid y Bruno nos esperan fuera del hospital, en la furgoneta. Bruno está pasando las imágenes de la cámara a los ordenadores para ahorrarle trabajo a Axel cuando se encargue del montaje final. El primer programa de *El diván* ya ha finalizado su grabación y no tenemos que hacer nada más en Asturias, así que después de fundirme en un abrazo con Francisco y Aquiles, de felicitarlos a los dos por su arrojo y valentía, y de lamentar el percance profundamente, espero a que salga Axel de hablar con los dos agentes. Mientras tanto, medito sobre la fidelidad y el coraje demostrados por el chihuahua, que en ningún momento tuvo en cuenta ni su estatura ni su peso para enfrentarse a la bestia negra que nos había atacado. Aquiles es un pequeño gran héroe, y estoy convencida de que protegerá a Francisco con su vida siempre que pueda, igual que Francisco lo protegerá a él.

Respecto a Axel... Se ha metido entremedias de un rottweiler y yo. No ha pensado en nada más. Juraría que mientras se enfrentaba al dueño y al animal, sus ojos estaban vacíos, como sin vida, sin miedos. Como si no le importase nada en absoluto que le hicieran daño.

Agarro su chaqueta de piel y la estrujo entre mis brazos. Se la han quitado para poder curarle las heridas.

Aún tengo el susto en el cuerpo. En Urgencias la gente va y viene. Los que entran, entran muy mal. Los pocos que salen, lo hacen vendados y cosidos, y los devuelven para casa. Atienden mayoritariamente roturas de huesos, cortes o indisposiciones... Pero cuando viene un caso algo más grave, todo el hospital se moviliza para ofrecer un servicio más rápido.

Lleno el vaso de plástico con agua del dispensador, y en ese instante veo a los dos agentes salir del box en el que se encuentra Axel, y a él precediéndolos con gesto serio. Me llevo la mano compungida al corazón. Ya está. Lo llevan preso por intento de homicidio.

Sin embargo, los agentes pasan de largo, y Axel se detiene delante de mí. Lleva el jersey negro arremangado sobre los codos, y los tejanos manchados de gotas de su sangre, o de la del otro, vete a saber. Tiene la mano y el brazo vendados hasta el codo, y los dedos teñidos de yodo y betadine. Me arrebata el vaso de agua y lo apura de un trago.

—Vámonos. —Me devuelve el vaso y acelera el paso.

—¿Vámonos? —Corro para seguirle—. ¿Ya está? ¿Qué les has dicho? ¿Qué te han dicho ellos?

—Les he dicho la verdad. Cuando el tipo despierte y lo puedan interrogar, sabremos qué ha pasado en realidad.

—Pero... —¿Y es así de fácil? Axel acaba de dejar en coma a un tipo y ha dejado contando ovejas a su perro. ¿Eso no tiene consecuencias?—. ¿Y lo que tú has hecho?

—¿Qué he hecho yo? Fue en defensa propia. —Se detiene y me mira desde la altura que le otorgan sus cuatro metros, o al menos a mí me lo parecen—. Ese perro podría haberte matado, Becca. —Sus ojos verdes llamean gélidos—. Iba directo al cuello. Lo han adiestrado para que hinque sus fauces en la garganta y mate a sus presas. Iba a por ti.

—No, no... Iba a por el chihuahua.

—No. Iba a por ti.

—¡Qué va! —Me asusto. ¿Por qué razón iba a ir a por mí?

—El dueño dio la orden. Quería hacerte daño. Se merecía una paliza. Se llama Jonás Iturraspe... Es de Santander.

—¿De Santander?

—Es lo que pone en su carnet de identidad.

—¿Qué hace un tío de Santander en Cangas? Hay unos cuantos kilómetros entre Asturias y Santander.

—Eso es lo que averiguarán cuando el agresor despierte del coma.

—Si es que despierta —puntualizo, seria—. Le has dado una paliza de muerte.

—Sobrevivirá. No olvides quién es la víctima, guapa. Ese desgraciado ha tenido el mal tino de enfrentarse con quien no tocaba. Si le duele, que se joda —susurra mirándome con desprecio, como si se enfadara porque no valoro lo que ha hecho—. Vámonos.

Pero sí lo valoro. Joder, me ha salvado la vida. Lo que pasa es que él ve una amenaza donde yo no la veo, y, además, no me gusta la violencia.

—¿Dónde están Ingrid y Bruno?

—Abajo, esperándonos.

—Bien.

—Espera, maldita sea. —Lo detengo por el brazo sano y le doy la vuelta. Sin mirarnos a los ojos, le paso la chaqueta de piel por encima de los hombros—. Hace frío ahí afuera. Abrígate.

—Ahora mismo, me siento protectora con él.

—Ah —dice, incómodo—. Oye, estoy bien.

—Ya. —Se me llenan los ojos de lágrimas. Mierda, es el shock. Miro hacia otro lado, pero Axel me observa con intensidad—. Es solo que ahora me está saliendo el susto. Nada más.

—Becca, ya ha pasado, tranquila.

Asiento, sorbo por la nariz y me obligo a serenarme. No sé por qué no me gusta llorar delante de ningún hombre. Y menos delante de él, que parece tan fuerte, tan por encima de todo. Tengo ganas de acariciar su rostro moreno y afilado, y darle un beso en agradecimiento. Y, de paso, necesito que me den un abrazo. ¿Cómo actuaría un hombre como él ante un gesto tan dulce e inofensivo como un beso? Sí, parezco bipolar. A veces quiero arrancarle las uñas, y otras me apetece darle cariño. ¿Qué le voy a hacer?

—Desgraciadamente, el tipo se pondrá bien —admite, no muy feliz—. Y el perro también. No están muertos.

—Cuando hablas así me das miedo. —Lo reconozco, me cago de miedo. Que hable de la vida y la muerte con tan poca consideración, como si se tratase de un día de lluvia u otro soleado, me pone la piel de gallina.

—Eres especialista en fobias, ¿no? Pues, trátatelo.

—No tiene gracia. —Al diablo con todo. Si le beso y se con-

196

vierte en sapo, peor para él. Levanto la cabeza y, más rápido de lo que dura un parpadeo, me pongo de puntillas y le doy un beso en la mejilla, caliente y rasposa por la barba incipiente—. Gracias por salvarme. No te cabrees conmigo, es solo un besito. —Doy media vuelta y empiezo a caminar hasta la salida, nerviosa, para perderme su rostro inescrutable y sombrío, y sus ojos verdes clavados en el suelo.

Su piel huele a menta y también a algo oscuro a lo que aún no sé ponerle nombre, como todo en él.

Misterioso. Impenetrable. Incognoscible.

Insoportablemente enigmático para mí.

Me estoy dando cuenta de que con Axel soy como una gata muerta de curiosidad. Solo espero aprovechar mi única vida y que la curiosidad no acabe por matarme.


Hay muchas cosas que no entiendo del proceso de selección al que sometieron a los pacientes de *El diván*. Por ejemplo, ahora estoy en el avión, de camino a Tenerife, para encontrarme con dos de ellos. Se llaman Fayna y Óscar. Tengo la suerte de que una vive en Tenerife y el otro en Fuerteventura, y según la planificación que he preparado, espero que la terapia no dure más de cinco días, ya que no dispongo de mucho más margen y tengo el calendario ajustado según las necesidades de las emisiones.

Mis dudas son las siguientes: tengo un claro ejemplo de aerofobia y otro que aún no sé definir, pero que se parece en mucho al miedo a roncar.

Teniendo en cuenta que me tomo todas las fobias en serio y que para mí no hay una peor que otra, considero que el miedo a roncar no va a despertar ningún interés ni entrañar ningún misterio, pues es un problema más bien fisiológico, y además, creo que ahora venden unas prótesis especiales para evitar la roncopatía.

Yo trato adicciones, TOC, TAG y fobias… El caso de Fayna

no cuadra demasiado con mis procedimientos, pero igualmente iré a verla para ayudarla en lo que pueda.

Aun así, atenderé primero a Óscar, en Fuerteventura.

Su fobia a volar ha provocado que pierda su trabajo como piloto, y esta circunstancia lo ha sumido en una leve depresión que, de no ser tratada, podría agravarse. No solo tiene miedo a volar; el sonido de un avión o la visión de un aeroplano ya le trastornan y lo lanzan hacia un principio de ataque de pánico.

Cierro el iPad y dejo de leer las fichas de mis dos nuevas visitas; las tengo más que releídas, pues no he hecho otra cosa desde que salimos del hospital en Asturias y dejamos el hotel en dirección al aeropuerto.

Ingrid y Bruno esta vez viajan con nosotros. Como tenemos que ir a las Islas, hemos contratado un avión de transporte de vehículos para que lleve la caravana a Las Palmas, al aeropuerto de El Matorral, muy cerca de Puerto del Rosario, que es la localidad en la que vive Óscar. Nosotros hemos cogido otro vuelo. Ingrid es muy aplicada en la organización y nos da rápidas soluciones para todo. Está sentada detrás, junto a Bruno, dormida sobre el hombro del cámara; él permanece pensativo, mirando las nubes a través de la ventana. Supongo que tiene mucho sobre lo que meditar, y espero que su conciencia sepa dejar a tiempo a Ingrid antes de que le haga daño de verdad. Porque ella me cae bien, le estoy cogiendo mucho cariño, y no me apetece verla sufrir.

A mi lado, Axel tiene los iBeats puestos que lo aíslan de mí y del mundo en general. Su portátil Mac permanece abierto sobre la mesita, con varios programas de edición desplegados.

No sé si duerme o no alguna vez, porque adelanta el trabajo a un ritmo de vértigo, y a mí no me salen las horas… De vez en cuando observo de reojo lo que sale en su Pro de diecisiete pulgadas y me asombro de todo lo que hace. Estoy convencida de que quiere acabar el primer programa antes de que el avión toque tierra y enviárselo a Fede. O, tal vez, quiere meterse caña para centrarse en otra cosa que no sea mi cara todavía aletargada por el ataque de Machete, o peor, para no acordarse de mi beso cursi e infantil.

Axel no se siente cómodo con esos gestos, ni con nada que tenga que ver con demostraciones abiertas de cariño hacia él. Mi mente de psicóloga busca remotas razones en una posible infancia traumatizada por falta de cariño, pero eso es algo que nunca sabré, porque él nunca me lo dirá. Odia abrirse, sentirse vulnerable o expuesto. Pero, por encima de todo, detesta que lo compadezcan.

Le conozco poco, pero por lo que sé de él, no hay mucho margen de error. Y no lo voy a negar: Axel es de esos tipos que acaban causando daños colaterales por todas partes; es un hombre tornado, uno de esos que en cuanto posa sus ojos esmeralda en ti, date por perdida, porque de ahí no saldrás indemne.

Y me fascina. Nunca he tratado con hombres así.

David es todo lo contrario a Axel. Es muy educado, muy complaciente y siempre procura que los demás estén de buen humor a su alrededor. A Axel, en cambio, le importa un comino cómo te sientas. No es su problema, es el tuyo, por esperar cosas de él que no te dará.

No puedo evitar mirarle el brazo vendado y pensar en que me ha salvado de una desfiguración parcial o, en el peor de los casos, de la muerte.

Axel sabe perfectamente que estoy preocupada y que no dejo de darle vueltas a los mordiscos que ha sufrido. No entiendo por qué razón no quiere darle la importancia que tiene. Para él ha pasado y ya está, como el que se tropieza al bajar de un coche. No quiere hablar más. No sé si es un exceso de modestia o un claro ejemplo de que no es consciente del peligro que ha corrido.

Hay una enfermedad muy rara y que para mi gusto debería de tenerse muy en cuenta: se llama Urbach-Wiethe, y tiene que ver con la amígdala del cerebro. En el supuesto de que esté dañada, el individuo deja de percibir las situaciones de peligro y se convierte en un inconsciente kamikaze. Pero Axel sí percibió el peligro. Lo percibió en mí, por eso me protegió, aun a riesgo de hacerse él mucho daño.

Esto solo me hace sentir contrariada y muy agradecida, pero al mismo tiempo me impele a que me preocupe por él y a que quiera atenderlo, y eso que no me ha pedido ayuda, ni lo hará jamás.

—¿Qué pasa, Rebecca? —me pregunta sin desviar sus ojos de la pantalla del portátil—. ¿No puedes dormir?

—¿Te duele el brazo?

—No. —Guarda el último vídeo creado y ahora hace algo parecido al copia y pega, pero con todos los vídeos que ya ha terminado de editar. Está montando el programa final—. Ya te he dicho que estoy bien.

—Tengo una pregunta que necesito que me contestes.

—Dispara.

—No sé mucho de casi nada… Y mucho menos de lucha. Pero creo que no hace falta ser una lumbrera para darse cuenta de que si alguien pelea como Van Damme, es que sabe lo que se hace.

—Si tú lo dices…

—¿Dónde has aprendido a hacer esas cosas? Has tocado un punto vital del perro y lo has dejado inconsciente. Y el modo en que has golpeado a ese tío… —muevo la cabeza con asombro—, ha sido increíble… ¿Dónde has aprendido a luchar así?

—En un curso de técnica de defensa. Y en las películas.

Resoplo y lo miro de reojo. No me va a decir la verdad. Yo también he hecho un curso de defensa personal contra violadores y agresores y no me he convertido en la jodida Lara Croft. Es más, a día de hoy solo me acuerdo de gritar y de patalear. Hay que tener mucha sangre fría para actuar como Axel.

—¿Le has contado a alguien lo que te ha pasado?

—¿A qué te refieres?

—No sé… ¿Tienes familia? ¿Hermanos?

—Me crió una manada de lobos. Me encontraron en la selva.

Puede soltar una frase así, y no sonreír ni demostrar con ningún gesto que está bromeando. Eso es lo que le hace más inquietante. Pero a mí no me la cuela.

—Muy bien, Tarzán. Entonces, ¿quiere decir eso que tienes novia? ¿Te quedaste con Jane?

Esta vez, algo en sus ojos se torna oscuro, y la claridad de su iris desaparece.

—No.

Espero a que me cuente algo más. Lo miro durante unos segundos, pero no pasa nada. Sigue hermético.

—Perfecto, ahora que has cogido carrerilla y que estamos hablando un poco de todo... —modo sarcástico en on—, me gustaría saber si...

—Ya he acabado el primer programa —me corta abruptamente—. ¿Te gustaría verlo?

—¿Qué?

—Se lo voy a mandar a Fede en cuanto tenga cobertura —aclara—. Dura una hora y media. ¿Quieres verte?

Mi boca ha quedado entreabierta. Desvío la mirada al portátil y luego a él. Es un máquina.

—¿Ya?

—Sí. Tal vez haya algo que no te guste... Estás a tiempo de indicármelo.

—Espero que te lo hayas tomado en serio —le advierto, más nerviosa de lo que desearía—. Sé que no tienes mucha fe en este programa...

—*El diván de Becca* va a ser dinámico y novedoso. —Coge el portátil con las dos manos. Yo creo que con la herida en el brazo se le va a resbalar, sin embargo lo deja suavemente encima de mi bandeja. Miro su perfil serio y tan atractivo que provoca reacciones instintivas en mí, del tipo «quiero comérmelo entero». Axel distorsiona mis sentidos—. El formato en el que está grabado es parecido al de *Callejeros viajeros*, pero he podido mejorar los arreglos y los efectos. Tiene un punto cómico, tierno, algo surrealista, con mucha personalidad y muy inteligente, como tu esencia —reconoce al tiempo que se quita los cascos y me los cede.

Parezco un piloto de aviación. Solo me faltan las gafas de sol.

Eh, un momento. ¿Acaba de lanzarme una especie de piropo? Creo que me ha gustado.

—¿Me consideras todo eso?

Estoy consternada y no voy a fingir que no lo estoy. Él baja su mirada, tan sensual, tan imposible, y la fija en mí. Está demasiado cerca de mi cara, aunque para él no signifique nada. Me imagino cogiéndole de la cabeza, en plan mujer desesperada, y dándole un besazo de película, de esos que hacen que me coja rampa en los gemelos.

—Tienes mucha personalidad, rizos.

—¿Rizos? —No es la primera vez que me han llamado así.

—Sí. Aceptar un reto como *El diván* no tiene mucho sentido, porque para muchos puede llegar a no ser creíble. Pero tú eres creíble, por eso arriesgas tu imagen, porque eres consciente de la verdad que hay en lo que haces. Y vas a lograr que todo el mundo crea en ti. No me cabe ninguna duda. Mi trabajo es hacer que los demás vean lo que yo veo.

—¿Y qué ves?

Axel se encoge de hombros.

—Que vales para ayudar. No habría dado un euro por ti.

—¿No me digas? —digo fingiendo asombro—. No me había dado cuenta.

—Me parecía imposible que Francisco recuperara la confianza de Aquiles y la suya propia. En tres días le has ayudado mucho. Me ha parecido increíble. —Parece decirlo con sinceridad.

—Vaya… —Siempre es bonito hacer cambiar de opinión a la gente—. ¿Todo eso piensas de mí?

Él sonríe por primera vez. No lo hace descaradamente, pero yo noto que se está riendo por dentro. De verdad, sin fingimientos.

—Si quieres saber qué veo en ti… —Enciende el QuickTime y le da al play—. Mira *El diván de Becca* con mis propios ojos.

Y entonces ya no puedo despegar mi atención de la pantalla, el tiempo exacto hasta que aterrizamos en el aeropuerto de El Matorral. En Fuerteventura.

Sé que Axel espera que le diga algo sobre el vídeo, pero él sabe que es muy bueno en su trabajo, conoce las reacciones que va a despertar en el telespectador. Lo ha hecho endemoniadamente bien, y no esperaba un montaje tan… especial. Ternura. Inteligencia. Humor. Todo eso es lo que he visto en el primer programa de *El diván*. No voy a pararme a analizar lo rojo que se me ve el pelo en los vídeos, ni los rizos alborotados, ni mi cara de «quitaperrocabrón» cuando Aquiles me está mordiendo, ni siquiera mis lágrimas al empatizar con Francisco… Hay mucho más en esas tomas, y son cosas que solo alguien dotado de mucha sensibilidad puede captar. La música, los sonidos, los planos, los detalles… Axel es como el ojo que todo lo ve. Se da cuenta de lo que le rodea, lo valora, aunque nunca lo diga en persona, lo expresa a través de sus vídeos y de su arte audiovisual. Y con *El diván* lo ha hecho.

Esto me da que pensar. Y también me da que pensar que pienso demasiado en él, valga la redundancia.

Por eso, desde que he llegado al hotel de Fuerteventura, me he limitado a poner mi maleta en orden, a quitarme la ropa de abrigo, porque esto es como África, y a darme una buena ducha.

Estamos hospedados en el Bahía Azul Villas Club, un increíble complejo costero formado por casitas y villas de lujo, muy blancas y con ventanas y puertas muy azules. No entiendo cómo Fede tiene presupuesto para algo así y, en cambio, quiere que el programa sea más indie y realista y, por ello, invierta menos en él. Aunque tampoco voy a darle más vueltas; solo quiero disfrutar de esto.

La villa que ha reservado Ingrid es para seis personas, y cuando ambas hemos entrado en nuestro hogar para los siguientes cuatro días, nos hemos reído y abrazado como unas quinceañeras que nunca antes han ido de viaje.

De verdad que esta villa es increíble. Tenemos piscina propia, de esas azules y transparentes, como las que salen en las películas de los millonarios. Tenemos hilo musical, lo último en mobiliario, el jardín exterior es tropical y privado, y además disponemos de un jacuzzi climatizado en el baño (o sea, un jacuzzi en cada uno de los tres baños que hay en esta casona de cien metros cuadrados de suelo de mármol de primera calidad) y azotea con barbacoa, comedor exterior y un solárium con otro jacuzzi para cenas románticas o fiestas desfasadas. Puesto que no tengo pareja, creo que me van más las segundas.

Me he puesto ropa de verano que también traía en la maleta, y aunque son las diez y media de la noche y estamos en noviembre, en Canarias es como una noche de julio y apetece darse un chapuzón antes de ir a cenar. Como la piscina es climatizada, no tendré ningún problema en tirarme de bomba, que es lo que me gusta, salpicar por todas partes como una niña pequeña. No suelo hacerlo porque me impresiona el agua muy fría y siempre me quedo sin aire al salir, con el consiguiente riesgo caprichoso de morir ahogada. Pero esta vez no me voy a reprimir. ¡Sálvese quien pueda!

Mientras me asomo a la ventana de mi habitación en la que destaca mi cama balinesa, me quedo mirando la palmera que hay en el islote de la piscina, y el agua en calma. Hay cuatro tumbonas blancas y una mesa de cristal con sillas de mimbre oscuro en el jardín rodeado de adelfas, ravenalas y plataneras.

Creo que quiero quedarme a vivir aquí.

De pronto suena «Respect» de Aretha Franklin y sé que es mi hermana Carla la que me llama.

Descuelgo el teléfono.

—Por fin mi hermana es famosa...

—Hola, *lisensiada.*

—*Mijita,* ¿no vas a hacerte una cuenta de Twitter para que leas lo que dicen de ti? Tú y tu *diván* sois trending topic otra vez. Creo que voy a cambiarme el nick de Twitter y me voy a poner @soylahermanadeBecca.

Me echo a reír.

—No digas chorradas.

—No las digo. Eres toda una celebridad, y el anuncio del primer programa de *El diván* está dando mucho que hablar. ¿Es verdad que el chihuahua le mordió los huevos al tipo ese?

—Sí.

—¿No es un montaje?

—No.

—¿Y luego te mordió a ti?

—Sí —afirmo sin rodeos.

Carla deja ir una de sus carcajadas contagiosas, herencia de la familia Ferrer. Todas nos reímos así.

—¡Puto Gremlin! —exclama.

—Sí, bueno… Aquiles también tenía sus problemas.

—Ya. ¿Sabes que dicen que eres muy guapa? Muchos te han dedicado todo tipo de obscenidades, y la mayoría riman con moño.

—¿Ah, sí? Eso es porque no te han visto a ti.

—Bien dicho, *sis*. Eso mismo pienso yo.

Está masticando algo. Carla y su vanidad. Si no fuera como es, no la querría tanto.

—¿Qué rumias?

—Una caja de donettes entera. Me tiene que venir la regla el mes que viene.

—A todas nos tiene que venir la regla el mes que viene —contesto, divertida—. Luego no te quejes de que no te abrocha la camisa…

—Yo no lo hago. Esa eres tú.

—Tienes razón.

—Bueno, cuéntame, *mijita*, ¿qué estás haciendo?

—Estoy en Tenerife —contesto mientras juego con la cortina de la ventana.

—¿No estabas en Asturias grabando?

—Sí, pero ya hemos acabado. Ahora estoy en Fuerteventura.

—Qué rápidos sois. ¿Y qué fóbicos tienes por ahí?

—Uno con miedo a volar y otra con miedo a roncar.

—¿Miedo a roncar? —Ríe.

—Sí. Le provoca trastornos del sueño.

—Tú la ayudarás. Y si no, dale orfidal por un tubo, ya verás qué bien se en…

—No drogo a mis pacientes, hermanita. Busco la raíz de las fobias y las corto.

—Aburrida. El hombre creó las pastillas para algo.

—Contigo las farmacéuticas están a salvo.

—¿Tú cómo estás? ¿Cómo va tu depresión post-David?

—Creo que va a mejor… El trabajo me ayuda a no pensar.

—¿Sigues llorando?

—Alguna vez —admito. Pero solo en sueños.

—Bebe. Te irá bien.

—Tus consejos son tan poco agresivos… —ironizo—. ¿Y tú cómo estás?

—Yo bien. Acabo de joder a un tío drogadicto que pretendía denunciar a la mujer por abandono del hogar y secuestro de su hijo.

—Buf. ¿Y qué ha pasado?

—Nada. El tío está sin blanca y, encima, es un jodido maltratador… La pobre se fue de casa porque temía por la vida de ella y la de su hijo. El capullo la denunció para sacarle una pasta, pero le ha salido el tiro por la culata.

Oigo cómo mi hermana ríe orgullosa y eso hace que yo me sienta orgullosa de ella. No hay nadie mejor que Carlanetor en el estrado. Es inflexible y muy dura si tiene que serlo, y no permite que los malos se salgan con la suya.

—Te pasaré el teléfono de Ingrid, por si algún día me pasa algo y no me localizáis. —Recuerdo la agresión del rottweiler a Axel y se me queda el cuerpo frío.

—De acuerdo. Oye, ya han salido las fotos de la Caja del Amor.

—¿Qué Caja del Amor?

—El cuarto oscuro del pub de ambiente…

—Ah. —Bueno, no me interesan en absoluto—. ¿Y qué? No quiero verlas.

—No te preocupes, ya las veremos nosotras por ti. ¿No tienes nada más interesante que contarme?

—Aquí lo único que hago es trabajar y… ¡por el amor de Dios! ¡Jo-der!

—¡¿Qué?! ¡¿Qué pasa?! —pregunta mi hermana, emocionada.

No tengo palabras para describir lo que estoy viendo por la ventana: Axel acaba de aparecer por una esquina de la piscina climatizada, todo húmedo y chorreante, como si fuera un anuncio de televisión o de colonia Cool Water. Se me hace la boca agua. Su piel es tan morena como me imaginaba. Lleva una especie de bañador short tipo slip de color negro que marca sus musculosos glúteos por detrás. Tiene unas piernas tan tonificadas que no entiendo cómo no hunde el suelo por donde pisa. Su espalda es enorme y la columna y sus músculos paravertebrales se mueven por debajo de la tersa piel a cada movimiento que hace para secarse la cara.

Se da la vuelta y… ¡madre del amor hermoso! Tiene un torso tan fibrado y definido que me apetece pasar las manos por encima de él y lavar la ropa a la antigua usanza. Sabía que estaba fuerte, porque un tío tan rápido, alto y que golpea de ese modo tiene que estar en buena forma, pero no me imaginaba aquella estructura tan perfecta, de sombras y curvas delineadas.

—Becca, ¿qué pasa? ¿Me lo puedes contar?

Axel tiene un tatuaje en la cadera que no veo bien, no sé qué pone… ¿Será que necesitaré gafas de verdad? Se está pasando la toalla blanca por la cara, y cada vez que abre los ojos, veo a través de la marmórea prenda sus ojos verdes y taladradores. Los más hermosos que jamás haya visto.

Dios. Definitivamente, Axel es el hombre más guapo con el que me he topado nunca. Una pena que sea menos hablador que un cobrador de peaje.

—¿Qué pasa? Por favor… —insiste Carla.

No sé cómo describirle lo que veo, así que cojo el móvil, hago una foto del ejemplar de macho en cuestión y se la envío sin mediar palabra.

—Mira, esto pasa —le digo, nerviosa.

—¿Qué haces? ¿Me has enviado una foto?

—Tú mírala y luego sigues hablando.

—Qué pesada eres, *mijita*…

Mientras Carla abre la foto que le he enviado por Whatsapp de Axel en bañador, marcando delantera y bajos, ¡y menudos ambos!, pienso que mi mente nunca ha sido tan hiperactiva en relación con un hombre.

—¡La madre que me parió! ¡¿Pero esto qué es?! —grita Carla.

Entiendo que mi hermanita ya ha abierto la foto y la está contemplando en un charco de babas.

—Esto se llama Axel, el primer cámara y editor de *El diván*.

—¿Axel? ¡¿Axel?! ¡Pero si solo el nombre ya me pone cachonda perdida! ¡Venga ya! ¿Y tienes a este maromo contigo y no le estás tirando la caña? ¿En qué hotel estás? ¡Voy para allá ahora mismo!

—No puedes, *mijita* —contesto mientras repaso a mi cámara de arriba abajo. Sí, me siento como un paleta salido en lo alto de un andamio, pero me importa un comino. Lo de Axel es único.

—Pero, Becca… ¡¿Cómo no nos habías dicho antes que tenías a Dios contigo?!

—No le he dado importancia.

—¡Claro, olvidaba que eres una beata frígida!

—¡Oye! —protesto.

—¡En cambio, las pecadoras necesitamos su perdón a la de ya! Que me digas ahora mismo dónde estás porque cojo la maleta y voy a hacerte una visita exprés. Y, mientras, también paso consulta con este…, este… Por favor, qué guapo es. ¿Es simpático?

Axel se da la vuelta y se aleja de mi área de visión. Lamentablemente, dejo de verle.

—¿Simpático? —Me tumbo en la cama—. No. No es simpático. Es sieso, borde y serio. Tiene una voz profunda y rasgada.

—Espera que voy a por el consolador...

—Eres una guarra.

Carla se parte de la risa y yo continúo:

—Tiene una cicatriz en la ceja y otra en la barbilla.

—O sea, *lisensiada*, que tu compañero te gusta.

—No me gusta...

—Y un huevo. Lo has mirado lo suficiente como para saber cuántas cicatrices tiene.

—Bueno, solo un poco.

—Becca, me estás preocupando. Si tuviera a Axel..., es que digo el nombre y ya me entran sudores..., como compañero, haría lo posible por tenerlo todo el día en posición horizontal.

—No es sociable. Es como un lobo, ¿sabes? Te acercas mucho y te gruñe. No le gusta que le toquen...

—¡Por el amor de Dios! ¡Para, que me corro!

—¡Carla, joder! ¡Estás enferma!

—¿Que estoy enferma? ¡Lo que estoy es viva! Entonces, a ver... ¿Te has acercado, le has tocado y él te ha dicho...?

—No me ha dicho nada, no hace falta. Leo el lenguaje corporal. Se nota que no le gusta que intimen con él, ni a él intimar con las personas, aunque se ve a leguas que es un controlador. Además, se cree que es mi guardaespaldas y tiene la paranoia de que alguien va detrás de mí. —Aún recuerdo su comportamiento con las notas. A pesar de su ruda actitud, me parece tierno—. Y ni entro ni salgo sin que antes él lo haya supervisado todo.

—Dios, es como un amo... —murmura, impresionada.

—Deja de leer literatura erótica.

—Pues te iría bien para sobrellevar estas situaciones. Seguro que folla como un animal.

—Carla, en serio, tienes un problema.

—Ese cuerpo no es para menos, tiene que ponerlo de cero a cien en un segundo. ¿No te lo has imaginado?

¿Imaginármelo? Me lo he tirado en sueños en el baño de un avión, y hasta llegué al orgasmo. No sé qué podría pasar si eso ocurriera de verdad.

—Sí, me lo he imaginado.

—Bien, *sis*, bien. Me gusta que reacciones a estos estímulos. Tal vez no estés perdida del todo. Bueno, dime cuándo puedo ir a verte...

—¿Cuándo puedes venir a verme? ¡Pero si lo que quieres es hacerle una radiografía a Axel! —protesto. Ya me estoy arrepintiendo de haberle pasado la foto. Pero, a veces, una quiere comprobar que lo que ve es real.

—No, ¿por quién me tomas? Solo quiero achuchar a mi hermanita.

—Trolera.

—Lo que tú digas... Dice tu sobrino que si guardas todavía esa pelota que se convierte en bicho.

—Es un pokémon. Es la pelota del amor. Sirve para cazar pokémons de otra especie. Y sí, la guardo. La llevo cada día conmigo.

—Joder, hasta mi hijo se da cuenta de que necesitas a un hombre de verdad.

—Tu hijo no es un salido como tú. Él solo piensa en el amor.

—Ya... bla, bla, bla... Bueno, escucha: voy a coger a Eli y te haremos una visita. Aún no sé cuándo.

—No quiero que vengáis. Seguro que me vais a dejar en evidencia delante de Axel...

—No, ni hablar. Bueno, te dejo que tengo que darle de cenar a la fiera y hacerme un póster tamaño natural de tu amigo.

—Serás capaz.

—¿Lo dudas? ¿Sabes esa foto que tanto pulula por internet de la niñata de trece años, abierta de piernas y empotrada a la pared en un póster del Bieber como si el enano tuviera una tranca de tomo y...?

—¡Joder, Carla!

—¿Sabes qué foto te digo?

—No.

—Mejor, porque eso mismo voy a hacer yo. Te quiero, *mijita*. Cuídate.

—Y yo a ti. Adiós.

Hablar con mi hermana es intentar dialogar con un huracán que engulle y escupe todo lo que le viene a la cabeza. Por eso somos tan diferentes, y por eso me gusta tanto la forma de ser de Carla. Si yo fuera así, dejaría de complicarme la vida como lo hago.

Si yo fuera así, tal vez habría salido a la piscina, me habría lanzado en bomba y, solo tal vez, habría coqueteado con Axel.

Pero no soy como Carla. Y todavía estoy convaleciente, mi corazón se está recomponiendo.

No obstante, son otros instintos los que se están despertando. Y creo que no nos han presentado correctamente.

# 13

Cenamos en la azotea. Hemos pedido comida japonesa y organizamos todo para pasar una velada tranquila los cuatro.

Como si se tratase de dos parejas.

Por un lado, Ingrid y Bruno, que se ríen de todo y de todos como si fueran los mejores amigos. Y, por el otro, Axel y yo, que por no tener en común no tenemos ni el color del pelo, pero parece que nuestra relación está en plena metamorfosis.

Noto cambios en Axel. Desde la primera vez que lo vi entrando en la sala de reuniones de Zeppelin hasta hoy han sucedido cosas que han provocado que él abriera ese centro hermético de su interior y, poco a poco, se relacionase con los demás. Conmigo.

Ya no tiene ese gesto adusto y mortal en los labios, y sus ojos, solo en alguna ocasión, se han relajado hasta el punto de que esas adorables arruguitas que tiene en las comisuras se suavicen y casi desaparezcan.

Yo también noto que he cambiado respecto a él y nada ha tenido que ver con que lo viera en todo su esplendor en la piscina.

Sigue pareciéndome alguien infranqueable y con el que es difícil hablar. Pero no me siento incómoda con su compañía. Ya no. Ahora, el silencio con él es reconfortante incluso, y no necesito hablar para llenarlo con banalidades. Me gusta mirarlo en silencio cuando no se da cuenta. Estoy acostumbrada a que la gente me cuente sus cosas y se quite las máscaras ante mí. Encontrar a una persona que sea capaz de mirarme a los ojos y no decirme nada me parece, de alguna manera, refrescante.

Así que, si Axel no quiere hablar, que no hable.

Llevo una camisa de color negro de mangas anchas y largas que me hace la función de vestido, que sujeto con un cinturón ancho que me cae por las caderas, y unas zapatillas de tiras romanas de piel negra. Me ha dado tiempo de pintarme las uñas de color marrón grana, igual que las de las manos. Me he puesto base de maquillaje, cacao y rímel, y lo he hecho tan bien que incluso Ingrid me ha felicitado. Es una buena maestra.

Hemos cenado *sashimi* y *yakisoba*, hemos bebido vino y escuchado música los cuatro juntos. Después, nos hemos estirado en las tumbonas del jardín para contemplar el cielo, y en aquel estado aletargado nos hemos acercado los unos a los otros.

Ingrid ha hablado de su humilde familia y de lo mucho que tuvo que trabajar para pagarse la universidad, ya que sus padres no tenían dinero para financiar sus estudios. Yo también soy como Ingrid; de hecho, casi todas mis amigas y conocidos han tenido que sacarse las castañas del fuego ellos solos por no disponer de unos papis que se deslomaran para pagarles la universidad a sus hijos. También nos ha contado que tiene un hermano pequeño con síndrome de Down y que es lo que más quiere en el mundo, y que su sueño es trabajar para un gran estudio como maquilladora de efectos especiales y fantasía.

Por su parte, Bruno no ha contado nada que no le interese que sepamos. Sus padres viven en Madrid, tienen un negocio propio y él es hijo único. *El diván* es el primer trabajo que hace para televisión y está muy emocionado. Al menos se involucra en el proyecto, y eso hace que lo respete profesionalmente. Sin embargo, me fastidia ver el brillo en los ojos de Ingrid cuando él habla. Me dan ganas de arrodillarme delante de ella, cogerla de las manos y decirle: «Ingrid, este no se va a quedar».

Yo he contado mi historia, que no tiene misterios. Estudié en Barcelona, mis padres se separaron cuando yo tenía nueve años. Fui a la universidad, me matriculé en Psicología Clínica, me especialicé y después monté mi consulta con todos mis ahorros. Fui a lo grande, pasándolo mal, y me ubiqué en la Diagonal, donde el alquiler de una oficina es el sueldo entero de un mes. Pero la apuesta me salió bien porque, en zona de ricos, todos necesitan terapeutas, y nunca me faltaron los clientes.

—Después vino Fede... Y el resto de la historia ya la sabéis —concluyo.

—¿Tienes novio, Becca? —quiere saber Bruno.

Esta es la pregunta que procuro evitar, porque aún no sé salir del paso. Pero tengo que empezar a levantar cabeza, y por eso decido por fin explicarlo abiertamente.

—Tenía novio, pero, después de cinco años, me dejó hace casi un mes. —¡Ale! Ya lo he soltado.

—¿Por qué te dejó? —pregunta Ingrid, compasiva de mí.

—Supongo que estaba harto de que estuviéramos separados. —Me he propuesto hablarlo con naturalidad y sin congojas—. Él trabajaba en Estados Unidos desde hacía dos años. El primero lo sobrellevamos bien, el segundo supongo que fue más difícil... Menos viajes, menos visitas, menos te quieros por su parte... —Es curioso que me dé cuenta de ello ahora—. Y hace cuatro semanas, de la noche a la mañana, me dejó por FaceTime.

Bruno arquea las cejas y resopla.

—Joder, qué putada.

—¿Que te dejó por FaceTime? ¿Quién deja a una novia de cinco años por FaceTime? —exclama Ingrid, dolida por mí.

—Un cobarde —susurra Axel.

—Te he oído, César Millán —le recrimino.

—¿Lo querías? —pregunta Ingrid.

—Sí. —Hago una mueca con los labios y noto que estoy sedienta. Me lleno la copa de agua y bebo con gusto—. Le quise mucho y le quiero todavía. —Sonrío con tristeza—. Pero la vida es así... Supongo que elegimos a quién querer, pero no podemos elegir el tiempo que los vamos a tener a nuestro lado. No somos dueños del tiempo de nadie, ni siquiera de su corazón. Solo nos lo prestan un ratito.

Axel se levanta de la tumbona y deja su cerveza negra y vacía encima de la mesa. Parece que está cansado de escucharnos y prefiere hacer otra cosa. En el hilo musical suena «Sin miedo a nada» de Álex Ubago.

—Me encanta esta canción —admite Ingrid.

¿Y a quién no? Al instante, Bruno se levanta y con esa hermosa sonrisa que Dios le ha dado, se echa el pelo liso y negro hacia atrás y le ofrece la mano.

—¿Me concede este baile? —bromea sin perder su encanto.

Ingrid bebe los vientos por él y no le ha hecho falta pensárselo ni un segundo para aceptar su ofrecimiento y levantarse. Qué buena pareja hacen, los condenados. Se mueven juntos como si estuvieran hechos el uno para el otro… Siento envidia. Nada de envidia sana, sino envidia de la de verdad.

Echo un vistazo atrás y veo por encima del hombro que Axel mueve la mano vendada y hace un gesto de dolor, uno que lo convierte en humano ante mis ojos. Siente dolor, sufre y padece. Creo que necesita que le laven la herida y vuelvan a vendarle el brazo.

Axel entra en la casa y yo le sigo todo lo solícita que sé que puedo llegar a ser. Lo encuentro en el baño, buscando en las estanterías un botiquín.

—¿Necesitas ayuda con el brazo? —le pregunto.

Él se da la vuelta y me observa asombrado, como si no hubiera esperado que le siguiera. Veo mi reflejo en el cristal y lo miro a través de él.

—Debe de haber un kit de primeros auxilios por aquí.

—¿Te tiran los puntos?

—Creo que el cloro de la piscina no me ha ido bien… Me escuecen.

—Eso te pasa por bañarte con ese minibañador negro y no cubrirte el brazo.

Él arquea la ceja con la cicatriz.

—¿Me has estado espiando, rizos? ¿Eres voyeur?

—No, qué va. Has salido en todos los telediarios. —Finjo que su manera de mirarme, torneada y velada, no me afecta en absoluto—. Anda, ven. —Tiro de su camisa de lino blanca y le obligo a acompañarme a mi habitación—. Tengo un kit de farmacia que te puede ayudar.

—¿Has traído uno?

—Siempre. Por si me ataca un perro y esas cosas...

—Llevas demasiados bártulos en esa maleta, además de tu diván...

Sonrío sobradamente y le guiño un ojo.

—Soy una mujer preparada. Yo le enseñé a Mary Poppins todo lo que sabe.

Axel pone los ojos en blanco, pero permite que lo arrastre hasta mi dormitorio y le obligue a sentarse en mi cama.

En la maleta tengo mi pequeño maletín de primeros auxilios. Lo cojo y me siento al lado de Axel.

—A ver, acércame el brazo.

—No hace falta. Iba a curármelo yo mismo.

Mantengo mi intimidante mirada fija en sus ojos, y él cede. Cuando me lo propongo, doy miedo.

Mientras le quito el vendaje con cuidado, no se me escapa lo tenso que está. Realmente, los gestos de amabilidad o preocupación para con él no le gustan nada. Podría analizar su comportamiento, pero con Axel erraría, porque oculta demasiadas cosas y me volvería loca para averiguar de qué se trata. Pero sí sé por qué se ha levantado con la excusa de que le picaban sus heridas.

—Te has escaqueado —le digo mientras descubro las feas marcas de los mordiscos.

—¿Qué dices?

—Lo que oyes. Estábamos hablando sobre nosotros. Era tu turno, pero te has levantado como un cagón y te has ido.

—A Ingrid y a Bruno no les ha importado. Están sumidos en su relación platónica e imposible.

—Es verdad. Pero puede que a mí sí me interese.

—A ti te interesa todo lo que se pueda psicoanalizar, rizos.

—No soy psiquiatra. Pero llevas razón —le concedo—. No obstante, eso no quita que quiera saber cosas de ti como compañero, ¿no crees? Me has salvado la vida. Soy como el amigo moro de Robin Hood en la película de Kevin Costner… Estaré en deuda contigo toda la vida.

Axel sonríe, pero de nuevo ese gesto no se refleja en sus ojos.

—Tú eres más guapa que Morgan Freeman.

—Cuidado, Robin, no te vayas a enamorar de mí —bromeo. Pero con solo decirlo, un pellizco irresistible y ridículo paraliza mi corazón.

—Nunca —dice él.

¡Zasca en toda la boca!

—Bueno, pero sí puedes ser mi amigo, ¿no, Axel?

—Eh…

—Perfecto. Vale, no insistas, yo también seré tu amiga. Cuéntame algo sobre ti.

—No hay nada interesante sobre mí. Nada que merezca la pena reciclar —responde, convencido de sus palabras—. Mi familia tiene todas las disfunciones conocidas de una familia loca y sin comunicación.

—¿Divorcio?

—Sí.

—¿Custodia compartida?

—Mas o menos.

—¿Drogas, alcohol, estupefacientes?

—A veces. —Se encoge de hombros—. A mí siempre me gustó el arte audiovisual, pero no fue hasta hace un año y medio que me saqué el título.

—¿Cuántos años tienes? ¿Cuarenta y…? —le pico. Axel parece que se cuide mucho y que tenga muy en cuenta su físico.

—Sí, en cada pie.

—Uy, ¿eso ha sido una broma? Me sorprendes —comento en tono jocoso.

—Tengo treinta y tres.

—Ajá. No están mal las heridas —comento mientras le pongo alcohol y las limpio con algodón—. Si a los treinta y uno te licenciaste, ¿qué hiciste antes? ¿Atracar bancos y jugar al sado?

Axel suspira y observa con atención cómo le curo.

—Nada importante. Un poco de todo. Ya sabes, vivir la vida como buenamente pude…

Levanto la cabeza para estudiarlo con atención.

—¿Rock and roll, mujeres y perdición?

Él asiente.

—Ya veo. Eres un malo malote. Así que fuiste un bala perdida hasta que decidiste sentar cabeza, estudiar y preocuparte un poco por tu futuro.

—Más o menos.

Miente. Miente más que habla. Cuida mucho su lenguaje corporal y suena convincente en sus afirmaciones, pero sus pupilas se dilatan, señal de que omite más de lo que desearía. No soy investigadora privada ni tampoco voy a obligarlo a hablar de nada que él no quiera, por mucho que me interese saberlo. Pero Axel no me cuenta ni la mitad de la verdad.

—¿Sigues estando enamorada del tío que te dejó? —pregunta, intrigado—. ¿No tienes amor propio?

—¿Qué tiene que ver el amor propio con el amor? Que él haya dejado de quererme no significa que yo lo haya dejado de querer a él.

—Pero te ha abandonado. Ni siquiera fue suficientemente hombre como para venir a verte y decírtelo a la cara.

—No creo que sea una cuestión de ser hombre o de no serlo…

—Los cojones. Tiene mucho que ver. Te debía al menos una explicación en persona. Te la debía por los cinco años que pasasteis juntos.

—Él me quería…

—Un hombre que dice quererte mirándote a los ojos tiene

que serlo lo suficiente como para decirte, de la misma manera, que no te quiere.

—No es tan sencillo.

—No. Lo que no es, es tan fácil —reitera con los ojos velados—. Ese tío es un mierda.

Me gusta cómo lo dice. Parece que le importe lo bastante como para sentirse ofendido por mí, y eso ya es mucho teniendo en cuenta cómo es él. Pero sigue sin gustarme que nadie que no sea yo insulte a David.

—No hables así de él.

—Debería haber sido sincero contigo y haberte dicho la verdad.

—Y según tú, ¿cuál es?

Ya he acabado de desinfectarle las heridas. Le he puesto un poco de crema cicatrizante y antiséptica. Ahora solo me queda cubrirlo con un rollo de venda. Axel observa con atención cómo le vendo la mano y el antebrazo, y entonces dice con tono seguro:

—La verdad de David es que, para dejarte a ti, debe de haber conocido a otra que le caliente la cama.

Yo me quedo inmóvil. Ni siquiera Eli me ha hablado tan claro. No es que no lo haya pensado, es que no le había querido dar protagonismo a ese pensamiento.

—¿Qué has dicho?

—Ni siquiera lo has valorado, ¿verdad? La posibilidad de que él haya elegido a otra es remota para ti, pero es la más probable.

—Eso no es verdad —replico mirándolo reprobatoriamente—. Tú no le conoces, no sabes nada de él. Él estaba agobiado, cansado de que no nos viéramos…

—Claro. Ya me sé esa historia. Y en vez de solucionarlo y hacer lo imposible por veros más, decide dejarlo. Piénsalo. En Estados Unidos, solo, triunfador y con pasta… ¿Sabes cuánto atrae eso a las bellezas cazafortunas americanas?

—Sí, tanto como a las lobas españolas —aclaro—. A todo el mundo le atrae el éxito, pero David no se deja llevar por esas cosas. Lo nuestro era diferente. —Defiendo y defenderé nuestra relación con uñas y dientes, porque siempre creí en ella. Aunque al final él me fallase—. Prometimos no sernos infieles. Nos amábamos demasiado. Puede que esas cosas, tú, que eres como un marinero con novia en todos los puertos, no las entiendas.

—No me hagas reír —se jacta y hace un gesto de hastío con los ojos—. Rizos, la realidad es que te amaba tanto que te ha dado plantón.

Maldito sarcástico quebrantasueños.

—Jamás nos comportaríamos así el uno con el otro. Él no se ha ido con otra.

—¿Por no romper el pacto?

—¡No! —protesto—. Porque nos queríamos. Y no se traiciona a la persona que amas. ¿Es que no lo entiendes?

Axel me mira como si me viera por primera vez y no compartiera mi modo de pensar. Sus pestañas largas y negras enmarcan una mirada incrédula.

—No me jodas... ¿Así que eres de esas?

—¿Quiénes son esas? —Procedo a ponerle esparadrapos. No tengo más ganas de hablar con él. Me incomoda y siempre me hace enfadar. Cuanto antes acabe, antes lo echaré de mi habitación.

—De esas personas que creen en el amor y en el vivieron felices y comieron perdices. ¿Crees en eso?

—¿Qué hay de malo en creer en eso?

—Joder... Seguro que David ha sido el único tío con el que te has ido a la cama.

Levanto la cabeza de golpe, avergonzada por su afirmación.

—A ti no te lo voy a decir. Además... —Voy a mentir, porque esto de que me lea con tanta facilidad empieza a deprimirme. ¿Por qué soy tan transparente para él?—, yo he tenido mucha experiencia con los hombres...

—Sí, ya. Se te ve a leguas que eras una golfa... —ironiza.

—Pues tú bien lo creíste al principio. —Saco pecho y levanto la barbilla con orgullo—. Yo he sido muy golfa.

—¿De esas que les enseñaban las bragas a los profes?

—A esos no, que eran feos. Pero hacía desfiles en el vestuario del equipo de fútbol.

—Becca… —Axel me toma de la barbilla repentinamente y me la levanta para que lo mire a los ojos—. Déjalo. No te avergüences por creer en los cuentos de hadas.

—¿Qué?

—Tú y yo sabemos que eres de un solo hombre. Eres una de esas chicas raras que no han necesitado hacer guarradas para sentirse ni más mayores ni más seguras. No necesitaste catar sapos porque esperaste a tu supuesto príncipe. Y cuando creíste haberlo encontrado, se lo diste todo, creíste que tu amor valdría para los dos. Pero entonces, él te abandonó.

—No hagas que me meta con tu madre.

—Tú eres de esas que todo lo hacen por amor y que creen que eligen al hombre de su vida para toda la eternidad. Pero cuanto más creas en eso, mayor será el batacazo. Porque el príncipe se puede convertir en bufón, y el tiempo que esperaste por él volará como los buenos recuerdos.

Axel está riéndose de mí, y yo me debato entre pegarle o echarlo en la cama y cantarle una nana.

—¿Y qué, si es así? Al menos yo lo admito. No como tú.

—¿Yo?

—Sí. Tú también quieres creer en el amor, canalla. No me trago que esa pose de tío arrogante y cínico corresponda a quien eres en realidad. Parece más una coraza para protegerte de los demás. Por Dios, ¡todo el mundo cree en el amor!

—¿Ves? Tengo razón. Quieres creer que todos somos buenos y que todos tenemos un corazón que dar. Pero si sigues pensando así, acabarás destrozada, como has acabado por culpa de David.

Siento la rabia hervir por dentro. Seguramente, en el fondo, muy en el fondo, Axel tenga razón, y eso es lo que más me fastidia, que el cretino despliega una psicología dura y malvada, aunque sea igual de eficaz.

—No hables más de David, por favor —le digo, muy seria—. Dejemos de hablar ya de mi ex. No me gusta.

—Como quieras. Pero deberías superarlo —murmura revisando el vendaje que le he hecho. Parece ser que lo aprueba.

Así, recortado con la luz de la luna que entra por la ventana, con esa camisa blanca a lo príncipe árabe que lleva, su piel morena y sus ojos verdes, alguien tan dado a las fantasías como yo podría creer que se está enamorando de él. Pero eso sería suicida. Axel es el tío bueno malote de la película; con alguien como él, todas saldrían llorando, y yo no sería la excepción.

—¿Tienes experiencia en corazones rotos? ¿Así está el tuyo? Pobrecito... ¿Quién fue? —le pregunto de frente y tomándolo por sorpresa.

Axel levanta la mano y coge uno de mis rizos entre sus dedos. Dios, siento su caricia en mi cuerpo y estoy convencida de que tengo los pezones duros como piedras. No sé qué tiene este hombre que hace que me convierta en un flan.

Sonríe melancólico y, sin mirarme, contesta:

—No todos tenemos un corazón que dar o sanar, rizos. Ya te lo he dicho.

—Ya, ya sé que me lo has dicho... A ver, y según tú, que parece que todo lo sabes, ¿cómo puedo olvidar a mi ex?

—Tal vez, dejándote ir y haciendo todo lo que no has hecho con él.

—Lo he hecho todo.

—Lo dudo.

—¿Y con quién tengo que hacer todas esas cosas para enamorarme otra vez? ¿Con alguien como tú?

Esta vez sí, Axel alza esos dos faros verdes que tiene por ojos y me paraliza con su gesto severo. Tira ligeramente de mi mechón y siento la tensión en mi cuero cabelludo de un modo que me agrada.

—Conmigo te iría bien si aceptaras que no tengo nada que ofrecer y que no encontrarías amor, Becca.

Vaya. Eso ha sido tan sincero que no estaba preparada.

—Eres un chollo, ¿eh? —Intento relajar el momento porque creo que mi corazón se me va a salir del pecho.

—¿Un chollo? No. Te dejaría hecha polvo. No habría «te quieros», ni ataduras, ni vínculos emocionales… Pero acabarías todas las noches y todas las mañanas tan bien follada, que no podrías pensar en lo desgraciada que te sientes por no tener a tu príncipe ni a tu soñada historia de amor. Te mantendría tan ocupada que no te quedaría tiempo para preocuparte de nada más que de mí, entrando en ti, haciéndote mil cosas, a cual más sucia y pervertida. No te dejaría ni respirar.

Ni siquiera emergen las palabras de mi boca. Mi cerebro arde cortocircuitado. No sabía que hubiera hombres de verdad que hablasen así. Siempre pensé que esos solo estaban en las novelas románticas que lee Carla, pero esto que acaba de decir Axel ha sido hasta sobrecogedor.

—¿Eres un sucio y un pervertido?

Axel sonríe y hace un repaso lento y exhaustivo de mi rostro. Sus ojos se aclaran y reaccionan como si les gustara lo que ven.

Yo trago saliva e intento disimular que estoy tan caliente que, como no se vaya, me comportaré como mi hermana y no tendré más remedio que… tirármelo.

El silencio se hace espeso; tanto, que creo que podría amasarlo.

—Buenas noches, Becca. Gracias por el vendaje. —Se levanta sin más y suelta mi mechón. Todo mi pelo llora por su ausencia, igual que mi entrepierna—. Mañana será un día muy largo. Deberías descansar.

Contemplo cómo se aleja de mi habitación a cámara lenta, y cómo en un suspiro, como si huyera del fuego, cierra la puerta con elegancia, sin mirarme una sola vez.

No oso moverme.

Seguro que eso mismo le hizo a la de la sidrería. Le diría esas guarradas en ese tono y a la otra le faltó poco para darle el sujetador.

Creo que necesito dormir y no pensar en la rabia que me da que Axel sea tan sexy que se las lleve a todas de calle. Sí, cerraré los ojos y no pensaré en su boca diciéndome palabras como «acabarías tan bien follada que…».

Pero sé que, si me duermo, lo haré pensando en ellas, porque es la primera vez que me las dicen.

# 14

 @lachechuestachocha #eldivandeBecca Chacho, que está la caravana de la Becca en Fuerteventura de mi corazón. Voy a pedirle hora ahora mismito. #sicaecaeysacabo

*Jueves*

Hay tres enigmas que deberían quedar para la historia.

El primero es el magnetismo que tiene cualquier tipo de obra pública para los hombres de la tercera edad. Siempre que los veo ahí, en aquelarres, detrás de las verjas, con sus gorras de visera, sus gafas de sol y sus bastones, mi pregunta es la misma: ¿qué es lo que les atrae de una obra para que se reúnan a su alrededor y dejen que pase toda la mañana contemplando cómo una máquina excavadora hace un agujero?

El segundo es: ¿por qué abro la boca cuando me estoy pintando los ojos? Pero este es más a nivel personal, y ya hace mucho que no le busco una respuesta.

El tercero, sin lugar a dudas, digno de estudio, y que a mí me trae loca desde pequeña es, atención: ¿por qué Tarzán, si vivía en la selva, siempre estaba bien afeitado? Tal vez sea la única que se hace estas preguntas, y eso es señal del complejo funcionamiento de mi cerebro tarado, vete tú a saber.

Pues a estos enigmas que tanto me rondan la cabeza, he añadido otros más que medito en la caravana, de camino a Betancuria. Allí es donde hemos quedado con Óscar.

La cuestión es que, en los sueños eróticos (dicho sea de paso, como el que he tenido esta noche), la mayoría de las mujeres sueñan con falos descomunales, ¿verdad? En nuestra fantasía astral, el maromo que despierta nuestra libido se baja los pantalones y, ¡tachán!, trompa de elefante al canto, como si fuera Shin Chan en pleno apogeo, pero con una trompa de verdad.

A mí nunca me había pasado, esa es la realidad. Pero Eli, que entre otras cosas es psicóloga sexual, dice que un gran porcentaje de mujeres de todas las edades sueñan con superpollones. Ahora soy una soñadora más, una superpolladora o soñadora de superpollones. Y me tiene un tanto confusa, porque nunca he tenido en cuenta el tamaño del pene, más que nada porque, si lo saben utilizar bien, no creo que haya mejor uno que otro. Pero esta noche, después de la sentencia sucia y pervertida de Axel, he vuelto a soñar con él, tumbado en la cama, boca arriba, con su increíble piel morena resaltando entre las sábanas blancas, que cubrían la parte baja de su anatomía, y sus ojos claros desnudándome a conciencia.

Yo entraba en la habitación a cámara lenta y él me miraba lánguidamente, como un enorme lobo perezoso. Lo peor era que no me podía contener. Me quedaba embrujada por el brillo de sus ojos, por sus facciones severas y a la vez hermosas. Me acercaba a él, lo tomaba del rostro y lo besaba. A mí, a los hombres guapos como este solo me apetece besarlos, nada de hacerles felaciones ni demás jueguecitos porque sí. Notaba la humedad de sus labios sobre los míos, incluso el movimiento de su lengua danzando con la mía. Dios, era tan intenso… Solo quería besarlo y preguntarle por qué es tan duro consigo mismo y qué es lo que no soporta de la vida. Pero entonces, él se quitaba la sábana de encima y me enseñaba su vara de medir. Me cogía la mano y la guiaba hasta ella, para que la abarcase. Pero mejor que la abarcase él, porque yo no podía.

Advertí que solo tenía ganas de que me desnudase y me hiciese el amor. Pero justo en el momento en que me bajaba las bragas y los pantalones, y estaba encima de mí para meterme eso, yo empecé a despertarme… Luché por seguir activa y consciente en el sueño. Pero de nada sirvió.

228

Abrí los ojos y me encontré sola, despabilada y sabedora de que me estoy obsesionando con él a unos niveles que no soy capaz de interpretar. Y me desagrada tener tan poco control sobre estas sensaciones biológicas e instintivas.

Empiezo a sentirme culpable porque con David jamás las experimenté. No es que fuera displicente ni fría, es que el sexo entre nosotros no era tan importante. Porque, al final, el sexo no mide el valor de las personas, y no hablas toda una vida con una polla o una vagina, que, al fin y al cabo, todas son iguales y sirven para lo mismo. En realidad, hablas con la persona que tienes al lado, y esa es quien tiene que gustarte.

Pero lo de Axel… no es normal. Supongo que no debería preocuparme tanto. Debería aceptar que soy humana y que, ante semejante semental, cualquiera pierde un poco los papeles. Sin embargo, la inquietud que me embarga me dice que hay algo más. Algo que yo no quiero que haya.


Por la mañana, aparcamos en el mismísimo pueblo de casas blancas restauradas, situado en el interior de un valle. Hace un sol de mil demonios. Se respira calma y mucha paz, y a lo lejos podemos ver los restos de lo que es la iglesia del pueblo y su convento, su monumento más importante. Las columnas de la edificación sacra y su campanario conservan el estilo gótico-normando. Betancuria era antes la antigua capital de la isla y no tiene cesados más de ochocientos habitantes. Está rodeada de un ambiente árido, lleno de palmeras, aunque no diviso ningún pub o chiringuito para poder tomar algo.

Axel se coloca a mi lado, con su cámara colgando del hombro y mirando al frente, hacia el mismo caserío que estoy contemplando yo.

—¿Es aquí donde vive el aerofóbico? —pregunta.

Lleva sus gafas de aviador marca «memueronamásverlo», una camiseta blanca de manga corta que se le ajusta al cuerpo y unas bermudas beis. En los pies, como todos, unas chanclas surferas. Excepto yo, que llevo unas abarcas menorquinas doradas, un pantalón corto tejano y desgarrado con los que enseño demasiada pierna (Ingrid me ha dicho: «Si las tienes, las enseñas») y una camiseta de tirantes con estampaciones de colores.

Cómo me repatea que Axel se ría de todos mis pacientes. Creo que lo hace más para provocarme que porque en realidad piense en ellos con desprecio.

—Sí, es aquí —contesto pasando por alto su tono.

No hemos hablado de nada de lo que dijimos anoche. Nos hemos dado los buenos días, hemos desayunado juntos y, después, nos hemos preparado para venir al pueblo y grabar la primera toma de contacto con Óscar.

No quiero estar tensa, pero lo estoy. No hago más que mirarlo cuando él no me mira, como si fuera una adolescente, y creo que tarde o temprano se va a dar cuenta. Tengo muy presente lo que me dijo, y recuerdo el sueño tórrido a la perfección.

Debo centrarme en mi trabajo inmediatamente. Axel me distrae, y hasta lo acepto. Pero ahora solo hay un hombre para mí. Y ese es Óscar, que necesita mi ayuda con desesperación.


Óscar es un hombre de cuarenta y cinco años, es vasco y está casado con una nativa de Fuerteventura, Evia. Tiene el pelo castaño oscuro, liso y de punta, de esos que parece que se hayan electrocutado. No es muy moreno de piel, pero tiene los ojos negros, las cejas anchas y los brazos muy velludos. Habla con rudeza, como los de su tierra, y es igual de franco y duro como ellos. Pero verlo tan afectado por su fobia despierta mi asertividad para con él, y enseguida sintonizo con sus pensamientos.

Nos hemos sentado frente a la iglesia. Axel dice que la toma desde ahí es fantástica, porque el pueblo está casi desierto y parece que estemos Óscar y yo solos en el mundo. Con el cielo azul de fondo, las palmeras y el espléndido sol, conseguirá una toma llena de luz. Además, Ingrid se ha asegurado de ponerme una base seca contra el sudor, y tengo un maquillaje fresco y natural.

—Tres, dos, uno… —me dice Axel por el comunicador.

Sé que ahora tengo que empezar a hablar, y eso es lo que hago.

—Óscar, ¿cómo estás?

—Pues jodido. Estoy jodido —responde mi paciente.

Si es que… vasco tenía que ser. Me obligo a sonreír.

—Cuéntame por qué me has llamado. ¿En qué te puede ayudar mi diván?

—Pues la verdad es que no lo sé, porque veo imposible que usted me pueda ayudar de ninguna de las maneras. Nadie puede —contesta, vencido.

Las personas que sufren de ansiedad y de fobias siempre creen que no tienen solución, pero sí la tienen. Solo hace falta comprender el mecanismo de sus pensamientos, educarlos y ver qué los activa.

—Cuéntame su caso.

—Hace seis meses, trabajaba como piloto para una compañía aérea… Tenía trabajo, mi familia me respetaba y, a pesar de las horas diarias que pasaba en el avión, me sentía feliz y realizado.

—¿Y qué cambió para que ahora te encuentres así de mal?

—No lo sé ni yo. —Hace una mueca con la boca y se pasa los dedos por la barbilla rasposa—. Un día, durante el trayecto que va desde Fuerteventura hasta Madrid, me quedé sin aire… Me falló la respiración, sentí que me ahogaba, las manos me temblaban en los mandos de vuelo. Me morí de miedo al verme en el aire, con España bajo mis pies. No sé qué cojones me pasó… Pero tuve que dejar la cabina porque lo único que quería era huir de donde estaba. Al aterrizar, el médico que me trató me dijo que había tenido un ataque de pánico. El primero en mi vida.

—Siempre hay una primera vez para todo.

—Pues hubiera preferido no sufrir esta jodida mierda nunca, porque ya no he vuelto a ser el mismo.

—Tendré que camuflar los tacos de este hombre con un pitido de esos que no te gustan —me dice Axel por el pinganillo del oído.

Yo finjo que no escucho a nadie y centro mi atención en Óscar.

—¿Te sentiste desubicado? ¿Despersonalizado?

—¿Eso qué es?

—Es una sensación que ocurre cuando el nivel de ansiedad sufrido es muy alto, el estrés hace que no sientas tu cuerpo como si fuera tuyo. Generalmente se le llama como la «extrañeza del Yo». Por un momento, solo eres consciente de que existes y de que estás ahí, pero no percibes el cuerpo como tal, no te percibes a ti como individuo. Percibes tu entorno sin reconocerlo y todo te parece irreal.

—Sí, eso también me pasó. Incluso después del ataque de pánico, estuve unos días muy raro… Me sentía extraño en casa. Me recetaron trankimazines y he ido tirando con eso.

—¿Volviste a sufrir otro ataque de pánico en el avión?

—Sí. Y tuvimos que dar media vuelta nada más despegar, porque estaba demasiado nervioso y me veía incapaz de llevar el avión a ningún lado. Y después de esa segunda vez, me dieron la baja… Porque era entrar en el aeropuerto y me volvían las palpitaciones y el miedo. —Sus ojos se quedan perdidos en el vacío—. Qué vergüenza… Soy un mierda.

—No eres un mierda.

—Soy un mierda, ¡un tío con mi formación, de repente, se caga en su avión! —exclama, realmente afectado—. Soy un profesional, un hombre que tiene que hacerse cargo de su familia.

—¿Cuántos ingresos entran en tu casa?

—Solo el mío. —Se pasa las manos por la cara, como si quisiera lavársela con agua fría—. Mi hija se ríe de mí, mi mujer me mira con desprecio. Solo hacen que darme pastillas para que esté tranquilo, pero… con las pastillas me siento peor. No me ayudan.

Odio que las personas que no entienden por lo que pasa una persona en su situación, se atrevan a juzgarlos como si fueran unos derrotados. Y más cuando se trata de las personas más cercanas, a las que deben ayudar y querer por encima de todo.

—Lo de su familia también lo intentaremos solucionar después... —Ya lo creo que sí. Hay que hablar con ellas, porque su actitud es destructiva y no le ayudan en absoluto—. Óscar... —Le toco el antebrazo para llamar su atención y que solo se centre en mí.

—¿Sí?

—Antes de sufrir el ataque de pánico, ¿pasó algo importante en tu vida? Tengo que saberlo porque los ataques de pánico se desencadenan súbitamente como si no tuvieran un motivo aparente para ello, pero siempre hay una razón.

—Tengo fobia a subir al avión. Eso es lo que me pasa.

—No. Tú no tienes fobia al avión, ni tienes fobia a volar. Y es lo que trataré de hacerte entender. Mi pregunta es: ¿pasó algo en tu vida, algo grave, una enfermedad mortal de alguno de tus seres queridos, o un accidente o...?

—Sí. Edu.

Perfecto. Ya tenemos un foco de estudio para comprender a Óscar y a su miedo irracional y repentino a volar.

Edu.

—¿Quién es Edu?

—Era —aclara, serio—. Era mi mejor amigo.

—¿Qué le pasó?

—Un mes antes de que me pasara eso en el avión, tuve que cambiar un vuelo con él. No pude cogerlo porque estaba a cuarenta de fiebre, con las amígdalas hinchadas como huevos...

—Joder, cómo habla el tío —oigo que dice Axel por el pinganillo, riéndose—. En el vídeo va a parecer una emisión fuera de antena.

—Estabas constipado —digo procurando suavizar el estilo.

—Nah, qué va, tenía una infección que ni la última vez que se me infectó una almorrana...

—Ajá. Entendido. Por favor, continúa. —Sonrío impresionada, más nerviosa que otra cosa. Que te graben, y que tengamos poco margen para el error, nos obliga a intentar ser lo más naturales posible, incluso a riesgo de que digan auténticas barbaridades como las de Óscar.

—Entonces, llamé a mi amigo Eduardo. Él vive en Canarias, y trabajando en la misma compañía que yo, sabía que, si estaba libre, me haría el favor de volar por mí.

—¿Y qué pasó?

—Pasó que Eduardo pilotó ese vuelo en mi lugar. Y resultó que el motor del avión falló cuando sobrevolaba el Mediterráneo, y…

—Un momento —digo, estupefacta. ¿Por qué eso no está en el informe?—. ¿De qué avión me estás hablando?

—Del que se estrelló en el mar hace unos siete meses, sin supervivientes.

—Dios mío… —¿Cómo puede ser que no hayan incluido esa información en la ficha?

—No —me corta él—. Dios no existe. No lo nombres delante de mí.

—Sé a qué vuelo te refieres… Fue una tragedia. Lo siento mucho.

—Sí, joder, claro que lo fue. Eduardo murió allí, pero pude haber sido yo. Por un casual de la vida, yo enfermé y él tuvo que ir a sustituirme, porque yo le llamé.

—¿Y cómo te sientes tú?

—Como un puto culpable. Envié a mi mejor amigo a morir. Él y las decenas de pasajeros que llevaba perdieron la vida en ese vuelo. Y yo… —Parpadea y niega con la cabeza como si se amonestara a sí mismo—. Yo sigo aquí, vivo, pero como un paria que no sirve para nada.

—Deja de ser tan duro contigo mismo.

—Es la verdad. Estoy roto. No sirvo.

—Óscar, ¿te das cuenta de lo que te pasa?

—¿Qué?

—Tu fobia a volar tiene su raíz, probablemente, en la desgraciada muerte de tu amigo. En la tragedia de ese vuelo.

—No, no es así.

—Sí.

—Te digo que no —insiste con vehemencia—. No tienes ni idea de lo que siento cuando estoy en el avión. Ni tampoco del miedo que cada día experimento. Poco a poco aumenta mi temor a más cosas. A salir a la calle, a coger el coche… Solo me siento seguro en mi habitación, encerrado. Esa es mi vida ahora.

Me inclino hacia delante y asiento comprensiva. Sé lo que le pasa. Después de severos ataques de pánico empiezas a dudar de todo y a tener miedo al miedo. Pero sigo firme en mi afirmación.

—Créeme. Tú no tienes miedo a volar. Para empezar, te sientes culpable por la muerte de tu amigo, y segundo, y más importante, una desgracia de ese calibre es tremendamente impactante, y lo que ha despertado en ti no es aerofobia.

—¿Aerofobia? ¿Se le llama así?

Entiendo que a Óscar no lo atendió un psicólogo en ningún momento después de sufrir el shock.

—Joder, ¿eso es miedo a tirarse pedos? No entiendo nada.

Escucho a Axel aguantarse la risa. De hecho, yo estoy tan sorprendida por lo que ha dicho que hasta me cuesta reaccionar.

—Aerofobia es miedo a volar, Óscar.

—Ah. Bien.

—Pero ese miedo ha sido desencadenado por otro.

—¿En serio?

—Sí. Y creo que es fobia a la muerte. Más conocido como tanatofobia.

—Señorita, yo no tengo de eso.

Me mira despectivamente y a mí me entran ganas de aplastarle la cabeza con una apisonadora.

—Le aseguro que tengo miedo a volar. Ojalá pudiera experimentar lo que siento yo cuando estoy ahí arriba…

—Entonces, lo experimentaré —digo muy segura—. No, mejor aún. Intentaremos algo mucho más extremo. ¿Estás preparado para probar todo lo que sea necesario para recuperarte?

—Lo que sea.

—Tenemos poco tiempo para ello, así que va a ser muy intenso.

—Verá, llevo demasiado tiempo así. No quiero soportarme más.

—Perfecto.


Después de la primera charla, he dejado a Óscar apoyado en una de las columnas de la iglesia.

En la caravana, Ingrid se hace cruces y niega con la cabeza. Bruno parece divertido con mi propuesta, y Axel ni siente ni padece. Solo fija la mirada en mí, como si yo fuera un Tetris para él en constante movimiento.

—A ver si me ha quedado claro —dice Axel, cruzado de brazos y apoyado en la mesa en la que descansan sus ordenadores—. ¿Quieres lanzarte desde un avión?

—Sí.

—¿Quieres meter en un avión a un tío que siente que se muere cada vez que sube en uno?

—Sí. Puedo ayudarle —contesto levantando la barbilla.

La sola idea hace que me muera de miedo, pero si me lanzo con Óscar, podré entender qué siente, qué teme y cómo piensa su cabeza. Además, le podré explicar mejor cuál es el sistema de funcionamiento de un ataque de pánico y podré darle técnicas para que las ponga en práctica cada vez que tenga uno. Pero antes debo romper sus esquemas, desbloquearlo, y él debe comprender que la muerte no está en el avión. Que nos puede pasar en cualquier lugar, en cualquier momento, porque es ley de vida. Y que si no ha llegado nuestra hora, podemos desafiar al peligro tantas veces como queramos, que seguiremos vivos una vez acabe nuestro desafío.

—Nos vamos a tirar desde un avión —anuncio.

—¡Manda huevos! Eres una suicida. —Bruno se ríe tan fuerte que no puede evitar doblarse sobre su estómago—. Becca, si haces eso, vas a ser trending topic durante un año.

—No, no lo hago por eso —le aclaro en defensa de mi profesionalidad—. ¿Crees que me va a gustar hacerlo? Tengo vértigo, maldita sea. Pero es lo que Óscar necesita. Y lo necesita de verdad.

—¿Óscar necesita que te tires de un avión? —Ingrid se coloca un mechón de pelo detrás de la oreja—. No sé si está en las cláusulas de tu contrato, Becca. Te estás poniendo en peligro.

—Fede me dio libertad de movimientos para realizar mis terapias. Y voy a hacer esto, digáis lo que digáis. —Miro a Axel, desafiante.

Él se pasa la lengua por los dientes. Sus pestañas oscilan arriba y abajo en un movimiento achacoso. Creo que hago que pierda la paciencia. Y me gusta.

—Perfecto. Si eso es lo que quieres… —dice sin poner objeción alguna.

Qué decepción. ¿Ni siquiera está un poco preocupado por mí? Podría decir algo como: «No, Becca. no lo hagas. Voy a sufrir mucho cuando estés en el aire…».

—Es una locura, Becca. No lo hagas. ¿Y si te pasa algo?

Gracias, Ingrid. Menos mal que hay una buena persona entre nosotros. Una cabal.

—No les va a pasar nada —sentencia Axel con aquella voz que me pone burra—. Además, yo saltaré con ella.

—¡¿Tú?! —gritamos Ingrid y yo a la vez.

—Sí. Saltaré con Becca. Y el monitor lo hará con Óscar.

—¿Que tú saltarás conmigo? —digo, incrédula, señalándome con el dedo—. Creo que prefiero a un monitor. Ni hablar.

—No te hace falta monitor. Yo soy especialista en saltos de ese tipo.

—Sí, y seguro que hasta eres especialista en manicuras —bromeo—. Déjalo, Axel. Contrataremos a dos monitores…

Él niega con la cabeza. Se descruza de brazos y camina hacia mí hasta casi invadir mi espacio. Definitivamente, no ha visto *Dirty Dancing*.

—He dicho que voy a saltar contigo. Quiero llevar una cámara de mano para el vuelo, y tú llevarás una GoPro en la cabeza, para grabar a Óscar. Las tomas serán increíbles.

—El monitor no va a dejar que lo hagas —insinúo.

—Ya veremos. —Sonríe con sorna y me guiña un ojo.

Es ya un hecho, y seguro que suena burdo y ordinario, pero porque me considero una chica fina y con estudios, no diré que la almeja me da palmas, pero sí afirmaré, sin ninguna vergüenza, que acabo de mojarme las braguitas.

—Ingrid —llamo a mi amiga sin dejar de mirar a Axel, que me devuelve el gesto; parecemos los gallitos de dos clanes enemigos que se miden antes de la pelea.

—Vale. Entiendo. Ahora, a ver dónde encuentro yo a alguien que haga paracaidismo en Fuerteventura... —murmura Ingrid, que comienza a trabajar con su teléfono.

Me encanta que me lea el pensamiento antes de decirle yo nada.

—Lo hacen sobre todo en Canarias y en Lanzarote —explica Axel—. Pero hay que hacer un curso antes de eso... Y no tenemos tiempo. Solo estaremos dos días aquí, tus terapias son de cuarenta y ocho horas intensivas, Becca. Después nos desplazaremos a Tenerife para encontrarnos con Fayna.

Eso es verdad. Axel ha pensado por los dos.

—¿Y entonces?

—Puedo preguntar a unos amigos que residen aquí. —Se encoge de hombros—. Son un par de hermanos que tienen una avioneta y el equipo necesario. Sé que hacen saltos en *petit comité*.

—No.

—Y nos saldría gratis.

—¿Ah, sí? —pregunto, interesada.

—Catalana tenías que ser...

Lo dice como si creyera que accedería solo por eso. Cómo me revientan los estigmas populares e ignorantes; aun así, decido pagarle con la misma moneda.

—Y tú eres un corrupto y un chulo de Madrid.

—Tengo sangre vasca.

—Etarra.

—Y murciana —añade, divertido.

—Seguro que tienes dinero negro hasta en los calcetines.

—Basta ya de demagogias baratas, por favor —interviene Bruno para poner paz.

—Bueno, ¿llamo a mis amigos o no? —insiste Axel—. Si no me equivoco, ellos suelen volar por los alrededores de Jandía.

Los tres nos quedamos sorprendidos por lo bien informado que está Axel. ¿Por qué sabe tanto de tantas cosas? ¿Y quiénes son sus amigos? Y lo más importante: ¿tiene amigos? Me muero por conocer algo más del hombre misterioso y poco hablador.

No lo voy a pensar dos veces. De repente me parece más atractivo descubrir quiénes son sus amigos que cualquier otra cosa. Tal vez a ellos les pueda sacar más información sobre mi primer cámara.

—Ingrid —digo con voz firme—. Deja de buscar.

La joven guarda el teléfono y suspira algo cansada.

—Esto no me gusta nada —susurra.

Veo cómo Bruno le guiña un ojo para tranquilizarla.

—¿Tus amigos pueden hacernos una factura? —pregunto a Axel, más larga yo que la infancia de Heidi.

Axel, que parece que me lea la mente, sigue con esa sonrisa fría y perenne en los labios.

—Puedo preguntarlo.

—Bien. Entonces, que nos hagan una factura.

—Sí, que la hagan, y con ese dinero que no vamos a pagar nos iremos a cenar todos esta noche y celebrar que aún seguimos vivos.

—Si es una broma, no tiene gracia —le increpo—. Además, eres un poco defraudador.

—Y tú, demasiado estricta.

—Habló el controlador.

—A mí me parece buena idea —dice Bruno—. Lo íbamos a gastar igual…

—Ya hablaremos. Dejad que me lo piense… No quiero que Fede se entere.

Aunque, después de todo, no me parece mala idea. ¡Que me voy a tirar por un avión por el bien de mi paciente y de la audiencia!

—A Fede le dará igual —dice Axel con una sonrisa diabólica—. Mientras petes la audiencia con el programa, como si decides tatuarte y ponerlo en las dietas.

Pongo los ojos en blanco. De acuerdo. Me lo creo.

—Debo de estar loca por fiarme de ti.

Axel se muerde la comisura interior de los labios y entorna sus ojazos. Me ofrece la mano y yo la acepto. De pronto, estira de mí y me dice:

—Vamos a tirarnos juntos, rizos.

—Sí, me lo voy a tirar… Digo… ¡Me voy a tirar! —Dios, qué vergüenza.

—No te vayas a rajar. Y hazte una coleta.

—No me voy a rajar.

—Huelo a caquita.

—Que te den.


Al parecer, no hay nada más hermoso que tirarse en paracaídas al atardecer, o eso dicen. Pues vamos a comprobarlo esta misma tarde, según ha podido confirmar Axel con sus amigos. Mientras tanto, para aprovechar el día de trabajo, le he pedido a Óscar que me presente a su mujer y a su hija. Quiero conocerlas y charlar un rato con las dos. A él le ha dado igual. Su comportamiento al respecto es de total apatía y falta de interés. Ni siquiera me ha hablado bien de ellas, ni una palabra amable hacia su esposa, ni una de orgullo hacia su hija. No sé si es por su perfil bajo en este momento, o porque realmente no tiene nada bonito que decir de ellas, cosa que me chocaría.

La cuestión es que nos acabamos de colar en su casa y, tristemente, solo ha salido a saludarnos su perro salchicha. Óscar camina con paso pesaroso delante de nosotros, y nos guía hasta el salón. La tele está encendida y creo que están viendo *Sálvame*, ese programa en el que no dejan de gritarse, pelearse y hacer las paces.

De repente, se abre una puerta abatible que conecta con la cocina y aparece una mujer en bata rosa de estar por casa y zapatillas del mismo color. Lleva en la mano una bandeja con una cerveza, un sándwich de pan Bimbo y salchichón y un bote lleno de pastillas de colores. Tiene el pelo castaño y rizado, las gafas de color rojo y los ojos negros. Y la tía no deja de sonreír de oreja a oreja. Pasa por delante de nosotros, pero no nos saluda. Lo mismo hace con su marido.

—Es mi mujer. Evia.

—¿Está ebria? —pregunto, consternada. Los canarios a veces tienen acento cubano, y en ocasiones no pronuncian bien la erre. O puede que sea solo Óscar. O que yo esté sorda.

—No. Se llama así. Espera, os la voy a presentar. Evia. —Le habla en voz alta, como si tuviera una sordera galopante—. Han venido los del programa a conocerte.

Miro a Axel, que no deja de grabarme; mientras, Bruno hace lo propio con la pareja. Es decir, la situación es de chiste, porque Evia ni contesta ni habla, pero no deja de sonreír. Me pone la piel de gallina.

De repente, Evia nota el foco de la cámara de Bruno en la cara, como si acabase de salir de Ganímedes y lo percibiera por primera vez. Y eso la hace reaccionar.

—Oh. —Nos mira a unos y a otros, sin dejar de sonreír, hablando entre dientes. Tiene la voz suave y aguda, como la de un hada esquizofrénica—. No os he oído entrar.

Manda huevos, que la loca dice que no nos ha oído entrar… Muy bien. Becca, será mejor que te lo tomes con calma.

Creo que ahora entiendo el malestar de Óscar. Aquí el único problema no es la fobia. El ambiente que se respira en su casa no es nada positivo para él.

—Hola, Evia —la saludo.

—Hola —me responde—. ¿Quién eres?

—Soy Becca, la de *El diván*.

—¿Te follas a mi marido?

Uy, ¿qué ha dicho? Creo que no he oído bien.

—¿Cómo dices?

—Que si te lo follas. —Sus labios siguen tersos y estirados en una curva recta que pretende ser una sonrisa natural—. ¿Traes aquí a tu fulana? ¿Cómo te atreves, Luis Alfredo?

—¿Quién es Luis Alfredo? —pregunto, perdida y ofendida. Le hago señas a Axel para que corte, pero él niega con la cabeza.

—Ahora se le pasa —me explica Óscar para tranquilizarme—. Ve muchas telenovelas. ¿Se da cuenta? Ya vuelve a estar delante de la tele, con normalidad. Ya se tranquiliza…

Normalidad, dice. Casa de grillados.

—Mi mujer se ríe todo el día —explica Óscar, incómodo, al tiempo que se señala la boca.

Esa sonrisa no es de alegría. Es de estreñimiento.

—¿Por qué? —pregunto yo.

—Dice que es una técnica para engañar al cerebro. Riéndose, le hace creer que en realidad es feliz, y no una desgraciada. Es antidepresivo.

—Mmm… Original. —Los miro alternativamente. ¿Qué tipo de matrimonio son?—. Evia. —Me siento en el sofá, a su lado, y cojo el bote de pastillas de colores… Reconozco todas. Relajantes, antidepresivos, ansiolíticos… ¿Por qué toma todo eso?—. ¿Quién te ha recetado el cóctel, amiga?

—Las toma desde hace muchísimos años —asegura Óscar.

—¿Cuántos?

—Hará unos tres o así.

—¿Y por qué?

—No sé. Empezó con un constipado. Ese día salió a la calle y se fue a comprar, y vino con todos estos medicamentos.

—¿Y a ti no te ha extrañado que se tome todas estas cosas como si fueran sugus durante tanto tiempo?

Lo miro de hito en hito. Óscar agacha la cabeza. Se siente mal.

—He trabajado mucho toda mi vida —replica—. Ella se encargaba de mantener la casa pero no trabajaba fuera, y yo traía el dinero para todos sus caprichos. Ese era el trato. Pero a Evia cada vez le costaba más vivir en la isla, se deprimía mucho, y yo tomé la decisión de irnos a otro lugar, porque la convivencia era insostenible.

—Claro, seguro que en otro país será mejor. —Nadie nota mi sarcasmo.

En casos como estos, sí creo en el divorcio total.

—Nos íbamos a desplazar a Madrid hace unos siete meses —continúa—. Un cambio de aires, ya sabe… Pero sucedió lo de mi amigo Edu y la tragedia del avión y…

—Si mi marido no fuese un cagón y un gallina, cogeríamos un vuelo y nos iríamos de aquí —interviene la adicta a las pastillas—. Pero ya nunca podré irme de este lugar. Estoy en África, ¿entiende?

—Estás a cien kilómetros de ahí —le replica Óscar.

—Es lo mismo. Me casé con un piloto para salir de este agujero. Para tener otra vida —lamenta, melodramática—. Y, en vez de eso, me hace un bombo y me obliga a echar raíces aquí. Me tocará vivir en esta isla, encerrada, aburrida, sin un jodido centro comercial en condiciones —explica Evia, y a continuación abre el bote de pastillas y se mete dos de color azul en la boca.

¡Venga, dos ansiolíticos de golpe!

La gente debería casarse por amor y no por interés, porque cuando este desaparece, todo se derrumba. Se me ocurren muchas contestaciones para esta mujer. Como, por ejemplo, «Podrías levantar tu culo amargado y gandul, buscarte un trabajo, o si tanto quieres irte, preparar tu maleta e irte tú sola. Pero te has hecho dependiente económica del pobre Óscar desde el principio, ¿verdad, zorra egoísta? Un piloto gusta mucho». Obviamente, soy una profesional y reservaré mi opinión para mí misma.

—¿Y ya te va bien todo esto que te tomas, Evia? —le pregunto—. ¿No crees que te has excedido?

—A mí y al gnomo nos va de maravilla.

A Evia se le cierra un ojo con retardo. Y a mí me viene a la mente la madre de Estefanía, mi adoradísima niña repelente del colegio.

Dios, las pastillas la están afectando mucho.

—Además —prosigue—, el carnicero me ha dicho que esto es lo que él se toma para su depresión. —Levanta la cerveza y bebe a morro—. Y yo le hago caso, porque es un tipo de fiar, y siempre me recomienda la mejor carne del día.

Frunzo el ceño y desvío la atención a Óscar. ¿Qué tiene que ver el carnicero con el psicólogo? ¿Esto está pasando de verdad? Él me dice que no con la cabeza y se encoge de hombros.

—¿Me estás diciendo, Óscar, que permites que tu mujer se tome todas estas pastillas que le ha recetado un… un carnicero? ¿Estamos locos o qué?

¿En qué cabeza cabe? ¿Y cómo demonios las consigue sin receta?

—El farmacéutico las vende en negro así. Le pides lo que necesitas, te cobra más caro y listos.

—Vale, no quiero oír más. —Levanto las manos con indignación—. Corta, Axel.

Pero el cretino sigue negándose a dejar de grabar. Qué calor tengo. Maldito sea.

—No he estado en casa en mucho tiempo, Becca. He dejado a Evia muy sola… No le he prestado atención.

—Por tanto, ¿sientes que el comportamiento de tu esposa es responsabilidad tuya? ¿Es eso?

—De alguna manera, sí. Por eso no la puedo dejar. Tenemos una hija muy conflictiva, de dieciséis años. Y Evia ha intentado educarla, pero Martita tiene un carácter difícil, y mi esposa es una floja y la niña ha podido con ella.

—¿Niña? Es la reencarnación de Satanás —murmura Evia—. Yo la quiero igual, porque es mi hija —aclara mirando la hora en su reloj de pulsera, de oro—. Pero cuando se descuide, voy a practicarle un exorcismo.

Me imagino al carnicero vestido de cura.

—Becca —me dice Óscar—, yo ahora, en mi situación, no puedo con ninguna de las dos. ¿Comprende? Estoy muy jodido. No mentía cuando se lo he dicho antes.

—Ya lo veo. ¿Dónde está Martita ahora? —pregunto con interés.

—A saber —responde Óscar con voz temblorosa—. Se junta con malas compañías, y hace unas noches que no viene a dormir.

Esta familia no solo me necesita a mí. Necesita al *Hermano mayor*.

—Estará con las patas detrás de las orejas, fornicando con algún surfero… —suelta Evia masticando ruidosamente otra pastilla que se ha metido en la boca.

¡Madre del amor hermoso! Si mi madre hablase así de mí, le lavaría la boca con Chilly.

—Joder. No puedo más —susurra Óscar, abatido—. Esto es un infierno.

—Anda, Rambo, ¿no te sientes las piernas? Pues tómate una de estas, ya verás qué bien. —Evia sacude el bote de pastillas delante de la cara de su marido—. ¿Te hago un bocadillo de trankimazines?

Creo que Evia sonríe así porque tanta química le ha frito la parte del cerebro que rige la musculatura de la boca.

Está claro que ya no se digieren el uno al otro. Óscar y Evia ya no existen como pareja. ¿Qué les une en realidad?

Óscar se levanta del sofá, y de algún modo siento su vergüenza, por eso sé que quiere que salgamos de su casa. Normal, yo saldría corriendo de allí como si ardieran las paredes.

¿De verdad esta familia convive de esta manera? Así es normal que Óscar no reciba apoyo y no pueda salir de su situación. ¡Si su mujer está peor que él!

Tengo que ayudarle a tomar el control de su vida, sea como sea.

Y lo peor es que todavía me falta conocer a Martita. Miedo me da.

# 15

 @deborahplatos #eldivandeBecca Que dise mi marío que si me adelgaso me da cama. Tal vé puedas haserle terapia Becca para que vea la realidá. ¿De qué va? El feo este que más naiden lo quiere y lo aguanto yo. #hayerroresquetemarcandeporvida

La isla de Fuerteventura es casi desértica y muy rocosa. Entiendo que Evia diga que está en África, porque el estéril suelo se parece al del Sáhara, cubierto de arena blanca y brillante y con sus playas como mayor reclamo, que gozan de una temperatura exquisita todo el año.

Para alguien como Evia, puede llegar a ser desesperante, pues necesita de muchos estímulos en los que poder volcar sus frustraciones, como, por ejemplo, un Rodeo Drive. Pero en esta isla solo hay paz, ambiente familiar y deporte por todas partes. Si no te gusta eso, estás perdido.

No hay mucho ambiente de casi nada, ni demasiado que visitar, pero hay cultura surfer. Por eso hemos ido a la playa a comer a un chiringuito y a admirar los musculosos cuerpos de sirenas y «sirenos» (ese es el nombre que le damos Carla, Eli y yo a los macizorros de la playa) en neopreno que salen del mar. Lamentablemente, no nos hemos podido quedar demasiado tiempo, ya que nos esperaban en breve los amigos de Axel, así que, después de degustar el queso majorero y todo tipo de papas arrugadas, nos hemos ido hacia el parque natural de Jandía, donde nos esperan los hermanos «guanches», así los llama Axel.

Tengo ganas de conocerlos, porque se sabe mucho de una

persona al ver a sus amigos. Y tengo asumido que quiero saber más de Axel, porque cuando a una le dicen cómo la usarían en la cama, pues a una se le despierta la curiosidad más insana. Y da la casualidad que es la que empiezo a tener por él, hasta el punto de que durante los últimos días apenas he pensado en David, excepto cuando toca compararlos y buscar cobijo emocional después de que Axel haya sido un bruto conmigo.

Me estoy dando cuenta de que juego con ellos como si se tratasen de un ángel y un demonio.

David era un ángel. Axel es el demonio.

La caravana está llegando a su destino. Óscar y yo charlamos sentados en el sofá, él con una tila y yo con un café con hielo, que muy amablemente nos ha servido Ingrid. Aprovecho para concienciarlo y explicarle algunas técnicas para que controle su ansiedad. El pobre está temblando. Ni siquiera lleva bien lo de viajar en caravana.

—Óscar —comienzo mientras le doy vueltas con la cucharilla a mi café—. Soy consciente de que tienes muchos frentes abiertos. Tu fobia y tu ansiedad se ven acrecentadas por la situación familiar que estás viviendo.

—Sí. ¿Ahora me entiendes?

—Claro. Pero no voy a eximirte de culpa en todo esto. Es cierto que estuviste mucho tiempo trabajando…

—Demasiado. Más tiempo en el aire que en la tierra —añade él—. Y lo hice todo por ellas. Por mi familia. Pero para Evia nunca nada de lo que hacía era suficiente. Siempre quería más. Nunca se conformaba. Y mi hija ha crecido tratándome igual que su madre. El caso es que Evia está recogiendo los frutos plantados con Marta. La chica también se le ha rebelado. Todos nos merecemos lo que nos está pasando…

—No —le interrumpo, ligeramente ofendida—. Nadie se merece que lo traten mal ni que se rían de uno. No se trata de recibir un castigo por haberos atendido mal los unos a los otros. Se trata de si has dado algún paso para cambiar la situación. ¿Lo has dado?

—Al principio lo intentaba mucho —reconoce con arrugas de preocupación en la frente. Incluso se le ven más las ojeras al pobre. Ha debido de pasarlo muy mal con la escenita en su casa—. Luego ya me rendí.

—¿Cuándo te rendiste?

—Cuando me di cuenta de que Evia jamás me quiso, y de que mi hija está más pendiente de mi cartera que de mí.

¿Cómo puede Óscar sentirse un cobarde cuando es tan valiente de admitir algo tan duro?

—Entonces, me mentiste.

—¿Cuándo?

—Cuando dijiste que tu familia te respetaba.

—Me respetaba porque sabía que tenía el dinero. Pero cuando me dio el yuyu, el poco respeto que me tenían desapareció.

—Siento mucho que estés pasando por esto. —Pongo mi mano encima de la suya y le reconforto con un apretón.

—¿Sabes cuánto tiempo hace que no puedo hablar así con nadie? Mi mujer no me escucha. Bueno, en realidad no escucha a nadie. Mi hija es un caso perdido… Es una nini de esas. Y está todo el día escuchando reggaeton y me llama viejo y *sit*.

—¿*Sit*? ¿Tu hija te llama *sit*?

—Sí. Me llama *sit*, como si fuera un perro. Me dice: «Tú a callar, pedazo de *sit*».

Ah, vale, ahora lo entiendo. Su hija le llama *shit,* que en inglés es mierda. Óscar se encarga de vuelos nacionales, y no tiene por qué saber más inglés del que necesita aprender para dar los mensajes de bienvenida en la cabina. No voy a traducirle lo que eso significa, no quiero hurgar más en la herida.

—¿Y crees que puedes seguir viviendo así, Óscar?

—Yo… No lo sé. No he perdido las ganas de vivir, pero… —levanta la mirada con desesperación— es que ya no sé cómo vivir a gusto y bien conmigo mismo.

Me emociono al percibir su desesperanza. El desaliento de Óscar es tan potente que me baña por completo, y al instante me emociono y hago acopio de toda la información que puedo para entender cuál es el miedo real que tiene a volar. Está su miedo a la muerte, sí, pero hay algo más… Y sé leer cuál es.

—Becca. —Axel aparece frente a nosotros—. Ya hemos llegado.

Ni siquiera me he dado cuenta de que la caravana ya se había detenido. Miro a través de la ventana y abro los ojos tanto como puedo. Estamos en una especie de precipicio.

Afuera hay una avioneta bastante grande, toda roja, con la palabra «guanches» pintada en amarillo fosforescente. La flanquean dos hombres corpulentos y jóvenes, uno de la edad de Axel y el otro diez años más mayor, más o menos. Parecen militares.

Son atractivos, muy morenos y ambos se están riendo de mi camioneta.

Sí, creo que tienen la misma gracia donde la tiene Axel: en el culamen.


—Estos son los hermanos guanches, André y Gero. —Axel los presenta mientras carga con su cámara y entra en el compartimento de la avioneta para preparar todos los aparatos móviles de grabación—. Ven, Bruno —le ordena—. Ayúdame con esto…

Bruno le obedece y coge un montón de cables y se los cuelga del hombro.

—Encantada —les saludo a los dos.

Gero, que es el más joven, me mira y sonríe.

—Eres guapísima en persona, Becca. La tele no te hace justicia.

—Muchas gracias. —Es un guapo adulador y yo estoy roja como un tomate.

—Y eres muy valiente al tirarte por aquí con Axel.

—Yo lo llamo inconsciencia —contesto—. Preferiría hacerlo con uno de vosotros.

—Nah… Ese loco sabe muy bien lo que se hace —dice señalando a su amigo con el pulgar—. Estarás segura.

—Gero —lo llama Axel desde la cabina, lanzándole una mirada de advertencia—. Deja de ligar con ella y pásame los trajes.

Gero arquea las cejas. Nos observa a ambos y se echa a reír.

—Sí, señor —contesta.

—¿Y quién es el que se va a lanzar conmigo? —pregunta André.

Me quedo mirando la avioneta, que es realmente bonita y nueva.

—Óscar. —Echo el brazo hacia atrás y cojo a mi paciente por el antebrazo—. Él es el otro valiente.

—No pienso tirarme por ahí. —Tiene el rostro tan pálido que casi le veo los huesos—. No pienso subirme a ese avión. Quiero irme a casa. Te-tengo taquicardias… Y no puedo respirar…

—Óscar…

Lo aparto de la vista de los demás y le hablo mirándole fijamente:

—No, Óscar, no. Lo digo en serio.

El pobre está temblando como una hoja.

—Chis… Tranquilo. Vamos a poner en práctica lo que te he dicho en la caravana. Tú no tienes miedo a volar.

—Estoy ca-cagado de miedo.

—Pero no le temes a la avioneta. No temes estar suspendido en el aire.

—Becca… No pu-puedo con esto.

Si sé cómo funciona la ansiedad, estoy convencida de que él lo único que desea es salir corriendo y escapar de la situación. Pero si se va, perdería una oportunidad de oro para ser consciente de cuál es su verdadero problema.

—Sí puedes. Te lo debes, Óscar. Te debes a ti mismo liberarte de todo. De las losas de tu conciencia, de tu culpabilidad, del miedo a vivir. Y te juro que en este vuelo vas a recuperar las alas que has perdido, como que me llamo Becca Ferrer.

—Soy vasco y ca-cabezón. No deberías convencerme de este modo, me-me cago en todo.

Sonrío. Lo dice porque cree en mí y se agarrará a mi convicción a ciegas.

—Lo conseguiremos juntos.

—¿Lo pro-prometes?

—Lo prometo.

No voy a dudar. No voy a transmitirle inseguridad alguna. Óscar me necesita, del mismo modo que yo necesito a Axel para que estas tomas salgan bien y la caída libre no sea traumática para nadie.

Debemos confiar los unos en los otros.


Gero y André nos han explicado que el tipo de salto que íbamos a hacer se llamaba «salto en tándem» y nos han dado una instrucción en tierra sobre cómo debemos colocarnos. En el aire, ellos corregirán nuestra postura en todo momento.

Nos han equipado con un mono de salto amarillo para mí y rojo para Óscar. Axel lleva otro mono rojo que le va que ni pintado. Con las gafas y el traje, me recuerda a los del reparto de *Top Gun*. Además, nos han colocado el arnés, el casco, unas gafas especiales y los guantes, y un calzado deportivo que he tenido que coger del vestidor de la caravana.

Axel ha asegurado la cámara GoPro en la parte frontal de mi casco, y ahora mismo debo de parecer una espeleóloga.

—¿Tienes miedo, rizos?

—Sí —afirmo muy orgullosa.

Mientras me abrocha el seguro del casco, hace una radiografía de mi cara. Me da la vuelta de repente y coge toda mi mata de pelo en su mano.

—No puedes saltar con la melena suelta. Te podrías ahogar igual que un gato con una bola de pelo. O peor, podrías ahogarme a mí.

—Entonces, sujétamela.

Los movimientos de sus dedos son hipnóticos. Tira de mis rizos suavemente y con seguridad, y me hace un moño bajo con un dominio que me sorprende. No sé de dónde saca una goma, pero lo recoge con ella y me lo asegura bien a la nuca. Me lo imagino haciéndoles moños a todas las mujeres con las que se ha acostado, y, de repente, el gesto deja de ser tan curioso y dulce.

—Sabía que te ibas a olvidar de recogerte el pelo. No eres muy responsable contigo misma. Eres un poco despistada, rizos.

Es verdad. Lo soy, ya lo he asumido. No sé combinar la ropa, no me sé peinar el pelo, y hace dos días que he aprendido a maquillarme de verdad. No me hables de gomas de pelo.

—Estás cagada. —Ríe—. No me contestas, no me dices nada ingenioso…

—Cállate, me estoy concentrando.

—Cuando saltemos, deja que sea yo quien lleve el control. No hagas movimientos bruscos. Solo déjate caer —ordena Axel—, y deja que yo te guíe.

—Sí.

—Yo estaré al mando.

Asiento y trago saliva. Esto me recuerda a un ejercicio que hice en Psicología Evolutiva sobre la confianza en los demás y en la capacidad de darla. Nos subíamos a un andamio de unos dos metros de altura y nos colocábamos de espaldas. Cerrábamos los ojos y teníamos que dejarnos caer, confiando en que los brazos de nuestros compañeros nos recogerían. Yo lo hice, pero salté cuando aún se estaban preparando para cogerme.

Sí, me di un buen leñazo, y me salió un chichón que ya quisiera el hombre elefante. Eh, pero confié. Y eso es lo que vale.

—¿Y si me quedo sin aire?

—Sabes que no te vas a quedar sin respiración —asegura, y me da la vuelta de nuevo—. Pero si eso ocurriera, intentaré hacerte el boca a boca, ¿de acuerdo?

¿Perdón? Parpadeo solo una vez. Un boca a boca en el aire con él puede ser… Buah, ni Lois Lane con Superman.

—Ahora, siéntate al lado de tu paciente.

Me coloco en el banco junto a Óscar, que, gracias a Dios, lleva una buena dosis de trankimazines en su sistema nervioso, cosa que ayudará a que su ansiedad no se dispare y acabe desmayado. Lo que sería malo. Muy malo.

Óscar me sostiene la mano con fuerza, nervioso por volver a estar en un avión, e histérico por saber que tiene que saltar. Y yo se la agarro a él, porque no sabemos quién está más nervioso de los dos. Es lo que tiene ser empático, experimentas lo que el otro.

—El ascenso dura quince minutos —explica Gero—. En cuanto lleguemos a los cuatro mil metros, podremos empezar a saltar. La caída libre dura un minuto. André saltará con Óscar. Y Axel, puesto que quiere grabar y ya sabe cómo va la cosa, lo hará con Becca. Becca y Óscar, esta es vuestra primera vez. Solo tenéis que disfrutar. —Nos mira con confianza y levanta el pulgar.

¿Disfrutar? Maldita sea, ahora mismo mi idea de tirarme al vacío me parece una excentricidad digna de una loca.

Axel ha grabado las tomas y han salido a la primera. Ahora me grabará a mí conjurando a Óscar para que salte. Mi miedo a las alturas puedo controlarlo, pero esta vez voy a saltar al vacío, como en una prueba de fe. Y voy a animar a un hombre que no tiene fe en nada a hacer lo mismo.

—Becca, por favor… Bájame de aquí —me suplica Óscar, sudoroso—. No soy capaz. Prefiero vivir como un hombre amargado que experimentar esto.

—Te prohíbo que digas eso nunca más. Óscar —agarro su mano con fuerza—, tratar fobias en cuarenta y ocho horas no es fácil para mí. El miedo a fracasar me persigue, pero no por ello voy a abandonar. Sentir miedo aquí y ahora es normal. Pero yo sé cuál es mi miedo, por eso puedo afrontarlo. Tú, sin embargo, no has tenido oportunidad de comprender lo que te pasa. No has ido a un psicólogo, no meditas, no eres una persona reflexiva y encima te atiborras a tranquilizantes. Lo que yo pretendo es abrirte los ojos para que veas quién eres y a qué le temes. Dame la oportunidad de mostrártelo. No te quedes atrás. Salta conmigo.

—Me cago en todo, Becca...

—Por favor, deja de soltar tacos mientras te graban —le suplico sin dejar de sonreír.

Nos quedan siete minutos para llegar a los cuatro mil metros. Óscar está luchando consigo mismo y eso hace que me sienta orgullosa de él. No debe rendirse.

—Está bien. —Coge aire por la nariz—. Necesito ayuda. Ayúdame o no lo conseguiré.

—Claro que sí. ¿Confías en mí? —Le pongo una mano en la nuca y lo acerco a mí hasta que juntamos nuestros cascos.

—Sí.

—Haz lo que yo te digo.

—Sí.

Axel me aparta un poco de él y me señala la cámara GoPro. Tengo que grabar bien, y seguro que le interesa un primer plano de Óscar mientras escucha mi consejo.

—Cierra los ojos.

Cuando los cierra, echo mano de toda la información que he recibido de su casa, de su mujer, del fallecimiento de su mejor amigo y de la tragedia del avión, y conecto con sus emociones más profundas.

Un hombre con un trastorno de ansiedad generalizada como la que él tiene puede llegar a temerle a todo y a sufrir varias fobias, pero absolutamente todas tienen la misma raíz. Y yo se la voy a mostrar. Siento la fuerte luz del foco de la cámara de Axel dándome en la mejilla derecha, y sé que su mirada analiza cada una de mis palabras y de mis gestos; la del objetivo, en cambio, está grabando solo lo que ve.

La puerta por la que saltaremos está a nuestra izquierda. Óscar sigue con los ojos cerrados, y yo me permito mirar a través de la ventanilla. Solo cielo. La inmensidad del cielo. Y abajo, la dura tierra. Vuelvo a centrar la atención en mi paciente.

—A veces, un suceso puede cambiarnos la vida en un abrir y cerrar de ojos, sin que nos demos cuenta. Remueve algo en nosotros de lo que no somos activamente conscientes, y esa inquietud se afianza en nuestro interior, hasta que un día explota en forma de ataque de pánico, y nos damos cuenta de que somos vulnerables, y no las rocas que creíamos ser. No somos inmortales, ni estamos hechos de hierro. Somos humanos, seres imperfectos con paranoias y pensamientos que no podemos controlar. Y cuando entendamos que podemos temer, llorar y sufrir, sin que eso sea necesariamente negativo, dejaremos de presionarnos a nosotros mismos, y empezaremos a querernos un poco más. Óscar —le agarro el casco con fuerza para afianzar mis palabras—, tú no derribaste ese avión. Tú no tuviste nada que ver con la muerte de tu amigo. Lo único que hiciste ese día fue estar enfermo, así que deja de sentirte culpable por ello. La vida es así, muy imprevisible, y tiene libre albedrío. Nadie puede controlar nada. Repítelo conmigo.

—Nadie puede controlar nada.

—Tú no puedes controlar nada.

—Tú no puedes controlar nada.

—No, yo no... Tú.

—Perdón. Yo no puedo controlar nada.

—Necesito que recuerdes todo lo que estás sintiendo ahora. La vibración del avión bajo nuestros pies, el sonido del aire en el exterior, las hélices dando vueltas ininterrumpidas, el latido acelerado de tu corazón... ¿Te lo estás grabando en la cabeza?

—Sí.

—Bien. Quiero que cojas todo ese miedo que sientes ahora y que lo mimetices en una bola de luz en el centro de tu pecho. Visualízalo.

—¿Cómo se hace eso?

—Imaginación, Óscar. Imaginación.

El hombre asiente con la cabeza.

—Vamos a hacer algo muy arriesgado. Es una barbaridad. Nos vamos a lanzar en caída libre y vamos a mirar cara a cara al peligro, al riesgo, a la muerte.

—Sí.

—Pero cuando estemos en el cielo, vas a darte cuenta de que seguirás vivo, de que sigues vivo incluso cayendo en picado... Y de que esa muerte a la que temes subido a un avión, o en cualquier parte, en realidad no va a llegar.

Óscar se serena con mis palabras y, poco a poco, su respiración y sus pulsaciones se calman.

—Somos frágiles, Óscar. Creíste que por llevar un avión, por hacerte cargo de tanta gente en cada vuelo, por hacerte cargo de tu familia, no te podía pasar nada. Sentías que eras fuerte e irrompible. Te veías como una persona con autoridad. Pero cuando el miedo te golpeó, todos tus credos cayeron. Te diste cuenta de tus inseguridades, de tus terrores y le viste las orejas al lobo. Pues bien, el lobo seguirá estando ahí. Pero hoy vas a comprender que la muerte y la vida van de la mano. Que donde está el cuerpo está el peligro, pero que nuestro momento llegará cuando toque, no cuando nosotros pensamos. Por eso nos vamos a lanzar al vacío. Para que veas que, en el aire, sin alas, y cayendo en picado, no vas a morir. Seguirás respirando, impresionado, cogiendo aire a borbotones. Pero seguirás vivo. Aprenderás que tu momento no llegará ni en un avión, ni en paracaídas, ni en ninguna otra circunstancia a la que tu mente decida temer; que te has subido a esta avioneta y sigues vivo. Y en ese minuto que estemos en el aire, quiero que lances esa bola de luz que has mimetizado en tu pecho y la dejes ir. Quiero que dejes ir tus preocupaciones y todo el lastre que llevas encima y que has acumulado desde antes del siniestro del avión. Solo tú sabrás de cuánto te tienes que desprender.

Óscar abre los ojos y me mira con suma atención. El color negro de sus pupilas se ha aclarado, y por primera vez empiezo a vislumbrar otro tipo de brillo en ellos. Una luz de conciencia especial, que se da solo en las personas que empiezan a despertar de un largo letargo.

El letargo, Óscar lo lleva arrastrando desde hace más de siete meses. Puede que años. Y él tiene que advertirlo y descubrir qué le pasa, para poder liberarse.

André se levanta y se coloca junto a mi paciente para proceder a atarlo a su cuerpo con los arneses.

—Vamos a prepararte —le dice el guanche, que actúa con aplomo.

Sin embargo, Óscar está en otro mundo. Pensativo. Concentrado en su bola en el pecho y en todo lo que le he dicho. Sabe que tengo razón, y ahora está meditando sobre los años que lleva soportando su propio lastre.

Axel hace lo propio conmigo. Se pega a mi espalda, hasta el punto que siento su respiración sobre mi coronilla. Vuelve a golpearme una nueva sensación de familiaridad, pero se esfuma en cuanto me dice:

—¿Y si no abro el paracaídas?

A continuación, me pone todos los seguros posibles alrededor del cuerpo, y me aprieta contra él. En las alturas hace frío, pero el calor corporal de su cuerpo me cobija. Es increíble la presencia que tiene, mucho más alto y corpulento que yo, y con ese olor…

—Vete a la mierda. No deberías hacerme estas bromas, estoy de los nervios.

—Ha pasado alguna vez…

Me suelta cuando André abre las puertas. El viento del exterior arremete con fuerza dentro de la cabina. Bruno nos está grabando a los cuatro antes de saltar, y tiene una sonrisa preciosa de oreja a oreja y el pulgar levantado.

—Vamos, Becca —me anima—. Deja el pabellón bien alto. Y nada de desmayarte.

—Lo intentaré, gracias. —Fuerzo una sonrisa, pero desestimo la posibilidad de levantar el pulgar como él. Me tiembla todo.

—Céntrate en mirar a Óscar —me pide Axel.

Yo ya miro a Óscar. Y ya no parece nervioso, sino concentrado.

Axel pasa unas cintas por mi entrepierna y alrededor de mi cintura. Otro cinturón más de seguridad. Y entonces caminamos juntos hacia la puerta. Yo intento clavar los talones, pero Axel me empuja hacia delante.

—Becca, no te asomes… No pienses en lo que vas a hacer —me dice al oído, tomándome de la cintura.

—No puedo dejar de pensar en ello.

—Estamos a cuatro mil metros, a mucha altura. Tú tienes vértigo. No pienses en ello.

—¿Estáis preparados? —pregunta André.

—No —contestamos Óscar y yo a la vez.

André mira a Axel por encima de mi cabeza, y el tío asiente, como si tuvieran un lenguaje especial entre ellos.

—Becca, marca tú el salto —ordena André.

Ay, Dios. Ay, Dios. Me voy a morir. El aire es muy frío y va a mucha velocidad.

—A la de tres.

—¿A la de tres? —repito yo. Tres es muy poco. Tres es una mierda.

—Venga, que no tenemos todo el día —me recuerda Gero desde los mandos de la avioneta.

Óscar, que no cree en Dios, se está santiguando como un loco. Yo le rezo a la Virgen. Venga, tengo que ser valiente. Me va a ver toda España. Cierro los ojos, tengo la garganta seca.

—Uno… —digo.

Y entonces…

—¡Aaarrrghhh! ¡Hijo de perraaa!


Al parecer, la grabación del salto ha sido espectacular, a tenor de las carcajadas y las risas que se están echando todos alrededor del Mac de Axel, quien, muy orgullosamente, se ha dedicado a enseñar mis fotogramas con la expresión descompuesta, los ojos vueltos y el rostro como si me estuvieran haciendo un lifting.

Me ha costado mucho quitarme la sensación de ingravidez en el aire. Para mí ha sido una experiencia impactante e inolvidable. Axel ha llevado el control en todo momento, tal y como me dijo, y ha demostrado ser un excelente saltador, avispado y atrevido. Se ha acercado a Óscar y a André en el vuelo, y me ha guiado la cabeza para que los mirase y grabase a mi paciente. Y así hemos descendido; él aguantándome la barbilla en alto, y yo luchando por que los agujeros de mi nariz no se convirtieran en los de un elefante.

Lo de Óscar ha sido otra historia. Se ha pasado el descenso gritando como un loco, despertando de su agonía, expulsando toda su angustia y profiriendo cientos de insultos muy vascos y variopintos como si le fuera la vida en ello. Y creo que se ha liberado y se ha quedado más que a gusto. Ese hombre necesitaba algo así. Demasiadas losas llevaba sobre sus hombros.

Yo, por mi parte, me he tomado mi tiempo para recuperarme. Mis sensaciones han sido indescriptibles, más pronunciadas por sentir la tranquilidad y la parsimonia de Axel a mi espalda. Este hombre parece estar hecho de hielo. Ni una sonrisa, ni un grito, ni siquiera una expresión de júbilo o alegría. Empiezo a dudar de que sea humano de verdad. Y, sin embargo, no puedo comparar con nada la sensación de volar con él, viendo cómo el suelo se acercaba, sintiendo cómo su sola presencia me tranquilizaba y cómo no me importaba pensar que, tarde o temprano, podíamos chocar contra el suelo como un mosquito contra el parabrisas. Y después… Después ha venido el tirón hacia arriba del paracaídas, y nuestro paseo entre las nubes.

Sin duda alguna, el mejor atardecer de toda mi vida, en silencio. Si Axel no habla demasiado en tierra, en el cielo es peor.

Debo añadir que he vomitado en uno de los giros del paracaídas, y que si había gente abajo, han debido de pensar que llovía puré de papas arrugadas, pero eso es lo de menos.

Treinta segundos antes de aterrizar, Axel me ha dicho:

—Haz como que corres. No te pares en seco. Es el mejor modo de tocar tierra. La inercia del movimiento hará que no caigamos.

Yo, que aún tenía el sabor de la bilis en la lengua, he asentido dándole la razón como a los locos. ¿Y qué es lo que nos ha pasado? Que nos hemos dado un leñazo digno de *APM*.

Debajo del paracaídas, enredados en una maraña de piernas y brazos, Axel me ha reñido.

—Joder, Becca, te has parado en seco. ¿Has escuchado lo que te he dicho?

—No me he parado en seco. Me he movido en todo momento. —Me cogí la cabeza y me quedé en el suelo, con él encima—. Ya te he dicho que soy más patosa que Carmen Sevilla con chirucas.

—Es el mareo. Se te pasará.

Eso fue lo único que me dijo antes de levantarse como si mi cuerpo ardiera. Me ayudó a incorporarme, nos quitamos los arneses y todo el atrezzo, y después nos fuimos.

En fin. Una aventura para contar a mis nietos.

Óscar nos ha pedido estar solo después del salto. Me ha preguntado si por hoy habíamos acabado, y yo le he dicho que sí. Por eso la caravana, donde nos esperaba Ingrid, lo ha llevado hasta su casa, donde meditará durante toda la noche sobre sus problemas y sus cosas. Lo mejor es que él se ha dado cuenta de que el avión no le mata, ni siquiera volar por los aires sin alas lo hace.

Mañana, probablemente, aprenderá más.

Ahora estamos todo el equipo en el Marabú.

Gero y André nos han hecho una factura, y gracias a eso podemos permitirnos la cena en este restaurante. Creo que nos lo merecemos. Yo me lo merezco. Hemos dejado la caravana en el aparcamiento del hotel, y han sido ellos los que nos han traído en sus jeeps.

Me gustan mucho estos coches, me recuerdan al *Equipo A*.

Estamos cenando en la terraza del lujoso restaurante, bajo el increíble manto de las estrellas, y con la luz de las velas, preparados para probar las delicias culinarias de este lugar tan acogedor que dicen que tiene las mejores combinaciones entre alimentos típicos majoreros y cocina creativa.

Lamentablemente, en la otra esquina de la terraza hay un grupo de chicas menores de edad vestidas como si fuera el día de la Prostitución, acompañadas de chulos tatuados salidos de *Hombres, mujeres y viceversa*, hablando demasiado fuerte, soltando más tacos que verbos, entre los que destacan: «*Tol weekend* cardando, *men*», o «Pava, no me vaciles o te *fueleteo*».

O sea, nada más *qui disir*.

Pero en vez de deprimirme por el nulo futuro que tenemos como especie y como civilización, he decidido centrarme en mi estómago.

Tengo tanta hambre que soy capaz de comerme una vaca, así que me importa poco lo que pidan mientras pueda cebar a mi solitaria. Estoy tan cansada que ni siquiera sé cómo tengo el pelo, ni me preocupo por atusármelo, porque tengo la convicción de que mis rizos tienen vida propia, y no soy nadie para colocarlos en su sitio. En los pies llevo unas deportivas New Balance azules y la ropa de antes.

—Estos son los mejores gags que he visto en un programa de televisión —asegura Bruno con los ojos brillantes y llenos de admiración—. Becca, la GoPro ha cogido muy buenos planos de Óscar.

—Eso es porque Axel me ha agarrado la cabeza para mantenérmela fija.

—Sea como sea, lo has hecho muy bien. Vamos a petarlo con este reality. Va a ser espectacular. Lo sé.

—Es mi heroína —afirma Ingrid pasándome un brazo por encima—. Yo no podría haberme tirado nunca. Campeona. —Me da un beso en la cabeza—. ¿A que sí, Axel?

Él interrumpe la conversación con Gero y André sentado en la esquina de la mesa. Me mira sin demasiado interés y contesta:

—Lo ha hecho bien.

Pongo los ojos en blanco y me meto medio panecillo caliente en la boca.

—¿Cuántas veces has saltado, Axel? —pregunta Bruno, muy interesado—. Lo llevabas por la mano.

—Solo es algo que he hecho de vez en cuando.

André y Gero miran hacia otro lado, y puede que a los otros ese gesto les haya pasado desapercibido, pero no a mí. Sé que los guanches saben mucho de Axel, y que su actitud denota que quieren esquivar las preguntas, y que conocen la verdad, que nada tiene que ver con su respuesta. Aunque Gero es más simpático, los tres están cortados por patrones parecidos. No cuentan nada sobre sus vidas y parece que tengan un vínculo afectivo sólido.

Nos traen la comida y todos engullimos como si no hubiera un mañana.

Gero es el que más habla conmigo. André conversa muy seriamente con Axel, y este solo se centra en su amigo.

Gero me está contando que en Twitter y en Facebook no dejan de compartir los tráilers del episodio del chihuahua, y que ya han dado la voz de que han visto la caravana de *El diván de Becca* en Fuerteventura.

—Chacha, eres famosa —me suelta comiéndose una gamba—. Nunca he compartido mesa con un famoso.

—Bah, no es verdad. Y si lo fuera, menudo chasco te tienes que estar llevando.

—Qué equivocada estás. —Me mira de arriba abajo.

Yo tengo el valor de sonrojarme. Gero es atractivo, pero demasiado bruto para mí. Y no tiene vergüenza.

—Seguro que más de un friki tiene que estar buscando vuestro vehículo por toda la isla —dice, y se dispone a servirme más vino.

Coloco mi mano sobre la copa y niego con la cabeza.

—No, gracias. —Cualquier cosa que lleve alcohol me sienta como un tiro. Recuerdo muy bien la resaca de la última noche que salí por Barcelona y no quiero volver a experimentar lo mismo—. Coca-Cola light, por favor.

Gero avisa al camarero y le pide la bebida. Luego me cuenta

que han abierto un negocio de aventuras en la isla, y que, además de caída libre, hacen paracaidismo, parapente y kitesurf. Tiene los ojos color caramelo y a su alrededor asoman las típicas arrugas de una persona que ha trabajado mucho al sol. Me gusta su voz y su tono meloso, y me cae bien.

—¿De qué conocéis a Axel? —le pregunto.

Ha creado un microclima entre nosotros dos. Ingrid sigue en Babia con Bruno, y Axel pasa de todos menos de André. Así que tengo a Gero todo para mí. Y voy a aprovecharlo.

—¿A este pirado?

Resopla y sonríe mientras arranca la cabeza de una gamba con la boca. Me salpica una gota de salsa y me entra en el ojo, pero prefiero que me entre una conjuntivitis a que él se desconcentre.

—¿Pirado? —digo.

—Sí. Es un inconsciente. Está fatal de aquí. —Y se señala la cabeza.

—¿Cómo os conocisteis?

—Pues lo conocí hace un año, en…

—Gero.

La voz de Axel corta el discurso del canario. Yo vuelvo la cabeza para mirarlo, porque su tono ha sido de advertencia. Es como Dios, está en todas partes. Axel concentra todo el peso verde de sus ojos en mi persona; su mirada es severa y amenazadora, lleva implícita la promesa de castigarme si sigo con mi actitud de metementodo.

—Deja de ligar con Becca —le ordena.

—¿Por qué, si está soltera? —Gero se cruza de brazos y marca pecho debajo de la camiseta negra—. Estás soltera, ¿verdad, pelirroja?

—Sí —contesto, y miro a Axel de reojo.

—Entonces, ¿qué problema hay? —Gero le está provocando, se le nota en la sonrisa.

—Pues que Becca nunca se iría con un bestia como tú —responde, desdeñoso—. Le gustan los de culo fino.

—¿Y tú qué sabes lo que a mí me gusta, listillo? —le increpo, asombrada. David no era un culo fino. Ser educado no es ser culo fino.

—Sigue enamorada del hombre que la abandonó.

Eso ha sido un golpe muy bajo. Yo me quedo un poco cortada ante tal afirmación. Ni lo confirmo ni lo niego. Aun así, no me gusta un pelo que vaya aireando mis sentimientos.

Ingrid coge aire y se muestra en total desacuerdo.

—Axel, eres muy poco caballeroso.

—Pero digo la verdad.

—Eres un borde con ella —insiste, y lo hace con más carácter del que le he visto en todo el viaje—. Me recuerdas a los niños que nos hacen rabiar en el instituto porque no saben llamarnos la atención de otro modo. Parece que Becca te guste.

Gero se echa a reír y lo señala.

—¿Es eso, Axel? ¿La psicóloga te gusta?

—Cállate.

—Si tanto te gusta, deberías dar algún paso.

Axel se queda en silencio, como toda la mesa. Se limpia la boca con la servilleta y la lanza sobre el plato vacío.

—Becca no me gusta. No tengo ningún interés en ella, es demasiado buena, y yo, demasiado malo.

En este momento me he imaginado a mi profesora de Primaria, la que tenía las gafas de gata, en plena clase, frente a la pizarra, mirándome fijamente y diciéndome: «Becca, cariño, a eso se le llama moco. Repite conmigo: Mo-co».

—Pues mira, sí. No puedo contigo. —Por alguna razón, sus palabras me han molestado. Me siento rechazada como mujer y juzgada como persona. Y odio saber, y que los demás sepan tan abiertamente, que a Axel no le intereso lo más mínimo. Me trago el orgullo mancillado y levanto la cabeza como puedo—. Es un descanso saber que no te gusto. Empezaba a preocuparme y hasta me costaba dormir —bromeo con teatralidad.

Los demás se ríen, pero yo no.

Y él tampoco.

Nos miramos como si lanzáramos cuchillos en el aire.

Él sabe lo que está haciendo. Y odio que también sepa que me ha dolido su contestación. ¿Que cómo lo sé? Porque Axel es un demonio que se nutre del dolor de los demás. Así de sencillo.

Y no contento con la perlita que me acaba de soltar, el tío se levanta de la mesa, me sonríe de lado y se dirige hacia la mesa que hay en la otra esquina, donde se han sentado la tropa de poligoneras menores de edad con ganas de hacerse notar y menos ropa que Barbie después de un resacón en Las Vegas.

Sé que mis ojos se incendian y que mis llamas rojizas solo tienen un objetivo. Y es él, hablando con esa niñata teñida de rubia que tuvo la gran desgracia de que las tetas le crecieran antes y en mayor medida que el cerebro, y cuya palabra más usada de su diccionario es «mamada».

—Míralo —me dice Gero obviando mi actual estado de mala leche máxima—. Es un cazador. Lleva echándole miradas furtivas toda la noche.

—¿A quién? ¿A la rubia con morros de chupona?

—Sí. Ay, Becca —me mira condescendiente—, haces bien en no interesarte por él, porque Axel se come a niñas buenas como tú para desayunar.

—¿Y tú qué sabes si soy buena? Ni tú ni Axel tenéis ni idea —digo, ofendida, sin perderme un detalle de la mirada guarra que le acaba de echar la niñata. ¿Por qué todo el mundo presupone eso sobre mí?

—Chacha… Lo eres. Hay niñas malas como esa de ahí, y mujeres buenas como tú. Recuerdo que Axel ligaba como nadie, el condenado, y sigue haciéndolo —murmura para sí. Seguro que lo idolatra—. Hay una leyenda que dice que se hizo una orgía con cuatro mujeres a la vez. No conozco a nadie que folle más que Axel. Las mujeres son solo mercancía para él.

—Ya… Pues que tenga cuidado con las infecciones —digo levantándome de la mesa—. Disculpadme, voy a hacer una llamada.

No lo soporto más.

Mejor será poner distancia.

No tengo por qué ver cómo Axel tontea con ella, y cómo salen los dos juntos del local.

# 16

 @AitorMenta #eldivandeBecca Le dije a mi mujer que quiero una caravana como la tuya, Becca, y me dijo que ella quería ser soltera de nuevo y tenía que apechugar. #ladurarealidad

La suave brisa nocturna de Fuerteventura golpea mi cara y refresca el ardor de mi ira. Ni siquiera puedo analizar por qué me molesta, hasta el punto de hacerme un poco de daño, que Axel haya salido del restaurante con esa golfa. Pero me arde.

Me arde mucho.

No fumo, pero fumaría solo para ver si así uno piensa mejor. Si la gente lo hace será por algo, ¿no? Bah, pero no. Luego te queda un pestazo en la boca horrible.

Estoy en la entrada del restaurante y la luna brilla enorme sobre mi cabeza. Creo que voy a llamar a Eli.

Un ruido a mis espaldas interrumpe mi meditación. Entonces, escucho la puerta de un coche cerrarse y la voz de Axel, que pregunta en voz alta:

—¿Cuánto vale?

Se me pone la piel de gallina. Cuánto vale ¿el qué?

Entre muchas posibilidades me viene a la cabeza la peor: ¿el cretino va a pedirle una felación a la putilla? No puede ser. Ahora mismo me da mucho asco pensar que me ha llegado a gustar y a obsesionarme un poco. Me muevo sigilosamente entre los coches, y procuro ocultarme y localizar a Axel y a la rubia.

—Depende de lo grande que sea. Cuanto más grande, mejor es el subidón. A mí me encanta —dice ella con voz juguetona.

—¿Cuántos estás dispuesta a darme, guapa? Tengo mucho dinero —asegura Axel, pedante—. Y la noche es larga.

—Pero ¿aquí? ¿A la vista de todos?

—Nadie nos ve.

Los cojones. Yo te estoy escuchando, cerdo insano.

—Quiero seis.

Seis. Me río por no llorar. Pues te va a dejar como un higo chumbo, guapo.

—Vale.

Oigo una cremallera abrirse y cierro los ojos con fuerza, cuando lo que debería hacer es taparme los oídos, porque al fin y al cabo no les puedo ver. Y de repente oigo:

—¿Qué estás haciendo? ¡Eh! ¡Suéltame!

—No, ven aquí.

—¡Que me sueltes! ¡No puedes hacer eso!

—Grita, si te atreves. ¿A que no quieres?

Palidezco. No soy consciente de que he salido de mi escondite y que mis pies se han movido por inercia hacia donde están ellos, hasta que los veo, peleándose, de pie el uno delante del otro, y a ella empotrada en un Land Rover gris oscuro.

Axel la tiene cogida de la muñeca con fuerza y le está haciendo fotos.

Fotos.

La joven lucha por liberarse y contemplo la escena asustada.

—¿Qué le estás haciendo, Axel? ¡Déjala! —le grito.

Él me devuelve la mirada, iracundo.

—¿Sabes quién es? —me pregunta.

—¿La guarrilla con la que te ibas a ir? —replico.

—¿Qué dice la bobamierda esta? —suelta la niñata—. Puta será tu madre.

¡Hala! ¡Pero vaya lengua tiene la niña!

Doy un paso al frente.

—Lávate la boca cuando hables de mi madre, fulanilla de tres al cuarto. —¿Cuántos años tiene? Se le ha corrido el rímel y el pintalabios, y parece una adolescente disfrazada de dragqueen, más inocente de lo que quiere aparentar—. Caray, Axel, te las buscas refinadas y cultas, ¿eh? —suelto con inquina e ironía, cruzada de brazos.

—Corta el rollo, Becca. Es Martita. La hija de Óscar.

—¿Eh?

—Es ella.

—¿El Anticristo? —Me descruzo de brazos y asumo que mi cara de sorprendida debe de ser mejor que la de algunos memes. ¿Cómo sabe él quién es Martita?—. ¿Cómo sabes que es ella?

—Porque Óscar me enseñó la foto de su hija por móvil, y me explicó que le gustaba salir por esta zona.

—Pero ¿cuándo has hablado tú con Óscar?

—¿Cuándo? ¿Tú qué crees? Grabo a tus pacientes, joder. Y también hablo con ellos. O acaso crees que soy incapaz de hacerlo.

No tengo respuesta para eso. No me imagino a Axel preocupándose por los problemas de los demás. No lo veo nada asertivo.

—No estaba seguro —continúa—, pero él creía que su hija tenía líos con las drogas. La he visto ahí… ¡Te digo que te estés quieta, Marta! —le ordena para detener el zarandeo—. Estaban repartiéndose bolsitas diminutas de pastillas blancas con los iluminados de la mesa. No son nada discretos.

—¡Que me sueltes, mamarracho!

Martita le da una patada en la espinilla con sus zapatos de plataforma descubiertos. Lleva una minifalda tan corta que con el forcejeo se le ha subido y ahora hace las veces de cinturón.

Martita es una ilusa. Axel no siente dolor.

—Te repito que te estés quieta o te arranco el pelo a lo mohicano, ¿me has oído, bonita? —La ha amenazado entre dientes, y eso es muy chungo.

Martita calla ipso facto.

—¿Qué vas a hacer con esas fotos? —le pregunta, asustada.

—Pues verás, voy a hacerte chantaje —responde Axel a bocajarro—. Les estás jodiendo la vida a tus padres, así que he decidido jodértela a ti. Las voy a llevar a la policía y te van a detener por tráfico de drogas. Te meterán en un reformatorio.

—No. ¿Por qué ibas a hacer eso?

—Ah, porque me da la gana —responde Axel haciendo un mohín de indiferencia—. Me apetece fastidiarte sin razón, como tú haces con tu pobre padre.

—Mis amigos te darán una paliza.

—Venga, llámalos. —Axel le ofrece su móvil—. Les estoy esperando con muchas ganas. Me apetece aplastarles la cabeza a esos niñatos con minipollas, adoradores del reggaeton y la vida fácil.

Abro los ojos de incredulidad, consternada aún al descubrir que Axel ha hecho algo así por Óscar.

Martita ignora el móvil y mira hacia otro lado.

—Soy una *desgraciá* —dice en idioma choni—. Mi vida es una mierda.

—Eres joven, Marta —intervengo yo—. Puedes hacer muchas cosas todavía.

—¿Y a la panocha quién le ha dado vela en este entierro? —suelta de manera despectiva.

—¿Qué has dicho? —pregunto apretando los dientes y abriendo y cerrando los puños. Nadie me llamaba así desde la escuela. Se va a enterar, la pelo Poni…

—Becca, calla —me pide Axel.

Después, se centra en Martita y le obliga a que lo mire. Me sorprende lo bien que lleva la situación, y lo tranquilo que parece en semejante lío, como pez en el agua.

—Tengo amigos en la policía de las Islas —le informa Axel con gesto sereno—. Si no quieres que estas imágenes y todos tus amigos de ahí adentro acabéis fichados por tráfico de estupefacientes y con el futuro bien jodido, vas a tener que hacer algo.

—Pero ¿qué te he hecho yo? ¿Qué te importa a ti lo que yo haga?

—Nada. Pero tu padre me cae bien. Decide, Martita. O asumes las consecuencias de estas fotografías, o eliges otra opción.

—¿Opciones? ¿Qué opciones?

—¿Tienes libreta y boli? —le pregunto.

—¿Crees que puedo llevar libreta y boli en esta minifalda, rostro pálido?

Y encima me hace burla. Será perra...

—Callaos las dos. Primero: vas a empezar a cuidar de tu madre. Segundo: respetarás a tu padre. Tercero: dejarás las malas compañías que tienes ahora. Cuarto: irás al instituto y estudiarás hasta que al menos te saques una carrera; eso son, más o menos, los veintitrés años.

—Tú flipas, nene.

—¿Yo flipo? —dice Axel—. Mira, Martita, tienes exactamente dos semanas para empezar a cambiar. Si no lo haces —se acerca a ella y le habla a un centímetro de su cara—, voy a joderte la vida de verdad, ¿me has oído? Se te acabó vivir de gorra, se te acabó tomar estas mierdas que os dejan atontados —le enseña la bolsa llena de pastillas—, se te va a acabar comprarte modelitos y ropa cara y flirtear con esos fracasados de ahí adentro. Vas a cambiar.

—Sí —asiente en voz débil.

—¡¿Me has oído?! —repite, esta vez más fuerte.

—¡Sí! —grita ella limpiándose las lágrimas con el dorso de la mano.

—Bien. —Axel la suelta y se aleja de ella—. Ahora, vete con unos de tus chulos...

—No son mis chulos.

—Pues te tratan como a una furcia —le suelta—. Empieza a respetarte, Martita, o no tendrás más oportunidades. —Se saca un billete de veinte euros de la cartera de piel y se los da—. ¿Sabes qué? No quiero ni que te despidas de ellos. Llama a un taxi y te vas para tu casa ahora mismo, a cuidar de tu madre y a preguntarle cómo está. Venga —se apoya en el Land Rover y se mete las manos en los bolsillos delanteros—, no me moveré hasta que el taxi te venga a buscar... Decídete.

Marta resopla. Esta vez sí parece una niña perdida y desorientada, pero obedece a Axel como si fuera la máxima autoridad de su existencia.

Y yo parezco una tonta, porque ni siquiera sé cómo reaccionar. Axel me ha dejado sin palabras. Muda. Pero para bien.

A su lado, apoyo la espalda en el mismo vehículo que él y me cruzo de brazos, porque ni siquiera sé qué hacer con las manos.

Esperamos los dos en silencio hasta que el taxi viene a recoger a Martita. La chica nos echa una última mirada a través del cristal, y después baja la cabeza. Cuando el taxi desaparece de nuestra vista, Axel se aparta del Land Rover.

—Vamos adentro —dice; le incomoda estar a solas conmigo—. Nos falta el postre.

—No eres tan indiferente como quieres aparentar —le increpo, algo insegura al recibir su dura mirada acusatoria.

—Tú sigue pensando eso. No sé por qué te despierto simpatía, pero sea por la razón que sea, estás equivocada. —Hace un gesto como si no comprendiera mi forma de ser—. No esperes nada de mí, o saldrás escarmentada, Becca —me advierte.

—Di lo que quieras. No eres el tío malote que quieres aparentar ser.

Algo pasa con Axel, hay un motivo para que no quiera vincularse con nadie, aunque se preocupe por los demás, como ha demostrado. «Las mujeres son solo mercancía para él», ha dicho Gero.

Vuelve a sonreír, pero solo es una caricatura de la verdadera sonrisa.

—No me mires así —me advierte.

—Así ¿cómo?

—Como si hubiera luz en mí. Créeme, no la hay.

—Ah, no. —Muevo la mano como si no le diera importancia—. Jamás lo pensaría —miento, pues lo que ha hecho me parece adorable; me encanta la fachada de tipo duro que tiene, porque sé que es una coraza, y de repente quiero ser yo quien se la quite—. Puedes ser todo lo taciturno que quieras. A mí no me importa, porque no me engañas.

274

Es hora de admitir que Axel me gusta. Por muy insoportable y borde que sea, él me gusta. Si hasta me pongo celosa cuando tontea con otras que no sea yo. Y esta revelación me fascina, ¿sabéis? Porque queriendo como he querido (y todavía quiero) a David, hay un hombre que me llama poderosamente la atención, y deseo saber hasta dónde me va a llevar esa curiosidad. Trago saliva, nerviosa por descubrir la atracción que me está atrapando, pero no puedo permitir que él lo sepa. Porque a Axel hay que ponérselo muy difícil y demostrarle que la indiferencia es mutua, o, de lo contrario, se alejará igual que los murciélagos de la luz.

—Becca, aunque yo no fuera tan oscuro como crees, el problema sería que tú sigues siendo demasiado transparente y buena, y ya es demasiado tarde para educarme. Te lo dije cuando nos conocimos.

Está bien. Admito que soy buena tía. Mi lado golfo está muy dormido, pero empiezo a estar cansada de ser siempre la buena y la legal.

Me aproximo a él y le doy golpecitos en el hombro. Me imagino lo cómico de la escena: él debe de parecer un gigante enorme y yo, casi una niña a su lado. Y aun así, nada me parece más tierno. Axel puede ser una bestia, pero no me va a morder, por mucho que ladre.

—Tranquilo. No quiero cambiarte, no tengo intención de enamorarme de ti. Está bien así, James Dean. —Le guiño un ojo y paso de largo, directa hacia el restaurante, donde la seguridad de estar rodeada de más gente es mil veces menos excitante que esos ojos verdes clavados en mi espalda.


*Viernes*

He amanecido con muchas ganas de trabajar y de ver cómo se encuentra Óscar. Hoy voy a insistir en un objetivo: dejarle claro que debe hacer yoga y ejercicios de PNL para controlar sus pensamientos y su fobia, y que sustituya los trankimazines por la lectura constructiva y mucho triptófano.

La noche anterior, al salir del restaurante, no hicimos nada más. Axel y yo no volvimos a cruzar ni una sola palabra. Me fui con Ingrid y Bruno al hotel porque estábamos agotados. Nos despedimos de Gero y André, y Axel se fue con ellos, para contarse sus batallitas, supongo.

Una vez en la habitación, aproveché para actualizar mi terapia con Óscar en el iPad y abrí los correos de mi consulta, que aún sigue en activo, para controlar los mails que entran en spam y demás. Me sorprendió encontrarme con un mail de un tipo que decía algo así como que ya nos encontraríamos la próxima vez, que tenía muchas ganas de verme y hablar conmigo.

Desconozco al titular de la cuenta y, lejos de parecer alarmista, he considerado que lo mejor es informar a Axel sobre el particular. Él se ha erigido en mi protector y guardaespaldas y quiere que lo ponga al día de estas cosas.

Ahora estamos desayunando en el jardín, bajo el espléndido sol de Fuerteventura. Aquí huele a limpio y a naturaleza, a espacios abiertos y no viciados.

La mesa del desayuno rebosa de zumos, cereales, bollos calientes, tostadas y embutidos… Lo único que no me gusta es el queso, que apesta. Por lo demás, todo me encanta.

Miro de reojo el pasillo al que va a dar la puerta de la habitación de Axel. Ni un ruido sale de ella. Todavía no se ha levantado. Sigue durmiendo, el marmota. No sé a qué hora habrá llegado por la noche, no he oído ninguna puerta, aunque tampoco podría haberlo hecho porque caí rendida en cuanto me tumbé en la cama.

—Bruno, ¿quieres café? —le pregunta la dulce Ingrid desde la cocina americana.

El chico está sentado a la mesa de mimbre con sus gafas Ray Ban de pasta azul que cubren sus ojos negros. Parece pensativo, con los codos sobre la mesa y la barbilla apoyada en sus manos entrelazadas.

—Sí, por favor.

Veo cómo Ingrid lo mira de reojo y sonríe. Después se acerca a él por la espalda, le rodea el cuello y lo besa en la mejilla para darle los buenos días.

—Buenos días, guapetón.

Él la mira y le obsequia con una sonrisa auténtica, velada solo por la decisión de guardar su gran secreto.

—Pensaba que no me ibas a decir nada. —Bruno frunce el ceño sin parecer demasiado preocupado.

—¿Qué dices? ¿Y dejar de besar una carita como la tuya? Aish… —Vuelve a darle otro beso y lo suelta para ir a buscar su café.

Empiezo a pensar en la posibilidad de que a Bruno sí le guste Ingrid de verdad y, si es valiente, opte por intentarlo con ella.

—Buenos días, princesa —le contesta él.

Yo los miro embobada. Muerta de envidia. Me pregunto si puedo hacerme el haraquiri con un cuchillo de punta redonda. Como sé que no, aprovecho para untarme una tostada con mantequilla y mermelada, y me digo a mí misma:

—Buenos días, Becca. Hoy estás más guapa que nunca y le das sentido a mi vida. Oh, gracias —me respondo—, es un efecto que causo en la gente.

Ellos dos se ríen, pero callan cuando escuchamos que la puerta de la calle se abre y se cierra.

Yo me levanto de la mesa para mirar quién ha venido; tal vez sea el servicio.

Pero no. No es el servicio.

Es Axel, con la misma ropa de ayer, ojeras y los ojos inyectados en sangre, desprendiendo un olor a destilería que echa para atrás.

No me lo puedo creer. ¿Eso que lleva en el cuello es un chupetón? Joder, es un chupetón enorme.

Todos pensábamos que estaría durmiendo en su habitación. Pero errábamos en nuestras suposiciones. Verlo aparecer así es como un jarro de agua fría. ¿Qué ha hecho esta noche? Se habrá ido de picos pardos con André y Gero, ¿no? Ojalá no me molestara tanto, pero voy conociéndolo. Poco a poco, sé más cosas de él; algunas creo que son falacias, y otras han demostrado ser verdad, como que las mujeres son mercancías para él.

Y me decepciona saber que viene ebrio y que seguramente se ha acostado con alguien a quien habrá dado la patada después de quedarse a gusto.

—¿Acabas de llegar? —le pregunto, estupefacta.

—Buenos días a todos —saluda.

—¿Dónde has estado? —No soporto que evada mis preguntas y pase de mí así. Y, lo peor, que vuelva a distanciarse y a hablarme de forma despectiva. Creo que, a estas alturas, tenemos otro tipo de comunicación, una que puede interpretarse como amistad.

—¿Qué eres, rizos? ¿Mi mujer?

—No. Ni ganas. Mononucleosis, sífilis, clamídeas… No quiero ser ninguna de ellas.

Él me da la espalda y abre la nevera.

—Sip. No lo olvides.

Coge una botella de cerveza y le quita la chapa con los dientes. Siempre me ha impresionado que haya hombres que sean capaces de hacer eso. Axel se pone a beber mirándome de reojo. Su vendaje está sucio, y seguramente necesita otra cura.

—¿Tienes algún problema? —pregunta sin intención de escuchar la respuesta—. Relájate, Becca.

¿Relajarme? Al muy cretino todavía le dura la borrachera de la fiesta que se ha pegado, huele a pachuli y, para colmo, tiene un chupetón en el cuello. Siento una pequeña punzada en el pecho. ¿Cómo es posible que un tipo así me guste? ¿Qué locura se me ha pasado por la cabeza?

—¿Necesitas una limpieza en los puntos? —Lo que más descoloca a Axel es que yo siga siendo buena con él y tenga esperanzas en su persona, por eso intento ser amable. Me acerco a él, aguantando el asco que me da el perfume que huelo en su

278

ropa, y tiro de su camiseta—. Ven, desastre. Hay que ponerte la crema para…

—No hay que ponerme nada. No eres mi jodida madre —me contesta, arisco.

Vale, Becca. Aguanta la respiración, cuenta hasta tres… Venga ya. ¡Ni hablar!

—El alcohol te sienta mal.

—¿Por qué no me dejas en paz? Joder, tía… Ya entiendo por qué David te dejó.

Será *figlio di puttana*… Qué cruel.

—Me parece que esta noche no te han hecho bien el trabajito, ¿eh, guaperas? —Mantengo la calma todo lo que puedo.

Debo tomar una decisión al respecto. Lo mejor que puedo hacer es centrarme en mi trabajo, llevarme lo mejor que pueda con mi equipo, y ya está. Dejarme de caprichos y tonterías, por mucho que me atraigan.

Al fin y al cabo, yo soy una más del montón, y como bien dijo él: soy demasiado buena y sé cuándo puedo hacer maldades y cuándo no, de la misma manera que sé cuándo el fuego empieza a quemar. Me alejaré con dignidad.

—Déjame en paz, Becca. ¿Qué problema tienes conmigo?

—No tengo ningún problema —contesto tragando saliva—. Pero me gustaría que respetaras un poco los horarios. No creo que hoy estés en las mejores condiciones para trabajar.

—No pongas en duda mi profesionalidad, guapa.

Arqueo una ceja y le dedico una mirada de «nomellamescomoatusfulanas».

—Becca, me llamo Becca, ¿recuerdas? Guapa será la tía a la que le has pagado cien euros esta noche.

—¿Cien? —repite; está a punto de echarse a reír—. No apuntes tan alto.

—Qué desesperado debes de estar.

¡Será cerdo!

Se encoge de hombros y saluda a Bruno y a Ingrid, que están en el salón, enterándose de todo.

—Deberías darte una ducha, Axel, y desayunar algo —le sugiere Ingrid con su tono conciliador.

—Ahora mismo voy.

Cada vez me molesta más que hable bien con las demás, menos conmigo. Pero sé por qué lo hace. Es consciente de que nos estamos acercando poco a poco y de que a mí no me puede embaucar. Pero haré que deje de preocuparse por mí de ese modo.

Soy buena y lista. No voy a irme con el lobo, ni me acercaré más a su guarida.

Doy media vuelta, me siento a la mesa en el jardín y le digo desde allí mientras abro el periódico:

—Saldremos en media hora para encontrarnos con Óscar. Date prisa, por favor.

—Sí, señora —contesta Axel, descolocado ante mi reacción.

Óscar nos ha enviado una localización de un lugar cerca de Betancuria. Es ahí donde va a estar. Dice que es importante para él que vayamos allí, y por supuesto que vamos a ir, porque cuanto más sepa de él y de su entorno, mejor. Por ahora ya conozco a su familia, y es un despropósito. Veremos qué más hay que saber de él.

Bueno, no hace falta deciros cómo ha sido de tenso el viaje en caravana hasta Betancuria, otra vez. Con Axel he cruzado las palabras y las indicaciones necesarias, relacionadas todas con el trabajo.

Él conducía y seguía el GPS, mientras Ingrid, en los asientos de atrás, le hacía friegas en el hombro a Bruno. Al parecer, a los cámaras se les cargan mucho las cervicales y los brazos.

Yo he dedicado unas miradas furtivas al diablo a través del retrovisor, y él ha hecho como si no existiera.

Qué gañán es.

Todo muy desagradable y extraño. Cada vez que atisbo el

chupetón que, sin ninguna vergüenza, muestra en el cuello, se me llevan los demonios… Con él empiezo a sentirme algo descolocada y perdida, y con mi humor como las hormonas de una menopáusica, ahora arriba y ahora abajo.

Después de una media hora de trayecto, hemos llegado a un enorme descampado con un almacén solitario, de estructura metálica y de color amarillo y blanco.

He bajado de la caravana, previamente maquillada por Ingrid, con una gorra Ed James que luce una calavera estampada de Swarovsky espectacular, un pichi vaquero corto y, debajo, una camiseta blanca. En los pies, unas Converse rojas bajas. Hoy mi look es muy de sport, y bastante rompedor. A mí me encanta el rojo, me hace parecer atrevida, y diferente. Además, necesito este calzado porque tengo intención de caminar por ese paisaje desértico con Óscar y hace muchísimo calor.

Bruno y Axel bajan a la vez con sendas cámaras, uno grabando tomas del almacén y otro grabándome a mí. Le dirijo una mirada de hastío a la cámara.

—Te aburrirás un poco aquí. No hay ni alcohol.

—No bebo mientras grabo.

—Ni tampoco hay mujeres.

—Está Ingrid, ¿no?

Sonríe como el nazi maquiavélico y creído que es, y ni así soy capaz de odiarlo. Ay, Axel. Qué mal vas.

Las puertas del almacén se abren y aparece Óscar con el gesto sereno y conforme y el pelo húmedo, como si se lo hubiera remojado. Lleva unas bermudas color caqui y un polo azul oscuro holgado. Además, en la boca sostiene un palo de regaliz.

Lo veo mejor que ayer. A sus pies reposan dos bolsas de piel de viaje. Tras él hay una avioneta más pequeña que la de Gero y André, pintada de los mismos colores que el almacén y con capacidad para dos personas.

—Buenos días, Becca.

—Buenos días, Óscar.

—Bonita gorra.

—Bonita avioneta.

—Sí. —La contempla orgulloso—. Es mi verdadera princesa. La que nunca me falla. Se llama *Caprichosa*.

—Me gusta el nombre. Doy por hecho que este almacén es tuyo.

—En efecto. Aquí tengo mis reliquias de coleccionista; entre ellas, ese bellezón —dice señalando a su avioneta con el pulgar—. Han intentado comprarme mis avionetas, pero —hace una mueca— me da pena venderlas.

Tiene dos aeronaves más que yo no sé valorar. Para mí son como un cuadro de arte abstracto, ni lo entiendo ni me esfuerzo en hacerlo. Pero Axel y Bruno sí parecen babear con el juguetito con alas.

—¿Te puedes creer que Evia y mi hija nunca han querido venir a ver mis cosas?

—¿Nunca las invitaste?

—Miles de veces. Hasta que me cansé de hacerlo y de escuchar sus negativas.

—Ellas se lo han perdido, ¿no?

—Sí, eso mismo digo yo.

—Bueno, Óscar, ¿por qué nos has citado aquí?

Necesito ir al grano, no tengo tiempo que perder. Axel graba y hay que comprimir la duración del programa y seleccionar solo lo más importante. Queda mucho trabajo por delante.

Óscar se llena los pulmones de aire y mete sus manos en los bolsillos delanteros del pantalón.

—He tomado una decisión irrevocable.

—¿Has tomado una decisión? ¿Cuál?

—Me voy.

—Te vas.

—Sí. Me voy de la isla. Ahora mismo.

—¿Cómo dices? ¿Cómo que te vas?

—Esta mañana he hablado con Evia y le he dicho que me voy a divorciar de ella. Dejo un fondo único y exclusivo para Martita, para su universidad, y le regalo la casa a mi futura ex

282

mujer para que haga con ella lo que le venga en gana. Está completamente pagada, así que…

—Un momento —lo detengo—. ¿Y ellas qué han dicho?

—Becca —me mira como si supiera cómo han reaccionado—, mi mujer ha dicho que si me llevo al gnomo conmigo, y mi hija me ha pedido que me lleve a su madre.

—Oh. —Menudo panorama de disfunciones.

—¿Sabéis que ayer Martita llegó a casa, toda arrepentida de su actitud y nos prometió que iba a estudiar?

Me imagino, sobre todo después del chantaje al que la sometió Axel.

—¿Ah, sí? —Finjo sorpresa.

—Sí.

—¿Y te la crees?

—Ni por asomo. Es muy embustera. Me arrepiento de no haberla educado yo mismo, de haber sido tan descuidado. Pero sea lo que sea lo que le ha pasado, la ha serenado un poco. Y quiero creer que buscará su propio camino a partir de ahora. —Óscar agarra sus dos bolsas y carga con ellas hasta el avión—. Hoy mismo me voy de la isla y de mi casa, Becca.

—Pero ¿no crees que es un poco precipitado? Estás dejando tu hogar.

—¿Hogar? No. Verás, eso no es un hogar. A mí no me necesitan. De hecho, nunca me han necesitado.

Mi código moral me obliga a no desmentir sus palabras. Se ve a leguas que Evia estuvo con él por interés, que su embarazo fue premeditado y que lo único que quiere es salir de su isla para vivir del sueldo de piloto de su marido. Y Martita… Ella le tiene menos respeto que un león a un conejo.

—Yo la quise. O, mejor dicho —revisa la cabina de su avioneta—, me gustaba la idea de querer a alguien, y supongo que, como muchos, elegí mal la persona a la que amar. Pero eso nunca se sabe hasta que estás de mierda hasta las cejas y te aborreces con solo mirarla, ¿no?

Vivan los vascos.

—Ya. Óscar… ¿Estás seguro de que puedes coger el avión? ¿Vas a controlar tu fobia?

Mi paciente se encoge de hombros y camina hacia mí. Parece un hombre distinto, más fuerte, más libre. Más seguro de sí mismo.

—Me siento capaz de ello —asegura—. Mi ansiedad se ha disparado por el miedo a la muerte y por la culpabilidad por la muerte de mi amigo; por no poder controlar cosas incontrolables. Pero, sobre todo, ¿sabes por qué más?

Sí lo sé, pero voy a dejar que sea él quien me lo diga.

—Mi ansiedad y mi fobia vienen por el miedo a morir sin haber vivido. Me siento culpable conmigo mismo por haber permitido que mi vida fuera esta, junto a una mujer que nunca me quiso y una hija que no me respeta. Me sentía atado, me faltaba el aire. —Respira por la boca y sus ojos se iluminan—. Ahora quiero vivir conociéndome mejor. Ya sé que mi fobia no me va a matar, y con los ejercicios que me des, y que prometo seguir, lo superaré. Pero ahora mi deseo es vivir de verdad.

Para una psicóloga, escuchar a su paciente hablar con tanta convicción es un motivo de profunda satisfacción. Mi objetivo es hacerle ver cuánto vale, y que su valía, al lado de sus fobias, es infinitamente superior. Parece que Óscar está en sintonía con esa corriente de pensamiento, y si no se desvía, día a día mejorará.

El foco de Axel alumbra el rostro esperanzado de Óscar, y Bruno, mientras tanto, está cogiendo planos de la avioneta y de las bolsas de viaje acomodadas en el asiento trasero.

—Me voy, ya no hablo más. —Da una palmada—. ¿Algún consejo más que deba seguir, Becca? —me pregunta.

En realidad, no tengo nada más que decirle. Ojalá todos mis pacientes reaccionaran así a mis terapias y comprendieran con tanta facilidad lo que les pasa. Aun así, todavía medito si es un acto o no de responsabilidad dar por terminada mi sesión con él. Pero Óscar es adulto, y si él ha decidido ponerle fin, yo no lo puedo impedir.

Sonrío un tanto sorprendida, le doy la mano y él me la aprieta con convicción.

—No has tomado trankimazines, supongo. —Miro de reojo la avioneta.

—No tomo nada desde ayer —contesta—. Ese vuelo sin alas me cambió para siempre.

—De todos modos, Óscar, quiero que tomes chocolate negro, una onza al día; triptófano, dos pastillas al día, y que leas libros de ensayo o novelas que te mantengan la mente fresca y despierta. Haz cosas que te gusten. Disfruta lo que puedas de ellas.

—Eso haré.

—Y quiero que me escribas y me mandes fotos de donde estás. Quiero saber de ti.

Él asiente y entonces tira de mi brazo y me da un cariñoso abrazo.

Me doy con los dientes en su hombro, pero da igual.

—Has hecho por mí más que mi mujer en toda mi vida. Gracias.

—De nada. Cuídate mucho, ¿vale?

—Sí. —Alza los ojos emocionados y mira al resto del equipo—. Gracias a todos por vuestro trabajo.

Axel asiente y Bruno levanta el pulgar.

Lo siguiente que hacemos es retirarnos los tres y dejar paso a Óscar y su avioneta *Caprichosa*.

Cuando levanta el vuelo, le despido con la mano consciente de que le queda por delante un largo viaje de autoconocimiento, y que el primer tramo ya lo ha realizado, el tramo de romper con aquello que no le gusta.

El tramo de tener la valentía de hacerlo.

# 17

 @AnaMacíaPajas #eldivandeBecca Hola, Becca.
A ver si me puedes ayudar. Le he dicho a mi marido
que ya no es romántico. Y me dice que es de
los pocos que quedan porque pone la almohada
en el suelo para que no me duelan las rodillas.
#elgordosecreeGreyynolleganiagreen

*Tenerife*

Hemos cogido un ferry de Fuerteventura a Tenerife que nos permitiera movilizar la caravana. Son las cuatro de la tarde y ya estamos aquí.

Durante el trayecto he preparado el encuentro con Fayna a conciencia. Mientras tanto, Axel y Bruno vuelcan todo el material grabado. Bruno pasa los filtros de sonido, y Axel, cerveza va cerveza viene, edita los vídeos. Creo que quiere hacer una apuesta consigo mismo para ver cuántas birras es capaz de beber sin morir de cirrosis por ello.

Al margen de lo mal que me sienta la actitud tan fría y desagradable que tiene el tío este conmigo, estoy ligeramente inquieta. Este es mi primer caso de fobia a roncar, y es complicado, más que nada porque es algo que haces sin ser consciente de ello, y no tienes modo de controlarlo porque, en ese momento, tu mente está en los mundos de Yupi y no puedes solucionar nada.

Mi desafío está en hacerle ver a Fayna que consulte con un especialista para solventar sus problemas respiratorios.

Mi papel, mi responsabilidad para con ella, es que sea menos dura consigo misma y que aprenda que el ronquido no es vergonzoso. Además, he leído en su ficha que vive sola y que no tiene pareja. No sé por qué se preocupa tanto si no tiene a nadie a quien molestar.

En fin, que estamos en Puerto de la Cruz, con este verano eterno característico de unas islas que adoro.

Después de hospedarnos en Tenerife Sur, en el hotel Anthelia, y de acomodarnos y reubicarnos en las habitaciones, y de hacer miles de fotos a las instalaciones y al descomunal jardín, Ingrid ha venido a buscarme con su impecable estilo y una sonrisa de oreja a oreja. Esta chica siempre está inmaculada y la verdad es que me gusta su carácter jovial y siempre *positifa*, nunca *negatifa*.

Como es maquilladora, va siempre perfecta, con tonos naturales, y luce un vestido corto y holgado de color blanco, con unas bailarinas blancas, como una adolescente que no tiene necesidad de enseñar para ponerlos a todos duros.

Yo no voy a molestarme. Soy un adefesio con pinta de espantapájaros a su lado. Las que tenemos pequitas en el puente de la nariz, un pelo como un electroduende al que nadie comprende, y poca gracia para vestir, nos sobra con unos harapos y unas gafas de ver (que ya hemos quedado que no necesito) para salir a la calle y aparentar que nuestro aspecto no nos importa. Pero, muy en el fondo, nos importa.

—Becca.

—¿Qué?

Me fijo bien en la expresión de su rostro, se muerde el labio inferior y de repente parece preocupada.

—Vale, no me lo digas. Bruno no tiene condones.

Ella pone cara como si le hablase en árabe.

—Pues has venido a buscar a una que tampoco los usa —aclaro poniéndome una mano en el pecho.

—No es eso, tonta —contesta—. Axel no está en su habitación y salimos ya para coger la caravana y conocer a Fayna.

Muevo la boca como un pez.

—Bueno, que no esté no quiere decir que no vaya a venir, ¿no?

—Bruno le ha llamado pero tiene el teléfono sin cobertura, y ha dejado aquí todo su equipo… Es muy raro. Axel es muy organizado y controlador, y es un obseso de la puntualidad. Debería estar ya en la caravana, y no es así.

Esto no me gusta. Tenemos que salir de inmediato para grabar, y el mentecato está ilocalizable. Joder, no va a fastidiar el programa, no podemos retrasarnos por su culpa, o porque no tenga ni idea de cómo mantener a buen recaudo el pajarito.

—¿Y si llamamos a todos los puticlubes? —pregunto.

—A un tío como Axel, una que sea lista lo tendrá encerrado en su habitación.

—Elemental, querida Ingrid.

Me paso la mano por el pelo y resoplo. Axel se ha erigido como el líder del grupo, pero *El diván* es mío, y si es un tipo tan irresponsable como para dejarnos tirados, nosotros nos haremos cargo del programa por más que le pese. Esto no va a quedar así.

—¿Qué tal es Bruno como cámara principal?


Hemos llegado al Nuevo Forno, una pizzería de Costa Adeje, un restaurante acogedor, el interior todo de madera y que decora sus mesas con manteles a cuadros rojos y blancos.

Allí se supone que Fayna nos está esperando. Y estoy atacada. Atacada de los nervios porque no sé cómo voy a abarcar su fobia, y preocupada porque Axel ha desaparecido y es mi primer cámara.

Noto a Bruno desbordado tomando planos del exterior del restaurante, y de los interiores. Ha hablado con el jefe para que le deje grabar en el patio, a solas. Los clientes empezarán a llegar, y ha hecho bien en pedir exclusividad. Joseppo, el propietario, ha accedido a ello, pero solo después de hacerse un par de fotos conmigo para colgarlas en su cuenta de Twitter. Supongo que a eso se refería Axel con lo de ser famosa.

Axel... ¿Dónde se habrá metido? ¿Con quién estará? No, mejor ni lo pienso.

En cuanto he bajado al patio, Ingrid me ha parado en las escaleras, me ha tomado por la barbilla y me ha inspeccionado.

—A ver... Ponte esto.

Sin decir más, ha estampado una barra de labios Mac en mi boca. Cuando ha acabado su obra, ha asentido y me ha dejado libre.

Mi paciente aún no ha llegado.

Bruno lo ha preparado todo con mucha diligencia. Nadie nos molestará.

Desde donde estoy esperando a mi paciente huelo a jazmín, y eso me recuerda al olor que hay en la entrada de mi club de pádel, que está en Badalona. Badalona Padel Club se llama. Un club pequeñito y superfamiliar regentado por dos grandes personas llamadas Mario y Sandra, una pareja de emprendedores que lo dejaron todo por su sueño. Y a mí me encantan, porque fueron valientes y porque es romántico crear algo con la persona que amas, y ellos son un ejemplo.

No os vayáis a creer que sé jugar. Que esté en un club no quiere decir que sepa darle al pádel. Nada más lejos de la realidad.

Entre los cristales y yo existe un verdadero magnetismo. Una vez reventé uno de un impacto. De hecho, tengo una preciosa cicatriz en el codo que me lo recuerda. Y soy tan mala que ni los de la categoría bronce quieren jugar conmigo. Aún no sé por qué mi profesora de pádel, Ingrid Van Boven, sigue teniendo fe en mí. Pero el caso es que la tiene, y es algo digno de estudiar por la nave del misterio... Dice que cuando aprenda a acariciar la pelota, en vez de aporrearla, todo irá a mejor y muchas aves dejarán de estar en peligro de extinción.

Sí, es una cachonda.

—¿Qué pasó, tía?

Emerjo de mi rico mundo interior para atender a la persona que tengo justo al lado.

Y cuando la veo, sonrío como ella hace. Con todo el corazón.


Fayna es menuda, tiene sobrepeso y un pelo crespo casi del mismo color que el mío, más corto y menos ondulado. Lleva unos cascos Sony colgando del cuello, y la música está tan fuerte que incluso la puedo oír. Tiene unos ojos azules claros muy grandes que le ocupan toda la cara, casi igual que su sonrisa.

Saca de su rebeca un dispensador de caramelos pez y se mete unos cuantos en la boca.

Es de esas mujeres que transmiten buena energía, y lo sé nada más verla. Lleva un vestido largo de flores de colores, y una rebeca blanca le cubre los hombros y los brazos, tan anchos como mis piernas. Bajo esos ojazos de niña hay sombras grisáceas de cansancio. Debe de llevar mucho tiempo sin poder dormir bien.

—¿Eres Becca? —me pregunta—. Chacha, claro que lo eres. —Abre los brazos y me sepulta entre ellos—. Eres más guapa en persona que en la tele. Eres como una versión mía de *Avatar*.

Me hace gracia la comparación.

—Más bien, tú pareces mi versión *Hobbit*.

Fayna suelta una carcajada y se sienta delante de mí.

—Perdóname por el retraso. He tenido que liberar rehenes —dice tocándose el bajo vientre.

—¿Liberar rehenes?

—A veces se me gira el estómago como a los perros. Me pasa cuando como cotufas… Mi sobrina me ha dicho: «Tía, vamos *parcine* que dan una de baile». Yo la he acompañado. Y después me ha dicho: «Tía, dame perras que quiero coca y choco». De paso le he dicho que compre unas cotufas para mí. Pero me sientan muy mal, porque como mucho, y hasta que no acabo con toda la caja no paro. Este cuerpo no es fácil de mantener.

—Me guiña un ojo cómplice. Debe de pesar unos ciento diez kilos.

—¿Cotufas?

—Sí. Palomitas.

No me da tiempo ni a parpadear. Esta mujer es un torbellino. Todavía no sé qué decir. ¿Se acaba de presentar y ya me ha dicho que se ha retrasado porque se ha descompuesto?

Me froto el lado derecho de la cara.

—Ingrid. —Está detrás de Bruno, tan estupefacta como yo—. ¿Me traes una Coca light? Fayna, ¿tú qué quieres?

—Un batido de chocolate y un gofre, por favor.

—¿Dieta hipocalórica? —pregunto.

—Dieta hipopótama. Poco a poco voy rebajando el consumo de calorías. Ya sabes…

—Ya.

Ingrid asiente y gira sobre sus talones para buscar el festín que ha pedido mi nueva paciente.

—¡Que le pongan un fleje de nata por encima! —le pide Fayna a voz en grito.

Nos quedamos a solas, frente a frente. Parece vivir feliz, tiene el rostro redondo y terso, y cuando ríe le salen hoyuelos en las mejillas. Nada que ver con los míos de las comisuras.

—Bueno, Fayna. Cuéntame un poco sobre ti.

—Pues llevo viviendo en Tenerife desde que nací. Trabajo en una residencia de ancianos, les voy a visitar todos los días. Les enseño salsa. Toco la batería y todo lo que tenga percusión.

—¿Vives sola?

—Sí. Bueno, mi hermano vive en la planta superior. Tenemos un edificio de dos plantas, herencia de mis padres. Yo vivo abajo y él vive arriba con mi sobrina.

—Ajá.

—¿Y tú?

—¿Y yo qué? —pregunto sin comprender.

Sus ojos brillan con interés, cruza sus regordetes dedos y se inclina hacia delante.

—¿Tú qué te cuentas?

No sé si esta mujer es consciente de que la entrevista es por ella, no por mí. Bruno sigue grabando al pie del cañón. Yo lo miro de reojo y me obligo a sonreír.

—Yo me llamo Becca. Y tengo un diván con el que viajo por diferentes partes de España para ayudar a personas con fobias como la tuya.

—Oh, qué interesante. ¿Y qué fobias tienes tú?

—¿Yo? No-no estoy aquí para hablar de mis fobias. Estoy aquí para hablar de las tuyas y ayudarte.

—Chaaasss, amiga. —Sacude la mano y mira hacia arriba silbando—. Tengo un gran problema. Cuando me duermo, ronco como un bulldog con bronquitis. Es espantoso.

—¿Y cómo trastorna eso tu vida?

—¿Cómo no la trastorna? Tengo ansiedad permanente. Me da miedo dormirme porque no quiero llamar la atención.

El camarero trae para mí una Coca light y para ella media cafetería. A Fayna se le ilumina la cara cuando ve su comida. Coge el tenedor y el cuchillo, no sin antes dar un largo sorbo al batido.

—Esta comida está nacatona... ¿No quieres? Estás en los huesos —me dice acercándome el gofre.

Arqueo las cejas y niego con la cabeza, aunque lo cierto es que me apetece meterle mano a la nata. Me encanta la nata, mucho más que el chocolate. Pero me conformo con la Coca light.

—Debe de ser agotador viajar tanto para escuchar a los demás.

—Es gratificante poder ayudarlos. Bueno, centrémonos en ti. ¿Dices que tienes miedo de llamar la atención? Se supone que te duermes en tu casa y que...

¡Plas!

No puede ser. Fayna acaba de caer inconsciente sobre el gofre. Tiene la cara hundida en la nata y se le ha metido un mechón de pelo en el batido.

—¡Joder! —exclama Bruno.

Me pongo nerviosa y me levanto rápidamente al grito de:

—¡Llamad a un médico! ¡Ingrid! ¡Llama!

Me siento a su lado y le sostengo la cabeza hacia atrás para que no se ahogue entre kilos de grasa, hidratos y azúcar.

Y entonces la oigo. Y la veo. Su movimiento ocular es rápido y sus ojos se mueven debajo de sus párpados untados. De su boca abierta sale un ronquido parecido al rugido de un león.

—Ingrid, espera. Espera un momento... No llames.

—¿No? ¡Pero si ha muerto! —exclama, blanca del susto.

—No está muerta —recalco mientras le sostengo la cabeza—. ¿Qué es esto?

Frunzo el ceño cuando veo cómo cierra la boca entre ronquido y ronquido y la tía sigue saboreando la comida como un hámster. Increíble. La secuencia no dura más de un minuto, hasta que rebuzna y se despierta asustada y mirando alrededor con ojos de loca.

—Ay, mi madre... —dice Fayna, impresionada—. ¿He hecho un fujitsu?

—¿Qué? Pero ¿qué es esto? Fayna... —Paso la lengua por mis labios resecos—. ¿Tienes narcolepsia?

—Coño, claro que sí, no te jode... —protesta—. ¿He roncado?

En toda mi experiencia como psicóloga clínica, jamás había experimentado nada parecido. He llegado tarde al hotel porque nos ha tocado acompañar a Fayna a su casa.

En su ficha solo se menciona su fobia, no su historial médico. Y la narcolepsia no es moco de pavo. Sin embargo, la mujer solo le teme a roncar. Lo de dormirse o hacer fujitsus, como ella dice, es lo de menos.

¿Y ahora cómo la puedo ayudar? Su ansiedad es constante, pero no porque se quede inconsciente varias veces al día, sino porque, cuando lo hace, se pone a roncar.

Es surrealista a más no poder. Me ha explicado que no presenta ni cataplejias ni alucinaciones, como les ocurre a muchos afectados por este trastorno.

Fayna cae en un sueño muy profundo que no puede remediar ni detener. Intenta luchar contra él procurando estar activa en todo momento. Por eso escucha la música tan fuerte, para mantener el cerebro despierto; por eso le encanta la percusión y toca la batería. Por eso baila. Y por esa misma razón no deja de comer, porque si satisface a su mente y la mantiene alerta, no se duerme. Necesita hacer cosas que despierten interés a su cerebro. Por la noche no duerme nada bien, tiene sueño interrumpido. En consecuencia, su cuerpo compensa la falta de sueño nocturno durante el día. Se cansa más y tiene cambios de humor.

Pero, claro, el problema está en que cuando su cuerpo se relaja en décimas de segundo, las estructuras nasoorales se ponen a vibrar inmediatamente.

Le he preguntado si ha sufrido apneas alguna vez, y ella me ha dicho que sí. Que alguna vez se ha despertado casi sin respiración.

Toma antidepresivos y psicoestimulantes como el modafinilo. Antes tomaba metilfenidato, pero dejó de tomarlo cuando descubrió que el modafinilo le iba mejor.

Para mí, lo más sorprendente de todo es que Fayna convive con su narcolepsia lo mejor que puede, la acepta y la encaja, pero es incapaz de sobrellevar sus ronquidos. Y es así por la sencilla razón de que una persona puede sufrir narcolepsia y quedarse dormida en cualquier lugar, y si no ronca, nadie le va a prestar atención ni a dar importancia, pero si ronca como ella, no puede pasar inadvertida. Y eso es lo que más le avergüenza.

Bruno ha empezado a volcar los vídeos grabados. Ingrid ha ido a por hamburguesas. Esta noche nos toca trabajar de lo lindo, sobre todo porque hay uno menos en el equipo.

No pienso pasar por alto lo que hoy ha ocurrido. No diré nada sobre Axel, porque no soy una chivata y porque voy a cantarle la caña personalmente cuando me lo encuentre.

Pero sí pienso enfadarme con Fede ahora mismo.

Me tumbo en la cama para serenarme un poco, y marco su número de teléfono. Al tercer pitido descuelga, y yo me siento directamente sobre el colchón.

—¡Becca, preciosa! ¿Cómo estás?

Me irrita su alegría.

—Pues mal. Tengo dos cosas que decirte.

—¿Qué pasa?

—Primero: no sé qué clase de selección de personal habéis hecho, pero sí sé que habéis omitido mucho.

—¿Nosotros? Nosotros no. Los pacientes indican cuáles son sus problemas. Nosotros los estudiamos y hacemos la criba.

—¿Me estás diciendo que no teníais ni idea de que el de Fuerteventura se había salvado del accidente de avión de hace siete meses, o de que el menor problema de Fayna, con la que estoy ahora, no es que ronque sino su profunda y fulminante narcolepsia? —Meso mi pelo como una desquiciada.

—Vaya… Me muero de ganas de ver esos programas.

—¡Fede! ¡Maldita sea! ¡No puedo tratar la narcolepsia! ¡¿Cómo la ayudo, por Dios?! No soy neuróloga. No voy a formar parte de una farsa.

—Ya se te ocurrirá algo. De un modo u otro, siempre acabas ayudando a los demás.

—Empiezo a sospechar que la cantidad que puse en el cheque en blanco fue una minucia.

—Ahora ya no la puedes modificar.

—Lo sé. —Me dejo caer sobre el colchón otra vez y cierro los ojos, agotada por todo.

—¿Qué tal estáis?

—Ah, muy bien.

—¿Tienes a Axel por ahí? Pásamelo.

—Sí, bueno. De eso quería hablarte…

—¿Qué ha hecho?

Lo tiene que conocer bien para saber que ha hecho algo.

—Nos ha dejado colgados toda la tarde.

—¿Qué dices?

—Lo que oyes. Ha desaparecido.

No le iba a contar nada, pero al final se me ha escapado. Fede se queda un largo instante en silencio.

—¿Fede? ¿Hola, hay alguien ahí?

—¿Qué día es hoy? Oh, joder… Mierda. Joder. Mierda.

—Mierda y joder crean el híbrido *mierder*. Si dices *mierder*, es más fácil y rápido.

—Pues *mierder*. Mucho *mierder*.

—¿Por qué?

—Becca, tienes que hacerme un favor e ir a buscarlo.

—¿A Axel? ¿Cuánto piensas pagarme por hacerle de canguro?

—Te daré lo que quieras, pero ve a buscarlo.

—¿Por qué estás tan preocupado?

—Porque está pasando del trabajo.

—No, Fede. —Entorno los ojos y me levanto de la cama—. Te conozco, y esa voz de urgencia no es por el trabajo. ¿Qué pasa con él? ¿Qué relación tenéis tú y Axel?

—Ninguna, pero no me gusta pagar cuando no cumplen. Así que ve a buscarlo y decide tú si quieres que te ponga otro primer cámara o no.

—Al margen de que no me trague ni una de tus palabras, Fede, Axel no coge el móvil. Hemos intentado dar con él, pero no ha sido posible. No tengo modo de saber dónde está.

—Maldita sea… —gruñe nervioso—. Espera un momento. Un momento.

—Sí, no me voy a mover de aquí.

Al otro lado de la línea escucho cajones abrirse y cerrarse, y el sonido de las hojas de una libreta pasando a toda velocidad. ¿Qué estará buscando?

Me quedo frente a la ventana de la habitación y contemplo las vistas al mar y a las piscinas, dos de ellas de agua salada y una de agua dulce climatizada. Están sirviendo la cena en las terrazas, con el horizonte recortado y evocador de la hermosísima playa Fañabé.

—Becca —me dice Fede.

—¿Qué?

—Te mando la localización de Axel por móvil.

—¿Qué? ¿Co-cómo sabes tú dónde está?

—Todos vuestros teléfonos tienen un chip localizador debajo de la tarjeta telefónica. Ve a buscarlo, lo recoges y lo llevas al hotel. Y de paso le recuerdas la cláusula que él y yo hemos firmado.

Guardo silencio los segundos necesarios para comprender que nos tiene fichados y que sabe en todo momento dónde estamos.

—¿Eso es legal? ¿Lo del chip?

—Incluso la policía tiene chips localizadores en sus coches. Si ellos pueden, yo también.

—¿Quién eres? ¿El Padrino?

—¿Quieres formar parte de la *Cosa nostra*?

—Estás chalado.

—Un respeto, que soy tu jefe.

—Me da igual.

—Me alegra saberlo. Bueno, ve a buscarlo y tráelo de vuelta al hotel. Y hazlo ya. Necesito sus habilidades para recibir los programas montados. Me imagino que estará borracho como una cuba…

—¿Y tú cómo sabes que ha estado bebiendo?

—Yo lo sé todo de todos. Soy el Súper, ¿recuerdas? —bromea.

Y va y me cuelga. O sea, me ha colgado. Miro el teléfono boquiabierta de asombro, en el preciso momento en que recibo la localización.

La abro y se me activa el GPS.

¿Axel está en la playa de Troya?


No he podido coger la caravana porque llama demasiado la atención. Cuando pasamos por calles y carreteras, la gente nos señala y nos saluda como groupies. Por eso he decidido venir en taxi.

El viento es fresco, por eso llevo una cazadora tejana de manga larga con el cuello Mao; sin embargo, sigo vistiendo unos pantalones negros cortos y llevo unas sandalias a tiras negras con brillantitos. Tengo la pedicura de uñas negras. Me quito el calzado para pisar la arena mientras no dejo de otear el lugar.

Sigo en Costa Adeje, en una playa urbana de arena volcánica, rodeada de todo tipo de infraestructuras para actividades de placer y ocio. Está desértica, supongo que porque es noviembre. Solo una pareja camina cogida de la mano rozando la orilla. Espero que no me cueste nada dar con Axel.

Miro el GPS, caminando hasta el punto caliente, y levanto la vista… A diez metros hay un cuerpo masculino estirado en la arena. En la mano vendada tiene una cerveza, y con un antebrazo se cubre los ojos.

Me aproximo por detrás. Es él. Es Axel.

Palpo la pequeña cicatriz de mi dedo pulgar, recuerdo de los dientes de Aquiles, y no imagino cómo debe de dolerle la mordedura de Machete.

Axel se ha descalzado. Sus zapatillas están recogidas a un lado, perfectamente simétricas; un detalle que rompe con su postura de dejadez. Tiene las piernas abiertas y ahora levanta la cerveza para dar otro sorbo.

No sé qué me recorre por el cuerpo cuando lo veo así. Solo sé que me preocupo al instante y que me enfado con él porque no entiendo qué le ha pasado hoy para ser más borde de lo habitual, y estar más borracho.

Está cantando «This girl is on fire» de Alicia Keys.

Estoy enferma. Me siento celosa de las estrellas porque les está dedicando un concierto privado solo para ellas. Seguro que nunca cantaría así para mí. ¿Ha cantado para alguien alguna vez?

Antes de que la botella toque sus labios, le doy un manotazo que la lanza por los aires. Ni siquiera espero a ver su reacción de sorpresa, de la que disfrutaría enormemente. Doy una patada y le salpico de arena la camiseta roja y ajustada que lleva.

—¡¿Qué crees que estás haciendo, imbécil?! —le recrimino—. ¡¿Qué haces aquí?!

Axel se incorpora a medias y se me queda mirando. Tiene el puente de la nariz enrojecido, los ojos llorosos y las mejillas llenas de arena. Sé que no me ubica y que no comprende cómo lo he encontrado si él mismo se ha encargado de apagar su teléfono. Está como una cuba.

—¿Rizos?

—¡¿Rizos?! ¡Vete a la mierda, Axel! ¡No puedes abandonar tu puesto de trabajo de esta manera!

—Llama a Fede y dile que me despida.

—No seas gilipollas. No voy a hacer que te despidan, porque eres el mejor. Pero sí se lo he dicho. Y resulta que me ha pedido, desesperado, que te venga a buscar y que te recuerde no sé qué de una cláusula. ¿Por qué?

—¿Has llamado a Fede? —lamenta, hastiado—. Eres un incordio. Basta ya de meterte en mi vida. Vete y déjame disfrutar de la resaca.

—No me meto en tu vida, me importas un comino —le aseguro—. Pero da la casualidad de que mi trabajo depende en buena parte de ti, y te están pagando para ello. No vas a joderme.

—¿No voy a joderte? —Me mira de arriba abajo, libidinoso—. No sabía que podías hablar así.

Me abrazo del frío que estoy pasando. Bah, ni siquiera voy a tener en cuenta la mirada rayos X que me acaba de dedicar.

—Axel, levántate ahora mismo. Vamos a regresar al hotel.

Le ofrezco la mano para ayudarlo a incorporarse; seguro que no puede ni mantenerse en pie. Él la mira dudoso y al final la acepta. Me pregunto si ha sentido la misma descarga eléctrica que yo. Al menos confía en mí. Pero cuando voy a tirar de él, Axel sonríe y sus dientes blancos destellan en la noche.

Tira de mí y me lanza al suelo, encima de él. Con movimientos rápidos que nunca supondría en un borracho, me coge las manos y las lleva a mi espalda, inmovilizándome.

¿Cuándo he acabado así? ¿Cómo? Y ¿por qué?

—¿Por qué te metes donde no te llaman? —me pregunta, desafiante—. ¿Acaso te he dicho que vengas a buscarme? ¿Acaso te he pedido ayuda?

Me sorprendo de estar tan en contacto con su cuerpo. Está tan caliente y tan duro, que despierto a él. Siento su corazón a través de la piel de mis pechos. Huele a cerveza, con leves rebufos de menta, y tiene una cara tan guapa y una expresión tan de atormentado, que me encantaría poder calmarlo. Tengo el capricho de acariciarle.

—Suéltame, Axel.

—Becca, ¿cuándo vas a entender que yo no soy parte de tu diván? —Aprieta mis muñecas con fuerza—. Bruno e Ingrid no han venido a buscarme, ¿verdad? ¿Por qué tú sí, tarada metomentodo?

—No sé, Axel, déjame pensar: ¿tal vez porque no me gusta saber que lo pasas mal? ¿Tal vez porque creo que eres mi amigo?

—¿Tu amigo? —repite, incrédulo. Niega con la cabeza y una vena se le hincha en la frente—. ¿De verdad crees que somos amigos?

Yo me acongojo porque no acepto que me vaya a decir que no. Me ha salvado la vida, me he tirado con él por los aires, se ha erigido en mi protector y es mi muso de sueños eróticos. Exceptuando esto último, puedo considerarle mi amigo, ¿no?

—¿Ah, no? ¿No soy tu amiga?

—Rizos, no tienes ni idea. Estás más ciega de lo que pensé.

—¿Ni idea de qué?

—Te estoy dando la oportunidad de que te alejes. De que te vayas, de que me dejes por imposible. No me importa nadie, ¿comprendes? Si no lo captas, acabaré haciendo cosas que no te gustarán. Pero será tu culpa. Tu responsabilidad.

—Ya haces cosas que no me gustan, y aquí estoy. ¿Puedes soltarme las manos, por favor?

Axel me suelta una muñeca, solo para tener una mano libre y cogerme mis gafas de ver Dolce & Gabanna sin graduar y lanzarlas diez metros más allá, en el agua.

—¡Eh! Pero ¿qué mosquito te ha picado, mongol?

—Odio que te pongas esas cosas cuando no las necesitas. Deja ya de taparte los ojos.

—¿Qué? ¡Pero es que me gustan! ¿Por qué…?

—Joder, cállate ya.

Y de pronto me da un beso de padre y muy señor mío. No un beso dulce, ni suplicante, ni siquiera educado. No. Me da un beso porno.

Empiezo a notar que levito y dejo de sentirme las piernas. Nunca me habían dado un beso así. Nunca antes había recibido un beso que es beso por sí solo, enigmático, prohibido y de una verdad aplastante. Con sus recovecos, sus secretos y su oscuridad. Y aun así, a pesar del silencio, a pesar de que hiera e incinere una parte de todo lo que creí saber, me deja en medio de un mar desconocido de sueños por cumplir y conocer. De sueños en los que creer.

Ni siquiera sabía que podía anhelar un beso así, porque no sabía que existía.

Me apoyo en la arena con mi mano libre al tiempo que Axel abre mis labios con los suyos e introduce su lengua en mi interior. Me está agarrando la cabeza y hundiendo los dedos en mi pelo. Succiona mi lengua, pasa la suya por mis dientes y reclama que le devuelva el mismo beso que me da. Lo saboreo. Saboreo la cerveza y la amargura. Lo saboreo a él.

Un beso así sí existe, y es un puzzle por montar, uno que entraña una respuesta que no tiene por qué ser la que más me guste. Y no lo será. Axel besa y pone la semilla de su tragedia personal en mi boca, y yo degusto su dolor, su excitación y su pena, y parte de mi empatía estalla y me hace temblar ante la fuerza de sus increíbles emociones. Y una parte de mi intimidad palpita exigiendo más.

¿Qué me ha hecho? Ahora siempre querré más. Sinceramente, las películas de amor y las novelas románticas creo que persiguen un ideal imposible y muestran un arquetipo de hombre que no existe. Pero la boca de Axel me hace pensar en superhéroes y en finales felices. Va a marcarme para siempre, y no quiero.

—No, no...

Por eso intento luchar con él y apartarme de su cuerpo y sus labios. Pero él me retiene, y comprendo que siempre habrá un antes y un después en mí tras este beso. Sé que, para siempre, irreprochablemente, tendré la huella de su lengua, sus dientes y sus labios en los míos.

A través de sus pantalones lo noto duro y caliente, y yo estoy casi abierta de piernas para él. Por eso aprovecha y mece su erección contra mi entrepierna, que quisiera estar desnuda. Me roza justo donde más me gusta, y me pongo cardíaca.

Estoy perdida. Él está borracho.

Ya no puedo dejar de besarlo. La mano que me sujeta la otra muñeca me libera, pero cambia de presa; esta vez se va directo a por los cachetes de mi culo. Los masajea y les da forma, con una parsimonia y un deseo que enciende las llamas del mío. Pero... no puede pasar esto.

—Eh... Un poco rapidito, ¿no? —le pregunto sin saber todavía qué está ocurriendo.

Axel me muerde el labio inferior con fuerza y yo me quejo.

—¿Qué pasa, rizos? ¿No quieres ser una chica mala, Becca? —Me da otro beso que me deja sin sentido—. Aprovéchate de mí, ahora que estoy como una cuba —murmura sobre mi boca— y échame un polvo en la playa que me deje tiritando.

—¿Cómo dices? —Me aparto para mirarlo a los ojos. ¿Lo dice de verdad?

Axel los cierra, deja caer la cabeza en la arena y se pone a reír como un loco.

—¿De qué te ríes? —Me enfrío rápidamente.

—Fóllame por despecho.

—¿Por despecho? —Me incorporo poco a poco—. ¿Qué dices, Axel?

—No quiero chicas buenas. Si quieres algo de mí, tienes que ser lo peor.

—Tú estás mal de lo tuyo —susurro, apenada.

—Las chicas malas hacen eso, ¿no? Me estás besando pensando en cómo le jodería saber algo así a tu ex. Si pudieras, te harías hasta una foto y la colgarías en Instagram.

—No te pases.

—Tú todavía quieres a David, pero seguro que si te desnudo aquí en la arena y te pongo mirando a la luna, no me dirías que no. ¿A que no? ¿Es lo que quieres? Es lo que todas queréis… ¿Me equivoco? Un tío que os folle como si no hubiera un mañana. Que os haga sentir vivas y deseadas. Al fin y al cabo, se trata de eso. Sexo, sexo y más sexo.

—Solo los cerdos creen que todo es sexo. ¿Eso eres?

—No imaginas cuánto puedo llegar a serlo.

Le tiro arena en la cara y me levanto de un salto para recolocarme la ropa y limpiarme con el antebrazo la boca hinchada, dolorida y húmeda de sus besos. Me siento humillada como mujer. Me acaba de insultar.

Lo ha estropeado.

No le he devuelto el beso por despecho. Lo he hecho porque he querido y lo he sentido así. Porque él… Él me gusta y me atrae como un imán de polo opuesto, que aboca al desastre y a la desgracia a todo aquel que se deja llevar por su impulso.

—Deja de ponerte en evidencia —le suelto, decepcionada y herida—. Tal vez, las chicas que frecuentas aceptarían que te las tirases en la playa por un módico precio. Yo no.

—Y sin pagar también, nena. Todas sois más golfas de lo que creéis.

Su crudeza y su desfachatez me impresionan. Hay una mujer, hay una historia detrás de sus heridas, y me queman las ganas de conocerla.

—¿Tu madre también lo es?

Él calla y se encoge de hombros haciendo la estrellita en la arena.

—Ni todas las brujas llevan escoba, ni todas las zorras viven en el bosque.

—Pero ¿qué problema tienes tú con las mujeres? ¿Qué narices te ha pasado? ¿Quién te ha hecho así?

Axel suelta una carcajada y cierra los ojos llenos de granitos salados. Está a punto de dormirse.

—¿No lo sabes, rizos?

—¿Qué tengo que saber?

—Que hay hombres que somos así de canallas. No me psicoanalices. —Abre un ojo y me traspasa con él—. No te acerques a mí. Te irá mejor. Así ni tú ni yo…

Yo le sigo escuchando impávida, pero él no prosigue con su charla demagógica.

—¿Axel? —Le doy una ligera patada en el pie—. ¿Axel? ¡Eh!

Genial, fantástico. Se acaba de quedar dormido.

Tendré que llamar a Bruno para que me ayude a cargarlo, porque a pesar de que Axel es cruel y un cínico de campeonato, no soy capaz de dejarlo aquí tirado. Necesita que cuiden de él.

Además, mañana lo necesitamos despierto.

# 18

 @LeandroGado #eldivandeBecca Becca, me dicen
que tengo muchas dudas pero yo creo que no.
O tal vez sí. O no. #laeleganciadellamarseErnesto

*Viernes*

He amanecido regular.

Inquieta por el recuerdo de un Axel destrozado sobre la arena.

Ansiosa por el recuerdo de su beso.

Y con un cabreo supino al recordar las duras palabras de después.

Pero no voy a rendirme. Tengo una conexión especial con él, y aunque es borde hasta decir basta, mi esperanza es que algún día confíe en mí lo suficiente como para explicarme qué lo atormenta.

Me visto con unos tejanos rotos y cortos, una camiseta de tirantes con piedrecitas brillantes y unos zapatos de Bimba y Lola con plataformas que llevan una suela de corcho y tiras negras.

Esta vez soy yo la que va a buscarlo a su habitación y la que va a asegurarse de que cumpla con su deber. Voy a pegarme a él como una garrapata, a controlar cada movimiento que haga. Y si nos vuelve a dejar tirados, simplemente lo mataré.

Mientras recorro los largos pasillos del hotel, que amanecen con una actividad frenética, recuerdo el beso que me robó en la playa y me pongo enferma.

Enferma de calor. Enferma de nervios.

Seguramente, antes era más feliz viviendo en mi ignorancia. ¿Cómo podía imaginar que un maldito beso, por muy sucio y despectivo que fuera, iba a alterarme de este modo?

Camino arrastrando los pies, ridículamente nerviosa por volverlo a ver. Mis dedos tocan mis labios y ni siquiera se acercan a la sensación de su boca sobre la mía.

Miro a la gente, a la señora de la limpieza que se cruza conmigo, y agacho la cabeza, celosa de mi vergüenza, como cuando me desvirgaron y pensaba que todos me lo iban a notar en la cara.

Me planto delante de su puerta, cojo aire y pico con fuerza. Silencio. Golpeo de nuevo al no haber una respuesta, y en ese momento abre Axel, con aspecto de que acaba de levantarse. Tiene el ceño fruncido, no hay resto de la desidia de la noche anterior, y eso que solo han pasado unas horas. Aun así, con esa cabeza rapada al uno, las cicatrices visibles de su cara y su sobrecogedora mirada, está tan arrebatador como siempre. No lleva camiseta y luce el increíble torso descubierto, tan musculoso que me apetecería pasarle la lengua por cada recoveco, y morderlo, a ver si está tan bueno como me parece. Para colmo, solo lleva unos calzoncillos blancos ajustados que resaltan su tono moreno y marcan culo y paquete como a nadie que haya visto antes. Dios fue muy generoso con él, le concedió más belleza de la que cualquier mujer mortal como yo podría soportar.

—¿Qué quieres?

Y también, mucha antipatía.

Carraspeo y adopto una actitud indiferente. No puedo demostrarle cuánto me afectó nuestro beso.

—Hola, hijo de Shrek. Me debes unas gafas.

—¿De qué hablas?

—Las que lanzaste por los aires en la playa. —Lo miro de reojo—. ¿Qué? No te acuerdas, ¿verdad?

—Vagamente.

—Quiero que te duches y bajes a desayunar. Tenemos un día muy duro por delante.

—Ahora bajo.

Se dispone a cerrarme la puerta en las narices, el mierdoso, pero coloco mi pie entremedias y niego con la cabeza.

—No, guapo. Esta vez tú no te escapas.

La abro de par en par y entro en su habitación.

—No te fías de mí —dice.

—Eres todo un lumbreras, ¿eh? No, no me fío. —Me siento en la silla del escritorio y enciendo la tele. Echan un programa de coches tuneados que me encanta, pero no recuerdo el nombre—. Date prisa. Te espero.

Me quedo mirando la caja tonta pero sin perder un solo detalle de sus movimientos. Axel se pasa la mano por el cráneo y resopla como si no me soportara.

El sentimiento es parcialmente mutuo.

—Quiero que te largues, Becca. Es demasiado pronto, no son ni las ocho.

—Para que veas. —Me levanto como Pedro por mi casa y entro en el baño. Cojo el vaso para enjuagarse los dientes y lo lleno de agua—. Te dejo tiempo para que reacciones, vomites y hagas todo lo que tengas que hacer. No voy a darte otra oportunidad para que te escapes y nos dejes en la estacada, como ayer.

—Eres como un loro… Me va a estallar la cabeza.

—Toma. —Me planto delante de él y le doy dos gelocatiles—. Iba a prepararte un estofado de vitamina B doce, pero no me ha dado tiempo, cariño.

—Estás tarada.

Coge las pastillas y se las mete en la boca de golpe. Yo lo miro agudamente hasta que él se da cuenta.

—¿Qué?

—¿De verdad que no te acuerdas de nada de lo que ocurrió ayer?

—No —contesta tan seco como la mojama—. Solo sé que me recogiste y me trajiste al hotel.

—Pues qué bien. —Remarco mis palabras con una cara de

circunstancias. ¿Cómo no se va a acordar del pedazo de morreo que me dio…, le di…, nos dimos? Maldito sea. A mí aún me cosquillean los labios de sus mordiscos y este tiene Alzheimer. Y yo no dejo de pensar en otra cosa. Si hasta por su culpa no he dormido bien y me he tenido que tocar dos veces. Dos—. Bueno. Al menos, ¿me vas a decir qué hacías en la playa de Troya cuando tenías que estar grabando? ¿Qué penas ahogabas?

Axel chasquea con la lengua y se cruza de brazos.

—Todos tenemos nuestras movidas, loquera. No les des más importancia de la que tienen.

—No soy psiquiatra, soy psicoterapeuta. Solo un mal puede hacer que un hombre de aspecto tan duro como tú se vaya a una playa solo, a escuchar las olas y a beber como un bucanero. Solo un mal despierta ese tipo de melancolía. —Y me muero de ganas de saber quién te lo produjo, Axel. Ojalá hablaras conmigo…

—¿Ah, sí? ¿Y qué mal es ese?

—El mal de amor.

Axel no mueve ni un músculo de su apuesto rostro. Sorbe por la nariz, como si desestimara la posibilidad de contestarme.

Yo aguanto mi pose, apoyada en el escritorio, cruzada de brazos.

Estoy muy loca si creo que Axel va a ceder a mis preguntas. Quiero ver cosas demasiado buenas en él, y me temo que no las tiene, aunque me haya enseñado algunas.

—¿Te vas a quedar aquí todo el rato?

—Ya te he dicho que no me voy a mover hasta que te vea desayunando sentado a nuestra mesa y subas a la caravana. Tienes trabajo atrasado de ayer, y muchos vídeos que editar.

—Como quieras, rizos.

Mete los pulgares en la goma de los calzoncillos y se los baja de golpe. Se ha quedado completamente desnudo frente a mí.

Creo que tengo un choque anafiláctico o algo así. Ni parpadeo, y la boca se me seca. Axel se está luciendo, inmóvil, y yo no sé dónde poner los ojos, excepto en esa mata de pelo negra que tiene entre las piernas, y en su pene. Madre mía. *Mother mine*. Es considerablemente grande, y eso que está en estado relajado. De repente, me pongo las manos en la cara y me tapo los ojos, pero leo a la perfección el tatuaje que luce alrededor de la cadera. Pone algo en latín: «*Pedes in terra ad sidera visus*».

—Eres un grosero y un mal educado.

—Voy a darme esa ducha —dice, y a continuación gira sobre sus talones y me muestra la parte de atrás.

Señor. Abro los dedos y lo espío como una sátira pervertida. Y no me arrepiento. Desnudo es como un increíble guerrero fibrado, hijo de Apolo, primo de Aquiles, sobrino de Hércules, nieto de Sansón y el mejor amigo de Dios. No hay más. No encuentro definiciones para describir lo que siento cada vez que lo veo. Axel tiene mi mente licuada.

Cuando llega al baño, cierra la puerta y yo me dejo caer en la silla, con los muslos apretados. Apoyo un codo en la mesa del escritorio y después descanso la frente en mi mano.

Esto no es bueno. No es nada bueno.

—¿Rizos?

—¿Qué?

—¿Vienes a frotarme la espalda?

—Pídeselo a tu madre, mejor.


Después de desayunar todo el equipo en la terraza del hotel, nos movilizamos hasta el Megabowl de Fañabé.

Creo que tengo a Axel controlado, y dudo que hoy vuelva a hacer lo mismo que ayer. Además, ahora ya sé que siempre que quiera podré localizarlo, así que si me despista, llamará a Fede para que lo encuentre. Se suponía que él iba a ser mi guardaespaldas, no al revés.

A Fayna le encantan los bolos. La mantienen en estado activo y despierta. Esa mujer es un caso. Está sentada a una mesa, con la pista ya cogida, que ella misma ha pagado para que juguemos las dos. Los gastos corren siempre de nuestra cuenta, pero Fayna se nos ha adelantado. La veo tomándose una Coca-

Cola enorme y siento una ternura inmediata hacia su persona. Lleva una cola alta en la cabeza, y sus rizos hacen ondas alrededor. Es una pena que esos ojazos tan grandes se cierren sin avisarla. Se ha puesto una camiseta ancha de los Yankees de manga corta. Lleva tejanos largos y los zapatos reglamentarios para jugar.

La reacción de Fayna al ver a Axel es tan cómica que no puedo dejar de sonreír. Se levanta y camina hacia nosotros con la vista fija en el cámara. Lo mira de arriba abajo repetidas veces, con la boca abierta.

—Nacatón-ton-ton —le murmura guiñándole un ojo—. Pero ¿de qué Olimpo has salido tú?

Yo dejo escapar una carcajada. Eso mismo me pregunto yo.

Axel inclina la cabeza a un lado y le sonríe.

—Del mismo que tú, bombón —le contesta.

Vuelvo la cabeza de golpe y lo miro atónita. Axel acaba de coquetear y responder con un tono dulce y meloso que nunca le había oído. Y siento…, siento que me gusta mucho más así. Al final será verdad que es un caballero andante.

A Fayna le brillan los ojos y su sonrisa auténtica se ensancha. Axel ya tiene a otra en el bote, supongo. No conforme con el impacto que le ha provocado, toma su mano y le da un beso en el dorso.

—Me muero de amor —dice Fayna, sobrecogida—. ¿Tienes nombre?

—Sí.

—Yo también. Ya tenemos algo en común. Casémonos.

Axel se ríe. Y no se ríe cínicamente. Se ríe de verdad. Y está tan guapo cuando lo hace que creo que quiero llorar de alegría por él.

—Fayna —les interrumpo, un poco celosa—, ¿nos sentamos?

—Sí —dice, solícita, ignorando a mi cámara y centrándose en mí—. Cariño —me susurra mientras nos sentamos a la mesa—, si hago un fujitsu, deja que Axel me haga el boca a boca, ¿sí?

—Creo que no —contesto, divertida.

—Mala suerte.

El chico de la bolera me trae los zapatos, y mientras me descalzo y me los pongo, Fayna bebe compulsivamente de la Coca-Cola.

—¿Te gustan los bolos? —le pregunto.

—Los adoro. Soy del equipo de Fañabé —responde, orgullosa—. Supongo que es la tensión lo que me gusta, porque no permite que me relaje.

—Fayna —me incorporo con el calzado ya atado—, creo que es justo que te diga que no sé muy bien cómo ayudarte. —Me niego a hacerle creer lo contrario—. Comprendo tu fobia, pero no es algo que pueda sanar con educación de la conducta, porque es fisiológico. Aun así, lo intentaré.

—Con eso me basta —replica ella—. Porque ya no puedo más. Si os he pedido ayuda es porque la necesito desesperadamente, con esto agoto mi último cartucho. Los especialistas solo hacen que atiborrarme a pastillas, y no quiero más.

—¿No es la narcolepsia lo que te agota? ¿Es solo el hecho de roncar?

—Sí. Puedo dormirme y que la gente me vea dormir en cualquier sitio, y no me importa. He llegado a desmayarme en supermercados, en tiendas, en ascensores, y quedarme tendida en el suelo como un lirón. Es mi enfermedad —explica con una sinceridad y una conciencia envidiables—. No voy a avergonzarme ni a pedir perdón por ser así. No lo elegí. Pero que, además de eso, me ponga a roncar como una cerda, eso sí que no lo aguanto. Hay un vídeo en YouTube de mí roncando en un probador del Zara. Y tiene miles de visitas.

—¿Quién subió ese vídeo? —le pregunto, consternada.

—Fue mi ex prometido —contesta agarrando un bolo verde con el número nueve estampado. Fayna se queda con la mirada perdida en su forma.

—¿Cómo dices? ¿Tu novio te grabó y colgó el vídeo en la red? —Qué hijo de puta. Estoy horrorizada.

—Sí. Pero no te creas, no siempre he sido así. He estado rellenita, pero no como ahora. Me diagnosticaron narcolepsia a los veinticinco años. Yo me iba a casar… ¿sabes? —Se relame los labios y centra sus ojazos en los bolos—. En un año cogí veinte kilos, y al siguiente otros veinte. Empecé a dormirme hasta cuando pedía la vez en la carnicería… Creo que Cristian, que era mi pareja, acabó por aburrirme y cogerme asco. Él me culpaba de que cogiera kilos, se pensaba que lo hacía a propósito. Pero intentaba seguir varias dietas, y era peor, hacía fujitsus constantes. —Se encoge de hombros—. El azúcar, la cafeína, todas esas cosas tan malas estimulan mi sistema nervioso… y me mantienen ilusionada y con los ojos abiertos. Por eso no los podía dejar, porque estaba despierta a la vida y… —la garganta se le mueve acongojada—, y despierta con él. El día que Cristian me dejó, grabó ese vídeo para que yo me diera cuenta de la vergüenza que pasaba conmigo… —Sus ojos se llenan de lágrimas sin derramar, y yo me acerco a ella, algo convulsa por la crudeza de su narración—. Estoy bien —dice limpiándose los ojos con la camiseta.

—Desde entonces tienes pavor a roncar y a quedarte dormida. Te traumatizó.

—Sí. Hago muchas cosas para que mi cerebro no se desconecte. Cristian y yo bailábamos salsa. Yo no he dejado de bailar y de hacer otras muchas cosas. Toco la batería en un grupo. Soy muy buena. Y hago percusión tibetana. Juego hasta al fútbol. Aunque ahora estoy sancionada.

—¿Por qué?

—Un día me quedé dormida en medio de la defensa. Mi cuerpo se fue hacia delante y, sin querer, le di un cabezazo a una señora de cuarenta años que hacía de delantera, y me sancionaron con tres partidos.

—Ups.

—Sí, eso dije yo. Ups. —Ríe—. No dejo de mantenerme activa, Becca. Pero mi cabeza —da leves golpecitos con la frente en el bolo— sigue desconectándose.

—¿No te preocupa que un día tengas un accidente por ahí?

—No. En realidad, soy muy responsable. Siempre llevo encima un busca para que mi hermano me encuentre si me pasa algo. Tengo la identificación de «Soy narcolépsica» aquí. —Se saca la cadena que pende de su cuello, oculta por la camiseta—. ¿Ves?

—Ajá.

—No puedo estar pendiente de lo que hago o dejo de hacer. No puedo restringirme más. Ya es duro vivir así como para tener miedo de vivir, ¿no crees?

—Creo que eres increíblemente valiente.

—Gracias.

—Y que tu ex es un capullo.

—Esa boca… —me dice Axel por el pinganillo, sin dejar de grabarnos.

—¿Has vuelto a verlo?

—Hoy lo veré por la noche. Hay una fiesta salsera y habrá exhibiciones. Podemos participar haciendo exhibiciones libres. Y yo quiero hacerlo. No quiero dejar de hacer cosas solo por encontrármelo. Por mucha vergüenza y dolor que me cause, quiero ir.

Dios. Esta mujer tiene una fuerza interior apabullante, y deseo poder ayudarla. Me propongo conseguirlo sea como sea. No puedo soportar que esa energía se pierda en miedos e inseguridades provocadas por cabronazos como Cristian.

En parte, la comprendo. Ya es humillante que le pase lo que le pasa como para que encima tenga que aguantar esa cruz.

—Fayna, yo puedo darte unos consejos para que el hecho de roncar no te provoque ansiedad. Pero no podré evitar que lo hagas, porque es tu cuerpo el que lo hace. No obstante, te juro que entre hoy y mañana voy a exprimir mi cabeza para encontrar un modo de echarte una mano.

Fayna se queda cabizbaja y acepta mi sentencia.

—Está bien, *doc*.

Cómo me gustaría poder ayudarla. Lamentablemente, lo suyo solo puede solucionarse con cirugía, no con ejercicios ni con sesiones PNL. Aun así, pensaré en ello, y si se me ocurre algo, se lo comunicaré.

—¿Qué te parece si vamos a esa fiesta? —le pregunto—. Si quieres, podemos acompañarte.

—¿Harías eso? —La he cogido desprevenida, como si no esperase que alguien se ofreciera a hacer una cosa así.

—Si tú me dejas, claro que sí. Al menos, te animaremos y te apoyaremos. ¿Dan premio?

—Al mejor baile. Yo os pago la cena para que vengáis —dice, más animada.

—No, Fayna. No hace falta. Iremos encantados y nosotros lo pagaremos todo.

No voy a dejarla sola para que se enfrente a su ex. Es muy duro, y sabiendo los miedos y la ansiedad que le puede provocar pensar que en cualquier momento puede hacer un fujitsu, me siento responsable de eso y de las horas que pase conmigo.

—Entonces —dice una Fayna sonriente mientras camina hacia la posición de lanzamiento—, cuéntame cómo son esos ejercicios para que deje de temer a mis ronquidos.

Fayna tira el brazo hacia atrás, preparada para tumbar todos los bolos.

—Tenemos que trabajar con visualizaciones en blanco y negro y… ¡Ay mi madre!

¡Zasca!

Fayna acaba de quedarse congelada con el bolo en el aire, y ha caído en plancha, dormida profundamente sobre la tarima de parqué.

—¡Fujitsu! —grito yo para que el equipo venga a ayudarme—. ¡Fujitsu!

Solo escucho las risas de Axel mientras intenta incorporar a mi paciente, que está roncando. Y sus carcajadas, a pesar de lo serio de la situación, acaban contagiándome.

Me parece el sonido más fresco y bueno del mundo.

316

Eli, Carla y yo tenemos un grupo de Whatsapp llamado «Las supremas de Móstoles». Tienen la mala costumbre de enviarme mensajes de voz en momentos en los que siempre estoy rodeada de gente, y yo tengo la mala costumbre de abrirlos. No sé por qué no aprendo. Una vez abrí un mensaje de Eli en el metro de Barcelona, en plena hora punta. El mensaje decía: «¡Peeerra! ¡Suciaaa!», a lo Pocholo. Por eso nunca abráis mensajes de voz porque no sabéis lo que os podéis encontrar.

Pues bien, estamos comiendo en un restaurante vegetariano de Costa Adeje. Fayna y Axel no paran de hablar el uno con el otro. Es increíble el modo en que Axel ha seguido el juego de la tinerfeña en todo momento. Quien diga que es poco empático se equivoca. Axel es asertivo y sintoniza con la gente a su modo. Que no sea expresivo y que no hable demasiado no quiere decir que no entienda nada de lo que le dices.

Me lo ha demostrado de muchos modos en pocos días. Y en esos pocos días, yo, pobre de mí, he caído un poquito en su embrujo. Con sus hechizos ha hecho que deje de pensar en David, y que a su lado el recuerdo de mi ex no sea tan magnífico como creía.

Me siento extraña, y mal conmigo misma, porque Axel remueve cosas en mi interior y toca recovecos a los que David nunca llegó. Además, adoro que esté tratando a Fayna de esta manera, porque... Porque ella necesita ese cariño, y que sepa cómo comportarse con ella es como si me hiciera algo bonito a mí. No sé explicarlo mejor.

Tengo los ojos puestos en el grupo de Whatsapp y un oído puesto en la conversación de Axel con Fayna, que está llena de bromas, frases hechas y ocurrencias del tipo «Somos adultos y lo que quiero saber es ¿cuándo ha sucedido? ¿Y cómo lo paramos?», y otras de Fayna del tipo «Cuando toco la batería, la alegría llena mi corazón como un pedo silencioso», pasando por «Si no te reíste cuando te pegaban collejas tus padres, entonces es que no tuviste infancia», y rematándolo con sentencias como «Axel, tener una amiga gorda es como tener a dos mejores amigas en una» y «Cristian, además de hijoputa, no es guapo. Yo siempre le decía: "Cris, no digas que eres feo. Di que eres un mono bonito"». Esto último ha provocado que Axel escupiera parte de la bebida ecológica que estaba tomando.

Yo me he partido de la risa, por supuesto. Me encanta cualquier cosa que lo ponga en un aprieto y haga que pierda parte de su ofuscación. Sin embargo, he dejado de prestarles atención cuando, después de varios mensajes de las Supremas en plan: «Falete se ha comido al grupo», «Florentino ha comprado el grupo» o «Julio Iglesias se ha follado al grupo», he recibido otro que decía: «Becca hace terapia de grupo». Y, claro, me ha sorprendido que empiecen a hacer memes conmigo cuando ni siquiera se ha emitido el primer capítulo del programa, pero me ha hecho gracia. Me lo tomo todo con calma y filosofía. La fama me da igual.

Pero eso no es lo peor. A continuación, me mandan una imagen.

Es la foto finish de la Caja del Amor de la discoteca de Barcelona, donde tuve un encuentro clandestino con un hombre desconocido en una habitación oscura.

Y esta vez sí que me quedo sin palabras. Muda. Sobrecogida. Patidifusa. Muerta.

Palidezco y me levanto de la mesa.

Dejo a Axel y a Fay con sus filosofadas ingeniosas y a Ingrid y a Bruno con sus selfies, y ni siquiera preguntan por mí. Pendejos. Ya me ha salido la vena Mara.

Pero no me importa.

Tengo que comprobar que esto que acabo de ver es verdad.

Voy al baño y de inmediato hago una llamada a tres con Eli y Carla.

Las fotos no mienten. Incluso con el pelo largo y la barbita de varios días, el rostro de Axel es completamente inigualable e inequívoco.

Él entró en esa Caja del Amor. Y en las fotos del interior está claro que fue el que se emparejó conmigo.

¿Qué broma del destino es esta?

—Decidme ahora mismo que esta foto es un montaje.

—No. No lo es, tata —responde Carla.

—Sí lo es. Habéis puesto la cara de Axel de la foto que te pasé por móvil, le habéis cambiado el color y se la habéis añadido a la cabeza de este…, este…

—Soy una negada con el Photoshop y lo sabes.

Lo admito, pero a regañadientes.

—Sí. Maldita sea. Sí lo sé.

Aún recuerdo una postal navideña que intentó hacer Carla con nosotras. Como yo estaba en Madrid, cogió una foto mía y la añadió a la imagen junto al árbol de Navidad. El resultado fue que yo parecía salida de la Comarca, y mi hermana, mi madre y hasta mi sobrino, eran elfos.

—¡Es increíble! —exclama Carla, eufórica.

—No. No es increíble —contesto yo, sentada en la tapa del váter, con la cabeza apoyada en el dispensador del rollo de papel—. Es una tragedia. Definitivamente, es más que una tragedia. Es… un jodido drama shakespeariano.

—Ya está con los eufemismos —dice Eli—. Becca, relájate. ¿Él no te ha dicho nada?

—¿Él? ¡En absoluto! Nos conocimos por primera vez en la sala de reuniones de Zeppelin, y nunca ha dicho nada. Me miró como si nunca me hubiera visto.

—A ver, es que en teoría no os veíais —incide Carla.

—No. Pero él me tenía fichada. De las pocas cosas que recuerdo fue que él me dijo que yo parecía hetero. Y me buscó por el pelo. Me miraría antes de entrar, cuando estábamos en el escenario como participantes de *Los Juegos del Hambre*. En la foto está claro que las demás chicas tenían todas el pelo corto.

—Y si sabía que eras tú, ¿por qué no te ha dicho nada? —pregunta Carla.

—¿Por qué me despertabas tú a media noche para preguntarme si ya estaba durmiendo? —replico yo, desesperada—. La respuesta es que no lo sé. ¡No sé a qué está jugando!

—¿Axel cree que tú lo sabes? —me pregunta Eli pensando en todas las variantes.

—No. No creo que él sepa que yo lo sé. Esa noche me dices que soy Lola Flores y me lo creo. Iba borracha, Eli. Él lo sabía.

—Pues si Axel no cree que tú lo sabes, él sí lo sabe y tú sabes que ya lo sabes. Juega con eso.

—Me he perdido —dice Carla.

—Sí. Juega —me anima Eli—. Veamos hasta dónde os lleva el juego.

—La cuestión es que yo no sé jugar. No soy espabilada para eso. Soy transparente. Y tampoco me saldría con la mía porque creo que tiene superpoderes y lee mi mente. Para colmo, ayer me dio un besazo en la playa, pero él estaba muy mal…

—¿Que Axel te besó? —dicen las dos a la vez.

—Sí. Pero iba muy borracho y yo estaba muy preocupada por él.

—Bah, hermanita, este te gusta mucho…

—¡No! —contesto—. ¡Es solo que aún no sé lo que me pasa con él! Para mí, el amor de mi vida es David…

—¿David? ¿Quién diablos es David, Becca? —Eli empieza a enfadarse conmigo—. David te dejó, y te juro que al lado de este morenazo de ojos verdes, David se queda en un pokémon de primera generación. Haz el favor de despertarte y vivir. No puedes estar pensando en un tío que nunca te ha llamado en este mes y pico que hace que te abandonó.

—Lo sé —digo con la boca pequeña. Odio las regañinas de Eli—. Es solo que Axel es complicado. Creo que tiene problemas.

—¡Perfecto! —grita Carla—. Tú eres la chica ideal para solucionar casos perdidos, ¿no?

—No estoy tan segura.

—Mira, móntatelo como quieras, pero cambia la actitud. Si te anclas al pasado, no podrás disfrutar el presente. Tienes que dejarte llevar. Tienes que intentarlo. El pasado siempre va a estar ahí, nadie va a robarte tus recuerdos, pero tienes que vivir las aventuras que la vida te depare. Prométenos que vas a abrirte con Axel.

—No sé hacerlo.

—Inténtalo —me ordena Eli—. Haz lo que sientas en todo momento. No te reprimas. Nunca sabes dónde te llevarán tus impulsos. Y si te equivocas, al menos lo habrás intentado y conocerás el camino que no debes elegir.

Carla está en silencio, como yo. Ambas escuchamos las palabras llenas de verdad de Eli. Es la jodida Yoda.

—Vale, chicas. Ahora os tengo que dejar. Voy a volver al salón, donde nadie me ha echado de menos.

—Calla, tonta —me dice Eli—. Te queremos, Becca.

—Y yo a vosotras. ¡Besos!

—¡Besos!

Me quedo un rato más en silencio, sentada en la taza del váter, con la vista fija en la pantalla de mi iPhone, donde Axel, que entonces se llamaba Gael, luce en la tarima de la discoteca, dispuesto a entrar en la Caja del Amor, con la intensa mirada fija en mí, y solo en mí.

Él ha tenido que reconocerme. Me niego a creer lo contrario.

Soy la misma que semanas atrás. Y él también, aunque con el pelo rapado y la cara afeitada. Aun así, recuerdo el corte de su ceja izquierda que toqué con mis dedos… Y recuerdo que no le gustaba que lo tocaran.

¿Quién es Gael? ¿Quién es Axel?

Ya no entiendo nada.

# 19

 @AntonioSueltaMelo #eldivandeBecca #Beccarias
Mi mujer tiene el mismo pelo que tú, Becca, y se lo
quiere cortar. Ayúdame a convencerla de que no vive
bajo el efecto Bola de Cristal

Al final, opto por mantener el secreto y disimular. Si Axel ha
querido jugar al *Quién es quién*, yo también podré hacerlo, o
eso espero.

Después de la comida, me he sentado con Fayna en la playa,
las dos mirando al horizonte, y Axel y Bruno alrededor nuestro, cogiendo tomas y grabando.

Le he explicado a mi paciente que todas las personas tenemos miedo en algún momento de nuestras vidas. Algunos miedos vienen dados por situaciones con las que no sabemos lidiar,
y otros son irracionales pero tienen una raíz en algún episodio
del pasado. Su fobia se acrecienta con los pensamientos negativos previos y responde a los estímulos que ella ya teme.

En cuanto a la parte fisiológica, le he aconsejado una serie de
ejercicios.

El primero, trabajar los músculos de la garganta con el canto. Fayna no va a tener problema, porque le encanta la música y
canta todo lo que le echen.

El segundo, dormir con cintas nasales para mantener abiertas las vías respiratorias.

El tercero, utilizar algún antihistamínico poco agresivo para
que pueda respirar mejor. Eso tendrá que consultarlo con su
médico. Yo nunca receto. Yo solo aconsejo.

El cuarto, Vicks VapoRub. Un poco en el pecho y un poquito más debajo de la nariz.

El quinto, dormir sin almohada, para que no pueda doblar el cuello.

Todos ellos son ejercicios superficiales que puedan acostumbrar a su cuerpo a no roncar. Pero no por ello van a tener éxito con ella. Puesto que Fayna ronca instantáneamente durante sus fujitsus.

Dentro de los aspectos psicológicos y conductuales, le he enseñado ejercicios de relajación para eliminar la tensión muscular y reducir los síntomas de ansiedad y depresión. Primero, ejercicios de meditación y visualizaciones, beneficiosas para su mente.

Segundo, ejercicios de respiración.

Tercero, ejercicios para trabajar la autoestima. Fayna necesita quererse más, y le he facilitado una serie de juegos para ello.

Ya veremos cómo funciona.

Ahora estamos en la caravana, de camino al Anthelia. Fayna se ha ido a su casa; debe prepararse para el shock de esta noche.

Yo estoy sentada en el cómodo sofá, mirando a través de la ventana. No voy a poder solucionar lo suyo, y me da mucha rabia.

Ingrid me está hablando de la ropa que tengo que ponerme para la fiesta de salsa. Está muy emocionada. Tiene ganas de pasárselo bien y, ante todo, tiene ganas de bailar con Bruno. Estos dos están todo el santo día juntos, riéndose hasta de sus sombras… Al final va a ser verdad que están hechos el uno para el otro. Sin embargo, sé a pie juntillas lo que va a pasar: hoy risas; mañana lágrimas. Y no puedo advertirla, porque ambos parecen disfrutar de su momento. No he visto ojos con más brillo que los de ella.

Bruno conduce la caravana silbando al ritmo de la música del MP3, mientras Axel está trabajando, concentrado ya en la edición de los vídeos.

Yo vuelco mi atención en él. Cojo mi móvil y busco en Google la frase que tiene tatuada. «*Pedes in terra ad sidera visus*».

Quiere decir: «Con los pies en la tierra y la mirada en el cielo».

Es una frase bonita y muy de él. Es una persona terrenal, hecha a todo tipo de superficies y circunstancias, pero esa mirada al cielo ¿qué querrá decir? ¿Qué sueños tiene Axel? ¿Qué castillos construye en el aire? ¿Se permite fantasear?

—¿Esta noche vais a grabar? —pregunta Ingrid a Axel.

Él asiente sin dejar de mirar las pantallas de su equipo.

—Hay que grabar a Fayna bailando feliz —contesta.

Yo sonrío por debajo de la nariz. Maldito; si al final va a parecer hasta hecho de azúcar moreno.

—Llevaremos las cámaras pequeñas para grabar y hacer un reportaje más real, con más movimiento —explica Axel—. Así no intimidamos a nadie y la gente podrá comportarse con más naturalidad, como si estuviéramos haciendo un vídeo de recuerdo de la fiesta.

—Me parece una buena idea —dice Ingrid sonriendo, con las piernas cruzadas y el talón moviéndose arriba y abajo—. Ojalá ese tal Cristian se lleve una sorpresa...

Yo asiento, pero no creo en ello.

—Cristian humilló a Fayna —comento—. Él se cree vencedor. Pero lo que podemos hacer por ella es que baile con la barbilla bien alta, y que si en algún momento se duerme, que estemos ahí para socorrerla.

Axel recibe un mensaje en el móvil y deja lo que está haciendo para leerlo. Se quita los iBeats y me mira por encima del hombro.

—Becca.

—¿Qué?

—Necesito que me acompañes a un sitio.

—¿Yo?

—Sí, tú —responde levantándose de su centro de operaciones—. Eres la única que puede dar el visto bueno. Vamos. Bruno, para la caravana por aquí —le ordena mientras hace un reconocimiento de la calle—. Seguiremos andando. El lugar al que vamos a ir está cerca.

¿Por qué tanta prisa?

—Pero ¿adónde vamos? —Me levanto llena de curiosidad—. No podemos perder mucho tiempo… Tenemos que ducharnos, arreglarnos para el baile…

—Ya lo verás. Vamos, cotorra.

Caminar con Axel me obliga a alargar la zancada casi medio metro más. Él es un gigante a mi lado, y yo voy con plataformas… Monísima, pero con plataformas. Debería tenerlo en cuenta.

Me sigue maravillando que muchas mujeres se den la vuelta para verlo mejor. Y me fascina que él se muestre tan indiferente a esa circunstancia. Pero es que el atractivo de Axel es innegable. Lleva unos pantalones color whisky largos y livianos, una camiseta de tirantes blanca, unas zapatillas de tela negra G Star todas negras, y sus gafas.

A su paso deja charcos de babas y mujeres con el corazón roto. Y yo tengo ganas de darme la vuelta y decirles que tuve su lengua en mi boca la noche anterior. Pero Axel no es mío. Dudo que un hombre como él pueda entregarse a otra persona. Él es libre. Y su belleza radica principalmente en su libertad.

—¿Adónde vamos?

—He contactado con un conocido al que le he hablado de Fayna —me explica.

—¿A quién le has hablado tú de Fayna? —Me detengo en medio de la calle. Eso no está bien. La información de mis pacientes es privada, por ahora—. No debiste hacerlo.

—Lo he hecho para echar una mano —contesta, serio—. Se me ha ocurrido una idea.

—¿Para ayudar a Fayna? ¿Y qué idea es esa? Su fobia puede

mejorar, pero no sanar —le digo, un poco rendida—. No dejará de dormirse y no dejará de roncar. Será reincidente toda su vida, Axel. Nada puede curarla.

—No seas tan derrotista, rizos.

Sonríe ligeramente y a mí me apetece besarlo. Comérmelo entero.

—¿A quién has llamado?

—Creo que él puede ayudarte.

—¿Quién?

—Me dijo que estaría en el barrio de San Telmo. Y que si conseguía lo que le pedía, quedaríamos en la cafetería MO.

Estamos justo delante de dicha cafetería. Un lugar que, por su decoración de diseño y sus tonos rojos y negros, contrasta con los locales que hay al lado, más clásicos.

—¿Nos espera aquí dentro?

—Sí. —Me agarra de la muñeca y tira de mí hasta entrar en el pub, que tiene una terraza y unas vistas al mar de lo más atractivo.

—¿No será ese hombre vestido con pantalones militares y gorra que hay esperando en esa mesa?

Axel sigue mi mirada y, cuando lo ve, lo saluda con un gesto de su barbilla.

—Qué ojo tienes, loquera.

—¿En serio es ese? Lo veo por la calle y me cambio de acera —murmuro—. Parece de la milicia.

—Es de la milicia —aclara—. Ahora, pórtate bien y no hagas ningún comentario de los tuyos. —Me guiña el ojo y, sin decir nada más, hace que nos sentemos a su lado.

—Hola, Murdock —lo saluda Axel.

Vamos mal. Si, como su nombre indica, es un tarado, vamos muy, pero que muy mal.

Murdock debe de pesar el doble que Axel y es la mitad de alto. Es un hombre tipo boñiga, con el cuello metido para dentro y todo él muy redondo.

—¿Qué pasa, Ojo? ¿Cómo tú por estos lares?

¿Ojo? ¿Ha llamado Ojo a Axel? Este tipo tiene un deje extranjero, parecido al mexicano.

—Tengo entre manos un trabajo documental —contesta Axel.

—¿Como el de Korengal? —Sus ojos negros y achinados lo atraviesan.

—No —asegura, tranquilo—. Más relajado.

—Ya me imaginaba. Por aquí no hay nada parecido a eso…

—Sí —musita en voz baja—. ¿No vas a volver a Miami?

Ah, vale. No es de México. Es de Miami.

—Todavía no. Aquí estoy bien. Inhabilitado, pero bien —explica sometido por esos hechos.

—¿Y la pierna qué tal? —pregunta Axel.

—Ahí sigue. Con su metal y sus tornillos. —Se toca la rodilla izquierda y sonríe—. A ti te veo bien, *man*. —Le pone la mano en el hombro con cariño y respeto—. Puto tarado… —Después se echa a reír y le da una cachetada amistosa en la cara.

—¿Has traído lo que te he pedido, Murdock?

—Claro que sí.

Se da la vuelta y recoge una mochila negra del suelo. Me imagino ahí dentro una bomba o kilos y kilos de cocaína. Parece un encuentro clandestino entre dos traficantes. Y yo, la chica pringada que la palma al final.

—Aquí lo tienes. He modulado la intensidad para que reaccione a la vibración adecuada —explica Murdock—, y lo he camuflado con un collar de piel con brillantes. Se puede rebajar o aumentar la fuerza de la descarga, pero esta solo se activa ante ese tipo de rugido. Eso es invariable.

—¿De rugido? —pregunto yo—. Pero ¿de qué estamos hablando?

Murdock me mira y saca un collar negro con brillantes del interior de la mochila.

—El Ojo me ha pedido que le diseñe un collar que emita descargas eléctricas ante un tipo determinado de vibración. Como un collar antiladridos, pero para una persona.

Abro la boca estupefacta y miro a Murdock y al Ojo de Sauron que vigila mis reacciones con intensidad.

—¡¿Quieres que le ponga a Fayna un collar antiladridos para perro?! Pero ¡¿de qué cuna te caíste tú?! Es… Eso es…

—Becca —Axel me agarra de la muñeca y se inclina hacia mí—, el ronquido de Fayna es como el de un oso hibernando por sobredosis. El collar solo le dará una descarga en cuanto sus cuerdas vocales emitan el ronquido. Antes no. Podrá hablar con normalidad. Incluso cantar. Lo que no podrá es roncar.

—No… Es muy agresivo —susurro negando con la cabeza.

—Becca, te van a conocer en las redes como alguien que hace cosas impensables para ayudar a sus pacientes. Con Fayna estás a punto de dejar tu casillero a cero, porque no la vas a poder ayudar. Lo sabes tan bien como yo. ¿Tengo razón o no?

Yo me limito a odiarlo en silencio. Sí, claro que tiene razón. Asiento.

—Necesitas resultados inminentes, como con Francisco y Óscar. Sabes tan bien como yo que la tinerfeña necesita una terapia de choque así. O le ofreces algo como esto, o tu terapia con Fayna será un fraude, ¿entiendes? Los telespectadores no quieren escuchar ejercicios de visualizaciones ni de meditaciones para que se sientan mejor. Quieren hechos. Hechos que funcionen. Y este collar —lo levanta y lo pone a la altura de mis ojos— es lo que va a hacer que salgas de esta terapia a hombros por la puerta grande. Fayna deja de roncar, y no solo eso, la descarga impedirá que se duerma… Matas dos pájaros de un tiro.

Me gustan sus palabras. Y me complace saber que le preocupa mi reputación y que quiere ayudarme. Puede que Axel tenga razón. Si el collar funciona, puedo ayudar a Fayna. De otro modo, no.

—Quiero probarlo antes —exijo—. No voy a exponer a ningún paciente a una terapia de descargas eléctricas si antes no lo he testado yo misma.

Axel arquea las cejas negras y la comisura izquierda de su boca se alza entretenida.

—¿Tú quieres probarlo?

—Sí, claro que sí. Si Fayna puede, yo también.

—Becca, Fayna pesa casi el triple que tú.

—Tonterías. —Me levanto el pelo por encima de la cabeza y miro a Axel, desafiante—. Vamos, Ojo —bromeo—. Ponme la joyita.

Él se lo está pasando en grande ante la posibilidad de ver cómo pongo los ojos en blanco. Al parecer, estas cosas le hacen mucha gracia. Como cuando Fayna hizo el fujitsu en la bolera.

—¿Es buena idea, Murdock? —Axel quiere asegurarse de no cometer genocidio.

El hombre bola se encoge de unos hombros que no tiene y hace una mueca dudosa con la boca.

—Puede probarlo. Es una mujer, así veremos si me pasé de resistencia o no, y podré modularlo ipso facto. Sí, doy el visto bueno.

Axel no está muy convencido, pero se acerca con el collar a mi cuello y lo rodea con suavidad. Las yemas de sus dedos rozan la piel de mi nuca y parte de la de mis hombros.

Sé que aún no ha habido ninguna descarga eléctrica, pero yo la he sentido igual. Y seguro que él también. Puto, él sabe quién soy, pero yo no sé ni cómo se llama. Si Gael o Axel.

Ambos nos miramos a los ojos, en un momento romántico en el que no me pone un colgante con un corazón de diamantes, sino un collar de cuero para que no ladre. Es que es todo tan bonito…

En fin, Axel se inclina hacia delante. Yo me cruzo de piernas, haciéndome la digna y la señorita. Un calambrazo lo puede aguantar cualquiera, ¿no? El collar no pesa demasiado, y al margen de que tenga circuitos eléctricos en su interior, parece muy liviano.

—Becca, tienes que hacer el ronquido de un cerdo —dice Axel.

—Claro, Axel, y tú cacarea.

—Lo digo en serio. Tienes que roncar o esto no va a funcionar.

Pongo los ojos en blanco, incrédula y también aburrida por la expectación con que los dos me miran.

—Pareces muy relajada.

—Lo estoy. Esto no me va a matar.

—Bueno… —interviene Murdock—. En realidad no, pero tú eres más menuda y…

Axel lo detiene levantando una mano.

—Dejemos que la señorita lo pruebe —sugiere. Su rictus es el de alguien que sabe que se va a reír mucho—. Venga, Becca. —Se saca el móvil y lo pone a grabar.

—No vas a grabarme —le digo dándole una bofetada en la mano—. Aparta eso de mi vista.

Axel se ríe y deja el móvil fuera de mi alcance para que no se lo tire al suelo.

—Venga, no seas tonta. Es solo para ver tu reacción. Vas a estar bien. Y puede ser divertido.

—Diviértete metiéndote un dedo en el ano —le suelto—. Murdock. —Me fijo en el tipo sin cuello—. ¿Ronco o no ronco?

—Sí, Becca. Tienes que hacerlo.

En fin… La de cosas que debe hacer una por sus pacientes.

—Vaaale. Allá voy —digo cogiendo aire—. ¡Nnngggrrr! ¡Zas! ¡Zas! ¡Zas!

Soy consciente de que una pierna se me ha levantado sola y el zapato de plataforma ha salido volando por toda la terraza. Noto que los dientes me rechinan y que no soy capaz de mantener los ojos abiertos. Al contrario, me van hacia atrás y los volteo por completo.

Y caigo al infinito. Mi silla se vuelca y acabo literalmente patas arriba, bien tiesas, y un tic en un pie.

De fondo, lo único que oigo es a Axel decir:

—Pero… ¡Me cago en la puta, Murdock! ¡Te dije que me hicieras un collar con electroshocks para una mujer muy pasada de peso, no para un elefante! ¡¿Becca?! ¡¿Becca?!

Y en una lejanía todavía más inalcanzable, oigo la voz de otro hombre que dice:

—Espero que alguien haya grabado esto. Tiene que ir directo al YouTube.

En mi caso, voy directa al limbo.

Ya puedo decir que me he electrocutado por una paciente, y que he perdido el conocimiento. Sí, ha sido así. Y ahora que por fin estoy relajada en mi habitación del hotel, tumbada en la cama, con el pelo húmedo recién duchado y después de haber sobrevivido a una experiencia cercana a la muerte, puedo prometer y prometo que nunca jamás volveré a hacerlo.

Axel ha estado pendiente de mí toda la tarde. Enviando mensajes, llamándome… Se siente culpable por lo que me ha pasado. Y mi arpía interior y telenovelera ansía que se arrepienta más y que venga de rodillas y con besitos a pedirme perdón. Al parecer, se ha preocupado mucho cuando me he quedado en coma. No se lo esperaba. No se lo esperaba nadie. Ni siquiera Murdock.

El tipo de Miami se ha sorprendido del enorme efecto que ha tenido el collar «conmigo». Pero, claro, es evidente que mi cuerpo y el de Fayna son diferentes, y aunque la tinerfeña está fuerte como un toro, yo soy un pelín más delicada. Vamos, que las descargas de veinte mil voltios no están hechas para mí. Llamadme rara.

La pobre Ingrid lleva toda la tarde en mi habitación, pendiente de mí y eligiendo la ropa que voy a llevar esta noche, porque yo no soy capaz.

—Traes un montón de cosas en esta maleta —murmura Ingrid sacando, prenda a prenda, la ropa del armario—. Son muy chulas.

—A las que yo no sé sacar partido —admito mirando al techo, como un peso muerto encima de la cama.

—Vas a llevar este vestido negro y corto —estudia el conjunto que ha desplegado a los pies de la cama, con aire circunspecto— y unos zapatos de tacón del mismo color. Llevarás tu pelazo suelto y te maquillaré con sombras ahumadas para que se te vean los ojos. Estarás espectacular. Vamos a hacer que Axel se caiga de culo.

Me doy la vuelta como una croqueta y me quedo con la vista fija en los ojos cañís y sonrientes de Ingrid, que ven más de lo que demuestran.

—Axel no me gusta.

—Ni a mí me gusta Bruno.

—Pero eso es mentira.

—Lo tuyo también. —Se encoge de hombros y deja el vestido en la percha, colgado de la puerta del armario, y los zapatos de tacón en el suelo—. La cuestión es que creo que a él también le gustas, por mucho que insista en disimularlo y en fingir que le caes mal.

—No digas tonterías. —«¿De verdad crees que le gusto?», pienso como una adolescente en mi interior.

—No las digo. Hoy es noche de salsa —Ingrid hace un movimiento a lo Julio Iglesias—, y eso quiere decir que habrá momentos sin cámaras. Fayna nos ha robado el corazón, y todos queremos ayudarla. Pero la noche es larga, y tú llevarás puesto este vestido más tiempo del que crees… Axel no te quitará los ojos de encima.

—¿Estás haciendo de Celestina? —Me siento sobre el colchón, con los pies colgando, el albornoz blanco bien abrochado y la toalla del pelo deshecha, resbalándome por la espalda.

—No es eso. Es que me gusta creer que cuando dos personas se gustan, siempre hay una posibilidad para que puedan estar juntos. Sí, sí —me hace callar antes de que la interrumpa—, puede que estés profundamente enamorada de tu ex y que no lo puedas olvidar y bla, bla, bla… Pero a veces hay personas que se atraen irremediablemente, con la fuerza de un huracán, y luchar contra eso es demasiado doloroso. Es más fácil ceder a ello y ver adónde te lleva ese tornado.

—¿Eso es lo que estás haciendo tú con Bruno? ¿Dejarte llevar?

Ingrid sonríe y me da la razón con ese gesto implícito.

—En realidad, disfruto del momento, porque no sé cuánto tiempo vamos a viajar juntos en esta caravana. ¿No te das cuenta, Becca?

—¿De qué?

—De que *El diván* es mágico. Te toca con una varita y hace feliz a aquel que «se estira» en él —reconoce hablando desde el corazón—. La gente sonríe cuando nos ve por la carretera. Los pacientes que has tratado hasta ahora están muy agradecidos por todo, les has ayudado. En *El diván* no tengo miedo de que Bruno se vaya. Porque, mientras estemos juntos en él, sé que no se irá.

—Ingrid...

—¿Crees que no sé que algún día se irá? Bruno me trata de un modo que hace que sienta que valgo mi peso en oro, pero no soy tonta. Sé quién le llama por teléfono, conozco sus apellidos, sé quiénes son sus padres y lo que quieren de él...

—¿Cómo lo has sabido?

—Internet es una fuente de información muy útil. Bruno es hijo único, heredero de una increíble fortuna... Pero así es él fuera de esta caravana y de este viaje. Aquí, es el hombre más bueno que he conocido, y un cámara con mucho talento. Y no voy a dejar pasar la oportunidad de disfrutarlo todo lo que pueda. Lo que quiero decirte es que tú deberías hacer lo mismo. No creo que las cosas se den porque sí. Creo que me toca aprender muchas cosas con él, y puede que tú puedas aprender mucho con Axel. Pero debes tener los ovarios de querer averiguarlo. El universo te habla, Becca.

—¿Qué porro te has fumado y por qué no lo has rulado?

—Tómatelo a guasa, si quieres, pero sabes que lo que digo es verdad.

—¿Y no tienes miedo de lo que pueda pasar después de *El diván*? —La preciosa Ingrid es profunda, madura y serena, y no le cuesta reconocer que puede que lo de Bruno sea esporádico.

—Después de *El diván*, todos somos quienes somos, y esa

334

es la única realidad ineludible. Pero mientras estemos en él, esta es la única realidad que debe importarnos. —Mira su reloj de pulsera—. Lo que pase en *El diván de Becca* se queda en *El diván de Becca*. —Sonríe y se muerde el labio inferior—. Deberías aprovecharte de la magia que creas.

Es lo más bonito que me han dicho nunca. Si fuera un hombre, me enamoraría de Ingrid en un santiamén y la embarazaría. Sí. Lo haría. Para asegurarme de que tengo una semillita en un cuerpo tan especial y rebosante de bondad como el suyo.

—Y ahora, ven aquí, que te voy a maquillar.

Cómo no, accedo a su petición. Mientras la veo trabajar a través del espejo, contemplo nuestro reflejo.

Las palabras de Ingrid hacen que piense en mi *diván* como en un paréntesis de la vida real, o como una puerta a otra dimensión.

La pregunta es: cuando salgamos de ella, ¿elegiremos lo mismo que antes de entrar, o *El diván* nos habrá cambiado para siempre?

# 20

 @FranciscoFollaDoblado #eldivandeBecca Tengo fobia a la oscuridad. Pero mejor ser ciego que negro. Firmado: StevieWonder #nohaysolución

—¿Quieres que me ponga ese collar? —me pregunta Fayna, guapísima con un vestido de corte helénico corto. Lleva sombras amarillas en los párpados y los ojos muy delineados. Es una mujer hermosa, a pesar de tener sus kilos de más.

Estamos en el Tascón de Cuba. Hemos decidido venir a cenar aquí. Puesto que la noche va a ser temática y latina, y el local al que después Fayna tiene que ir a bailar está cerca, nos hemos parado antes para llenar el estómago.

Estamos todos muy guapos. Yo me he vestido y maquillado con el gusto y las manos de Ingrid. Ella va elegante con un vestido marrón oscuro y unas cuñas del mismo color. Bruno y Axel no van tan arreglados, pero con esas perchas, todo les queda bien.

Axel lleva unos Dockers, unas zapatillas de tela y una camiseta negra de manga corta. Pero como si se viste con una bolsa de basura… Es él. Todo él hace que cualquier trapo le siente de rechupete.

Me tiene tonta perdida.

Hemos pedido de todo: crema de aguacate, papas al gratín, pollo mayombe, buñuelos de yuca y malanga… Y sangría. Mucha sangría. Fayna se ha vuelto loca y ha pedido para empezar cuatro sangrías de tequila, que no estoy segura de que los camareros sepan hacer.

Y cuando le he dicho que tenía una cosa para ella y le he enseñado el collar, me ha mirado como diciéndome: «Ese collar de perro no me pega con el vestido».

—Quiero que te lo pongas —insisto—. ¿Por qué?, me preguntarás.

—Sí, ¿por qué?

—Porque esta es la solución para tus problemas.

Axel está grabando con la cámara de mano, sentado a mi lado. Me ha puesto un micro que va conectado a la entrada de audio de su cámara, y él lleva los cascos para verificar la calidad del sonido.

—¿Un collar de perro?

—No es un collar cualquiera… Tu ronquido es fuerte y profundo y responde a una vibración especial muy alta. Con esto, cuando hagas fujitsus y te pongas a roncar, te dará una descarga que hará que te despiertes al momento.

—¿Que me despierte al momento? —Lo coge con los dedos y lo mira como si fuera una aparición mariana.

—No será fuerte, pero sí lo suficiente para que tu cuerpo lo note y se active de nuevo. Con el tiempo, tu cerebro se reeducará y tu cuerpo aprenderá a dejar de roncar…

—¿No voy a roncar nunca más?

—Esa es la idea. Tal vez tu cerebro asocie los desmayos con las descargas eléctricas, y eso, con el tiempo, pueda hacer que tu narcolepsia desaparezca. Estaría alerta.

Fayna abre la boca y, al mismo tiempo, los ojos se le llenan de lágrimas.

—No puedo darte una terapia resolutiva, pero no por eso voy a dejar de ayudarte. No llores, por favor…

—Oh, Dios. —Fayna se lanza a mis brazos, pero no me importa que me rompa alguna vértebra, porque su cariño es auténtico y puro—. Becca, chacha, ¿tú sabes lo que has hecho por mí? —me susurra al oído.

—Espero haberte ayudado.

—No, amiga. —Se aparta para cogerme de las manos—. Tú

me has dado vida. Y eso —se da golpes a la altura del corazón— lo voy a llevar grabado en mi patata para siempre. Vas a ser como mi hermana.

—Bueno —sonrío, también emocionada—, primero tienes que probarlo y ver si la fuerza es la adecuada. No sé si te va a ir bien. Te aseguro que es muy potente.

—Ah —lo mueve de un lado al otro—, pues claro. Trae. ¿Esto cómo va?

—Espera, espera, ansiosa, no tan deprisa...

—No, Fayna. —Axel se levanta para intentar detenerla.

—Pero ¿qué tengo que hacer? —Se ríe; está tan emocionada que no quiere escuchar a nadie—. ¿Debo hacer ruidos? —Y se pone a hablar en alto—: La, laaa —tararea alzando la voz y cantando—. Ah, no, así no va...

—Quítatelo, Fayna —le ordena Axel.

Bruno no deja de grabar con su otra cámara, sentado al lado de Ingrid, expectante para ver qué escena rocambolesca va a tener lugar ahí.

—Tranquilo, futuro marido —le suelta mientras le da más vueltas a la ruedecilla—. ¿A ver? —le suelta un sopapo a las manos de Axel—. ¿Hago un ruido de cerdo? El ronquido es parecido a eso...

—No, Fayna. —Me levanto también para intentar quitarle el collar entre los dos.

—Voy a hacer como que me trago los mocos —dice.

—¡No! —gritamos Axel y yo al mismo tiempo.

—Nnnhhhgggrrr...

A Fayna se le cierra un ojo de golpe, y su cuerpo sale disparado hacia atrás, en la silla, sin que ni Axel ni yo podamos detener el golpe.

—¡Aaarrrggghhh! ¡Hijo putaaa! —grita mientras su cuerpo tiembla por las descargas.

—Por Dios... —dice Ingrid, compungida, de pie, frente a la mesa, mirando hacia abajo.

—¡Quítaselo, Axel! —le grito, estupefacta.

—¡No! ¡No! ¡Aaarrrggghhh, maricóoonnn! —Fay se ha puesto bizca por completo.

Axel está encima suyo, en el suelo, con las manos en su cuello, desabrochándole el artilugio. Y cuando lo consigue por fin, todos respiramos tranquilos, pero aún tenemos el corazón en la boca.

Fayna se echa a reír en el suelo, aún dolorida, con el cuello rojo por las descargas… Le ha dado demasiada rosca a la ruedecilla y la ha puesto a una potencia excesivamente alta.

Todos la miramos con cara de no entender qué pasa. Hasta que al fin dice:

—¡Por poco me meo en las bragas! ¡Fuuu!


Después del cómico episodio en la tasca cubana, nos hemos movilizado hasta la discoteca. Y sí, nos hemos bebido las cuatro sangrías.

Las veces que he ido a bailar salsa, por bailar algo, siempre he tenido la impresión de que la pista estaba llena de bailarines profesionales frustrados, con cuerpazos increíbles y esculturales. Pero cuando aprendí a bailar, descubrí que podía sentirla como ellos, y fliparme como todos, moviéndome como si fuera Vanessa Williams y tuviera a Chayanne de pareja.

En Tenerife, sin embargo, hay mucha cultura salsera, y allí los que bailan, bailan de verdad. Nada de aficionados.

Me quedo impresionada, inmóvil en la entrada de la pista de baile, cuando veo un cartel enorme en el techo en el que pone: EXHIBICIÓN DE CAMPEONES DE SALSA.

Cojo a Fayna del brazo, que está ojo avizor, nerviosa por encontrarse con Cristian, y la arrimo a mí.

—¿Campeones de salsa? —le pregunto.

—Sí. Yo he sido campeona de Tenerife —me explica sin darle importancia—. Bueno, hasta que me comí a tu prima y a tu madre y me convertí en la mujer voluminosa que soy —me suelta, luciendo su collar con orgullo.

No le pega para nada con su vestido, pero le importa bien poco. Y si a ella no le importa, entonces a mí tampoco.

—¡Fos! ¡Fos! —grita escondiéndose detrás de mí.

—¿Fos?

—Mufasa. Mufasa —insiste ella.

—Fayna, no te entiendo.

Axel está pendiente de mi paciente y busca con su mirada verde aquello que la perturba. Yo le copio el gesto, y los dos llegamos a la misma conclusión: Cristian es ese tipo rubio, con el pelo engominado, todo vestido de negro, alto, espigado y atractivo. A su lado hay una mujer que viste de amarillo.

—Míralo —me dice asomándose por encima de mi hombro—. Con tridente y rabo cual demonio. Y está con el aborto de berberecho ese con cara de *you want to fuck you.* Ya lo decía mi madre: «No hay campo sin grillo, ni hortera sin amarillo». Hija puta, la estrábica.

Yo me río por dentro, y sé que Axel está haciendo lo mismo.

—Fayna… —carraspeo—, tú eres una señorita. No pierdas los papeles —añado para intentar tranquilizarla.

La música comienza a sonar y las parejas de baile se reagrupan para empezar a menear sus caderas. Bruno se mueve al ritmo de la música y va grabando al personal. Pero Fayna no lo hace. Porque su pareja no ha aparecido todavía.

—Fayna, ¿no habías dicho que tu pareja iba a estar aquí?

—No —contesta, avergonzada—. Al final me ha dejado tirada.

Yo me quedo parada. Si viene a bailar, ¿cómo va a bailar sin pareja? Esto es un desastre.

—¿Por qué no nos lo has dicho? Así ¿cómo vas a… enfrentarte a Cristian?

Él está bailando con la tipa esa, y ya ha visto a Fayna. No se le escapa un detalle al tipo. Es como Falete cantando y pendiente de la taquilla. Cristian se está regodeando en su éxito, retroalimentándose de la pena de esta mujer valiente con collar de perro, cuando él no le llega a la suela de los zapatos. Estoy por sacarla yo misma a la pista y bailar con ella.

De pronto, Axel coge de la mano a Fayna y la guía hasta la pista central, al lado de Cristian y la hortera.

Y yo me imagino a Patrick Swayze diciendo: «No permitiré que nadie te deje de lado». O sea, me muero de amor de repente.

Suena la música de «Vuelve» de Buxxi.

Axel se mueve como un cubano puro y duro. Increíble. Fayna revive, se llena de luz, y juntos empiezan a dar el espectáculo.

> *No sabes cuántas noches*
> *le he pedido a Dios*
> *que te traiga otra vez,*
> *no sé qué hacer…*

Cuando David y yo bailábamos así, nunca, jamás, parecíamos disfrutar tanto. David estaba más pendiente de seguir los pasos que de dejarse llevar. Yo sí reía. Reía de mis pasos equivocados y de las vueltas que hacían que me volviera loca… Pero nunca bailábamos demasiado. Ahora lo veo. Lo veo al ver a Axel dejándose llevar con una mujer entre los brazos.

No es el caso de Fayna y Axel. Madre de Dios, les están empezando a hacer corrillo y a dar palmas. Incluso las parejas que se han animado a salir a bailar se retiran para dejarles la pista a ellos.

Que un macho como él sepa moverse de ese modo lo convierte en un auténtico mojabragas, más aún de lo que es. Y a mí me deja sin argumentos y sin palabras. ¿Cómo puede ir de duro cuando se preocupa tanto por los demás, cuando se involucra de este modo? Dios, el corazón me palpita con fuerza y tengo un nudo en el estómago.

Axel tiene una sonrisa perfecta, tan verdadera como la de Fayna. Y así, siendo tan diferentes, me doy cuenta de que incluso hacen una bonita pareja.

Cristian sigue con la hortera, mirando a su ex de reojo, sin comprender cómo es posible que haya resucitado de ese modo y esté bailando con un tío que es mil veces más guapo que él.

Yo me uno a los aplausos de la gente y silbo, esperando a que Cristian y la estrábica pierdan, porque el baile se ha convertido en un duelo de bailarines.

Fayna podrá ser gordita pero se mueve que da envidia sana. Tiene un ritmo que no le cabe en el cuerpo, como no le cabe su corazón. Sé que tiene miedo de que sufrir un fujitsu…, pero el collar, ya bien modulado por Axel, la mantendrá despierta. Tiene que confiar.

*Y si no vuelves,*
*vas a dejar desahuciado mi corazón,*
*con este dolor.*
*Y a mí me duele no tenerte,*
*Solo el recuerdo puedo oír yo de tu voz…*

Fayna está dando vueltas, y Axel mueve las caderas de me da hasta gusto. Por favor, sé que todas las féminas estamos pensando lo mismo. Y a mí me apetece mear alrededor y marcar territorio como las lobas.

Ya sé que no es mío, pero una parte de su boca sí ha sido mía. Y sé que quiero que lo vuelva a ser otra vez.

Se miran a los ojos el uno al otro. Fayna confía en él plenamente y Axel quiere que ella se sienta bien.

Cristian y su pareja claudican, y se alejan del círculo central, donde solo quedan mis amigos. Y me siento tan orgullosa y eufórica que empiezo a animar como una hooligan. Y cuando está a punto de acabar la canción, de repente, Axel se detiene, toma el rostro de Fayna y le planta un besazo en toda la boca. Uno casto. No como el que me dio a mí la noche anterior. Este es diferente. Más de amistad. No tan de guerrerío.

Observo a Cristian cómo se pasa las manos por el pelo y mira la escena como si no le importara nada. Todos vitorean a la pareja, que abandona la pista cogidos de la mano y felices por su actuación.

—Becca, ¿te importa si me pido a Axel para Reyes? —me pregunta Fayna, sonriente y feliz, abrazándolo por la cintura.

Axel mira hacia otro lado. Yo sé hacia dónde. Está provocando a Cristian, sabe que el otro le está mirando.

—¿Por qué me lo preguntas a mí?

—No sé. Tal vez porque estás lo...

—Fayna.

Este es Cristian, que parece haberse bilocado hasta nuestra posición.

Me cuadro. Me da un mal rollo que no lo puedo soportar.

—Muuufaaasaaa —susurra Fayna, ignorándolo.

—¿Has vuelto a ganar peso? —le pregunta, insolente.

—¿Que me vas a comer el qué? —replica Fayna.

Axel, en cambio, no tiene tanto sentido del humor ni tan buenas salidas como ella. Lo coge del cuello de la camiseta y casi lo levanta del suelo. Yo intento detenerle, pero es como intentar parar un camión en marcha.

—He denunciado tu puto vídeo a la policía, cabrón —le escupe con rabia, apretando sus dientes blancos—. Hay que ser muy ruin para hacer eso.

—Su-su-suéltame.

—Ay, Cristina... No sabes la que te va a caer —le dice con sorna—. Si no quieres tener problemas, lárgate de aquí ahora mismo. Y como increpes de nuevo a Fayna, te buscaré y te romperé las piernas para que no vuelvas a mover tu colita de marica por aquí. ¿Entendido?

Cristian es guapo, pero es guapo dentro de lo clásico. No es tan excepcional como Axel, ni tan hombre. Por eso el tipo asiente, a punto de hacerse pipí encima.

—¡No te escucho! —le grita, llamando la atención de todos los presentes.

—Sí. Sí —repite Cristian.

Cuando Axel lo deja en el suelo, el bailarín no tarda ni dos segundos en abandonar la discoteca junto con Barbie mo-delitos.

Fayna se coge las manos, aún perpleja por lo que acaba de pasar, y cuando reacciona, pregunta:

—¿Has denunciado el vídeo a la policía?

—Sí.

—¿Cómo? Yo lo he intentado muchas veces por YouTube pero nunca lo han quitado.

—Pues esta vez sí. Ya no está.

—¿En serio?

—En serio —le asegura Axel con un gesto de la cabeza.

—Eres como Batman. Un caballero oscuro —dice, sobreco-gida—. ¿Cómo puedo agradecerte lo que has hecho? Si quieres, puedes acostarte conmigo.

Axel le pasa un brazo por los hombros y sonríe como su mejor cómplice.

—No valgo tanto —contesta.

—Me tienes hasta la cachimba, amigo.

—Vamos a la barra a pedir algo, os invito. —Me mira por encima del hombro de Fayna y me dice—: Rizos, ¿vienes?

—Ahora mismo.

Pero antes tengo que recuperarme del impacto de verlo bai-lar, reír, gozar… Y de saber que es mucho más de lo que aparen-ta ser. Es un protector. Un caballero.

Y vale más que todos los que están ahí juntos.

Sé que me estoy enamorando de él. Lo sé con tanta convic-ción como la que tengo cuando me veo en el espejo y acepto que tengo el pelo parecido al Minimoy de pelo rojo, pero hacia abajo. Con la misma certeza de que mi pelo de recién levantada me hace parecer una suicida con tendencias agresivas.

Simplemente, lo sé.

Por eso voy a ir al baño, para remojarme un poco la nuca, dispuesta a sobreponerme a todo esto. Porque Axel tiene colga-do el cartel de NO TOCAR, MATERIAL INFLAMABLE, al menos para mí.

La música sigue sonando con fuerza y la escucho perfectamente desde el baño. Después de hacer pipí, salgo del retrete y me acerco al lavamanos para mirarme al espejo. He cambiado desde que me dejó David. No sé si para bien o para mal, pero tengo unas necesidades que antes no tenía, y las que tenía ya no las tengo.

Ahora, parece que solo exista Axel en mi periferia. Este tipo me está enloqueciendo minuto a minuto.

Me lavo las manos con jabón y me las seco en el dispensador de aire caliente.

Es una locura. No me comprendo ni yo.

Me vibra el trasero, y es porque alguien me llama y tengo el móvil en el bolso. Lo giro hacia delante y saco mi teléfono.

No puede ser. Ni en mis mejores presagios habría adivinado quién me iba a llamar.

David. Es David. David me está llamando desde Estados Unidos. ¿Se está gastando la pasta con esa llamada? Qué raro.

Me tiemblan las manos y el estómago me da un vuelco. Por un momento, que me parece interminable, me quedo en shock contemplando en la pantalla el rostro del que creía que iba a ser mi pareja para toda la vida. En esa foto sonríe, sus ojos chispean y transmite una confianza que después, al menos para mí, no fue tal.

Voy a descolgar. No. No voy a hacerlo.

Me apoyo en la pared del baño. Estoy sola, no hay ninguna chica más aquí conmigo.

Maldita sea, me tiemblan las manos. Yo ayudo a los demás a superar sus miedos. Se supone que debo superar el mío. No sé por qué siento tanto terror por hablar con él.

—¡Joder! —descuelgo por fin—. Hola. —Es que no me sale decir nada más. Ni nada irónico, ni nada lacerante. Solo un «hola» insípido y sin entusiasmo.

—Hola, Becca —me dice David al otro lado—. ¿Qué tal estás?

—Bien, ¿y tú?

David se queda en silencio. Le noto la voz pesada, como si ni él supiera por qué está llamándome, o como si lo supiese demasiado bien y se sintiera culpable.

—Bien. Trabajando, como siempre.

—Ya. Yo también.

—Sí… Ya veo que eres trending topic en España. Un amigo me pasó por Whatsapp un meme tuyo. Decía algo así como… «Becca está psicoanalizando al grupo». Me hizo sonreír… Salías muy guapa en la foto.

Yo todavía no encajo el hecho de que él me esté hablando por teléfono cuando en más de un mes no se ha interesado por mí.

—Sí… Bueno, son las fotos de estudio para el programa. —Presiono el puente de mi nariz. Me duele tanto la garganta por aguantarme las lágrimas que me parece insoportable.

—No es verdad. Siempre has sido guapísima.

—Ya… Esto… David, ¿qué quieres? ¿Por qué me llamas?

Vuelve a callarse, pero escucho su respiración.

—No lo sé. He llegado a mi casa después de trabajar. Tuve vacaciones este mes y esta semana he empezado a hacer la rutina de siempre.

Cojo aire. Se ha ido de vacaciones y no ha pensado ni una puta vez en mí.

—Ya.

—Y no sé qué me ha pasado, que se me ha caído la casa encima…

—¿Por qué? —Apoyo la cabeza en la pared y dejo que las lágrimas de rabia y de pena por el final de lo nuestro arrasen con mi maquillaje.

—He… Al colocar las cosas que me faltaban de mi maleta, haciendo sitio en los armarios, he encontrado las zapatillas con forma de champiñón. Las rojas con topos blancos que te compré en el Maceys.

—Ah…

—¿Te acuerdas?

—Sí… —Me tiembla la voz.

—Y… de repente —A él también le falla la suya—. De repente… me he puesto a pensar en ti, y me he dado cuenta de que echaba de menos hablar contigo y escuchar tu voz.

—David, no.

—Becca, ni siquiera recuerdo cuáles fueron las razones por las que lo dejamos.

—Me dejaste. Yo no te dejé. Tú me dejaste por FaceTime, ¿recuerdas?

—Sí. —Lo noto más afectado que nunca—. Sí, lo sé…

—Mira, David —tengo que acabar con esta conversación lo antes posible, no puedo lidiar con ello ahora—, en estos momentos no puedo hablar…

—Espera, Becca… ¿Dónde estás? Oigo música a lo lejos.

—Estoy en una discoteca de Tenerife. —Aunque no se merece mis explicaciones, se las doy igual—. Tengo que irme.

—Ah, ya… Bueno, supongo que es por trabajo, ¿no?

—No te importa —replico con despecho.

—Está bien, está bien… No tengo derecho a hacer nada de esto…

—No. No lo tienes.

—Pero ¿te puedo llamar mañana?

—No es buena idea, David. Estoy trabajando mucho.

—Sí, sí, lo sé… Pero si te llamo, ¿me lo vas a coger?

Cierro los ojos y limpio mis lágrimas con el antebrazo.

—No lo sé. David, te tengo que colgar.

—Vale. Becca.

—¿Qué quieres? —Esta vez lo digo con rabia, por recibir esta llamada precisamente esta noche, en este momento, demasiado tarde.

Él se queda en silencio de nuevo.

—Nada. Solo pórtate bien.

Le cuelgo de golpe. No le digo ni «adiós».

Que me porte bien, dice. Suena a un aviso, como si quisiera marcar un terreno que él ya no puede abonar. Me parece tan injusto. Tanto, que necesito hacer algo que me quite la ira y la indignación. Que me porte bien, como siempre he hecho. David se cree que sigo siendo la misma que cuando estaba con él. Se piensa que puede llamarme y volverme loca con su voz atormentada y su actitud arrepentida.

Sabe cuánto lo quería y juega con eso, el cretino. Cuando él ha demostrado no quererme ni la mitad de lo que yo lo quiero a él.

Salgo del baño decidida a hacer algo. A ser mala. A ser una mala chica. Si hay alguien que puede comprenderme, que sabe de impulsos negativos que transformen a una persona en alguien cruel y desesperado, ese es Axel.

Él está acostumbrado a eso. David siempre pensó que con su educación, sus modales y su espiritualidad podía encontrar a alguien como yo. Alguien paciente, conformista incluso en esos momentos. Alguien que no le acarreara problemas, que fuera educada y culta… Pero incluso él se cansó de mí.

En cambio, Axel no tendrá tiempo de aburrirse de mí, porque él no repite nunca con la misma chica. Y lo que yo necesito es a alguien que haga que me olvide de todo.

Axel podrá lidiar conmigo, con mi lado malo y algo suicida. Y si no, tendrá que aguantarse, porque lo necesito con desesperación.

No pienso en nada más cuando lo veo. Él está hablando con el equipo y riéndose con Fayna. La música me invade y entra en mí, en sintonía con mi arrebato y mi corazón dañado.

Es la música de «Mágico» de Mika Mendes.

Axel me divisa entre la multitud, andando hacia él con seguridad. De repente clava su atención en mi rostro y ve algo que los demás no ven, y se aísla de todo menos de mí.

Acabo de apartar a los que se interponían en mi camino y ahora solo tengo a Axel frente a mí. Si él me rechaza ahora, me destrozará.

Axel entorna los ojos y de algún modo siento como si me leyera. Nunca nadie lo ha hecho tan bien como él. Le agarro la mano y lo acerco a mí, hasta que mis pechos están en contacto con su torso.

Axel baja la cabeza y roza con su barbilla mi frente, como si me acariciara.

—¿Has estado llorando, rizos? —susurra, ocultándome de la vista de los demás.

Me encanta ese gesto. Tan frío que quiere aparentar a veces, y es demasiado tierno como para ser verdad.

—Chis —le digo negando con la cabeza.

Axel comprende lo que quiero de él. Rodea mi cintura, como un abrazo íntimo, y se funde conmigo. Y yo caigo… Caigo en un abismo de sensaciones y calor. Huele tan bien, me siento tan bien, tan protegida, que no quiero que esa canción acabe. Agradezco tanto que haya aceptado bailar conmigo y no me haya dicho que no. Pero quiero más. Quiero mucho más. Solo con él.

Si tengo que ser mala, solo puedo serlo con alguien más malo que yo. Y es el hermoso hombre que tengo enfrente, de ojos imposibles, marcado por cicatrices enigmáticas y una sonrisa de ángel caído. Que se mueve como si la música y el baile se hubieran reencarnado en él.

—Becca, ¿qué ha pasado?

Sorbo por la nariz y vuelvo a negar con la cabeza.

Axel apoya su boca sobre mis rizos y percibo un suave beso, cicatrizante por completo.

—¿Por qué no me dices lo que quieres? —me pregunta.

Estamos tan abrazados y tan sincronizados moviéndonos en medio de la pista, que me da miedo meter la pata y romper el hechizo. Axel me hechiza y hace que me olvide de todo. Es mágico, como la canción.

—Vamos, sé valiente —me anima clavando los dedos en mis caderas.

La orden imperativa hace que levante la cabeza y lo mire a los ojos sin titubear. Sus esmeraldas parecen tener vida propia y hablar por sí solas.

—Pídemelo —me ordena.

Yo trago saliva, entreabro la boca y decido que si ha habido un momento para ser valiente en mi vida, incluso más que tirarme por un avión o sufrir una descarga eléctrica, es este. El instante en el que le digo a un hombre que tiene la capacidad de destruirme, que me destruya. Y me da igual si se llama Gael o Axel. Lo quiero a él.

—Quiero ser una chica mala.

Axel no parpadea, pero sus iris se dilatan y su color se oscurece.

—Suficiente.

Y entonces baja la cabeza y me apresa los labios con un hambre y un ansia que no había experimentado nunca en un hombre que me deseara. Y me siento como un pedazo de nube a punto de ser devorado por un adicto al azúcar.

# 21

@TxemaForo #eldivandeBecca Antes tenía fobia a madurar. Pero cuando aprendí que madurar es dejar de sufrir por amor para sufrir por dinero, ahora le tengo terror. Tengo la cartilla a menos dos euros. #soyundesgraciadoporquelemundomehahechoasí

El trayecto en taxi hasta el Anthelia es un despropósito de brazos y piernas que se cruzan, manos que quieren encontrarse con desesperación y bocas que luchan por entrar en contacto la una con la otra.

He decidido que me voy a dejar llevar, y también que me voy a llevar a Axel por delante.

Al llegar al hotel, en el ascensor, nos ha faltado tiempo para empezar a desnudarnos. Axel me ha estampado contra la pared metálica. Yo lo he mirado enardecida y cuando me ha besado y mi lengua ha reconocido la suya, hasta he creído oír a los ángeles cantar. Ha cogido mi pierna derecha y me la ha levantado para apoyarla en su cadera. Se la he rodeado y él ha empezado a bombear contra mi sexo. Después, ha colado una de sus morenas manos por debajo del vestido hasta que ha podido agarrar la costura de mis braguitas. Me las quería bajar, pero no nos daba tiempo, así que ha cambiado de idea y lo que ha hecho ha sido colar la punta de sus dedos por debajo y me ha tocado toda mi entrepierna. Se le han humedecido los dedos con mi lubricante natural; estaba (y estoy) tan cachonda que esta noche voy a por el póquer de orgasmos. Después, con esa intensidad que por ahora solo he visto en él, se ha llevado esos dedos a la boca y los ha saboreado delante de mí, sin dejar de mirarme.

—Qué bien sabes, joder —ha gruñido.

Al oír su voz, me han temblado las rodillas.

Las puertas se han abierto y me ha arrastrado prácticamente hasta su habitación, que es justo donde ahora estamos.

Axel cierra la puerta a sus espaldas y, tal como la cierra, me agarra por la cintura, me da la vuelta y me estampa contra ella. Pega todo su cuerpo contra el mío y me besa. Le beso. Nos besamos con una necesidad que provoca fiebre y altas temperaturas, con el anhelo de los desesperados y la avaricia de los pobres. Es como si quisiéramos borrar el uno del otro cualquier otro beso que nos hayan dado.

Axel me pone la mano sobre la garganta, sin presionar demasiado, pero sí lo justo para que me moje como reacción a su gesto dominante.

—¿Cómo de mala vas a ser? —me pregunta.

—Todo lo que no he sido en mi vida —le contesto. Joder, es que he sido demasiado buena, demasiado complaciente, demasiado mojigata.

—Qué cachondo me pones —susurra rozando mi labio inferior con su pulgar.

Abro la boca y se lo lamo con la lengua. Observo cómo muda su gesto y me sorprendo del cambio de color en sus ojos a un verde oscuro y lascivo.

Estoy succionando su pulgar y me sabe hasta bien. Todo él está tan bueno...

De repente, ya no es su pulgar el que chupo, es su boca de nuevo, su lengua, que me la cede para que yo haga virguerías y juegue con ella.

Dios, cómo me encanta. ¿Cómo es posible esto?

Sus manos se multiplican y acceden a todas las partes de mi cuerpo. Me suben el vestido por encima de la cabeza y yo lamento esa falta leve de contacto con él.

Me quedo desnuda por la parte de arriba, y por abajo solo con las braguitas. Él, en cambio, tiene demasiada ropa todavía. Intento desnudarlo y me detiene agarrándome de las muñecas.

—No, preciosa.

Me mira de arriba abajo. Está tan excitado que respira como un animal salvaje. Y disfruto tanto de despertar esos instintos tan primitivos en él que me sale la vena Mara pervertida.

—¿Qué vas a hacer conmigo?

—No me preguntes lo que voy a hacer. —Se acerca a mí y me baja las braguitas lentamente—. Pregúntame qué no voy a hacer contigo.

Cuando se incorpora y lanza las braguitas al suelo, yo ya estoy desnuda por completo, y creo que si se fija me verá más que mojada. Además, no tengo vello ahí abajo, y por su sonrisa de diablo, creo que a él le gusta.

—No hay nada que no vaya a hacer. —Hunde los dedos en mi pelo—. Nada.

Me besa despiadadamente y echa mi cabeza hacia atrás, sin dejar de besarme y de mordisquearme los labios. Y entonces pone su manaza en mi vagina, y así, sin avisar, introduce dos dedos de golpe en mi interior. Yo no sé ni cómo reaccionar. Hace tiempo que no me acuesto con nadie. Mucho. Y él lo nota, por eso ralentiza los movimientos.

—Estás muy cerrada, rizos.

—Sí —admito sin vergüenza.

—¿Cuánto hace que no follas con nadie?

Vale. Eso ha sido burdo. Burdo, pero franco.

—Meses.

—Bien. Será buenísimo para los dos, ya verás —me dice sin dejar de mover los dedos—. Cómo me gusta que estés tan lisa.

Cierro los ojos y me dejo guiar por las sensaciones. Me gusta tanto lo que me está haciendo, que me muerdo el labio inferior y gimo. Gimo por la impotencia de no poder correrme aún, y por el gusto de no acabar todavía.

Él me obliga a abrir más las piernas y se acerca a mi cuerpo, que desprende calor. Nunca había estado tan desnuda con alguien, y la otra persona tan vestida.

—¿Cómo te gusta que te lo hagan?

Abro los ojos y sé que mi mirada azul le está recriminando que me pregunte esas cosas.

—Descúbrelo tú mismo.

Axel niega con la cabeza e introduce los dedos más adentro.

—Si me dejas a mí, Becca, te follaré duro, como un animal. Duro, fuerte, profundo… Es como me gusta.

Señor de los cielos salidos… Mi vagina sufre un espasmo, y después, como por obra divina, decide correrse sobre los dedos de Axel. Los aprieto, los engullo, como si quisiera abducirlo por completo. Él acompaña mis espasmos acometiendo mi sexo con sus dedos.

Axel sonríe y me dice, colocando sus labios sobre los míos:

—Creo que te voy a follar duro.

Sin tiempo para poder coger aire ni recuperarme, Axel me agarra por la cintura y me sube a horcajadas sobre sus caderas.

—Ábrete bien. Mantente así.

Como si me fuera a mover. Está pirado.

Pero en vez de empalarme, que es lo que quiero que haga, camina conmigo en brazos y me apoya sobre la mesa del escritorio de la habitación, que está a la altura idónea para hacer esas cosas. Me levanta un poco y se lleva uno de mis pezones a la boca.

Primero lo lame y después decide jugar con él haciendo círculos con la punta de su lengua.

—¿Te gusta esto?

—Sí —suspiro, echando la cabeza hacia atrás.

Quiero olvidarme de todo. Quiero olvidar quién soy, qué cambios están operando en mi vida. Y quiero sentirme bien con lo que hago, con entregarme así a un hombre como él, porque es mi decisión, porque me lo merezco…

Axel me apresa el pezón con los dientes y succiona sin dejar de golpearlo con la lengua. Y es que él me gusta de un modo que no lo comprendo.

Pero es aquí, entre sus brazos, donde necesito estar ahora.

Me agarra el otro pecho con la mano libre y me lo masajea,

y vuelve a jugar a destornillar mi pezón. Yo siento agujas de placer detrás de mi ombligo, muy adentro.

Después, deja uno para meterse con el otro. Lo instiga y lo besa con tanta dulzura e intensidad que me extraña no reconocer esas sensaciones.

Escucho cómo se desabrocha el cinturón, se desabotona el pantalón y, finalmente, se baja la cremallera.

Sé muy bien cómo la tiene. Se la he visto esta mañana. Está muy bien dotado.

—Ponte el gorrito —le digo sin vacilar.

Con el historial que tiene aquí Lorenzo Lamas y que tanto me repatea, no voy a dejar que se cuele en mi cuerpo sin protección. Al menos, no hasta que me presente a sus padres. Que seguramente será nunca.

¿Por qué mierda estoy pensando esto ahora?

Axel asiente, y entonces se aparta, coge su cartera del bolsillo de atrás de sus Dockers y saca de ella el envoltorio plateado de un condón. Luego tira la cartera al suelo. Lo abre con los dientes, y no puedo dejar de pensar que ese gesto tiene más peligro que Espinete jugando con un Durex. Después, desliza el látex por su pene grueso y venoso.

A continuación, separa más mis muslos con sus manos para guiar su erección hacia mi interior. Se unta los dedos de mi esencia y embadurna su sexo con ello, como un lubricante.

Se pega a mi cuerpo, como si necesitara el contacto desesperadamente. Él está sudando, como yo. Y todavía no hemos hecho nada.

Su prepucio sigue adelante, entre mis pliegues más íntimos, abriendo los labios que solo enseño a quien yo escojo.

—Agárrate a mí —me ordena con voz ronca.

Yo asiento y le rodeo el cuello con mis brazos. Y entonces entra en mí, bombeando lentamente para prepararme a su potente intrusión.

Pero de golpe levanta su cabeza, que hasta ahora la tenía inclinada para contemplar cómo me posee. Sus ojos verdes claros como los de un ser sobrenatural vierten toda su atención en los míos. Sin parpadear.

Me quedo enganchada en él, sin saber muy bien qué quiere decir ese momento entre nosotros, y fantaseando que hablamos mentalmente y que con eso nos lo decimos todo.

—Voy a follarte —me asegura uniendo su frente a la mía.

Lleva sus manos ardientes hasta mi trasero, que está apoyado en el escritorio. Lo levanta ligeramente y aprovecha el ángulo para empalarme hasta lo más hondo. Llenando mi útero, con su pene golpeando mi cerviz, alojándose ahí.

—¡Jesús! —exclama mirando hacia abajo.

Yo hago lo mismo. Ni siquiera veo mi vagina. Solo veo el vello negro y espeso de Axel. Me siento tan llena que creo que voy a explotar. Y dolorida.

Él lo sabe, por eso acaricia mi espalda con masajes relajantes y estimulantes, mi trasero y mis piernas…

—Ya no hay vuelta atrás —me advierte.

¡Como si me fuera a arrepentir!

Lo agarro de la cara y digo algo que nunca he dicho a ningún hombre porque siempre me pareció soez:

—Fóllame.

Y el beso que le doy dice tantas cosas que no hace falta que sigamos hablando.

Axel también se da cuenta de ello. Y me posee. Me posee como el animal que es, como el bruto de las montañas que tiene que domar a las salvajes que se le tiran encima.

No demuestra piedad ni compasión. Y yo me vuelvo loca. Hundo mi cara en su cuello, gimoteo y le muerdo como una fiera.

Axel me está follando como si quisiera agujerearme. Me horada y disfruta con las contracciones de mi cueva, que se humedece con cada embestida, potente, hasta lo más hondo, abriendo huecos donde nunca los hubo. Me reabastece hasta el punto que creo que ya no puede entrar más, pero él insiste, como si quisiera dejar una señal en mí, un quemazón, un recuerdo de que él estuvo ahí.

Y me besa hasta que no hay ni un milímetro de nuestra boca sin unir. Hasta que nos olvidamos del tiempo.

El condenado mueve sus caderas igual que baila. ¿Cómo no me voy a volver loca por él?

—Axel... —susurro, un poco ida por el deleite.

Axel me hace callar con otro beso, aprieta mis nalgas contra él, para ayudarlo a penetrarme mejor, cuando mejor y más es imposible.

Siento el cosquilleo en lo profundo de mi vientre. Esa sensación loca a la que no sé poner nombre, como si respondiera a un ritmo lleno de hechizos y magia que despierta mis sentidos, que hace que mi sangre se avive y mi alma se crea más suprema de lo que nunca fue.

Axel me muerde el labio inferior. Sé que es una señal para que abra los ojos. Pero casi no puedo. Estoy a punto de correrme.

Él no cesa en su ataque a mi cuerpo, y entonces permite que me deje ir, con él tan anudado a mí que parece que seamos uno. Me corro como una mujer abandonada a él, a sus caricias, a su poder.

Es una experiencia mística, rebosante de delirio. Axel gruñe y acelera el ritmo mientras yo todavía sigo con mi orgasmo Buzz Lightyear, hasta el infinito y más allá.

El placer me hace desvariar. Y Axel se corre, con movimientos bruscos, como si quisiera asesinarme a pollazos. Y muero de gusto... Porque sé que me estoy corriendo otra vez.

Es como un círculo vicioso, como una cadena de favores. Si haces que me corra, yo hago que te corras.

Axel se agarra a mí, se sostiene para no caer al suelo en redondo, y yo doy las gracias a quien inventó los escritorios.

Nos quedamos muy callados, muy abrazados, en un silencio abierto provocado por la impresión.

Ha sido tan increíble que creo que tengo ganas de llorar.

Axel recupera la respiración a un ritmo mucho más rápido que el mío. Yo todavía estoy en fase REM. Y tan dolorida que no sé si me he hecho daño o no.

—Maldita sea… —susurra Axel mirándome como si viera algo en mí diferente.

—¿Qué? —Cojo aire—. ¿No se te habrá roto el condón?

Él niega con la cabeza.

—No, no se ha roto.

Después, me levanta en vilo y se da la vuelta hasta dejarme sobre la cama. Sale de mi interior y me manipula como una muñeca de trapo. Me da la vuelta y me coloca boca abajo. Alarga el brazo y sitúa la almohada debajo de mi vientre.

—Quiero más.

Yo cierro los ojos y me agarro a la colcha.

—Quítate la ropa —le pido.

Él se queda quieto, y poco a poco obedece a mi súplica. Por encima del hombro sigo cada uno de sus movimientos, y aplaudo la piel que asoma con cada prenda que desaparece. Músculos perfectos, hinchados, fibrosos… Sombras y tatuajes misteriosos. Un falo húmedo con el condón lleno. Cuando se queda totalmente desnudo, Axel se quita la goma, le hace un nudo y la sustituye por otra nueva.

—No voy a parar en toda la noche. Asúmelo.

—Eso espero.

Sus ojos. Por favor… Sus ojos me siguen mirando hambrientos, como si no tuviera suficiente con lo que me ha hecho.

Axel no pierde el tiempo. Levanta un poco mis caderas y me posee de nuevo, hasta el fondo, sin miedo, como si supiera que soy tan elástica como los chicles Boomer. Es un conquistador, un bárbaro, un vikingo, un… Un depredador vaginal. Me siento muy hinchada y sé que quiero mucho más. Noto sus testículos golpeando contra mi sexo, y al instante noto sus dedos hurgando en mi clítoris, que sale orgulloso por el placer que recibe.

Yo lo aprieto en mi interior, no lo quiero soltar. Aun dolorida, el gusto es sublime.

Me folla con fuerza; con tanta, que se mueve la cama arriba y abajo.

—Rizos, qué buena estás —me murmura pasando la otra mano por todo mi cuerpo, mordisqueando la piel de mi cuello.

Me siento orgullosa de todo. Del running, del pádel, de no utilizar ascensores… Estoy tan aplastada por él, tan sometida, que me importa un pimiento todo, excepto el movimiento de su vara dura y cada vez más gruesa entrando en mi cuerpo.

—Quería hacer esto desde el primer día en que te vi.

Por un momento, mi cabeza divaga. ¿A qué día se refiere? ¿Al de la Caja del Amor o a cuando nos encontramos por primera vez en las oficinas de la productora? Sea como sea, el deseo fue mutuo. Pero en mi caso fue en la sala de reuniones de Zeppelin, porque las sensaciones son algo confusas el día de la discoteca en Barcelona… Llamémosle: tequila.

Axel se impulsa hacia delante, yo grito de satisfacción. Estoy a punto de conseguir otro orgasmo que me va a dejar hecha gelatina. Da igual. Lo quiero.

Muevo mis caderas como puedo con tal de conseguirlo.

Axel me agarra de la cabeza y tira de mi pelo hacia atrás.

Me gusta que sea duro. Me encanta. Me pone.

—Rizos…

—Axel… Más… No pares.

Yo abro más las piernas, y él se ceba con mi clítoris hasta que el éxtasis me invade. Y vuelvo a dejarme llevar por todas esas sensaciones liberadoras que nacen de un polvo de estrellas.

Axel se derrumba sobre mi espalda solo para recordarme que:

—Tengo una caja llena de preservativos y los voy a gastar contigo.

No es lo más romántico del mundo, pero hace que me contraiga de nuevo. Quiero morirme. ¿Qué me ha hecho?


Está a punto de amanecer.

El miembro de Axel sigue entrando sin remisión en mí. Estoy encima de él a horcajadas, y me duele cada embestida, cada punzada, cada movimiento. Tengo mi vagina demasiado inflamada e incluso a él le cuesta entrar en mí.

Es el último condón. Ambos lo sabemos.

Nos hemos pasado toda la noche haciéndolo. Hubo un momento en que ya dejamos de hablar. Nos leíamos tan bien que sabíamos lo que teníamos que hacer.

Comunicarse con los labios sin pasar palabras entre ellos, hablar con las miradas, sentir con las manos… El lenguaje no verbal es mucho más potente que el que sí lo es, y dice más cosas de las que podemos expresar con palabras.

Axel me agarra de las caderas y me mantiene en mi sitio mientras me penetra. Se va a volver a correr. Lo sé por cómo me clava los dedos en la carne, por cómo entreabre la boca y deja caer esos ojazos que me tienen perdida, y lo sé porque se le hincha la vena del cuello cuando quiere aguantarse. Le encanta tanto correrse que le gusta prolongar esa sensación.

Y a mí también.

Me inclino hacia delante, sin fuerzas ya para aguantar su ritmo, aunque creo que he dejado el listón Ferrer muy alto. Me apoyo con las manos sobre la almohada, a cada lado de su cara, y lo beso.

Lo beso porque estar sin besarlo es casi antinatural para mí. Una vez lo he probado, quiero hacerlo todos los días. Pero no voy a crearme falsas esperanzas. Axel no está interesado en mí ni en nada que empiece por «rela» y acabe por «ción». Es incapaz de abrirse, y ni siquiera se ha agrietado su armadura con los diez orgasmos que hemos encadenado uno detrás de otro. Pero que no sepa confiar, que le cueste hablar de él y que no quiera apoyarse en nadie, estimula como ninguna otra cosa mi perfil de rescatadora de almas perdidas.

Quiero ayudar a Axel. Me encantaría hacerlo, y debo ser perseverante con él para que me tenga en cuenta, al menos, como amiga con derecho a roce y a confesiones. Eso me encantaría. Porque él me gusta más de lo que quisiera, y empiezo a sentir cosas devastadoras y caóticas por él, cosas que hacen que me cague de miedo y que quiera escapar. Pero Becca no huye de los desafíos. Y Axel es el mayor de todos.

Por eso lo beso con todas mis ganas y todo mi abandono mientras ambos nos corremos al mismo tiempo.

Sin condones no habrá más sexo entre nosotros por hoy. Pero puedo disfrutar de mi fantasía de dormir con él así, en mi interior, e imaginar que me cubrirá con la colcha para que durmamos juntos todas esas horas gastadas durante la noche en utilizarnos casi hasta la extenuación.

Soñar es gratis.


Cuando abro los ojos, la luz del amanecer en Tenerife se cuela por la ventana y da de lleno en el rostro de Axel, que tengo justo enfrente, apoyado en el cojín, boca arriba, contemplando cómo duermo. Observo su ceja partida y su cicatriz en la barbilla y no puedo reprimirme, necesito alzar la mano, como ahora, y acariciarle la señal que cruza su mentón.

—¿Me contarás esta vez la verdad sobre estas cicatrices?

Axel frunce el ceño, toma mi mano y la retira de su rostro, suavemente, con tacto para que no me ofenda. Pero me ofendo mucho. Porque no deja que lo toque otra vez, y parece absurdo después de la noche de desenfreno que hemos pasado el uno con el otro.

—¿Otra vez?

Esta es la mía.

—Te lo pregunté en la Caja del Amor, Gael.

Axel deja de mirarme, vuelve la cara y fija sus ojos en el techo.

—¿Cómo es posible que me recuerdes? Ibas muy borracha.

Pues vaya una reacción más insípida ante semejante revelación. Ni un «¿eh?», ni un «¡oh!»... Y mucho menos un «¿cómo?». Se ha limitado a evitar mis ojos y a contemplar las musarañas del techo.

—No te recordaba —aclaro—. De hecho, no recordaba casi

nada, pero han colgado las fotos de la Caja en la página web de la discoteca y te he visto, con el pelo largo… ¿Siempre lo has llevado así?

—Sí.

—¿Qué hacías ahí, en Barcelona?

—Ya te lo dije. Despedida de soltero de mi mejor amigo gay.

—Entonces, ¿fue casualidad de que coincidiéramos después en las oficinas de la productora?

—Sí.

—¿No estaba escrito en las estrellas? —bromeo.

—No.

—Pues vaya decepción. ¿Cómo te llamas, en realidad? ¿Axel o Gael? —insisto. Al menos, a eso espero que me pueda contestar.

—Es un nombre compuesto. Mi madre era belga… Me puso Alexander en honor a mi padre, y Gael por mi abuelo paterno. Pero me quedé con Axel, porque mi hermano es disléxico, y confunde el orden de las letras. Me llamaba Axel en vez de Álex.

Se incorpora hasta quedar sentado en la cama. Me vuelvo majara al vislumbrar su torso desnudo sin un gramo de grasa. Dios, tengo tantas cosas que preguntarle que no sé por dónde empezar.

—¿Y tu tatuaje en latín? ¿A qué viene? ¿Los pies en el suelo y la mirada en el cielo?

—No es nada. Una noche de borrachera —responde con sequedad.

Algo está buscando por la cama y por la habitación. Como no lo encuentra, se levanta y me deja sola y abandonada en su lecho, sin su calor. Su tuviera la piel azul, Axel sería como un avatar: alto, intimidante y hermoso.

—¿Por qué te levantas?

—Porque tengo mucho trabajo atrasado y Fede quiere todos los vídeos montados para el miércoles. Quiero aprovechar el día de hoy para adelantarlo.

Medito sobre sus palabras y estudio su actitud. Creo que

después de dejarme irritada y saciada, quiere que me vaya a mi habitación y le deje solo.

—¿Qué planes tienes hoy? —me pregunta, por fin, mientras se pone unos calzoncillos limpios que ha sacado de la maleta.

Yo apoyo un codo en el cojín y recuesto la cara en mi mano.

—¿Ir a comprar más condones?

Me regaña con sus ojazos.

—Tengo que trabajar. Ya te lo he dicho.

Mierda. Si es que tengo razón... Quiere que lo deje solo. Que me levante de la cama y me vaya. Al fin y al cabo, ya me ha desgastado sexualmente y no quiere nada más de mí, ¿no? ¿O sí?

Hoy no grabaremos nada hasta la tarde. Solo nos queda la secuencia de la despedida de Fayna, con su collar de perro. ¿Va a estar todo el día aquí encerrado? Me encantaría que al menos comiéramos juntos y aprovechásemos este día cuasi libre que nos queda antes de que mañana nos vayamos. Quiero empujarle para que hable conmigo y comprobar por mí misma si de verdad piensa que todas las mujeres somos unas golfas. Vale, puede que mi actitud de esta noche no le haga cambiar de opinión, pero yo prefiero pensar que he sido libre de tomar las decisiones que he querido, a creer que soy una golfa por ceder a mis deseos, a esta terrible curiosidad y atracción que Axel despierta en mí.

—Si quieres podemos pedir pizzas y comer aquí —le digo haciéndole ojitos—. Y tal vez pueda ayudarte con los vídeos...

—Ni en broma. No tengo ni idea.

Axel cambia el gesto a uno de preocupación, como si yo estuviera metiendo la pata y diciendo cosas que no quiere oír.

—Así no actúan las chicas malas, catalana. No lo estropees.

Me he sentido avergonzada muchas veces, pero nunca tan expuesta y vulnerable como en este momento. Es verdad que él no me quiere aquí. Que le molesto. Prefiere que recuerde lo de esta noche como mi gran noche de sexo loco y que lo deje así, tal y como está.

Me cubro con la sábana porque no quiero que me vea desnuda, ya veis qué gilipollez, cuando me ha visto hasta el único empaste que tengo.

—Me voy a duchar —suelta.

Ante estas situaciones, mi reacción más natural es ironizar y reírme, para quitarle hierro a la humillación.

—Vale, vale ya me voy. No, nooo… No insistas. No voy a ducharme contigo…

Axel me mira por encima del hombro y se dirige impertérrito al baño. Me molesta que pase de mí así.

—De acuerdo, Axel. Son doscientos.

Le pico para que se dé cuenta de cómo se está comportando conmigo. Soy Becca, su casi amiga. No puede hacerme esto.

Él se detiene en el marco de la puerta y noto por su tensión que el comentario le ha disgustado.

—Nunca te he tratado como a una puta.

¡Plas! Cierra la puerta y me deja en silencio, en la cama, con unas ganas de llorar y una congoja que no son normales en mí.

Cuando salga de su ducha y se quite mi olor de su cuerpo, yo ya no estaré bajo las sábanas. Estaré en el baño de mi habitación, duchándome, quitándome su olor de mi piel, aunque nada pueda arrancarlo de mi recuerdo.

# 22

 @EsterColero #eldivandeBecca Tengo fobia a ver a mi ex con otra. Así que como hay que afrontar el miedo, si los veo pasaré por su lado, toseré y les diré en voz baja solo para joder: este Sida me está matando #laqueesmalaesmala

Llevo un día de perros. La mayor parte me lo he pasado durmiendo lo que no dormí anoche, y la otra parte, intentando dejar de pensar en Axel. Está claro que he fracasado como una desgraciada.

Además, el incesante dolor que tengo entre las piernas y en mis pezones irritados por sus besos y sus succiones, no deja que pueda pensar en otra cosa que no sea en él, encargándose de mí y mis necesidades.

Cuando se lo cuente a las Supremas de Móstoles van a llenar el Whatsapp de caquitas de incredulidad en plan: «Ve a reírte de tu madre». Debería haberle hecho una foto in fraganti, mientras dormía.

Ingrid me ha llamado para preguntarme si estoy bien y si he utilizado condón.

Es como Jessica Fletcher, no se le escapa ni una.

Después de responder afirmativamente a sus dos preguntas y escuchar su cancioncita de «Love is in the air», le he preguntado si hay alguna farmacia por aquí cerca. Me ha dado la dirección y ha querido saber si iba a comer al menos con ella y Bruno. No me veo capaz de aguantarles haciéndose selfies otra vez, sonrientes y acaramelados, por eso he declinado la oferta.

Después de comer sola en la habitación, dormir la siesta muy sola y soñar con los besos de Axel, me he arreglado para grabar la última secuencia con Fayna.

Voy a salir decidida a plantarle cara a Axel y a no sentirme ni intimidada por su presencia, ni tampoco vulnerable porque él no me vaya a hacer caso. Me ignorará, lo sé. Hará como si la noche anterior entre nosotros no hubiese existido, porque es una completa nulidad a esos niveles emocionales, y yo querré raparme el pelo y cortarme las venas. Pero como no soy capaz de hacerlo, tiraré de mi ironía y de mi aleccionada indiferencia.

Sin embargo, cuando abro la puerta, me doy de bruces con él.

Me mira impávido y me saluda como si hace unas pocas horas no hubiera tenido su lengua en mi boca el noventa por ciento del tiempo compartido. Y yo me hundo en la miseria, aunque mi expresión sea otra. Tantas horas comiéndonos el uno al otro, y ¿para qué? Para nada.

Tiene una cámara colgando del hombro, y se ha puesto unas Nike negras deportivas, unos tejanos y una camiseta oscura de manga corta. Ropa de trabajo.

Sonríe, me mira de arriba abajo y dice:

—¿Has dormido bien?

—Como un lirón —contesto mientras cierro la puerta a mi espalda. Tal vez quiera disculparse, así que no me voy a cerrar en banda—. ¿Y tú?

—No. Pero ya estoy al día con el trabajo.

—Me alegra. ¿Querías algo?

Él niega con un gesto de la cabeza y añade:

—Vengo a buscarte, como siempre. Soy tu guardaespaldas, ¿recuerdas?

—Ah. —Mi voz suena a decepción—. En realidad, no lo eres. Pero si lo quieres creer, allá tú.

—Sí lo soy.

—Es absurdo que vengas a recogerme a mi habitación —le recrimino—. Deberías quitarte de la cabeza la paranoia de mi friki obsesionado. ¿Quién crees que me haría daño aquí? ¿El botones?

—Yo no descarto a nadie. No te imaginas la de locos que pueden llegar a rodearte.

—¿Tú, por ejemplo?

Él se encoge de hombros, hasta que llegamos al aparcamiento y nos dirigimos a la caravana estacionada.

—¿Has recibido algún mensaje extraño más, Becca?

—No. Puedes estar tranquilo. —Me ahorro comentarle los mensajes al mail de mi consulta. Los omito porque no tienen la importancia que Axel quiere darles. Seguidores intensos y más locos de lo normal nunca faltan ni faltarán. Y no voy a denunciar ni a estar pendiente de todo aquel que me escriba. Tengo vida más allá de *El diván*, faltaría más—. Ya te lo dije. Eso fue algo aislado y puntual. No debiste preocuparte tanto.

Ingrid y Bruno ya nos esperan en su interior. Abren las puertas para que entremos y entonces Axel dice:

—Estaré tranquilo cuando lo pille.

—Uy, Axel, ve con cuidado, no sea que te guste tanto que no lo puedas soportar. Estás demasiado pendiente de mí —bromeo—. No te obsesiones con mi acosador.

—Cuidar de ti también está en la cláusula de mi contrato. —Menuda fresca me acaba de soltar—. No te emociones, rizos.

Pongo los ojos en blanco. Qué capullo es. Y cómo me gusta… Está fatal de la cabeza. ¿Cómo va a tener una cláusula en su contrato que estipule que debe protegerme?

Mientras me siento en el trono de maquillaje, Bruno arranca el motor rumbo a los jardines de la Orotava, en Tenerife Norte. Los dos cámaras quieren grabar ahí la última toma con Fayna.

## PARQUE BOTÁNICO DE LA OROTAVA

Ha sido un largo paseo en caravana, y he tenido tiempo para pensar en por qué hay personas que de un modo u otro traspasan los muros que uno quiere levantar a su alrededor. Este ha sido el caso de Fayna, que lleva puesto un vestido de flores superllamativo, el pelo suelto y su collar luciéndolo con orgullo. Como profesional, debería marcar las distancias, pero la sonrisa de Fayna y sus ganas de luchar me han contagiado el corazón, por eso cuando la veo saludarme sé que será una amiga para toda la vida.

Mientras Axel y Bruno dan vueltas alrededor y preparan sus cámaras, Fayna me explica que se fue de copas con Bruno e Ingrid y que se lo pasaron de maravilla.

Entonces, Axel da la voz y dice que nos pongamos a nuestros puestos para empezar a grabar. Estamos en una zona rodeada de palmeras, de aráceas y moráceas. Inmersos en una dimensión tropical.

En respuesta a mis preguntas, Fayna va contando cómo convive con el collar.

—Llevo despierta desde anoche —me dice con los ojos abiertos como platos.

—Pero, Fayna… Eso no es bueno. Te lo tienes que quitar para dormir —digo, asustada, mirando de reojo a la cámara.

—Lo sé, lo sé… Pero es que llevo tanto tiempo sin poder estar así, activa y sin desconectarme… El collar es como un milagro. Impide que me duerma.

—Es porque cuando estás a punto de dormirte, tus cuerdas vocales se relajan y empiezas a roncar antes de cerrar los ojos. Es una cosa extraña. Inaudita. Pero el collar te va de maravilla para ello, porque el calambrazo te hace reaccionar. De todos modos, Fayna —estoy realmente preocupada por ella—, prométeme que esta noche te lo vas a quitar, por favor.

—Palabrita —dice ella cruzando los dedos en alto—. Solo quiero disfrutar un poco más de un día entero despierta. Aún estoy de fiesta. —Alza los brazos regordetes y se menea con el envidiable ritmo que tiene.

—Entonces, creo que doy por finalizada tu terapia de choque experimental.

Ella me mira con tristeza.

—Sí.

—Sí.

Después de una mirada cómplice, Fayna abre los brazos y me dice:

—Ven aquí, flaca. Dale un abrazo a tu miniyo.

Me echo a reír y accedo a dárselo, porque es inevitable. Me transmite energía y optimismo, y eso me gusta en las personas.

No se despega de mí, se pone de puntillas y me dice al oído:

—Tienes un brillo especial en la cara, Becca, acompañado de ojeras. Me puedo dormir, pero no estoy ciega. Eso quiere decir que esta noche el morenazo te ha mantenido bien despierta, ¿no?

Sonrío a la cámara y finjo que no estoy escuchando nada.

—Qué bien, qué bien… —le digo dándole golpecitos en la espalda—. Me alegro…

—Seguiremos en contacto, ¿eh, Becca?

—No lo dudes, amiga.

Fuera de cámara, Fayna se interesa por nuestra partida.

—¿Cuándo os vais?

—Mañana de madrugada.

—Oh, qué pena, entonces no podré presentarte a mi mejor amiga. Está embarazada de ocho meses y está aterrada con el día del parto. Tiene mucha ansiedad. Pensé que una charlita de urgencia no le iría mal —se lamenta.

—No tengo tiempo, cielo. Tenemos el tiempo muy justo y el programa muy marcado. El lunes debo estar en Madrid para tratar a un tipo con un TOC muy peculiar. Es un obseso sexual.

—¡Anda! —dice con interés—. ¿Me lo vas a presentar? Yo sé tratar a esos…

Seguro que sí. Me da pena despedirme de ella, pero es algo que tengo que hacer.

La terapia es de corta duración, pero muy intensiva y fructífera.

Axel abraza a Fay con sentimiento y se despide de ella. Yo me alejo y pienso amargamente que demuestra más simpatía por la canaria que por mí, y eso que ha estado toda la noche haciéndome *guarreridas españolas* en su cama.

Qué pena.

Al llegar al hotel, me doy cuenta de que no tengo nada interesante que hacer, así que decido salir a comprarme algo balsámico para mi entrepierna, que ya no puedo con ella: me arde tanto que parece que esté de barbacoa. Ingrid y Bruno han alquilado un cochecito para esta tarde, quieren dar una vuelta por el centro. Me han dicho de irme con ellos, pero he declinado la oferta.

No deja de inquietarme que Axel no haya querido saber nada de mí en todo el día. Y encima me ha venido con exigencias del palo: «No hagas ni un solo movimiento sin mi permiso».

Me preocupa. Creo que se lo toma demasiado en serio.

Hoy, mi admirador barra acosador secreto me ha vuelto a escribir. Me ha puesto algo así como: «Ansío el momento en que pueda encontrarme contigo y que me firmes un autógrafo, perra». ¿Y me he preocupado? No. No lo he hecho. Porque de pirados está lleno el mundo, y si este majara quisiera hacerme algo, ya lo habría hecho, ¿no?

Así que, ni corta ni perezosa, he salido de la habitación y he ignorado por completo a mi Kevin Costner particular. Si él puede ignorarme todo el santo día, entonces yo también lo puedo hacer.

Agarro mi bolso de diseño y me voy con mi vestidito y mis cuñas a la farmacia.

He ido andando hasta el centro comercial de plaza del Duque porque es la dirección más cercana que me había facilitado Ingrid para encontrar la farmacia. El trayecto hasta allí se me ha pasado volando, hablando con mi madre, primero, y con Eli, después.

Tengo un pálpito con Eli. No sé qué es, no me lo dice, pero la noto ansiosa por contármelo, y sin embargo algo la echa para atrás. No me imagino qué puede ser.

He intentado llamar a Carla para que me lo cuente, pero no me ha cogido el teléfono. La llamaré más tarde.

En el mostrador de la farmacia me ha atendido una mujer con cara de comer limones. Inmediatamente, mi mente compulsiva se ha imaginado un gag con el anuncio de *Loquendo* y *Vaginesil*, el de «Mamá, mamá, me pica mucho el chochito», y la madre le dice: «Pero, hija, qué guarra eres. Eso te pasa por no lavarte el chocho con estropajo». Es increíblemente ordinario y soez, pero siempre que lo veo me da el ataque de risa.

En fin, que he salido de la farmacia con mi ungüento para aliviar la quemazón y la inflamación «vúlvica». Hace buen tiempo en la calle, y aprovecho para dar un paseo y meterme por las callejuelas de Tenerife. Siempre me gusta investigar y descubrir parajes nuevos. Quiero visitar algo que me haga desconectar y me aleje de los pensamientos que Axel estimula.

Ni una sola palabra ha salido de su boca en la caravana. A todo lo que le preguntaba contestaba con monosílabos. La frase más larga del día que me ha dirigido es: «No vayas sola a ningún lado». Y me fastidia tener todavía el sabor de su lengua en la mía, y que él se muestre tan indiferente a él.

Por eso, como me gustan los animales como él, me he ido al Loro Parque.

Y he pagado solo media entrada.

Me gusta estar aquí. No hay demasiada gente, supongo que por las fechas en las que estamos, aunque eso debería dar igual, porque aquí hace calor y buen tiempo todo el año.

Es un parque temático, un zoológico con orcas, delfines, gorilas, pingüinos, tigres, cocodrilos y demás... Tienen unos espectáculos realmente entretenidos y está todo en muy buen estado. El Loro Show es genial. Me ha venido a la cabeza la cacatúa de mi madre y me ha hecho sonreír. Como vuelvo a sentirme apaleada, necesito verla y que cuide de mí unos días, pero no puedo porque tengo que trabajar. Me espera el adicto sexual con trastorno obsesivo. Vamos, que es un ninfómano. Con él habré acabado el desafío de los cuatro pacientes en diez días, y con la habilidad de Axel, Fede podrá tener su programa completo listo para servir.

Paseo por la Jungla, que es la parte más antigua del zoológico, repleta de árboles subtropicales altos y de gran colorido. De fondo, oigo los cacareos de las aves, y cómo saltan de rama en rama aleteando sin descanso.

Estoy sola. No camina nadie por donde voy. Cierro los ojos, me detengo y tomo aire por la nariz, para relajarme, hasta que escucho una ramita romperse a mi espalda.

Me giro para ver quién viene, pero no me sigue nadie.

Camino un poco más inquieta al sentir los ojos de un desconocido clavados en mi nuca. Oigo pasos tras de mí, me doy la vuelta y no veo a nadie tampoco.

Maldita sea, los comentarios de Axel han hecho efecto y ahora tengo psicosis.

De repente, unos brazos emergen de detrás del tronco de un árbol, y cuando voy a gritar, me tapa la boca y me arrastra a la zona que está fuera del camino del itinerario. Es decir, me engulle al interior de la selva.


—Chisss… —dice pegando su boca a mi oído.

En cuanto huelo su aroma y reconozco el tacto de su piel, sé que se trata del cretino de Axel.

Me ha apoyado contra un árbol y él está pegado a mi espalda, rodeándome para que no me escape.

—Axel… —gruño—. Me has asustado.

—¿Qué parte de «No quiero que salgas sin mí» no has entendido, rizos?

—Eres un paranoico y, como consecuencia, estás haciendo que yo acabe paranoica.

Él niega con la cabeza y yo intento zafarme de su abrazo.

—¡Suéltame!

—Escucha, ya sé que no me crees, pero si alguien te acosa, está terminantemente prohibido salir sola.

—Puedo hacer lo que me dé la gana. Soy mayorcita. Venga ya, por favor, ¿quién me va a seguir al Loro Parque? No seas ridículo.

Axel me clava los dedos en las caderas, y me vienen libidinosos recuerdos a la mente. Me sacude con rabia.

—No me jodas, Becca. Eres un personaje público. ¡Debes tener más cuidado! No puedes salir sin nadie del equipo contigo.

—Ya, bueno. Ha sido solo un momento.

—Y un disparo también lo es.

—Deja que me dé la vuelta, me estás poniendo la piel de gallina.

—Pues más que te la voy a poner. He hablado con los policías de Asturias. El dueño de Machete, el que le dio la orden de atacar, ha despertado.

—Felicidades, ya no eres un asesino. —Lo digo con rabia, para increparle.

Axel me da la vuelta y clava sus ojos furiosos en mí.

—Esta noche podré hablar con él. Si se confirman mis suposiciones, no vas a dar un paso más sin mi consentimiento.

—¿En serio? —Abro los ojos, incrédula—. ¿Y esa pasión por protegerme? Porque cuando te recogí borracho en la playa poco te importó dónde estuviera yo. Desapareciste sin más. Y de repente vienes otra vez con tus desvaríos... Déjame en paz. Yo no te controlo, ¿verdad? No te exijo que me digas qué hiciste todas estas noches atrás, ni con cuántas tías te citas o te acuestas. No... No te obligo a que te quedes conmigo hoy después de haberme dejado extenuada la noche anterior. —Me da igual cómo se lo tome. Lo que no voy a permitirle es que se crea con algún derecho sobre mí, cuando a mí no me deja tener ninguno sobre él—. Te dejo que hagas lo que quieras y que me respondas solo lo que te convenga, ¿no es cierto? Pues haz tú lo mismo.

Un destello de arrepentimiento cruza sus ojos verdes, pero se va tal y como ha venido, como un espejismo que se quiere tocar y desaparece nebuloso.

Aprieta los dientes y no sabe qué decirme, hasta que lo hace:

—¿Qué has ido a comprar a la farmacia?

Mi boca se descoloca y cae hacia abajo.

—¿Cómo… Cómo sabes que he ido a la farmacia? —Miro a mi alrededor un tanto angustiada—. ¿Desde cuándo llevas siguiéndome, tarado?

—¿Qué has comprado? —insiste.

—No voy a contestarte hasta que me digas cómo me has encontrado.

Me he plantado, y eso a Axel lo ha irritado. Lo noto por el modo en que abre las aletas de la nariz y se le mueven los músculos faciales.

—Por el localizador —responde, y hace un movimiento de cabeza hacia mi bolso.

Desvío la vista a mi Bimba y Lola. Claro, El iPhone. Si Fede me dio la localización de Axel cuando se emborrachó, también le habrá facilitado la mía.

—¿Has llamado a Fede?

—No. Tengo los números de los localizadores de todos.

—¿Tú? ¿Por qué? —Dios, no entiendo nada.

—Porque, como ya te he dicho varias veces, estoy a cargo del equipo. Y, Becca, si dejas de hacerme caso, abandonaré el proyecto —anuncia con firmeza.

—Estás enfermo, ¿lo sabes?

—Piensa lo que quieras. Eso es lo que hay.

—Pero vamos a ver, ¿qué formación tienes tú en materia de seguridad como para que te adjudiques esa tarea? Solo tienes amigos frikis que se tiran de los aviones y construyen pistolas táser para correas de perro. —Es tan absurdo que me río—. Tú solo eres el primer cámara y el editor de este programa. Estás en el mismo escalafón que los demás.

Axel no se ríe. Simplemente, ignora mi pregunta despreciativa.

—Yo ya te he contestado. Ahora dime tú qué has hecho en la farmacia.

Me pongo roja. El vestido beis que llevo no me ayuda a disimularlo.

—He ido a por una caja de condones nueva —miento—. Ahora que soy una chica mala, voy a ver si puedo gastarlo con otro que no seas tú, ya que, visto el caso que me haces, dudo que quieras volver a hacer un maratón conmigo.

Axel se enerva, coge mi bolso sin mi permiso, lo abre y saca la bolsita blanca de la compra.

He intentado evitarlo, pero desisto de luchar con él, no quiero hacerle daño.

La cara que pone cuando descubre la crema es para que le hagan una foto.

—¿Te he hecho daño? —pregunta, asustado, volcando toda su atención en mí.

—Sí, me has roto. Es pegamento —ironizo—. Trae, tontolaba. —Se la quito de las manos rápido y lo guardo enfurecida—. Es solo que no estoy acostum… En fin, que solo estoy irritada. Es una crema calmante.

Me quiero ir de ahí y que me trague la tierra, pero Axel me lo impide, no se mueve un centímetro.

—¿Me quieres dejar pasar, por favor? —le pido con el tono incorrecto.

—No.

—¿No?

Arqueo una ceja y reconozco sus ojos de depredador. Me asusto y me alegro a partes iguales. Por fin una reacción, por fin un indicio de interés.

—Enséñamelo —me ordena.

—Tú estás mal de lo tuyo… —le recrimino—. Has pasado de mí todo el día, ¿y ahora quieres que me levante la falda y te enseñe lo mío? No. Esto no va así.

—Becca… —Da un paso adelante y me pone entre el tronco del árbol y él—. Te he dicho que quiero verlo.

—Y yo quiero ver a Jason Momoa en mi cama, pero no va a poder ser…

—Maldita cotorra.

Me agarra del pelo, desesperado consigo mismo y con la situación, agacha la cabeza y me vuelve a dar un beso que me recuerda por qué no se debe salir con los chicos malos.

Es porque son sabrosos y adictivos como el azúcar, pero perjudiciales para la salud.


Axel me lleva en volandas hasta una especie de banco improvisado en forma de piedra, rodeado por plantas a las que no sé ponerles nombre. Se sienta y me sienta a mí sobre sus piernas, a horcajadas.

—Está mal que me beses así…

—No está mal. Está bien —aclara levantándome la falda.

Yo intento detenerle, pero sus manos van más veloces que las mías, y me entretiene con besazos que hacen que me desoriente. Son como droga. Vuelve a colar sus dedos entre mis braguitas y gime cuando nota mi humedad.

—¿Te has puesto ya la crema? —pregunta como si me necesitara con urgencia.

—No. Esa crema es mía, de mi propia cosecha —contesto. Él sonríe, y yo arrugo la nariz porque me ha sonado demasiado guarro—. Es lo que le pasa a mi cuerpo cuando pienso en ti. Y ni siquiera te lo mereces.

—Dios… —Axel se baja la bragueta del pantalón y se saca el miembro, tan grande e hinchado como lo recordaba.

—Estoy irritada.

—Tranquila —me susurra mientras apresa mi labio inferior entre sus dientes. Después lo lame e introduce su lengua lentamente en mi boca. Mis piernas se vuelven laxas y mi cuerpo, maleable—. No dejes de besarme —me pide con ojos brillantes.

Criatura. ¿Quién, en su sano juicio, podría negarse a una petición tan tierna como esta? Me vuelve loca, porque no sé por dónde cogerlo. Me da una de cal y una de arena.

Me tiene enganchada.

Siento su miembro introduciéndose en mí, poco a poco. Me agarra de la nuca y me obliga a que mire hacia abajo.

—Mira cómo entra. —Gime al ver cómo desaparece la cabeza gruesa de su polla en mi interior.

—Ah…

—Aguanta —me pide a pesar de la irritación—. Ya sabes qué bueno puede saberte.

Posa sus labios sobre los míos y me obliga a moverme con él, a metérmela dentro con botes suaves arriba y abajo.

Estoy lubricada, excitada. Llevo así desde que él me besó en la playa. Es todo culpa suya. Soy inocente.

Me empala de golpe, con la misma fuerza y la misma urgencia que la noche anterior. Lo siento moverse a través de mis pliegues hinchados. Noto la fricción y el calor. Noto el hormigueo del orgasmo que empieza a crearse en un punto secreto detrás de mi ombligo, donde él está alojado, anclado, más bien; donde él me estimula a base de golpes secos y húmedos hasta mi cerviz.

—Axel…

—Eres tan buena… —asegura sobre mi boca, poniendo expresión de lamento al percibir lo bien que encajamos y lo rápido que se va a correr.

—Más, más… —le pido, y al mismo tiempo le paso los dedos por el pelo rapado y negro.

Él sostiene mis nalgas y se hace dueño de los movimientos. Cuando empuja sus caderas, me obliga a bajar. Es doloroso, nos encontramos en el límite, porque ya no puede llegar más profundo.

Encajamos.

Yo cierro los ojos. No quiero llegar a pensar lo que me pasaría si no pudiera tener esto de por vida. Me haría muy infeliz.

Axel me ha echado a perder.

—Así. Así —me anima—. Tómame, rizos. Así… —Sus párpados se cierran, deja caer la cabeza hacia atrás y yo lo sigo.

Estamos corriéndonos los dos como locos. Me abrazo a él

con fuerza, temblorosa, loca de gozo y disfrute. Me dejo llevar por la sensación de que él me abrace igual, como si nos perteneciéramos. Como si nos amáramos. Me hace sentir segura, y es una contradicción, porque no hay nadie que pueda hacerme más insegura que él.

Axel sigue penetrándome más lentamente. Me besa el rostro con pequeños besos dulces como si quisiera pintarme con ellos. Y yo… muero de anhelo y me deshago por dentro.

—Cómo me gustaría que fueras menos complicado, Axel… Me estás volviendo loca.

Él no contesta. Solo me abraza.

A lo lejos, como en un sueño, oigo la voz de un niño.

—Mami, esos animales de ahí, ¿qué hacen?

—Por el amor de Dios, Patricio, no mires. ¡Degenerados!

Sí. Bien mirado, necesitaríamos un escaparate de cristal entre los monos y los chimpancés que indiquen nuestra especie: *homo sapiens fornicius*.


Hemos regresado al hotel juntos, en taxi. En el coche, hemos compartido un silencio inquietante y lleno de meditación y consecuencias.

No estoy encaprichada de Axel. Me encapriché de él cuando lo vi. Una semana más tarde, conviviendo con él, puedo admitir sin miedo que me estoy enamorando, no lentamente ni con pasos seguros. Eso son tonterías. Minucias.

No. Me estoy enamorando de cabeza, a lo grande, sin frenos, sin protecciones, y con la triste sensación de que no tengo posibilidades reales de ser correspondida. Tiene demasiados secretos, es muy hermético y creo que hasta que no haga las paces con lo que le atormenta, no será capaz de estar con nadie.

En el hotel, cuando nos bajamos del vehículo, Axel quiere mantener en todo momento el control de la situación, como si quisiera fingir de nuevo que solo me ha echado un polvo en la Jungla fruto de la atracción animal entre un hombre y una mujer.

Pero no ha sido así. No por mi parte. Por eso sé que juego en desventaja y tengo la palabra «perdedora» pintada en la frente.

Me detengo en la entrada del hall y Axel se para y me pregunta si voy a entrar con él.

—Sí, ahora entro —contesto—. Solo quiero hablar con el de recepción sobre los horarios de la piscina climatizada.

Arquea las cejas y me mira incrédulo.

—¿Te quieres dar un chapuzón?

—Sí —vuelvo a mentir. Lo que necesito es aire. Y pensar—. ¿Quieres acompañarme?

Axel se lo piensa, y después niega con la cabeza.

—No. Voy a hacer una llamada a Asturias —contesta mirando el reloj.

—¿Para lo de mi acosador?

—Sí.

«Claro. No quieres hacer nada conmigo que implique hablar, abrirse o bajar las defensas», pienso amargamente. «Solo me quieres follar y quieres hacer ver que soy una más de tantas.» La idea hace que me desanime y que me sienta mal.

—Como quieras —le digo—. Yo estaré en la piscina.

Fuerzo una sonrisa que no siento y me dirijo a la recepción. Luego daré media vuelta cuando no me vea.

—Becca.

—¿Qué?

—Puede que luego vaya a… a la piscina —me dice suavemente—. Ponte la crema.

Me dedica una sonrisa que me desestabiliza y se mete en el ascensor. Eso ha sonado como un «laters, baby».

Es un paso. A no ser que solo me quiera para lo mismo… En todo caso, seré yo quien lo decida.

Con otro ánimo, me veo preguntándole de verdad al de recepción lo de la piscina, y en ese momento me llama Fayna por teléfono.

—Hola, avatar mío.

—Hola, miniyo. ¿Qué pasa? ¿Estás bien?

—Sí, muy bien.

—¿Has dormido algo?

—No, aún no.

—Fayna…

—Esa no es la cuestión. Te he llamado para hablarte de Marina, *doc*, mi amiga embarazada. Me pregunto si de verdad no puedes hacer un esfuercito, que yo te pagaría agradecida…

—No es necesario.

—A callar. Tú eres terapeuta y fuera de *El diván* tienes consulta, por eso hay que remunerarte. De verdad que mi amiga necesita tu ayuda. Está en una fase del embarazo muy avanzada, y como no controle su ansiedad y su miedo a parir, va a enfermar.

—¿De qué tiene miedo? Hoy en día ponen epidurales…

—A desangrarse, a sacar los pulmones por la vagina, a que el niño la parta en dos, a hacerse caca…

—Vale. Suficiente.

—Es una mujer especial. Para empezar, va a tener un parto natural porque no quiere que nadie manipule a su bebé. Y está obsesionada con lo del cambio de niños…

—Por Dios, eso no se hace ya.

—Cuéntaselo a ella. Además, no le gusta que la toquen.

—Es complicada. Pero como ella hay muchos.

—*Doc*… Has hecho un milagro conmigo.

Bueno, en realidad el milagro lo ha hecho el tarado de Murdock, no yo.

—Fayna, es que no tengo tiempo…

—En coche, te plantas aquí en media hora… La casa está un poco retiradita, en la montaña, pero cerquita de Santa Cruz.

—Aquí no tenéis montañas. Tenéis volcanes —rectifico para picarla.

—Mira, África es así —sentencia—. Por favor… Por favor, *doc*… Es un momentito. Tú hablas con ella, haces tu magia y ya está…

—No es tan fácil.

—Pero será mejor que te escuche a que haga caso de las paranoias que se le cruzan por la cabeza. Menos es nada, *mija*.

Cuando dice eso, me recuerda a Eli y Carla. A ellas no les fallaría. A Fayna tampoco voy a hacerlo. Pero es que no tengo coche…

En ese momento, como obra del destino, llegan Ingrid y Bruno.

—Ahora voy para allá, mándame la localización. —Y cuelgo de golpe.

Ingrid está enfadada y tiene los ojos rojos de haber llorado.

¿Por qué los hombres son tan cabrones? Miro a Bruno con desprecio. Ingrid pasa de largo y se va corriendo a coger el ascensor.

Madre mía, creo que el sueño ha llegado a su fin.

Detengo a Bruno, que el pobre tampoco tiene buena cara, y aunque mi deseo es increparle, le pregunto:

—No tengo ni idea de lo que ha pasado, pero ¿quieres lo mejor para ella?

Él me mira ofuscado; se pasa las manos por el pelo a capas liso. Está frustrado.

—Claro que sí. Ingrid me importa.

—Entonces, déjala tranquila. No prometas nada que luego no vayas a cumplir.

Él agacha la cabeza como un perro al que acaban de reñir. Lleva las llaves del coche que han alquilado en la mano, y juega con ellas inquieto.

—¿Dónde has dejado el coche?

—Está afuera —contesta con la vista fija en el ascensor.

—¿A qué hora tienes que dejarlo?

—No… A ninguna. La agencia tiene un convenio con el hotel. Mañana vienen a buscarlo a primera hora al aparcamiento.

—¿Me lo dejas?

Él asiente y me da las llaves.

—Es un jeep rojo muy antiguo —explica—. Está mal aparcado afuera.

—Ok.

Recibo la localización de Fayna, ubico el coche y me pongo en marcha. No voy a decirle nada a Axel. Esto de que me controle se pasa de castaño oscuro.

Ya nos veremos más tarde.

# 23

 @Singlenohayboy #eldivandeBecca Pues yo de pequeño tenía miedo a las mujeres rubias con raíces negras, y para sobrellevarlo mejor, me imaginaba que se estaban transformando en Goku Súper Sayayin

Santa Cruz de Tenerife no tiene pérdida; todos los carteles lo indican, como antaño todos los caminos conducían a Roma. Solo tengo que seguirlos, como cuando no había TomToms ni GPS ni Google Maps, y nos bastábamos con las indicaciones del amigo de al lado, que siempre iban con retardo. O cuando mirábamos los mapas del revés. Puede que eso solo me haya pasado a mí.

En la radio suena la canción de «Comiéndote a besos» de Rozalen. La canto a pleno pulmón, porque aquí nadie puede oírme. Porque por esta carretera no viene nadie, excepto otro coche más, un Renault blanco. Por lo demás, solo tengo montañas verdes a mi alrededor, silencio y la paz que buscaba para pensar en Axel.

Me emociono con su letra, como una pardilla, como si viviera su mismo drama… Pero no es así. Mi drama es descubrir que el amor es como una estampida, cuando siempre creí que debía ser dócil, sosegado y suave.

Mi drama es Axel.

—*Fueron cuatro los segundos que pasaron hasta que pude encontrarte entre los rostros cooongelados… Y pasó una eternidad al mirarte y contemplar en tus ojos reflejada miii mirada. Y hoy bendigo las razones casuales por las que decidiste elegir mi banco para esperaaar, para encontraaar... Fue tu roce, fue tu aroma, despertando mis hormonas, lo que me obligó a cerrar la mente y respiraaar, y controlar la activación...*

El Renault de atrás se pone a hacerme luces. Yo frunzo el ceño y recoloco el retrovisor para verle la cara.

—¿Qué quieres? —me pregunto.

Pero no se la veo bien.

La carretera no es muy ancha y ahora se estrecha más. Por eso no entiendo qué pretende cuando acelera.

El Renault se coloca a mi lado, no cabemos los dos.

—¡Pero serás imbécil! —le grito.

Bajo la ventanilla con la manivela, dispuesta a sacar la cabeza y a insultarlo como una verdulera. Miro al conductor a los ojos para llamarle la atención y mentar a toda su familia. Pero sus ojos no son de él. El conductor tiene una careta de Vendetta... Y se me pone todo el vello de punta. Mi boca se seca y mi corazón se acelera.

Y es como un flash. Pienso en Axel y en su teoría del acoso, justo en el momento en que el tipo da un volantazo, golpea el culo del jeep y yo pierdo por completo el control.

Mi coche se pone a dar vueltas a ras de suelo, giro el volante como puedo y grito con todas mis fuerzas.

Cuando el mundo deja de girar, veo que el coche se ha quedado a un lado de la carretera, y que estoy sobre una especie de puente. Por debajo pasa un río o un acueducto, estoy demasiado nerviosa para saber lo que es, pero sus aguas bajan bravas.

Ahora tengo al Renault de cara, y está parado, dándole al gas como un coche de carreras. La máscara de Vendetta se ríe de mí y de mi suerte.

—No, no... —Intento dar marcha atrás y huir de ahí. Pero con el golpe recibido, el coche se me ha quedado calado—. ¡¿Quién eres?! —le grito llorando.

No puedo avisar a nadie. Estoy sola en un paraje inhóspito con un psicópata que me quiere arrollar con su coche.

El Renault acelera, y mientras se acerca, mi vida pasa por

delante de mí como fotogramas. Mi madre, mi padre, mi sobrino, mi hermana, mi Eli, David… Axel.

El morro del Renault impacta contra la puerta del jeep, en el lado del conductor. Siento un dolor terrible en el brazo izquierdo; me golpeo en la cabeza.

Con la mano derecha, temblorosa, me toco la frente… Sangre. Estoy sangrando.

—¡Por favor, para! —le ruego—. No… No me hagas esto…

Pero él no se detiene. Empuja mi coche, quemando las gomas de los neumáticos del suyo. Veo el final del puente, me aboco al precipicio.

Echo un último vistazo a mi asesino.

Voy a morir.

Y de pronto, por el rabillo del ojo, antes de que mi coche acabe precipitándose, veo un Nissan Qashqai chocando contra el Renault, enviándolo a Pernambuco, al otro extremo de la carretera, varios metros lejos de mí.

Pero nada puede evitar que mi coche no caiga. Y en esos segundos veo cómo Axel sale del Nissan corriendo.

—¡Becca! —grita, asustado—. ¡Becca!

—¡Ax… Axel! —Quiero tocar el cristal con mi mano.

Mi jeep cae. Cae al vacío. Vuelo sin alas como cuando me tiré del avión. Pero esta vez Axel no guía mi vuelo, y tampoco lleva mi paracaídas.

El jeep cae al agua en vertical, y yo veo cómo el morro del vehículo impacta contra la superficie del agua.

Y sí.

Muero.

# 24

 @pocoyoypocotú #eldivandeBecca Mi abuelo dice que tengo fobia al amor, y que debo dejarme llevar. Pero mi abuelo también cree que las farolas le hablan y que las luces de las velas de las iglesias son hadas. #nocreastodoloquetedicen

No oigo nada.

Nada, excepto un pitido constante y rítmico, como el de un corazón. Y creo que es el mío.

Abro los ojos y encuentro al pokémon, que es la pelota del amor, sobre una mesita blanca. El regalo inseparable de mi sobrino. Lo llevaba cuando caí por el puente, lo guardaba en el bolsillo del vestido. Nunca me desprendí de él. Cada día lo llevaba conmigo.

¿Qué hace ahí encima de la mesa? ¿Quién lo rescató? Quiero cogerlo pero tengo el cuerpo como si me hubieran dado una paliza. De hecho, eso es casi lo que me han hecho.

A mi lado, al despertarme, no hay nadie. La habitación de hospital está vacía. Estoy en un hospital, ¿a que sí?

—¿Becca? Por Dios… Ya era hora. ¿Cómo te encuentras, Becca?

Reconozco su voz. Es Fede. Vuelvo la cabeza al otro lado y lo encuentro sentado en el sofá. No tiene buena cara.

—¿Fede?

—Sí. Soy yo, bonita. Tu hermana y tu madre se han ido hace un momento. Vendrán de aquí a un rato. Han ido a comer. Yo las sustituyo.

—¿Dónde estoy?

—En Barcelona. Te trasladamos a este hospital después del accidente —me explica poniéndome la mano sobre el antebrazo derecho.

—Pero… ¿en Barcelona? ¿Desde cuándo estoy aquí?

—Desde hace un año. Has estado un año en coma, Becca. Hoy has abierto los ojos por primera vez.

Palidezco. Me quiero dormir otra vez. Esto no puede ser.

Fede sonríe inmediatamente y me dice en voz baja:

—Perdona, es una broma. Son los nervios y la emoción de verte consciente. Llevas aquí tres días.

—No tiene gracia, jodido enfermo… —Es mi jefe, pero me da igual—. Agua. Quiero agua.

Fede se apresura a traerme lo que le pido, y poco a poco incorpora la cama eléctrica para que pueda beber.

—Me duele todo —digo sin poder alzar la mano para coger el vaso.

—Es normal. Te atropellaron y tiraron tu coche por un puente. Por poco mueres.

Cierro los ojos y mi corazón se acelera ante el recuerdo. El hombre de la máscara de Vendetta quiso matarme, pero entonces llegó Axel y…

—Axel. —Todo mi cerebro se activa de golpe—. ¿Dónde está? Él… Él tenía razón, Fede. Mi acosador…

Fede aprieta los dientes y niega con la cabeza.

—Axel no está aquí.

—¿Y el que me atacó?

—Huyó, Becca. Axel priorizó tu situación. Se tiró por el puente para sacarte del río y olvidó a tu agresor. Solo le importabas tú —dice como si eso fuera imposible—. Sé lo que os pasó en Cangas de Onís. Axel habló con los agentes de policía esa misma noche y le dijeron que al dueño del perro lo había contratado un tipo de Santander que llevaba gorra y una bufanda que le cubría la cara. Le pagó bastante dinero por adelantado para que fuera a Asturias y te encontrara. Debía hacer que el perro te atacara. Una vez hecho esto, le pagaría el resto.

En definitiva, que sí había estado en peligro, y que nada sucedió por casualidad.

—¿Por qué Axel no está aquí?

—En cuanto te trasladamos a Barcelona, él se fue. Me dijo que te hiciera recordar su advertencia en el Loro Parque…

Yo me quedo mirando un punto fijo en la pared. Sí, la recuerdo. Me lo dijo antes de hacerme el amor. Me advirtió que si no le hacía caso, se iría.

—Me dejó los programas editados y montados, listos para emitir —continúa Fede—, pero él desapareció. No puedo contactar con él. Suele hacerlo, el muy estúpido —susurra, apesadumbrado—. Se va sin avisar.

Me siento tan mal, tan culpable. Él me lo advirtió, pero yo le ignoré, no creí en sus suposiciones.

Me escapé. Íbamos a bañarnos en la piscina del hotel y yo me fui a ver a la amiga de Fayna. Pero Axel me encontró.

—Axel me salvó —admito, y rompo a llorar—. Ese tipo iba a acabar conmigo y Axel me salvó. ¿Cómo me… me encontró?

—Fayna le envió un mensaje diciéndole que te robaba un ratito, que estuviera tranquilo, y le envió la misma localización. Él siguió el mismo trayecto que tú y te encontró con el localizador.

Dios, me siento estúpida.

Fayna conocía a Axel. Sabía lo controlador que era, y más conmigo. Qué lista es…

—Mira, ahora no te preocupes por nada, Becca —me pide, solícito—. Céntrate en recuperarte. Tenemos la primera temporada del programa hecha. Has cumplido con los plazos. Todos lo habéis hecho. Tus tres terapias de choque han sido muy fructíferas, y no hará falta que veas a Héctor el ninfómano.

—¿Ya ha empezado a emitirse el programa?

—Empieza esta misma noche.

Joder, me encantaría poder verlo junto a Axel. Ha hecho tanto por todos, tanto por mí. Y así se lo he agradecido. Traicionándolo. Menudo asco de compañera soy.

—Axel es mi protector.

—Sí —asiente Fede—. Axel sabe hacer muchas cosas, tiene un talento innato y una habilidad para aprender lo que quiera. Pero, ante todo, es un jodido héroe. Siempre lo ha sido.

—Sí. Se lo tienes que tener en cuenta. Ha hecho muchas cosas buenas por mis pacientes, Fede… —Lo reconozco sin ningún pudor. Axel se involucró más que nadie, aunque fingiera que todo le importaba un comino. Lo hizo a su manera, pero estaba tan metido en el proyecto como yo—. Tengo que hablar con él —le pido con tono desesperado—. Nosotros… Bueno, él y yo…

Fede levanta la mano.

—No tienes que decirme nada. Y no debes inquietarte. Ponte bien, Becca, y después hablaremos. Axel se lanzó al agua a por ti, y a punto estuvo de ahogarse, pero los dos salisteis a flote. Hacía mucho que no se involucraba tanto con alguien. Hacía muchos años. —Lo dice emocionado—. Sabía que podías hacerlo reaccionar.

—¿Yo? Yo no he hecho nada… Nada absolutamente.

—Sí lo has hecho. Sea lo que sea, lo has hecho. Si me pudiste ayudar a mí, entonces a él también.

—¿Y dónde está? ¿Por qué no está aquí? —pregunto, devastada. Porque me odia, está claro. Ya no le importo. Le desobedecí y le puse en peligro.

Fede se frota la nuca.

—Es complicado —admite—. Mi hermano es muy cabezón.

—¡¿Que tu… qué?! —Mis ojos se abren como platos, aunque el que tengo morado no me permite demasiadas alegrías—. ¡¿Axel es tu hermano?! Pero ¿qué dices?

Entonces recuerdo que Fede me contó en la consulta que parte de su miedo a hablar en público y a seguir un guión escrito era por su dislexia. Como el hermano de Axel, que así le llamaba en lugar de Álex.

—Es mi hermanastro por parte de padre, no de madre. Y es el máximo accionista de Zeppelin junto conmigo. Pero lleva una vida anónima, bohemia y sencilla… No quiere tener demasiado contacto con todo esto.

No puede ser. No ubico nada. No sé qué me está contando.

—¿Qué invento es este?

—Becca, ¿quieres que te lo cuente todo? —Acerca la butaca a la cama y se sienta—. Serás la única que sabrás la verdad sobre Axel.

Yo me preparo para lo peor… y para lo mejor. Sigo viva gracias a él y sé que me he enamorado sin poder remediarlo. Lo he intentado, he intentado poner a raya mis sentimientos, pero la fuerza de ese hombre ha acabado con mis reservas.

Quiero ver a Ingrid, a Bruno, a mis Supremas… Quiero abrazarlas porque vi la muerte demasiado cerca. Y quiero decirles otra vez lo mucho que las quiero.

Pero ahora mismo, por encima de todo lo demás (y mejor si me dan un gelocatil para el dolor de cabeza…), quiero que Fede me cuente todo lo que Axel no me contó.

—Estoy lista. Cuéntame.

ESTE LIBRO HA SIDO IMPRESO
EN LOS TALLERES DE
ROTAPAPEL S.L.

MÓSTOLES - MADRID